外国语言文化
传播研究丛书

多维视野下的希利斯·米勒文论研究

张　旭　著

J. Hillis Miller's Literary Criticism: A Multi-Perspective Study

清華大學出版社
北　京

内容简介

本书就美国当代文学批评家希利斯·米勒的文学批评思想展开专题研究。具体而言，按时间脉络，结合具体主题考察米勒文学批评思想的演进过程，分别涉及他在意识批评、解构批评、语言行动和伦理批评等方面做出的探索，同时也讨论了他近年来就文学观念进行的一系列新的反思活动；通过个案作品研读考察米勒文学批评方法上的变迁及其文艺思想发展的主要特征和内容；通过互文性文本阅读考察米勒文学批评思想的发展与其所处时代文艺批评思潮的关系，进而体察他为当代文艺批评思想发展所做的贡献。

图书在版编目（CIP）数据

多维视野下的希利斯·米勒文论研究 / 张旭著. —北京：清华大学出版社，2020.1
（外国语言文化传播研究丛书）
ISBN 978-7-302-53704-5

Ⅰ. ①多…　Ⅱ. ①张…　Ⅲ. ①希利斯·米勒—文学研究　Ⅳ. ① I712.065

中国版本图书馆 CIP 数据核字（2019）第 188051 号

责任编辑： 钱屹芝
封面设计： 子　一
责任校对： 王凤芝
责任印制： 丛怀宇

出版发行： 清华大学出版社
网　　址： http://www.tup.com.cn, http://www.wqbook.com
地　　址： 北京清华大学学研大厦 A 座　　**邮　　编：** 100084
社 总 机： 010-62770175　　**邮　　购：** 010-62786544
投稿与读者服务： 010-62776969, c-service@tup.tsinghua.edu.cn
质量反馈： 010-62772015, zhiliang@tup.tsinghua.edu.cn
印 刷 者： 三河市铭诚印务有限公司
装 订 者： 三河市启晨纸制品加工有限公司
经　　销： 全国新华书店
开　　本： 155mm×230mm　　**印　　张：** 14.5　　**字　　数：** 240 千字
版　　次： 2020 年 1 月第 1 版　　**印　　次：** 2020 年 1 月第 1 次印刷
定　　价： 98.00 元

产品编号：082625-01

○福建省社科基金项目成果
○广西壮族自治区一流建设学科支持计划成果
○广西民族大学外国语言文学一级学科博士点支持计划成果

“外国语言文化传播研究丛书”编委会

丛书总序

广西地处西南，依山傍海，独特的自然地理环境使其形成了独特的文化景观。从古至今，广西的文化传统一直延续发展，并在历史的潮流中吸取异质文化的元素，显示出多元和开放的特点。在长期的发展过程中，广西形成了独具特色的建筑、聚落、戏剧、宗教、习俗等物质与非物质文化遗产，诞生了一大批优秀华侨以及国内外著名的文化巨匠，也留下了形态多样、保存完整、内容丰富、数量巨大的文化资源。因此，对它们进行保存、整理、挖掘、提炼，加深对广西文化内涵的研究，从而更好地延续传统、迈向未来，无疑是一项具有理论价值及现实意义的工作。

广西曾是海上“丝绸之路”的起点之一，对外交流与贸易频繁且深广。近代以来，广西又是华侨之乡，大批的桂籍人士远渡重洋、打拼创业，他们传播了广西文化、推动了中外语言文化交往。深入研究地方文献，还原这段历史，一定能够增进广西与海外广大华侨的情感联系和心理共鸣。在中国近现代转型时期，对中国文化产生过重大影响的桂籍名人辈出，其中像马君武、王力、秦似、梁宗岱、王宗炎等都是广西地方文化资源的重要组成部分，但他们的思想资源长期未被区内外的研究者重视。如果我们对这些大师的翻译、创作、言论等所蕴含的文化价值进行全面、深入地挖掘研究，以指导现实发展，这无疑是一个很好的突破点。

日前，国务院批复了北部湾城市群发展规划，这对于该地区包括文化和教育等内在的各项事业的发展是一大利好。处在全球化和资讯迅猛发展的时代，“越是地方或民族的，就越是世界的”。21 世纪，中国各省、区、直辖市都在向内深挖文化资源，向外传播文化精华和发扬当地族群性格，建立认同，寻求发展。在不进则退的严峻形势面前，我们要以党的“十八大”提出的“文化强国建设”为指导，努力发掘、保存、整理、研究和阐释地方语言、文化和传播资源，然后推向世界。

语言、文化和传播紧密联系，是一个环环相扣的统一体，其中语言是载体，文化是客体，传播是渠道，因此只有通过传播，才能使东西语言和文化的交流成为可能。有鉴于此，如果我们对广西境内及广西籍人士开展的欧美语言、文化、翻译活动进行挖掘和深入研究，便可从中发现早期广西先贤如何弘扬民族文化、引进西方文化思想，进而为推进中国的现代化转型做出巨大贡献的心路历程。同时，以外国语言、文化、翻译传播研究为契机，将广西地方文化与中国文化乃至世界文明联系在一起，进而将广西推向世界。

广西民族大学拥有广西高校中唯一的外国语言文学一级学科博士点，也是全国民族院校中唯一的外国语言文学一级学科博士点。学科队伍结构合理，研究方向齐全，目标定位科学合理，建设规划目标明确，切实可行，在学科建设过程中紧紧围绕学校“民族性、区域性、国际性”三性合一的办学定位，在科学研究、人才培养、服务社会等方面都能很好地结合民族性和东盟地区的特殊性，服务广西社会经济发展和对外交流，同时服务国家战略。不断强化区域与国别研究、语言学、外国文学与文化、翻译与传播几个核心学科方向，并不断拓展新的学科领域，成功培育了比较文学/译介学、外国文学与文论、东南亚民间文学与民俗文化研究等特色学科方向，极大地推动了学科的内涵式发展，在外语教学界产生了较大的影响。该学科已由原来的外国语学院发展成为外国语学院和东南亚语言文化学院两个学院，外国语学院侧重欧美国家的语言、文学、文化研究，东南亚语言文化学院则侧重东南亚语言、文学、文化研究。

正是基于这样的考量，我们决定编选“外国语言文化传播研究丛书”，旨在结集本团队成员近年来有关外国语言文化传播研究相关成果，同时也吸纳海内外相关领域研究的优秀成果。入选作品均具有宽阔的学术视野，有较强的原创性和鲜明的特色，研究方法具有可操作性，深层次揭示了外国语言文化与传播的本质。本丛书为一套开放性丛书，除收入广西民族大学外国语言文学学科成员的成果外，也收入国内外同仁优秀研究成果，所收著作须经丛书编委会评审通过。我们期待本丛书的编选和出版能够为打造学术精品、推动我国外国语言文化传播研究的发展起到积极和实际的作用。

“外国语言文化传播研究丛书”编委会

序言一

王 宁

希利斯·米勒（J. Hillis Miller）在中国学界可算是一个令人耳熟能详的名字，至少在中国的文学理论批评界和比较文学界“如雷贯耳”。近二十年来，随着关于全球化时代的文学和文学研究之命运的讨论，米勒在中国的知名度更是达到了前所未有的高度，而米勒、张江关于文学理论问题和阅读与批评等问题的对话同时发表于中美主流刊物，更是将这位年逾九旬的老学者再度推向中西文学和理论国际对话的前沿。确实，米勒在中国享有如此之高的知名度并非像有人所认为的那样是少数人炒作出来的，而是凭着他深厚的文学素养和理论造诣以及阅读和批评的睿智和独特风格，在他长期的学术和批评生涯中逐步形成的。他曾担任过美国现代语言学会（MLA）主席，并且很早就当选为美国艺术与科学院（AAAS）院士，这两个极高的荣誉只有少数大师级的人物才能享有。

此外，还有三个原因使得他在中国学界如此名声大振：其一，他本人确实在美国属于主流人文学者，单从他的一系列经历我们就不难发现他在美国学术界长期所处的领军地位。他早年在哈佛大学攻读博士学位，之后长期在约翰·霍普金斯大学和耶鲁大学任教，前者使他一度介入现象学批评日内瓦学派的著述活动，后者又使他与德里达及其他三位耶鲁同事结盟并一度形成所谓的“四人帮”。其实这四位批评家的学术生涯有着不小的差异，而他们之所以被人们称为“四人帮”或“耶鲁学派”，其原因不外乎这样三点：第一，他们四人都著述甚丰，而且在20世纪70、80年代的美国批评界有着举足轻重的影响，其对美国文学批评的冲击力如同“黑手党”一般；第二，是因为他们都或多或少地受到解构主义的鼻祖德里达的影响，在其批评实践中都有着不同程度的解构倾向；第三，他们四人都曾同在耶鲁大学英文系和比较文学系任教，属于学者型的理论批评家。因此把他们放在一起统称为“耶鲁学派”是一个十分便当的办法，甚至还有人把曾在耶鲁大学客座的德里达也归为“耶鲁学派”的一个编外成员。当然对这种误解和贴标签的做法我已在另外的场合作了澄清。

米勒在中国学界的名气之所以如此之大的第二个原因在于，他从一开始就是被当作德里达的解构主义在美国最重要的代表和实践者介绍给中国学界的，他的一些著作也早在20世纪80、90年代就开始被陆续译成中文，在中国文学批评界和比较文学界产生了较大的影响。但他自己十分清楚自己在解构主义运动中所处的地位：如果说德里达是解构主义的旗手和理论大师的话，那么米勒给自己的定位就是一位专注文学阅读和研究的"批评家"，而且是一位活跃在学术体制内并有着权威性的学者型批评家。近几年来在国内文学理论界讨论得很热火的那本《小说与重复》虽然迟至2008年才有完整的中译本，但在此前关于这本书的评介性文章就已经不少了。由于中国当代文学批评界确实需要像米勒这样的既有理论又擅长细读的批评大家，同时对中国学界来说，我们也确实需要像米勒这样的主流人文学者为中国人文学术的国际化推波助澜，因而米勒的批评著述便引起中国学界的特别关注。这一关注在21世纪甚至发展到了几所名牌大学的多位博士生以他的学术思想和批评理论为题撰写博士论文，而这即使在他的祖国美国也十分鲜见。因此难怪米勒有时不无调侃地说："我在中国的知名度大大超过了我在美国的知名度。"

其三则是米勒与一些非常神秘并不可一世的西方理论大家不同，他为人十分和善和亲民。无论是蜚声学界的大教授还是初出茅庐的博士生，只要给他写信请教学术问题，他总会在第一时间亲自回复。要知道，对于这位只用一只手写作的八十多岁的老人，亲自操作电脑是多么的不易。不少年纪小于他的中国学者也许早就不上电脑了，所有的信件均由家人或学生代为回复，或对陌生人的来信根本不予回复。而米勒则亲自回复来自各方面的电子邮件，这样便使他在中国学界有着广泛的人缘和很好的口碑。接踵而来的就是不少大学邀请他前往演讲，不少国际会议邀请他作主题发言，而他一般只要身体状况良好又没有其他允诺的话，大多会满足中国学者的要求。本书作者张旭在后记中就回顾了他和米勒相识的过程。

我和米勒早在20世纪90年代中期就已相识，当时他第二次应邀来北京大学演讲，而我作为一位当时在北大任教的青年教授并没有机会与他进行深度交流。我和他真正开始比较频繁地交往则始于20世纪末和21世纪初。我在北京语言大学创立了比较文学研究所，其后又在清华大学创立了比较文学与文化研究中心，米勒分别被我聘请为这两个机构的客座教授。我们每隔一两年都要举行一次高端国际学术会议，米勒便当之无愧地成为我们首先邀请的美国学者，而且他几乎每次都有求必应。于是我们就成了很好的学术同行和朋友，并保持较为频繁的邮件往来。我先前在北京语言大学指导的博士研究生郭艳娟曾以米勒的文学思想为题撰写了博士论文，后来她出任南京大学出版社编辑后，首先想到的就是要做一本关于米勒的书，这也就有了后来的米勒中国演讲集的中文版《萌在他乡》。现在这本《多维视野下的希利斯·米勒文论研究》可以说是张旭教授长期潜心研究米勒文学批评理论的一部集大成之作，所涉及的方面几乎涵括了米勒一生的著述和批评生涯的各个阶段：从他早期小说中的意识批评途径，到他的文学言语行动批评；从全球化时代米勒的比较文学观，到他的文学和阅读伦理观；从米勒的解构主义翻译观，到全球化和数字化时代文学的命运等问题，都进行了较为详细的理论分析和阐述，其间也不乏作者自己通过仔细阅读和深入研究而得出的真知灼见。此外，本书的文字也十分流畅，阅读丝毫没有晦涩抽象之感，这也体现了张旭长期从事翻译实践所形成的语言风格。

本书讨论的一些问题也许国内其他学者也有所论述，但有些则是国内学界不太了解的。例如，米勒与言语行为理论的互动关系则是非得仔细阅读原文才能弄懂的方面。在张旭看来，文学言语行为理论最为关注的问题无疑是文学如何产生意义的问题，而米勒通过自己的阅读行为告诉人们：文学阅读或批评不仅要了解语言是什么，还要了解语言做了什么，语言能够做什么。人们不仅要挖掘文学的社会学意义，还要探索文学是如何通过产生意义和价值，进而影响个人生活和社会生活的。米勒的具体做法便是将修辞性解读和文学外部关系研究结合起来，这样势必要将文学与外在现实世界联系起来，从而彻底纠正了以往新批评和形式主义那种一味地关注文本本身的做法，由此而将人们的视域拓展开来。这可以说是米勒于文学批评的一大贡献。我认为这是作者基于对米勒著作的深刻理解所得出的洞见。

米勒作为一位比较文学大师，他的贡献并非在于他参加比较文学学术会议，而更在于他在自己的批评实践中，有意识地将不同语言和不同国度的文学作品放在一起观照和比较，因而他所从事的是一种跨越学科界限并有着理论概括之特色的比较的总体文学研究。例如，正如张旭所总结的，在将言语行为理论系统地运用到文学作品的解读过程中，米勒颠覆了奥斯汀的学说，并以自己的精彩案例分析做出了典范，他的这一思想必将在世界文化界产生深远的影响。此外，米勒的比较文学研究有着强烈的现实针对性。当年长他一辈的耶鲁同事韦勒克曾针对比较文学忽视理论分析和平行比较研究而对法国学派发难，而米勒于21世纪初则从语言入手，建议新的全球化时代的比较文学不应以英文为基础，而是应该建立在所需了解的语言基础之上。而且他认为，只要你足够勤奋，千方百计地去学习所需要的语言，这是完全可能的。如果不去这样做，便是极不负责任的态度。他甚至在一次我主持的演讲中，公开宣称：如果我年轻二十岁的话，一定要从学习中文开始了解中国文学。因此，正如张旭所总结的，可以说，米勒的论述抓住了问题的实质，这一点对于目前中国比较文学界的许多学者大量地依赖译本开展比较文学研究的现象很有现实针对意义。

此外，本书对米勒的阅读伦理和批评伦理观也作了较为详细的阐述，当然对这一问题还有待于更深入的阐述。在张旭看来，在米勒的叙事伦理中，最核心的问题便是如何才能唤起我们对无法记忆的东西承担责任。鉴于故事的叙述和阅读自始至终都兼具述行和认知的维度，因此对文学（尤其是叙事作品）进行的历史的、实用的以及理论的研究，都应考虑到阅读所具有的这种述行力量。

总之，在今天的全球化数字化时代，阅读文学成了一种奢侈的行为，年轻一辈的学者总把大量时间花在阅读微信上，这样所学到的知识常常就是一些碎片化的“微知识”。而像张旭这样仍孜孜不倦地阅读文学和理论原著并能在繁忙的行政工作之余写下这部专著的中年学者确实不多了。有鉴于此，当作者请我为其作序时，我是不可推托的，于是利用寒假写下这些文字，是为序。同时也就教于广大读者。

2019 年 2 月
于上海

序言二

单德兴

萌在他乡的米勒

在当代英美文学批评家中，像希利斯·米勒（J. Hillis Miller）般在华文世界为人广泛译介、多方讨论，并且热心交流、衷心反思者，诚属凤毛麟角。米勒自1988年首次访问中国大陆以来，屡次应邀前往各地大学演讲，与学者密切互动，对学术社群多有启迪。[1]此外，他运用自己在英美学界的丰富人脉居间协助，让多位国际知名学者的著作得以顺利译介进入中文世界，如他与中国社会科学院王逢振先生共同担任中国社会科学出版社《知识分子图书馆》(1998)编委会的主编，积极引介欧美世界杰出批评家与思想家的论述，就是最明显的例子。

至于米勒本人著作的中译也是洋洋洒洒，颇为可观，笔者寓目的计有八种：

1995，单德兴编译，《跨越边界：翻译·文学·批评》(台北：书林出版有限公司［*New Starts: Performative Topographies in Literature and Criticism* (Taipei: Institute of European and American Studies, Academia Sinica, 1993)］)；

1998，郭英剑等译，《重申解构主义》(北京：中国社会科学出版社)；

2002，申丹译，《解读叙事》(北京：北京大学出版社［*Reading Narrative* (Norman, OK: University of Oklahoma Press, 1998)］)；

2004，易晓明编，《土著与数码冲浪者：米勒中国演讲集》(长春：吉林人民出版社［*The Indigene and the Cybersurfer*］)；

1 根据郭艳娟为米勒的 *An Innocent Abroad: Lectures in China*（Evanston, IL: Northwestern University Press, 2015）中译本《萌在中国：米勒中国演讲集》(国荣译［南京：南京大学出版社，2016］)所整理的“附录一 J. 希利斯·米勒在中国（1988—2012）”，那些年间米勒访问中国多达18次（338–343）。

2007，秦立彦译，《文学死了吗？》（桂林：广西师范大学出版社［*On Literature* (London and New York: Routledge, 2002)］）；

2008，王宏图译，《小说与重复：七部英国小说》（天津：天津人民出版社［*Fiction and Repetition: Seven English Novels* (Cambridge, MA: Harvard University Press, 1982)］）；

2016，王逢振、周敏主编，《J. 希利斯·米勒文集》（北京：中国社会科学出版社［*Selected Writings of J. Hillis Miller*］）；

2016，国荣译，《萌在他乡：米勒中国演讲集》（南京：南京大学出版社［*An Innocent Abroad: Lectures in China* (Evanston, IL: Northwestern University Press, 2015)］）。

其中最特殊的应属《萌在他乡》。此书从米勒二十五年来于中国发表的三十场左右的演讲中，精选十五篇结集出版，透露出他个人在那段时期的学术思想与发展，以及在中国改革开放与经济崛起的过程中，在中国脉络下对听众可能具有的想象与期待。全书内容丰富多元，包括全球化、文学研究、文化研究、比较文学、世界文学、数字时代、资本主义、文学的未来、中美文学研究之比较等议题，反映了他多年来的阅读、思索与实践，厚积薄发，引人深思。

更值得玩味的是书名，透露出他在面对中国学界与读者时的自我定位。英文主标题 *An Innocent Abroad* 典出美国文豪马克·吐温于 1869 年出版的 *The Innocents Abroad; or, The New Pilgrim's Progress*（《傻子出国记》，又名《新天路历程："教友城号"漫游欧洲及圣地记》，陈良廷、徐汝椿译［北京：人民文学出版社，1985］）。此书记载的是作家两年前与一群美国人前往欧洲与中东圣地之旅中，沿途的观察与感想，充满了马克·吐温典型的幽默与讽刺，在报章连载期间便大受欢迎，出版后更成为他最畅销的作品之一，至今不衰。[1] 类似主题——美国的天真无邪相对于欧洲的古老世故——在亨利·詹

1 马克·吐温此书标题典出 18 世纪英国作家约翰·班扬（John Bunyan）的基督教寓言故事《天路历程》（*The Pilgrim's Progress*），然而内容与文风大异其趣。米勒一向重视互文（intertext），如其名文《作为寄主的批评家》（"The Critic as Host" [*Critical Inquiry* 3.3 (Spring 1977): 439–447]）由引文（citation）开始。又如他在为当恩的《当今阅读理论：米勒善读入门》（Éamonn Dunne, *Reading Theory Now: An ABC of Good Reading with J. Hillis Miller* [New York: Bloomsbury Publishing, 2013]）作序时，以"C"指明此书特性之一为"比较与对比"（Comparison and Contrast），且将其著作与多位批评家的引文并列（xiii）。以下相关引文来自中译本《萌在他乡》。

姆斯（Henry James）的作品中也屡见不鲜。当米勒将此标题挪用于他的书名，并以“中国演讲集”为副标题时，透露出身为当代美国文学批评巨擘的他，在面对具有悠久文学传统与文化历史的中国时之谦虚与敬意。他在该书《前言》特地指出，“abroad”兼具“在外国”与“没有命中靶心、误入歧途、错误的”二意，并谦称“不懂汉语”的他，“在中国使用的常常是第二种含义”（1），显现了“‘萌/懵’在他乡”的情境（8）。

若根据此互文加以引申，这本书似乎暗喻着“‘新’新天路历程”，因为米勒除了在他乡异地巡礼，增长见闻之外，也扮演了沟通与传播新知的角色。米勒的多年好友弗雷德里克·詹姆逊（Fredric Jameson，又译詹明信），为闻名国际的马克思主义文学评论家，同时也是《知识分子图书馆》编委会的顾问及委员，他在《萌在他乡》的《英文版序》指出，这些演讲“提供了大量的各方面的有用信息”（3），并视此书为米勒“他自己‘文化研究’的宣言”（2）。此外，《萌在中国》中也添加了王宁教授的《米勒的中国之旅（中文版序）》（1–9）及两篇附录：前述郭艳娟整理的米勒在中国的多年行踪（338–343），以及《中国学者张江与希利斯·米勒教授的通信》（344–374），显示此书编辑，或者扩大来说，中国出版界在努力与国际接轨的同时，也致力于外来知识的引介、转化与本土化。

其实，类似的努力已见于2004年出版的《土著与数码冲浪者》。该书除了米勒的《作者序》（1–2）与易晓明的《编者序——米勒在中国：一本尚未打开的书》（1–6）之外，第一编收录米勒1988—2003年六次访问中国的十篇演讲稿（1–153）；第二编收录的《我与半世纪以来美国文学批评——J. 希利斯·米勒学术自述》（161–172）有利于中文读者了解其生平与学术轨迹；第三编收录两篇米勒与中国学者的问答（175–203）以及两篇中国学者讨论米勒的论文（204–232），发挥对话与评析的效用；附录的《米勒的简历、著述目录》（233–275）以英文呈现，包括英文原作与不同语文的译作（含中文译作），这些译作信息为米勒的英文著作中所罕见。换言之，《土著与数码冲浪者》虽不像《萌在中国》有特定的英文原书，但所收录的米勒之文章、自述与问答都有所本，而且致力于引介米勒其人其思想的用心也有目共睹。

由于米勒在欧美学界的地位与国际影响力，中文世界除了翻译他的作品，以期“原汁原味”地引进之外，也有一些学术论文与学位论文以他为研究对象。张旭教授此书从多维视野探讨这位美国当代重要批评家的文论，为晚近中文学界相当具有代表性的米勒研究成果，由书末的参考文献可窥知中西世界的研究概况。

笔者有缘于 1989—1990 年前往米勒任教的加州大学尔湾校区英文暨比较文学系（Department of English and Comparative Literature, University of California, Irvine）担任富布莱特博士后研究员（Fulbright Postdoctoral Research Fellow），旁听他两门课程，并两度深入访问米勒本人，访谈记录《阅读 · 批评 · 理论：米乐访谈录》与《〈图标〉的图标：访米乐谈文化批评》，经他仔细修订后出版。[1] 笔者并于 1991 年 10 月邀请他以国科会邀请讲席名义访问台湾，于台湾中研院欧美研究所（原美国文化研究所）的第三届美国文学与思想研讨会发表主题演讲“跨越边界：理论之翻译”（“Border Crossing: Translating Theory”），之后并巡回发表三场系列演讲，“主题是理论的翻译及其意义（套用他的话来说，就是理论在另一个领域的‘旅行’和‘新的开始’）”。[2] 为配合其来访，笔者为《中外文学》客串编辑“米乐专号”，安排《欧美研究》（*EurAmerica*）季刊刊登讲稿，结集出版英文专书，并编译中译本。[3] 规划这些演讲、论文、访谈、英文专书与中译本，旨在呈现当时年逾六旬的米勒有关文学、理论、批评与文化的理念与实践，促进中外学术交流，期盼他的若干见解能在中文世界生根萌芽。如今回顾，可明显看出其中一些重要观念延续至新千禧年。

---

1 参阅单德兴，《对话与交流：当代中外作家、批评家访谈录》（台北：麦田文化，2001），第 267–289 页，第 291–310 页。

2 单德兴，《米乐印象记——记一位体谅而多闻的学者》，《边缘与中心》（台北：立绪，2007），第 69 页。

3 “米乐专号”出现于《中外文学》20 卷 4 期（1991 年 9 月），收录了四篇翻译、两篇论文与一篇访谈。他的四篇英文论文分别出现于 1991—1992 年的《欧美研究》季刊。此四文出版为专书 *New Starts: Performative Topographies in Literature and Criticism*（Taipei: Institute of European and American Studies, Academia Sinica, 1993）时，增加了笔者与他的访谈录“A Form of Parabasis: An Interview with J. Hillis Miller”（111–135）。此书由笔者策划，与陈东荣、何文敬、林素英合译为中文版《跨越边界：翻译 · 文学 · 批评》（台北：书林出版有限公司，1995）。附带一提，海峡两岸对他的名字译法不同。中国大陆音译为“米勒”。笔者在 20 世纪 90 年代初便译为“米乐”，并曾当面向他解释此二字的含义（“米”在中国既为姓氏，又为人民赖以为生的主食，“乐”则为“幸福快乐”），他颇喜欢这个译名。

米勒的学思历程

米勒的家学渊源，父亲 J. Hillis Miller Sr. 具神职背景，为哥伦比亚大学博士（指导教授为约翰·杜威［John Dewey］），富行政长才，屡任大学行政主管，包括佛罗里达大学校长。米勒自幼喜爱阅读，先后获得欧柏林学院（Oberlin College）学士、哈佛大学硕士与博士。他出道甚早，博士论文探讨狄更斯，完成于 1952 年，也于同年正式发表文章。[1] 1958 年出版的第一本专书《狄更斯的小说世界》（*Charles Dickens: The World of His Novels*）至今已逾六十载，依然是狄更斯学者的参考之作。尔后他的学术发展随着新兴思潮与时俱进，影响力与日俱增，成为当代美国最具代表性的文学批评家之一。在这一甲子的岁月中，他大力结合研究、教学、写作，既投入学术的前沿探索，又热心教学，勤于著述，因此著作等身，屡有创见，引领风潮，在国内外发挥重大影响。犹记得笔者在博士后研究期间旁听了米勒两学季（quarter）的课，每学季他都根据当时钻研的主题开设新课，每堂课三小时。上课时备妥几十页的文稿，边念边发挥，并与研究生讨论，解答问题。学季的课程以十周为期，非常紧凑。有研究、教学与写作经验的人都知道，每周要写出一篇新稿非常困难，必须具有高度的自律。对早已名满学界的米勒而言，实无必要如此严苛自我要求，但他以身教示范了杰出学者的典型。即使到了学季将尽的一两周，来不及写出完整的上课稿，他会肩背一个大包到教室，把多本书籍摊在桌面上，随讲随翻，引经据典，授业解惑。这些上课稿就成为他的新书底稿，修订后便可出版。米勒的著作量之所以惊人，便是来自这种研究、教学、写作“三合一”的模式。至于他的“精诚专一”，可由一事看出：他出道三十多年一向出版专书，直到 20 世纪 90 年代初才将在不同场合发表的

1 米勒的著作书目资料可参阅《米勒读本》（*The J. Hillis Miller Reader*, ed. Julian Wolfreys [Edinburgh: Edinburgh University Press, 2005]），第 431–445 页，唯该资料仅至 2004 年，且未包括翻译。该书除了收录米勒截至当时的代表著作之外，也纳入许多学者的评论，为类似的批评家读本中所罕见，足见米勒心胸之开阔与乐于切磋。中文读者可参阅《土著与数码冲浪者》（237–275），该书纳入中文学者的评论、访谈与讨论，但数据仅至 2002 年。有心了解米勒 1958–2012 年的著作大要者，可参阅当恩《当今阅读理论》所附《米勒主要作品书目提要》（“Annotated Bibliography of Major Works by J. Hillis Miller”），第 105–130 页。此份著作大要包含库尊德吉克导演的纪录片《首航：米勒》（Dragan Kujundzic, *The First Sail: J. Hillis Miller* [Gainesville, FL: Deer Isle Productions, 2010]），此人后来汇整该记录片剧本、访谈与相关文章，出版同名之书（London: Open Humanities Press, 2015）。

文章集结成册，一口气出版了三本文集:《维多利亚主题》(*Victorian Subjects*，1990)、《譬喻·寓言·践行:二十世纪文学论文集》(*Tropes, Parables, Performatives: Essays on Twentieth-Century Literature*，1990)、《理论的今昔》(*Theory Now and Then*, 1991)。这种努力研究、热衷教学、勤奋著述、精诚专一的精神与作为，着实令人敬佩。

一提起米勒,大家马上会联想到他与解构批评(Deconstruction)的关系，因为他主要以应用解构批评进行文学研究而享有盛名。他在耶鲁大学(Yale University)任教时,与法国哲学家德里达(Jacques Derrida)过从甚密,并与布伦姆(Harold Bloom)、哈特曼(Geoffrey Hartman)、德·曼(Paul de Man)等人运用解构批评进行文学研究。1983年阿拉克等人所编的《耶鲁批评家：美国的解构批评》(*The Yale Critics: Deconstruction in America*, eds. Jonathan Arac, Wlad Godzich, and Wallace Martin [Minneapolis: University of Minnesota Press, 1983])一书出版，更确立了“耶鲁学派”(“The Yale School”)及四人的地位。他也主要以解构批评家、解构批评在美国的首要阐释者的身份，被介绍到海外各地，包括中文世界。

诚如詹姆逊所言，米勒的学术生涯“丰富”“异彩纷呈而又难以归类”(1)，各阶段之间不易划分，后期更多有重叠。然而为了方便起见，某种程度的概括与分期仍属必要，尤其对于米勒的海外读者更是如此。综观米勒的学思历程就会发现，解构批评其实已是他的盛期。我在1995年的《跨越边界：翻译·文学·批评》之《中文版序》，便简要指出米勒截至当时的思想发展与转变:“由语言(新批评)，而到意识(意识批评)，回到语言(解构批评)，再转向言语行动和伦理”(xiv)。当恩(Éamonn Dunne)在《当今阅读理论》的绪论中，则把米勒的发展对应于他的著作，指出对米勒的“写作生涯的影响”来自于“早期肯尼斯·柏克(Kenneth Burke)(他1952年讨论狄更斯的博士论文)，乔治·普莱(Georges Poulet)(他的头三本书)，德·曼与德里达(“伦理转向”(the “ethical turn”)与后来作品)”(xviii)。而当恩这本书所依据的四本著作——《阿里亚德尼的线索:故事线》(*Ariadne's Thread: Story Lines*，1992)、《图示》(*Illustration*，1992)、《地志学》(*Topographies*，1995)与《阅读叙事》(*Reading Narrative*，1998)——来自米勒所谓的“阿里亚德尼计划”

（Ariadne Project），并自称为“中期阶段”（the “middle period”）之作（xi）。[1]

至于这位杰出批评家后来的发展，除了更深化解构批评与言语行动理论（Speech Act Theory）应用于文学作品的解读之外，经常回到文学研究的根本问题，亦即文学的本质与作用。尤其是在全球化与数字化的时代，文学当如何面对资本主义与新科技、新媒体的挑战：不但要继续保持文学本身的特色，维系命脉于不坠，并且要顺应时代潮流与科技发展，开创新的因应模式，让文学能进一步发挥解析、批判与淑世的功能，藉由细读、分析语言，觉察并批判意识形态（critique of ideology），促进社群的觉知与进展。这一切的根本就是对于文本的细读，不管就其早期的新批评训练或后来的解构批评，都是如此。为了避免外界对于解构批评的负面印象，他后来改称“修辞式阅读”（“Rhetorical Reading”）。米勒就是在精读与博览的坚实基础上，结合对于新理论、新思潮的敏锐感受、用心吸收与技巧转化，开展出自己辉煌的批评事业。

本书重要议题

米勒著作等身，有五十多部彼此间不仅环环相扣，而且纵横交错，研究起来着实不易。张旭教授年轻时便在罗选民教授的指引下，钻研米勒的文学批评论述，迄今已逾二十年，多方搜集英文与中文资料，深入探讨米勒关切的重要议题。《多维视野下的希利斯·米勒文论研究》一书共七章，每章四节（唯一例外的第二章为三节），首先表述相关理论的缘起与要义，接着说明米勒如何理解并转化这些理论于文学作品与文化现象的解读与剖析，尤其是针对英美经典文学提供诠释，最后进行反思。上述米勒的学思历程与关切重点在本书均有所解析与阐释。

全书纲举目张，条理清晰。首章综论米勒的文艺批评思想，陈述此研究的目的与内容，介绍国内外米勒研究的情形，说明本研究的方法与意义，借此提供有关米勒的文论以及相关研究的综合

1　有关米勒作品的分期与分类，最佳参考应是当恩为《牛津书目》（*Oxford Bibliographies*）所撰数据，参阅http://www.oxfordbibliographies.com/view/document/obo-9780190221911/obo-9780190221911-0026.xml。中文数据可参阅朱立元为王宏图译的《小说与重复：七部英国小说》（*Fiction and Repetition*［天津：天津人民出版社，2008］）所写的《前言》，尤其第1–7页。本书也有讨论，参阅页2。

看法，以利读者统揽全局，循序渐进。第二、三章分述米勒与意识批评（Criticism of Consciousness）及言语行动理论的关系，先述说此二理论的源流与要旨，接着分析米勒如何承续与运用这些理论于自己的文学批评，并以反思来总结。这两章在时序上较清楚。前一章说明米勒如何乞灵于约翰斯·霍普金斯大学（Johns Hopkins University）同事、日内瓦学派普莱的意识批评，透过19、20世纪的一些代表性小说家与诗人的作品，来窥探这些作家的意识与内心世界，讨论的是米勒早期的成名作:《狄更斯的小说世界》（1958）、《上帝的消隐：五位十九世纪作家》（*The Disappearance of God: Five Nineteenth-Century Writers*, 1963）、《现实的诗人：六位二十世纪作家》（*Poets of Reality: Six Twentieth-Century Writers*，1965）与《哈代：距离与欲望》（*Thomas Hardy: Distance and Desire*，1970）。后一章则解析米勒运用来自英美哲学家约翰·奥斯汀（John Austin）与约翰·塞尔（John R. Searle）的言语行动理论，诠释特定作家如何透过文字来做事，以彰显文学的践行效应（performative effects），主要讨论的文本为《皮格马利翁诸貌》（*Versions of Pygmalion*, 1990）、《比喻、寓言和述行言语：关于20世纪文学的随笔》（*Tropes, Parables, Performatives: Essays on Twentieth-Century Literature*，1991）《文学中的言语行动》（*Speech Acts in Literature*, 2001）与《文学即作为：亨利·詹姆斯创作中的言语行动》（*Literature as Conduct: Speech Acts in Henry James*，2005）。言语行动理论遂成为米勒文学批评的重要工具，屡屡出现于尔后的论述。

米勒与比较文学的渊源甚深。他就读哈佛大学时，师从哈利·雷文（Harry Levin）教授。雷文是国际闻名的比较文学学者，曾于20世纪70年代来台湾参加国际比较文学会议，贡献于早年中西比较文学交流与研究。米勒本人擅长运用欧陆理论来阐释英美文学，多年任教于加州大学尔湾校区英文暨比较文学系（该系网页上他的研究兴趣包括比较文学与文学理论），不少门生为来自全球各地的精英，加上行踪广及世界多处名校，对于比较文学与世界文学自有深切的领会与个人的心得。他于1992年出版的《图示》固然是对新兴的文化研究，尤其是视觉研究的响应，也涉及比较文学中的姐妹艺术（Sister Arts）研究。笔者曾指出，此书“以图文并茂的方式响应美国学术界新兴的文化研究/批评，精读细品文字文本与图像文本，分析彼此之间的互动，提倡警醒的修辞阅读、省思理论与阅读/批评之间的关系，欢迎新科技的民主潜能，着重对于意识形态的批判，重视批评的践行效应，并强调身为图示者的批评家的伦理与政治”，涵盖了他当时所关切的重要议题。[1]有鉴于该书对艺术史、文化研究、文学研究等不同领域的贡献，获颁1993年美国比较文学学会哈利·雷文奖（The Harry Levin Prize of the American Comparative Literature Association）。比较文学作为一门学科，自创立伊始便有危机之说，可谓时时处于忧患之中，近年甚至有“比较文学已死”的危言耸听论调。[2]张旭教授长久关注比较文学与翻译研究的议题，曾于2010年出版专书《跨越边界：从比较文学到翻译研究》（北京：北京大学出版社），笔者在该书序言结语提道：“比较文学是否已过时、甚至已死，就看此学科的学者如何面对质疑与挑战。……若能以更宽阔的视野、扎实的学养、稳健的方法、深入的研究、具体的成果为学门注入新血，就有希望化危机为转机，使比较文学这个学科继续跨越边界，再创佳绩，‘其命维新’”（4）。本书第四章在前书基础上进行名家的个案研究，从全球化的时代脉络，检视米勒的比较文学观，先指出比较文学在晚近遭逢的另一波危机及其美国脉络，继而从全球化的背景来设想比较文学可能的远景，接着探讨文化批评与比较文学中的差异性，并提出反思与展望。

解构批评最为人诟病之处就是虚无主义的倾向，漠视伦理、政治与历史。身为美国解构批评代表人物，米勒自认必须对此疑虑或误解加以响应，于是结合了阅读与伦理的议题，倡议阅读伦理之说，相关的讨论先见于《阅读的伦理》（*The Ethics of Reading: Kant, de Man, Eliot, Trollope, James, and Benjamin*，1987），后来并带入叙事与地理志的探讨。本书第五章分别检视了米勒的阅读伦理观、叙事伦理观、地志伦理观，讨论的作品除了《阅读的伦理》之外，还包括《地理志学》（1995）、《纪念德里达》（*For Derrida*，2009）、《共同体的火灾：奥斯维辛之前与之后的虚构文学》（*The Conflagration*

1 单德兴：《越界的图示——论米乐的文化批评观》《反动与重演——美国文学史与文化批评》（台北：书林出版有限公司，2001），第229页。笔者的〈《图标》的图标——访米乐谈文化批评〉是专门针对此书所进行的访谈，可供参考。

2 如斯皮瓦克的《一门学科之死》（Gayatri Chakravorty Spivak, *Death of a Discipline* [New York: Columbia University Press, 2003]）。此书中译者便是张旭教授（北京：北京大学出版社，2014）。

of Community: Fiction Before and After Auschwitz，2011）、《小说中的共同体》（*Communities in Fiction*，2014）。此章虽未触及米勒对历史的回应，然论点有相通之处，有意者可参阅《霍桑与历史：涂抹》（*Hawthorne & History: Defacing It* [Cambridge, MA: Blackwell，1991]）。

身为欧陆理论的转介者、比较文学学者，米勒对于翻译也有独到的见解。前述 1991 年米勒于中研院研讨会发表的主题演讲“跨越边界：理论之翻译”，援引萨依德的《理论之旅行》（Edward W. Said, “Travelling Theory”）并加以引申，[1] 尤其着重于翻译的践行效应及创新作用，并名之为“新开始”（new starts）。[2] 本书第六章便以此文为基础，剖析米勒的“解构主义翻译观”，对其中涉及的可译 / 不可译的争议以及双重文本的现象多所着墨，结论则保持开放。张旭教授多年从事翻译研究，从学于罗选民、朱志瑜、张佩瑶等中国大陆与香港的翻译研究名师，也有数本专书与译作问世，因此论述起来驾轻就熟，展现了这方面的功力。

晚近由于全球化与新自由主义的影响益为扩大，传统的人文价值与学科建制遭到强烈的冲击，而新科技的兴起更使得阅读载具趋向电子化、无纸化，时时刻刻对于建立在纸本与印刷术上的阅读文化构成严峻的挑战。面对着重重威胁，米勒更常回到文学的本质与效用。若套用班雅明的名文《机械复制时代的艺术品》（Walter Benjamin, “The Work of Art in the Age of Mechanical Reproduction”，笔者在米勒课堂上初读此文），他讨论的议题或可称为“数字传播时代的文学作品”（“The Work of Literature in the Age of Digital Communication”）。如果机械复制时代因为生产模式的改变，使得艺术品更为普及、民主化，从而失去“灵光”（aura），那么数字传播时代由于载具或媒介（medium）不再限于纸张，使得（文学）文本进入了虚拟世界。好处是只要透过因特网与适当载具，就能随时随地搜寻并阅读大量信息，方便检索与链接。然而，对于习惯透过纸本阅读（文学）的人，仿佛顿失所依，飘浮于虚空间，不再享有

1 Edward W. Said, “Travelling Theory,” in *The World, the Text, and the Critic* (Cambridge, MA: Harvard University Press, 1983), pp. 226–247.

2 此文英文版参阅 *New Starts: Performative Topographies in Literature and Criticism*，第 1–26 页。笔者翻译的中文版《跨越边界：理论之翻译》收入《跨越边界：翻译·文学·批评》，第 1–32 页。笔者从此文得到若干启发，并结合多年翻译实务经验，对形塑个人的翻译理念发挥了一定的作用。

"一卷在手"的乐趣与实在感。大学原先主修物理、后改修文学的米勒一向与世推移，在20世纪90年代初接受笔者访谈时，便对数字时代电子载具的巨大容量、检索与笔记等功能以及多媒体的性质乐观以待。[1] 身为资深读者与文学批评家的米勒，面对日新月异的科技时，再度回到文学的基本问题，根据多年阅读心得、批评经验与理论陶冶，努力响应，不仅试图在数字传播时代为文学维系命脉，更致力于开创新机。他一方面勇于拥抱新科技与物质条件，开拓新思维与新作为，另一方面回归并肯定文学的基本价值与意义，提供个人的因应之道。因此，本书第七章恰好总结米勒一甲子以来风光无限的学术轨迹。

由以上概述可知米勒的研究兴趣广泛，透过张旭教授的解读与析论，读者有机会一窥其中的精微奥妙，多少得知被研究者的一家之言，进而重拾对于文学的信心，在信息爆炸、信息快速流通的时代，找到个人阅读之道。有关米勒观点的仔细论述详见该书各章，此处不赘。

米勒的变与不变

由上述米勒的学思历程与所关注的重要议题可知，其学术发展有些明显的转变，然而其中也有不变之处。简言之，他的变显现于理论的走向与诠释工具的选择，不变的是对文学的好奇与喜爱，以及对阅读的坚持与深入。虽然众人视他为理论家，然而他曾多次明白表示，理论对他是工具性的（instrumental），协助他解读文本，"目的是要促成更好的阅读，使文学作品不但深受到学生/学者的接纳，也更受到一般人的接纳。"[2] 他常以德里达为例，说明理论往往淬取自一时一地的阅读，加以概念化后试图普遍运用，但总是有其不足之处。[3] 一如编辑《米勒术语词汇》（"Glossary of Millerian

1 参阅笔者与米勒的两篇访谈《阅读·批评·理论：米乐访谈录》，第287–288页与《〈图标〉的图标》，第307–308页。2009年他在萨塞克斯学术出版社（Sussex Academic Press）的"批判介入"（Critical Interventions）系列出版《媒体即创造者：布朗宁、弗罗伊德、德里达与新心电感应生态科技》（*The Medium Is the Maker: Browning, Freud, Derrida, and the New Telepathic Ecotechnologies* [Sussex: Sussex Academic Press, 2009]），从文学批评与新科技的角度，将传播学大师马歇尔·麦克鲁汉的主张"媒体即讯息"（Marshall McLuhan, "The medium is the message."）更往前推进，以适应崭新的情境。

2 单德兴：《阅读·批评·理论：米乐访谈录》，第273页。

3 详见单德兴：《理论与阅读之间》，《边缘与中心》，第212–222页。

Terminology," xv）的当恩所言："理论是权宜性的（provisional），协助我们进行阅读，但从未能完全昭示阅读甘美的复杂性"（xxv）。以下就笔者的接触与了解，提出对于米勒的几点观察，以便中文读者读其书、识其人。

首先就是米勒对于文学的好奇与喜爱，从大学自物理学转到文学领域后，七十年来维持不变，至今依然对文学中的异例（anomalies）与怪异（oddities）觉得好奇，有心探究。他曾多次表达相同观点。即使在《米勒读本》寥寥几句的短序中，也特别提道："这些年来我对文学的兴趣，主要对象不是不同理论典范的世代，而是阅读特定的作品，并试着说明它们的异常、特殊或奇怪（singularity, peculiarity, or strangeness）。甚至到今天那仍是文学最让我感兴趣的地方"（viii）。其次就是对于阅读的坚持与深入，此点根深蒂固，不管是早期的新批评对于文本的重视与细读，或者解构批评对于文本的反复析辨与拆解（他曾表示"解构批评是良好的阅读"，[1] 也被许多人认为是细读中的细读），或者后来强调的修辞式阅读，都是以细读为基本功，舍此别无他方。再者，米勒胸襟开阔、与时俱进，对于新理论、新科技都乐于接纳与尝试，故能成其大。然而，这并不表示就此弃绝传统，他所钻研的对象大都为英美名家与经典之作就是明证。1992 年笔者参加在达特茅斯学院（Dartmouth College）举行的批评与理论学院（School of Criticism and Theory）六周研习营，米勒应邀演讲，有人质疑解构批评会颠覆、瓦解传统的文学典律（literary canon），他当场否认，并宣称自己会是最后一位要废除英美文学典律的人，这番表白让听众印象深刻。

此外，米勒对于自他的关系颇为敏感，不仅对于所接触的异文化抱持谦逊、开放的态度，对于自己的定位也颇具反省能力，如上述面对中国时自称是"innocent"，20 世纪 90 年代在演讲自称"美国人"时用的是"United Statesian"，而不是通用的"American"（因 America 包括南北美洲），甚至在若干著作中不惜违反一般英文文法规则，以"she"取代一般以单数第三称的"he"，以示对于阳性泛称之不满，表明支持女性主义的立场……总之，米勒是位温文尔雅的人文学者，以文学为本、理论为用，心胸开阔、与日俱进、悦纳新物，在细读的基础上探索经典作品的新意，并且体谅他人、尊重

1　单德兴：《阅读·批评·理论：米乐访谈录》，第 281 页。

异文化。

记得1991年中研院会议，他在发表完主题演讲之后，虽然不懂中文，却仍全程与会，认真观摩台湾学术会议，有如示范"an innocent abroad"，其天真好奇的"萌态"可想而知。这也印证了亨利·萨斯曼（Henry Sussman）在《首航》一书"绪论 记录我们自己：米勒的'首航'与批评社群"（"Documenting Ourselves: Miller's 'First Sail' and the Critical Community"）中所指出的，多年来米勒的角色有如"首要学生"（first student）。半个多世纪以来，为了成为举足轻重、理论启发的批评家，他必得时时成为最努力不懈、具备弹性、绝有创意的学生。……米勒用一本又一本的书确切展现了他比任何人都更批判地吸收，更细心地关注，更创意地思考。[1]

作为寄主的跨国批评家

"作为寄主的跨国批评家"（"the transnational critic as host"）一词系仿效米勒1977年与前辈批评家埃布尔兰兹（M. H. Abrams）辩论时的文章标题"作为寄主的批评家"（"The Critic as Host"）。米勒在这篇广为人知的论文中，为解构批评辩护，极力提升、甚至翻转批评家的地位，主张批评家绝非"寄生虫"（"parasite"），而是"寄主"。[2]在本序文的脉络中，"作为寄主的跨国批评家"具有双重涵义，同时指涉研究者与被研究者。一方面，本书的研究对象米勒读万卷书，行万里路，足迹遍及世界重要地区，跨国经验丰富，见多识广，并将自己与不同文化与国度的交流与观察所得纳入著作里，《萌在中国》更标明为个人在中国的演讲集。因此，"作为寄主的跨国批评家"他当之无愧。另一方面，本书作者张旭教授，多年努力搜集米勒个人著作与相关中英文资料，仔细爬网，深入阅读，既从欧美的文学与文化脉络理解米勒的理论渊源、文本阅读、批评实践与广泛影响，也从中国学者的发言位置加以钻研与剖析，提出通盘的解读与反思，也是另一含义下的"作为寄主的跨国批评家"。

中华文化包容力强、含纳性广，具有兼容并蓄的胸襟与海纳百

1 Henry Sussman, "Documenting Ourselves: Miller's 'First Sail' and the Critical Community," *The First Sail: J. Hillis Miller*, ed. Dragan Kujundžić (London: Open Humanities Press, 2015), p. 15.

2 这种看法类似近期翻译研究对译者的地位之翻转与能动性（agency）之肯定，或者该说，晚近翻译研究从解构批评中得到这方面的启发。

川的气度，在中国历史上，尤其是翻译史上，斑斑可考，也是民族文化得以获得新血、绵延不断的主要原因。20世纪下半叶以来对欧美文学与文化论述的引进，只不过是历史长河中新近的一波。米勒出生于1928年，按照中国历法生肖属龙。他的文学志业与学术发展有如“终日乾乾，与时偕行”，变化多端令人难见首尾，成就之高有如飞龙在天。他坚信细读的工夫与文字的践行效应，这些信念体现于他多年来的教学、研究与写作，并借由演讲、翻译与研究进入中文世界，《多维视野下的希利斯·米勒文论研究》为其明显的践行效应之一。在此情境下思索其中国演讲集的中文名称《萌在中国》，可有二解：一就主讲者米勒而言，呈现了他在面对异文化时的谦冲、纯真、好奇、“可（敬）爱”；再就其学术思想的践行效应而言，期盼他的理念经由翻译、研究与交流，跨过语言、国族与文化的疆界之后，能在中国“萌”芽茁壮，开花结果。[1]

2019 年 4 月 24 日

于台北南港

1 本文承蒙张锦忠博士提供意见，谨此致谢。

目录

第一章

绪　论[1]

一

希利斯·米勒（J. Hillis Miller，1928—　）是当代美国著名的文艺批评家，人称文学批评界的“领头羊”（bellwether），[2]“20世纪北美文学批评界中最具影响的人物”。[3] 1928年3月5日出生于弗吉尼亚州，其父曾在约翰·杜威（John Dewey）的指导下于哥伦比亚大学获心理学博士学位，早年为浸信会牧师，后任佛罗里达大学校长；母亲是一位高中英文老师。米勒先后在欧柏林学院（Oberlin College）和哈佛大学（Harvard University）就读，1948年获学士学位，1949年、1952年分获哈佛大学硕士、博士学位；1952年任教于威廉姆斯学院（Williams College）；1953—1972年在约翰·霍普金斯大学（John Hopkins University）任教；1972—1986年为耶鲁大学（Yale University）教授，曾任英文系主任；1986—2002年为加州大学厄湾分校（University of California, Irvine）杰出教授，并于2002年在此荣誉退休。其间，曾任1986年度美国现代语言协会（Modern Language Association, MLA）主席和国际文学理论学会（International Association for Literary Theory and Criticism, IALTC）会长，并且很早就当选为美国艺术与科学院（American Academy of Arts and Sciences，AAAS）院士。2005年度获美国现代语言协会颁发的终身学术成就奖，2011年获加州大学“帕努奇奖”（Pannuzio Award），在美国和国际理论批评界有很高的地位。

仔细检视米勒的学术生涯，他在文艺批评上辛勤耕耘，从1955年在欧美批评界崭露头角算起，迄今已走过六十余年的漫长历程。而且，他始

1　原载《外语与翻译》2018年第1期，第59–65页，题作《话语追踪与体系重构——多维视野下的希利斯·米勒文论研究之构想》。在此有修订。

2　Jeffrey J. Williams. “Bellwether: An Interview with J. Hillis Miller”. *Minnesota Review*, 2009(71/72): 25.

3　Éamonn Dunne. “Forum on J. Hillis Miller”. *Comparative Literature Studies*, 2003. 50 (3): 342.

终走在美国批评理论界的最前沿，共出版学术著作三十余部，发表论文数百篇，涉及文学方方面面的问题，这在美国文学理论界是十分罕见的，而且“令人惊奇的是，他近年来是更加多产”。[1] 我们不难发现，他除了《解构叙事》和《论文学》等为数不多的几部作品专门探讨文学理论问题外，其他都是解读具体作家作品的。他的作品就像人说的：“有点像罗兰 · 巴特（Roland Barthes）的，常常是处在批评性评论和理论之间的中间位置。”[2] 事实上，米勒也曾概括自己的作品是“在理论和实践之间”。[3]

着眼批评方法的运用，综合地考察米勒文学批评的探索历程，我们会发现如当代学者单德兴概括的那样：米勒先后“由语言（新批评），而到意识（意识批评），回到语言（解构批评），再转向言语行动和伦理。”[4] 或者像秦旭概括的：“由意识批评到解构批评，由言语行为理论到阅读伦理，再到媒介批判和文化批评。”[5] 他一直善于将前人以及同辈学人的相关批评理念引入文学作品的解读中。他频繁地改变自己的批评策略，主要原因在于他总是不断地抵制前人关于文学作品所形成的既有观念。[6]

从题材来考察，我们会发现米勒的涉猎范围十分广泛。他发表的论文和出版的著作，有论维多利亚文学的，有论现代主义的，有论 20 世纪英美及欧洲其他国家作家的，有论哲学家、诗人和小说家的，有论伦理、诗学、政治和美学的，有论述行行为的，也有论批评行为或他所说的“好的阅读”（good reading）的，等等。

从源头来看，米勒早年的求学、从教经历对其文艺批评思想的形成具有决定性影响。1944 年，米勒进入美国自由主义重镇欧柏林学院，最初他攻读的是物理学专业，其文学知识还是相当的贫乏；大学二年级时，由于他受宗教信仰的影响，用他自己的话来说是受了某种“召唤”（a calling），又因对

1 Éamonn Dunne. “Forum on J. Hillis Miller”. *Comparative Literature Studies*, 2003. 50 (3): 342.

2 Hazard Adams & Leroy Searle (eds.). *Critical Theory Since 1965*. Tallahassee: Florida University Press, 1986: 450.

3 J. Hillis Miller. *The Linguistic Moment: From Wordsworth to Stevens*. Princeton: Princeton University Press, 1985: xiii.

4 单德兴 . 序言 . 跨越边界：翻译 · 文学 · 批评 . 国立编译馆主译，台北：书林出版有限公司，1995: xiv. 也有人将米勒的文学研究划分为三个阶段：第一阶段是现象学，第二阶段是解构主义，第三阶段是言语行为理论。米勒自己也认可这种分法，不过他认为：“这三个阶段是部分重叠的，不是截然分开的。”王月 . 文学言语行为与文学研究——希利斯 · 米勒教授访谈录 . 外国文学 . 2012（4）：147.

5 秦旭 . J. 希利斯 · 米勒解构批评研究 . 北京：社会科学文献出版社，2011：230.

6 Julian Wolfreys. “Why Literature? A Profession: An Interview with J. Hillis Miller”. *The J. Hillis Miller Reader*. Ed. Julian Wolfreys. Stanford: Stanford University Press, 2005: 405.

文学的奇特性、文学作品彼此间的差别，以及其与自然用语之间的差异怀有强烈的好奇，而转到文学专业。[1]他说："我当时和现在一直确信，只有通过对语言中的局部奇怪之处的注意，并跟随着他们，对它们的提问能引领你到哪儿你就跟到哪儿，文学才能得到最好的使用。"[2]正因他对文学语言的特异性是如此的迷恋，因此才促成他的转行。在欧柏林学院，其"课程基本上是培训盎格鲁·撒克逊血统的中产阶级男性白种人去从事各种职业：法律、医学、教学、公务、商业、新教服务等，以及培训盎格鲁·撒克逊血统的中产阶级女性，使之成为贤妻良母、家庭主妇以及社团的服务员。……在那儿阅读柏拉图、莎士比亚、罗伯特·布朗宁，吸收人文主义价值观，从而为进入社会做准备。那时，对人文学科研究的一致看法是，把它基本认定为主题与文体研究。"[3]在此，他阅读了阿诺德（Matthew Arnold）、纽曼（John Henry Newman）、米尔（Stuart Mill）、赫胥黎（Thomas Henry Huxley）以及英译《伊利亚特》（*Iliad*）。他主要读的还是英国文学方面的作品，包括乔叟（Geoffrey Chaucer）、莎士比亚（William Shakspeare）、弥尔顿（John Milton）、浦柏（Alexander Pope）、华兹华斯（William Wordsworth）、丁尼生（Alfred Tennyson）、阿诺德、T. S. 艾略特（T. S. Eliot）等，还有一些外国文学之英译本。此间，他被丁尼生的短诗《眼泪，徒劳的眼泪》（"Tears, Idle Tears"）美妙的语言所迷住；另外，他非常喜欢路易斯·卡洛儿（Lewis Carroll）、狄更斯（Charles Dickens）、福克纳（William Faulkner）等人的小说，如《爱丽丝漫游仙境》（*Alice in the Wonderland*）、《还乡》（*The Return of the Native*）和《八月之光》（*Light in August*），还有陀思妥耶夫斯基（Fyodor Dostoevsky）的译作《来自地下的笔记》（*Notes from the Underground*），等等。此刻，他接触到了尼采

1 在一次访谈中，米勒曾说过："我生长在基督新教的家庭，但我的家庭并不是那么严苛或清教徒式的。新教所教给我的是：最重要的经验也许就某个程度来说是私人的，如果我还敢用那个过时的字眼的话。新教主张：每个人都是自己的牧师；精神的经验是你自己独特的经验。17 世纪的新教徒自传强调隐私，也强调一个观念——经验可以是独特的或奇怪的；强调差异的重要性（the significance of the difference）。我在那个传统中所学到的，也许跟我开始研究文学时的兴趣有关——我的兴趣在于特殊的文学作品中的特异和无法概括的奇怪。" J. Hillis Miller & Julian Wolfreys. "Why Literature? A Profession: An Interview with J. Hillis Miller". *The J. Hillis Miller Reader.* Ed. Julian Wolfreys. Stanford: Stanford University Press, 2005: 405；单德兴. 阅读·批评·理论：米乐访谈录. 对话与交流：当代中外作家、批评家访谈录. 台北：麦田出版社，2001: 271–272；J. Hillis Miller. *On Literature*. New York: Routledge, 2002: 104–105.

2 J. Hillis Miller. *Tropes, Parables, Performatives: Essays on Twentieth-Century Literature*. Durham: Duke University Press, 1990: vii-viii.

3 J. Hillis Miller. "The Function of Literary Theory at the Present Time". *Theory Now and Then*. Hertfordshire: Harvester Wheatsheaf, 1991: 389；J. 希利斯·米勒. 当前文学理论的功用. 重申解构主义. 郭英剑等译. 北京：中国社会科学出版社，1998: 223.

（Friedrich Wilhelm Nietzsche）的著作和新批评理念。[1] 同时，他也从所学物理学中悟得一种方法——一种准科学的方法（a quasi-scientific way），[2] 那就是："希望对一个特定文本的评论有据可依。在文本研究中，这就意味着我要从文本中引用。这些引用，至少在我读到它们的时候（我希望是正确的）能够支持我对该文本的判断。"[3] 自此，他形成了一个座右铭，就是"永远回到文本"。[4] 同时，他始终坚持阅读行为先于批评，它是批评之源头。至于理论本身，在米勒看来，它主要是工具性的（instrumental），其本身不是目的。"这个工具的目的是要促成更好的阅读，使文学作品不但更受到学生 / 学者的接纳，也更受到一般人的接纳。"[5] 此间，他受康尼斯 · 柏克（Kenneth Burke）的影响很深。他尤其欣赏"柏克独具慧眼，能注意到文学、哲学和其他文本中没有注意到的东西。"然而，他"喜欢的不是柏克宏伟的综合性理论，而是身为读者的柏克。"[6]

1948 年 2 月至 1952 年 3 月，米勒在哈佛大学攻读研究生。在哈佛的这几年里，米勒主要接受新批评理论的影响。期间，他在道格拉斯 · 布什（Douglas Bush）和阿尔伯特 · 圭拉德（Albert Guerard）两位教授的悉心指导下，系统地阅读了 I. A. 理查兹（I. A Richards）、威廉 · 燕卜荪（William Empson）、威尔逊 · 奈特（G. Wilson Knight）、R. P. 布莱克默（R. P. Blackmur）、埃兹拉 · 庞德（Ezra Pound）、康尼斯 · 柏克等人的理论著作，

---

1 据米勒回忆，在欧柏林时期，他曾阅读过尼采的《查拉图斯如是说》（*Thus SpakeZarathustra*）和《悲剧的诞生》（*Birth of Tragedy*），不过当时并不太理解。后来又读过多次。接着，他又读了尼采的《权力意志》（*The Will to Power*）和《论道德的谱系》（*On the Genealogy of Morals*），以及《非道德意义上的真理和谎言》（"On Truth and Lies in an Extra-Moral Sense"）。而尼采的修辞理论与实践、比喻理论，还有他就语言在伦理判断、政治和历史中的作用之观念，对自己影响最大。Éamonn Dunne. "Interview: For the Reader-to-Come". *J. Hillis Miller and the Possiblities of Reading: Literature After Deconstruction*. New York: Continuum International Publishing Group, 2010: 132. 米勒在很多论述中都曾以尼采的观点作为自己的理论根据。同时，他在多篇论文中专门论述过尼采的理论学说和文本。J. Hillis Miller. "The Disarticulation of the Self in Nietzsche". *The Monist*. April, 1981. LXIV (2): 247–261; J. Hillis Miller. "Dismembering and Disremembering in Nietzche's 'On Truth and Lies in a Nonmoral Sense'". *Boudary* 2, Spring/ Fall, 1981. IX (2) & X (1): 41–54; J. Hillis Miller. "Gleichnis in Nietzsche's Also Sprathustra". *International Studies Philosophy*, 1985. 17 (2): 3–15; J. Hillis Miller. "Nietzche in Basel: Writing Reading". *Journal of Advanced Composition*, Fall, 1993. 13 (2): 311–328.

2 J. Hillis Miller & Julian Wolfreys. "Why Literature? A Profession: An Interview with J. Hillis Miller". *The J. Hillis Miller Reader*. Ed. Julian Wolfreys. Stanford: Stanford University Press, 2005: 405.

3 希利斯 · 米勒 ."解构性阅读"与"修辞性阅读"——致张江 . 文艺研究，2015（7）: 70.

4 希利斯 · 米勒 ."解构性阅读"与"修辞性阅读"——致张江 . 文艺研究，2015（7）: 70.

5 单德兴 . 阅读 · 批评 · 理论：米乐访谈录 . 对话与交流：当代中外作家、批评家访谈录 . 台北：麦田出版社，2001：273.

6 单德兴 . 阅读 · 批评 · 理论：米乐访谈录 . 对话与交流：当代中外作家、批评家访谈录 . 台北：麦田出版社，2001：289.

尤其自柏克和燕卜荪那里受益最多。[1]1952 年 3 月，米勒向哈佛大学提交了博士学位论文《狄更斯的象征意象》(*Dickens' Symbolic Imagery: A Study of Six Novels*，未出版)，其中运用柏克的观念来解读查尔斯·狄更斯小说中反复出现的意象行为(symbolic action)类型以及与之相关的底层文本(under-text)。在他看来，读者在阅读时参与了其中的情景，而情景的背后有一个象征行动在进行。同时，他指出：掌握隐喻乃是一个天才的标志。不过，米勒也承认："要像柏克那样是不容易的，要模仿柏克的批评程序是不容易的。你必须从他间接地学习。"[2]

20 世纪 50 年代末，米勒在所任教的霍普金斯大学受到日内瓦学派现象学批评(Geneva Phenomenological Criticism)或称存在主义文学批评模式(existential modes)的影响，并从其同事普莱(Georges Poulet)那里学得意识批评(criticism of consciousness)方法。而他在具体批评方法上又区别于前者，他强调完全的他者(tout autre/wholly other)，[3] 强调的是文本的陌生性(strangeness of the text)及其他异性(otherness)。他主张他者无法进入孤独的自我，这样就使他从自己所擅长的"新批评"转向意识批评。《狄更斯的小说世界》(*Charles Dickens: The World of His Novels*，1959)是一部体现其批评策略转向的标志性著作，也是由美国学者撰写的第一部用意识批评方法分析文学作品的著作。它的出版在美国文论界引起了强烈反响，并对侧重于后形式主义的美国文学批评界产生了深远影响。继而，他又写出《上帝的消隐》(*The Disappearance of God*，1963)和《现实的诗人：六位二十世纪作家》(*Poets of Reality: Six Twentieth-Century Writers*，1965)两部著作，标志着他对这一新方法的运用成熟，并直接导致 20 世纪 60 年代美国文论界的大转型。[4]1967 年，圣母院大学邀请米勒就维多利亚文学作品开展系列讲座。一年后他写出了《维多利亚小说的形式》(*The Form of Victorian Fiction*，1968)，该书以狄更斯的小说《雾都孤儿》和《我们共同的朋友》为中心，研究了维多利亚时期小说的三个关键问题，即时间、人际关系和现实主义，集中讨论了时间和主体间性、形式的本体论基础、作

---

1 J. Hillis Miller & Julian Wolfreys. "Why Literature? A Profession: An Interview with J. Hillis Miller". *The J. Hillis Miller Reader*. Ed. Julian Wolfreys. Stanford: Stanford University Press, 2005: 412–413.

2 米勒毕生推崇柏克，在莫尼汉(Robert Moynihan)对他采访中，他甚至还说："如果你有柏克的话，就不需要新批评、托铎洛夫、巴特、雷蒙(Tzvetan Todorov, Roland Barthes, Marcel Raymond)或任何其他人。"单德兴．阅读·批评·理论：米乐访谈录．对话与交流：当代中外作家、批评家访谈录．台北：麦田出版社，2001：289.

3 "wholly other"或称"altogether other"，米勒倾向于前者，可译为"完全的他者""彻底的他者""十足的他者"或"整体性他者"，本书中采用前者。J. Hillis Miller. *For Derrida*. New York: Fordham University Press, 2009: xviii.

4 Frank Lentrichia. *After the New Criticism*. London: Metheun & Co. Ltd., 1980: 64.

为普遍意识的叙述者以及自我和社会等四个问题。1970年，他又撰写了《哈代：距离与欲望》(*Thomas Hardy: Distance and Desire*，1970)，围绕意识与语言孰先孰后、孰本孰末、孰源孰流等问题展开思考，而距离和欲望是交织贯穿于哈代全部作品的两个主题，米勒认为距离是欲望的源泉，欲望是在距离变近却不断努力背后之动力。这两部著作也是他从意识批评向解构主义过渡的重要著作。总之，在上述这些论著中，他用现象批评方法解读了狄更斯、昆西、布朗宁、爱米莉·勃朗特、阿诺德、霍普金斯、康拉德、叶芝、T. S. 艾略特、哈代等一系列维多利亚时代作家的具体作品。

米勒与德里达的相遇，开启了他“人生的一个新时期”。[1]诚如人言：以1970年为界，因接受影响的不同米勒的文论研究又分为两个截然不同的阶段，前一阶段为现象学阶段，后一阶段为解构主义的修辞批评阶段。[2]20世纪60年代末和70年代，米勒与耶鲁大学的一批同事先后受德里达的影响，逐步走上解构批评的道路。[3]为此，他还与保尔·德

1 易晓明.土著与数码冲浪者：米勒中国演讲集.长春：吉林人民出版社，2004：166.据米勒回忆,他最早阅读到德里达的作品是发表在法文期刊《批评》(*Critique*)上的《文字学》(*Of Grammatology*)部分章节。后来他又参加了德里达的一些学术讲座。德里达既阅读哲学文本，也阅读文学文本。不过，德里达给他印象最深刻的是其所展示的作品都不是一个有机结构，而且都有一种自我颠覆的成分。Jeffrey J. Williams. “Bellwether: An Interview with J. Hillis Miller”. *Minnesota Review*, 2009(71/72): 39–40.

2 金慧敏.媒介的后果：文学终点上的批评理论.台北：台湾商务印书馆，2005：6.

3 自1996年起，王逢振和希利斯·米勒共同主编了一套《知识分子文库》，首批选定十位批评家，其中米勒是作为美国解构主义代表而被译介的。米勒本人倾向于使用“解构”(deconstruction)，而非“解构主义”(deconstructionism)。“解构”本是德里达在海德格尔的德语词汇“Destuktuon”基础上创造的，不过他又在词汇“destruktion”中加入“con”，这样一来，这一词汇既是“否定的”(de)，又是“肯定的”(con)。然而，这一词汇往往被当成一个仅具有否定含义的词汇，只是在讲“破坏”(destruct)。其实，用米勒自己的话来说，解构“是关于文学作品的灵活而多变的阅读、教学、写作的方式，强调的是语言的复杂性，不是什么主义。”同时，米勒认为解构主义无法界定，原因是：首先，解构主义本身反对其体系化；其次，解构主义指的是与他相关的那些学者著作中的内容，而这些人情况各异；最后，企图将解构主义简化为能构成一个体系的一组理论话语的作法是错误的，因为从那些被称为解构主义者著作中归纳出的话题总是与这些人活跃的文章解读相连。他认为阅读解构主义者的著作比谈论体系更重要。事实上，在米勒的文论中，“解构批评”和“修辞批评”常换用。因“解构”一词常被人误解和误用，晚年他常用“修辞性阅读”一词来替代。到了2016年他与兰詹·高希合撰《文学思考的洲际对话》，决定彻底弃用“解构”一词，而改用“修辞性阅读”。“修辞性”一词是他从保罗·德曼那里借来的，指的是按照解释学和诗学之间的区别来教授文学，也就是说要辨析意义的所指和意义表达的方式。J.希利斯·米勒，王敬慧译.“解构性阅读”与“修辞性阅读”——致张江.文艺研究，2015(7)：70；李淑言.解构主义者谈解构主义——希利斯·米勒访谈录.国外文学，1995(3)：9；Ranjan Ghosh & J. Hillis Miller. *Thinking Literature Across Continents*. Durham & London: Duke University Press, 2016；王逢振.总序.希利斯·米勒文集.北京：中国社会科学出版社，2016：2, 11；苏勇.中西对话、文学阅读、解构及其他——希利斯·米勒访谈录.外国文学，2017(4)：167.

曼（Paul de Man）、吉弗里·哈特曼（Geoffrey Hartman）、哈罗德·布鲁姆（Harold Bloom）三人一同组成松散的文学批评学派“阐释的秘密团体”，人称“耶鲁四人帮”（Gang of Four）、“耶鲁四君子”或“耶鲁批评派”（Yale School of criticism）[1]。在美国，解构批评起初主要是被用来做文学研究的。德里达重视语言，在他的早期作品中反对新批评提出的“一部好的作品将是有机统一的”这条教义。德里达让他解放了思想，并认识到一部作品可能是一部伟大的作品，也可能是完全相反。[2] 1971 年，米勒发表了一篇标志性论文《乔治·普莱的“认同批评”》（“George Poulet's ‘Criticism of Identification’”），彻底清理了乔治·普莱现象学理论方法，完全接受德里达的解构主义理论方法。接着，他又撰写了《传统与差异》（“Tradition and Difference”，1972）、《作为寄主的批评家》（“The Critic as

1 这四人中，保罗·德曼又被戏称为“耶鲁学派”的黑手党教父。米勒认为该团体还得加上德里达，原因是多年来德里达每年都在耶鲁教授数周的课程，并共同推出《解构与批评》（*Deconstruction and Criticism*，1979）这部被视为耶鲁批评家的宣言书。其实，耶鲁学派的批评理论是很不一致的：德曼和米勒始终是坚定的解构主义者和德里达的挚友，哈特曼只是受其影响并尝试运用解构主义方法与批评实践的一位解构主义的“同路人”，只有布鲁姆虽受到德里达及其解构主义理论的影响，但他从一开始就是解构主义的批评者，并最终与其分道扬镳。因此一些学者宁愿称他们为“耶鲁批评家”，以避免不必要的争论。早年米勒曾说过：“德曼、布鲁姆、哈特曼和德里达走到一起，在于他们的批评是对文学的根基的质询，而不仅是对文本内在的结构。他们走到一起，还在于每个人的批评，每一次都以不同的方式，都是神秘化的，无法被包容在一个理性的或逻辑的表达中，并抵制其读者的智力。然而，在他们的神秘化的模式和他们对各自的洞见的态度上，他们差别也很大。尽管如此，他们的批评似乎处在明智型批评家、符号学家或结构主义者、模式和体系的制造者、文学研究坚固的科学基础寻找着批评的对立面。” J. Hillis Miller. “Stevens' Rock and Criticism as Cure, II”. *Theory Now and Then*. New York: Harvester Wheatsheaf, 1991: 127. 后来，米勒又说：“我们五个人的关系都很友好和亲近，但我们决不是唱着相同的调。甚至德里达、德曼和我都没有相同的理论假设或批评程序。布鲁姆和哈特曼彼此也不同，比我们其他三人所谓的‘耶鲁学派’更加不同。” Sheng Anfeng. “A Call for Literary Studies: An Interview with J. Hillis Miller”. 外国文学研究，2006 (6): 2; Fank Lentricchia. *After the New Criticism*. London: Metheun & Co. 1980: 283–284；王逢振．“耶鲁四人帮”之一：希利斯·米勒．外国文学，1987 (11)：80；单德兴．阅读·批评·理论：米乐访谈录．对话与交流：当代中外作家、批评家访谈录．台北：麦田出版社，2001：272；王宁．耶鲁批评家对中国当代文学批评的启示．中国图书评论，2008 (11)：92–95.

2 J. Hillis Miller & Julian Wolfreys. “Why Literature? A Profession: An Interview with J. Hillis Miller”. *The J. Hillis Miller Reader*. Ed. Julian Wolfreys. Stanford: Stanford University Press, 2005: 415.

Host"，1977）、[1]《史蒂文森的岩石和作为治疗的批评》("Stevens' Rock and Criticism as Cure" I, II，1976）[2]等重要论文，这些在当时都产生过广泛的影响。同时，他还撰写了《阿里阿德涅的线索：故事引线》(*Ariadne's Thread: Story Lines*）中第一篇重要论文《阿里阿德涅的线索：重复和叙事线》("Ariadne's Thread: Repetition and the Narrative Line")，并开始构思和撰写《解读叙事》(*Reading Narrative*）；到了1982年，他又写出《小说与重复：七部英国小说》(*Fiction and Repetition: Seven English Novels*)。在这些著作中，他用解构主义方法重读了19世纪特别是维多利亚时代作家的作品，涉及雪莱、华兹华斯、布朗宁、霍普金斯、哈代、叶芝、威廉斯、史蒂文斯等人的诗歌，康拉德、爱米莉·勃朗特、萨克雷、哈代、伍尔夫等人的小说。而他所做的无非是"揭示文学语言在文学本质上的修辞性，颠覆作者意图和作品意义的专制"。[3]后来，这些均成为解构主义小说批评研究中的经典之作。因此，长期以来米勒一直被视为美国的重要解构批评者；而且他始终强调解构批评是一个复数的存在，解构本身是良好的阅读。在此过程中，他推崇的是一种内在的阅读，即通过仔细追溯并重复选择的文本因素，诸如修辞手段、观念、主题等，解构并释放出内在于一切重复中的破坏性力量。实际上，批评重复使"异延"(différance）发生作用，引起一种无定向的驱动链条，动摇稳定的文本体系。在这些论述中，互文性（intertextuality）又尤为重要。在他看来，一个文学文本自身

1 前者是针对阿布拉姆斯的《自然的超自然主义》(*Natural Supernaturalism: Tradition and Revolution in Romantic Literature*，1971）一书而写的。在该文中，米勒认为阿氏的语言理论是隐含着模仿论。他的语言观是坚持语言是对先于语言的某种本质之物的传达手段，而他自己则否认有先于语言存在的本质之物，是语言构建事物的意义而不是直接传达事物的意义，而且语言本身就是一种隐喻，即所谓的源头是分裂的而不是统一的；后者是在美国现代语言协会年会小组会上与阿布拉姆斯和韦恩·布思的论战文章，用米勒自己的话说："我的本意是进行一个轻松的讨论，与我的老朋友阿布拉姆斯开个严肃的玩笑。而令我真正惊讶的是，《作为寄主的评论家》是我所有文章中被最广泛翻译和讲授的一篇文章。""我常常发现，我的本意是讽刺的，但有时我的读者却只理解其'直意'……好像完全没有看出其中的讽刺意味。" J. Hillis Miller. *Theory Now and Then*. New York: Harvester Wheatsheat, 1991: 79–94；希利斯·米勒."解构性阅读"与"修辞性阅读"——致张江.文艺研究，2015（7）：70.

2 在该文中，米勒对解构批评进行了精辟地阐述："作为一种阐释的模式，解构批评通过小心谨慎地进入每一个文本的迷宫去工作。批评家以绝非是拙劣模仿的重复方式，从修辞格到修辞格，从概念到概念，从神话母题到神话母题，摸索着前进。尽管如此，解构批评运用了颠覆的力量，这种力量存在于即使是最准确并且不具讽刺意味的重复中。通过这种追溯的过程，解构批评家力图去发现所研究的系统中反逻辑的因素，所质疑的文本中将阐明一切的线索，或者将使整座大厦崩溃的那块松动的基石。……解构批评不是消解文本的结构，而是要表明文本已经消解了它自身。" J. Hillis Miller. *Theory Now and Then*. New York: Harvester Wheatsheat, 1991: 126.

3 金慧敏.媒介的后果：文学终点上的批评理论.台北：台湾商务印书馆，2005：6.

并不是一个“有机统一体”（an organic unity），而是与其他文本相关联；同时，其他文本反过来又与别的文本关联。换言之，文学研究就是对互文性的研究。而且，我们不难发现，在解构批评的过程中，米勒“一直特别感兴趣的，并不是理论形成（theoretical formulation）的发展，而是实际阅读特殊作品时，借着叩问下列的问题来检验这些理论形式：如果解构批评中的某个‘理论的’见解具有效力的话，那么我在阅读本行的某部作品时会产生什么情形？‘我开始阅读时把所有的理论预设悬而不决’——这种说法其实还是有理论预设的，只不过其中的理论预设是隐而不现的。”[1]一句话，他所做的最重要的事情之一，就是揭示人文科学里正常建制行为中的一些理论含义。然而，无论是“其现象学阅读还是解构主义阅读，米勒始终都于其中保持着对文学本身即文学语言的热爱和敏感，这是米勒作为文学批评家从未须臾放弃过的底线。”[2] 1986 年 1 月，米勒出任美国最大的批评家和理论家专业协会——美国现代语言协会会长。在就职典礼上，他发表了著名的长篇演说《理论的胜利、阅读的阻力以及物质基础问题》（“The Triumph of Theory, the Resistance to Reading, and the Question of the Material Base”），[3] 为德里达和德曼辩护，认为二人均把人文学科的研究和文学理论看成对历史和政治的积极干预,并对刚刚兴起的新历史主义（new historicism）思潮提出了大胆质疑，继而在美国引起了广泛的讨论。有人甚至说：“这些激进分子终于征服了美国文学。”[4]

诚如米勒自己概括的：“自 1979 年以来，文学研究的中心有了一个重大转移，由文学‘内在的’、修辞学研究转向了文学的‘外在的’研究，并且开始研究文学在心理学、历史或社会学语境中的位置。”他指出这种转向的原因正是由于语言研究格局发生了根本变化,即“这种转移从对‘阅读’的兴趣，即集中研究语言及其本质与能力，转向各种各样的阐释性的解说形式上去，其关心的中心在于语言与上帝、自然、历史自我等诸如此类常常被认为属于语言之外的事物之间的联系。”[5] 而最主要的表现是，20 世纪 80 年代初，由于德里达开始由关注语言 / 文本转而关注社会、伦理、

1 单德兴 . 阅读 · 批评 · 理论：米乐访谈录 . 对话与交流：当代中外作家、批评家访谈录 . 台北：麦田出版社，2001: 277.

2 金慧敏 . 媒介的后果：文学终点上的批评理论 . 台北：台湾商务印书馆，2005：6–7.

3 J. Hillis Miller. “The Triumph of Theory, the Resistance to Reading, and the Question of the Material Base”. *PMLA*, May, 1987: 281–291.

4《纽约时报周刊》1986–2–9: 20；王逢振 .“耶鲁四人帮”之一：希利斯 · 米勒 . 外国文学，1987（11）: 80.

5 米勒 . 当前文学理论的功用 . 重申解构主义 . 北京：中国社会科学出版社，1998：217.

政治、宗教等问题，对言语行为理论产生兴趣，并对约翰·奥斯汀（John Austin）的言语行为理论进行批判性地吸收，同时又与约翰·塞尔（John Searle）展开论战。这也促成米勒参与到这场论战中，并促使他在这一过程中确立了自己的“文学中的言语行为”理论。近十来年，他又彻底转向言语行动和伦理批评研究，其中最典型的策略就是开始采取修辞性阅读（rhetorical reading）批评的办法，并写出《语言的时刻：从华兹华斯到史蒂文斯》（*The Linguistic Moment: From Wordsworth to Stevens*, 1985）、《保罗·德曼的教训》（*The Lessons of Paul de Man*，1985）、《阅读的伦理》（*The Ethics of Reading*, 1986）、《皮格马利翁诸貌》（*Versions of Pygmalion*, 1990）、《丑化：霍桑与历史》（*Hawthorne and History: Defacing It*，1991）、《阿里亚德尼的线索：故事线》（*Ariadne's Thread: Story Line*，1992）、《图示》（*Illustration*, 1992）[1]、《新开始：文学与批评中的述行地志学》（*New Starts: Performative Topographies in Literature and Criticism*，1993，又译《跨越边界：翻译·文学·批评》）、《地志学》（*Topographies*, 1995）、《黑洞》（*Black Holes*, 1999）、《文学中的言语行为》（*Speech Acts in Literature*，2001）、《他者》（*Others*, 2001）等一系列著作，同时也包括 1990—1991 年间他应收麦田出版社之邀出版的三部论文集——《维多利亚主题》（*Victorian Subjects*，1990）、[2]《理论的今昔》（*Theory Now and Then*，1991）、《譬喻、寓言和践行——关于 20 世纪文学的随笔》（*Tropes, Parables, Performatives: Essays on Twentieth-Century Literature*，1991）。三部文集汇辑了他四十年来发表的单篇文章。这一阶段，他的实践性批评涉及的重要作家有乔治·艾略特、安托尼·特罗洛普、亨利·詹姆斯、克莱斯特、麦尔维尔、布朗肖、哈代、福克纳、普鲁斯特、史莱格尔、狄更斯、康拉德、叶芝、福斯特等人。正如米勒所承认的：长期以来，他对文学始终怀着浓厚的兴趣，其实他关心的“并不是理论范式的生成，而是具体作品的阅读行为，并试图解释其中的种种奇特性、特殊性和不同寻常之处。即便是到了今天，文学中的这些仍然深深地吸引着我”；[3]而文学批评正好“有助于我解释文学中的奇特性”。[4]

2000 年 7 月，米勒在北京语言大学发表题为“Will Literary Study Survive the Globalization of the University and the New Regime of Telecommunications?”之演讲，这是米勒根据德里达在《明信片》中断言“现代媒体对文学之

1 1993 年此书荣获美国比较文学学会“哈里·列文奖”（Harry Levin Prize）。

2 英文“subjects”一词有三重意思：主题、主体、臣民，故该书标题翻译无法固定。

3 J. Hillis Miller. *Literature as Conduct*. New York: Fordham University Press, 2005: viii.

4 Julian Wolfreys (ed.). *The J. Hillis Miller Reader*. Stanford: Stanford University Press, 2005: 414.

劫”而做的。[1]次年，该演讲稿中译文刊中国社会科学院主办的《文学评论》第1期，题作《全球化时代文学研究会继续存在吗？》。该文被纷纷解读为“黑格尔的幽灵”，在中国同行间引起了一场误读性争鸣，或者像人们所说的“是两条平行线上互不交锋的‘共鸣’”，“是一个‘世界文论’的事件。”[2]仿佛是为了回应中国文学界对他的批评，2002年，他又写出《论文学》(*On Literature*)。该书从诗性哲学的高度，针对全球化和数字化时代文学观念业已出现巨大变革的现状，再度对文学进行一系列新的解读与反思，提出人类文明不会因为老式印刷文学在所谓的“泛电子化”时代的消亡而湮没，同样文学也不会消亡。有学者将米勒在书中对文学的定义概括为“阅读作者的虚拟现实”，认为米勒努力探索文学语言的功能、可行性和文学语言的力量，寻求文学语言的有趣性特征。文学对米勒而言是虚拟的现实，文学作品和现实都依靠文本和语言的结构、联系、模仿和述行性潜力来建构。[3]2005年，他在《文学中的言语行为》(*Speech Acts in Literature*，2001)一书的基础上完成了《作为行为的文学：亨利·詹姆斯创作中的言语行为》(*Literature as Conduct: Speech Acts in Henry James*)；2009年，他又出版了《媒介即生产者：布朗尼、弗洛伊德、德里达和新型心灵感应的生态技术》(*The Medium is the Maker: Browning, Freud, Derrida, and the New Telepathic Ecotechnologies*)，该书被视为米勒“最有趣的著作”(funniest work)。[4]本书指出，一部文学作品的物化模式基本上决定了它的意义及其践行性/述行力量。可以说，文学的物质形式至关重要。新的电脑“媒介”使文学与以前的文学完全一样。这里的“媒介”不仅是指新型的物质基础(material base)，也是指这种传播方式带有一点怪异、通灵和心灵感应的特点。同年，他还出版了《纪念德里达》(*For Derrida*，2009)，书中系统总结和论述了晚年的德里达在述行性理论、社群理论、自动免疫政治学等方面的伦理和宗教情结，阐述了德里达完全的他者观念的内涵，认为德里达的述行言语行为是对完全的他者之呼唤的一种伦理回应。2012年，他推出了《我们的时代阅读：重读〈亚当·贝德〉与〈米德尔马契〉》(*Reading for Our Time: Adam Bede and* Middlemarch *Revisited*，又译《阅读的永恒性》)，收入他20世纪70年

1 Jacques Derrida. *The Post Card: From Socrates to Freud and Beyond*. Trans. Alan Bass. Chicago & London: University of Chicago Press, 1987.

2 金慧敏. 媒介的后果：文学终点上的批评理论. 台北：台湾商务印书馆，2005: 2.

3 Kurt Fosso & Jerry Harp Source. “J. Hillis Miller’s Virtual Reality of Reading”. *College English*, 2012. 75(1).

4 Éamonn Dunne. “Forum on J. Hillis Miller”. *Comparative Literature Studies*, 2003. 50 (3): 348.

代中期至2006年的论文。该书着眼于全球性层面，通过考察19世纪英国小说家爱略特两部小说中成对成串的文字比喻等修辞现象，揭示文本的开放性及其迥异甚至互为解构的阐释可能性，并意在表明“好的阅读是从睡眠中唤醒的一种方式”。[1]这样，他就再度回到他早年反复阅读的小说经典。晚年，他在《共同体的火灾：奥斯维辛之前与之后的小说》(*The Conflagration of Community: Fiction Before and After Auschwutz*，2011，又译《社群之爨：奥斯维辛之前与之后的小说》）和《小说中的共同体》(*Communities in Fiction*，2014）中，开始涉足一些更具政治历史意味的题材，尝试在政治伦理领域说明作为语言动物的人如何运用语言这种不称手的工具，并重申了人类“言说无法言说之物”的伦理使命。其中《共同体的火灾》针对德国法兰克福学派第一代主要代表人物阿多诺（Theodor Adorno）的一句名言：“奥斯维辛之后仍然写抒情诗是野蛮的”，[2]提出了文学见证极端集体和个人体验的可能性，进而提出了什么是“作为证词行为的文本”(texts as acts of testimony）这个重要的文学理论命题。2015年，他又将在中国的演讲结集出版，题作*An Innocent Abroad: Lectures in China*(《萌在他乡：米勒中国演讲集》)，[3]内收1988—2012年间他在中国所做演讲稿15篇。该书“记录了一个拥有国际盛名的美国文学批评家、理论家和学者对中国和美国之间的文化交流的反思和尝试，以及他立足于全球多

1 J. Hillis Miller. “Prelude”. *Reading for Our Time:* Adam Bede *and* Middlemarch Revisited. Edinburgh: Edinburgh University Press, 2012: xiv. 1964年，加拿大文学批评家、传播学家马歇尔·麦克卢汉（Marshall McLuhan）在其代表作《理解媒介：论人的延伸》(*Understanding Media: The Extensions of Man*）中提出了“媒介即是讯息”的命题。不过，米勒在本书中特别说明：“这本源于论文的专著是对尼古拉斯·罗伊尔（Nicholas Royle）的《心灵感应与文学——散文阅读的心态》(*Telepathy and Literature: Essays on the Reading Mind*, 1990）及其他相关论文的补充说明。”同时，他也特别说明该书是献给尼古拉斯·罗伊尔的。米勒的这篇论文最初刊2008年12月《牛津文学评论》(*The Oxford Literary Review*)。J. Hillis Miller. *The Medium is the Maker: Browning, Freud, Derrida, and the New Telepathic Ecotechnologies*. Portland: Sussex Academic Press, 2009: 2.

2 原文是：“Nach Auschwitz noch ein Gedicht zu schreiben ist barbarish.” (“After Auschwitz to write even a sigle poem is barbaric.”)

3 米勒将该书命名为*An Innocent Abroad*，“部分原因源于马克·吐温曾经出版的一本书——*The Innocent Abroad*（中译为《傻子出国记》)，部分原因是我把玩‘abroad’这个词语的双关含义。‘abroad’这个词既可以指‘在外国’，又可以理解为‘没有命中靶心、误入歧途、错误的’(见*American Heritage Dictionary*《美国传统词典》)。令我羞愧的是，即使是现在，我也不懂汉语，更说不上是中国通，因此，我在中国使用的常常是第二种含义。”J.希利斯·米勒.引言.萌在他乡：米勒中国演讲集.国荣译.南京：南京大学出版社，2016：1.

样性和不同性的视角，对文学研究这个学科的思索。”[1]2016 年，他与兰詹·高希（Ranjan Ghosh）合撰了《文学思考的洲际对话》（*Thinking Literature Across Continents*），面对当今时代和科技的冲击与文学研究的颓势，就如何重振文学教学和研究发表了发人深省的看法，并提出了切实可行的应对策略。

其实，就像单德兴所总结的：米勒的“专长为文学理论与 19、20 世纪小说及诗歌，特色为运用当代理论阅读文学作品，提出个人新颖、独到的读法，尤以解构批评闻名。”[2] 在一次访谈中，米勒谈到批评和理论的作用时曾说过：“教导良好的阅读方式，其目的在于教育我们大家能从文学得到好处，并抗拒着语言和其他符号能对我们所做的坏事。这种情形不只来自大众传播媒介，也来自包围我们的其他形式的符号。……阅读是很大的知性喜悦；批评和理论使得那种喜悦具有鉴识力。”[3] 一句话，就像米勒自己所说的：“我这辈子从事的都是要使文学理论受人尊重、建制化，但有时我觉得我们太过成功了一点。”[4]

希利斯·米勒作为文学批评家始终走在美国当代文学批评界的前列，并以其精辟的论述和丰富的著述给文学批评界带来了一股股清风。米勒的学术思想无疑值得我们认真地研究。正如米勒常说的：“你不一定把任何东西都作为正确的来接受，但你接受的一定要是必要的东西”“观点上的分歧并不可怕，关键是从分歧中引出新的东西。”[5] 因此，我们对待米勒文学批评理论理应采取这种开放的态度。

二

本书拟就美国当代文学批评家希利斯·米勒的文学批评思想展开专题研究。其目的有三：（1）按时间脉络，结合具体的主题考察米勒文学批评

1　理查德·特迪曼 . 编者的话 . J. 希利斯·米勒 . 萌在他乡：米勒中国演讲集 . 国荣译 . 南京：南京大学出版社，2016：1.

2　单德兴 . 阅读·批评·理论：米乐访谈录 . 对话与交流：当代中外作家、批评家访谈录 . 台北：麦田出版社，2001：27.

3　单德兴 . 阅读·批评·理论：米乐访谈录 . 对话与交流：当代中外作家、批评家访谈录 . 台北：麦田出版社，2001：287.

4　单德兴 . 阅读·批评·理论：米乐访谈录 . 对话与交流：当代中外作家、批评家访谈录 . 台北：麦田出版社，2001：273.

5　王逢振 .“耶鲁四人帮”之一：希利斯·米勒 . 外国文学，1987（11）：94.

思想的演进过程，分别涉及他在意识批评、解构批评、语言行动和伦理批评等方面做出的探索，同时也讨论他近年来就文学观念进行的一系列新的反思活动；（2）通过个案作品研读，考察米勒文学批评方法上的变迁及其文艺思想发展的主要特征和内容；（3）通过互文性文本阅读，考察米勒文学批评思想的发展与所处时代文艺批评思潮的关系，进而体察他为当代文艺批评思想的发展所做出的贡献。

米勒的文艺批评生涯漫长，同时他又著述颇丰。根据他不同时期的批评思想的构成特点，我们大致可将他的批评活动划分成四个互相衔接的阶段：新批评阶段、意识批评阶段、解构批评阶段、言语行动和伦理批评阶段。鉴于此，本课题将结合米勒批评思想的内在特质就如下主题展开研究：（1）米勒早期小说研究中的意识批评途径；（2）米勒与文学中的言语行动批评；（3）米勒的比较文学观；（4）米勒与阅读中的伦理批评；（5）米勒的解构主义翻译观；（6）全球化与数字化时代米勒的文学新观念，等等。

具体而言，首先我们在研究中将考察米勒早年如何接受新批评的训练，运用柏克的文艺批评思想来剖析狄更斯小说中象征类型及与之相关的低层文本，以及他后来对新批评做出何种突破；其次，考察他是如何受到普莱的影响，接受日内瓦学派意识批评方法，并通过他对 19 世纪和 20 世纪一些诗人与小说家的讨论，体察他是如何超越普莱，成功地在美国文学批评界率先引入意识批评方法。这里将讨论其主要著作，包括《狄更斯的小说世界》《上帝的消隐》《现实的诗人》和《哈代：距离与欲望》等；第三，考察他的解构主义批评理论之形成过程和主要内容。我们通过讨论他与德里达、德曼的理论渊源关系，体察他是如何借鉴二人的批评理念，也就是，如何通过对文学作品中的语言叩问，形成他的解构主义小说理论、修辞性解读理论，以及与之紧密相关的叙事理论、地理志思想。这里将重点讨论他的《小说与重复》《语言的时刻》《解读叙事》《地志学》等著作；第四，讨论他如何参与德里达与约翰·塞尔的论战，通过解读奥斯汀、德里达、德曼等人的言语行为理论，逐渐形成他自己的“文学中的言语行为”理论以及关于阅读的伦理理论。这里将重点讨论他的《文学中的言语行为》《作为行为的文学》和《阅读的伦理》等著作；第五，通过对他就比较文学、文学翻译研究发表的相关论述文字进行互文性解读，体察他对比较文学和文学翻译的性质和前景的看法和设想；最后，结合全球化和数字化时代人们对文学的身份出现认同危机的现状，通过其《论文学》《土著与数码冲浪者》等相关著述以及若干访谈文字，考察他是如何从诗性哲学的高度对文学进行一系列本体叩问和反思，同时也讨论他如何在理论话语呈现方式上采取种种变革举措，等等。

本书重点是对米勒文艺批评思想的演进过程进行系统疏理，结合时代文化语境，考察他的批评思想形成的渊源及其发展状况，进而讨论他对时代文艺批评思想发展做出的贡献。其难点首先表现在如何有效地借鉴并合理地利用纷繁复杂、相互缠绕的诸家学术思想，将其有效地融入研究对象；其次是对相关学术引介时，如何保持研究者自己的独立见解；最后是在充分占有文献的基础上，针对具体个案文本进行解读时，如何避免过度诠释或欠额诠释的做法。

三

早在20世纪60年代，米勒几部标志性著作一经推出，立即引起欧美文论界普遍关注，不久便陆续出现一些有关他的评介文字。总的来看，早期的这些评介大多集中于他对意识批评方法的运用以及这种批评在美国文学批评界造成的影响等方面。如萨拉·拉沃尔（Sarah Lawall）在《意识批评家》（*Critics of Conscious: The Existential Structures of Literature*，1968）中，就将米勒称作“意识批评家”，并有较多篇幅对他的意识批评途径进行专门介绍；另外裘迪·奥索渥斯基（Judy Osowski）在1972年《现代学校教师》（*Modern Schoolman*）第49卷第4期撰文《形式的结构概念：罗兰·巴特、乔治·布莱和希利斯·米勒》（“The Structuralist Concept of Form: Roland Barthes, George Poulet, and J. Hillis Miller”，1972），专门讨论了米勒的意识批评观念。到了20世纪70年代，米勒的研究兴趣开始转向解构主义，文论界随即就有相应的介绍。最具代表的是1977年春季《批评探索》（*Criticsm Inquiry*）第3卷第3期开辟的“多元主义的局限”专栏同时刊发了阿布拉姆斯（M. H. Abrams）的《解构的天使》（“The Deconstructive Angel”）、韦恩·布斯（Wayne C. Booth）的《保护原型：抑或自掘坟墓》（“'Preserving the Exemplar: Or, How to Dig Our Own Graves”）和米勒的《作为寄主的评判家》（“As the Host of the Critics”），[1] 是次刊发的三篇文章将人文主义

1 这些文章最早于1976年12月在美国现代语言协会“文学的哲学方法”分会场上宣读。这次会议上，人文主义者代表阿布拉姆斯（M. H. Abrams）和韦恩·布斯（Wayne C. Booth）二人指责米勒与充满情感的人性关怀丝毫无关，“使得任何我们以之为文学史与文化史的东西变得不可能”，认为解构主义批评其实也是一种变相的一元论：独断专制，拒绝对文本的其他各种解读方式。这样就给了解构主义关键一击，由此引发米勒与阿布拉姆斯和布斯之间一场笔战。其争论的关键问题是语言究竟能否承载意义、传达信息。

文学批评与结构主义批评之间的论战公开化。此次论战因米勒就阿氏的《自然的超自然主义》(*Natural Supernaturalism: Tradition and Revolution in Romantic Literature*，1973)写的评论而起。阿氏认为米勒是解构主义的典型代表，并批评米勒所代表的解构主义批评是一种虚无的、沉浸在文本中的自由嬉戏，最终只能在渺无极限的自由嬉戏中解构自身。米勒则认为阿氏的《自然的超自然主义》虽然在对英国浪漫主义诗人的深刻理解，对浪漫主义诗歌与浪漫主义文学模式在现代文学中的延续的明晰阐发等方面是其他同类论著无法比拟的，然而它在基本假设和方法论上都是很成问题的，甚至逻辑起点就很不牢靠。另外，威廉·凯因(William E. Cain)在1979年11月《大学英语》(*College English*)杂志第41期发表《解构主义在美国：希利斯·米勒》("Deconstruction in America: The Recent Literary Criticism of J. Hillis Miller")，对米勒当时的解构主义文学批评活动进行了介绍，但质疑米勒解构立场的坚定性，认为米勒的解构主义理论中保留着传统理论的成分，因而其解构主义立场摇摆不定，解构主义理论表现出种种不完备性。凯因算得上是同情解构主义的立场，故而后来也将米勒视为一个"披着狼装的人文主义的绵羊"，[1]其理论中的矛盾实际上削弱了其特有的权威性、真实性和自我的可能性。1980年，文森特·莱彻(Vincent B. Leitch)在《批评探索》(*Critical Inquiry*)第6卷第4期撰文《解构主义批评·侧身起舞：希利斯·米勒的解构批评》("The Lateral Dance: The Deconstructive Criticism of J. Hillis Miller"，1980)，介绍米勒的解构批评思想；同年，罗蒙·彼德斯利(Monroe C. Beardsley)在《美学与艺术批评》(*The Journal of Aesthetics and Art Criticism*)杂志第39卷第2期发表《解构主义与批评》("Deconstruction and Criticism by Harold Bloom, Paulde Man, Jacques Derrida, Geoffrey Hartman and J. Hillis Miller")，认为米勒的研究很好地规避了解构主义批评中虚无主义的问题，不过"米勒从雪莱中发现文本，多了预见但是少了虚无主义，尽管他转向用动词和词源的表达的蔓延来进行阐释。"也有人认为米勒通过对阅读行为中伦理问题的关注来反对大众媒介和学术圈中对解构主义的虚无的抨击。阅读中的伦理时刻通常会引发一个外在的行为，即反过来塑造社会、政治和制度的行为。[2]也有学者对米勒诉诸伦理来应对虚无主义并最终落脚于"政治批评"的尝试产生

1 William E. Cain. *The Crisis in Criticism: Theory, Literature, and Reform in English Studies*. Baltimore: Johns Hopkins University Press, 1984: 32.

2 Gerhard Joseph. "The Ethics of Reading: Kant, de Man, Eliot, Trollope, and Benjamin by J. Hillis Miller Review". *The Journal of Aesthetics and Art Criticism*, 1978. 46(2).

质疑，认为米勒在使用言语行为理论是有一些复杂性，并非是严格的言语行为研究，而是将有效性、意图等统统赋予述行意义。[1] 此后，西方学界对于米勒的介绍和讨论不断增多，其中有几部专著讨论米勒的理论观念发展过程和特征。如丹尼·施华兹（Daniel R. Schwartz）的《人文主义的遗产：从詹姆斯到希利斯·米勒的英国小说批评理论》（*The Humanistic Heritage: Critical Theories of the English Novel from James to Hillis Miller*，1986），等等。

自 20 世纪 80 年代起，一些主要的文学批评著作、手册乃至百科全书都有关于米勒的介绍或他作为批评家的词条。如 1980 年由弗兰克·伦特里恰（Frank Lentricchia）撰写的《新批评之后》（*After the New Criticism: After Structuralism*）一书，就有专章介绍米勒早期批评思想的变迁问题，并谈到他在美国文论界率先引入意识批评，由此促成美国文论界在批评方法上的大转向。此后，乔纳森·卡勒（Jonanthan Culler）的《论解构：结构主义之后的理论和批评》（*On Deconstruction: Theory and Criticism*，1983），乔纳森·阿拉克（Jonathan Arac）等人编《耶鲁批评：解构主义在美国》（*The Yale Critics: Deconstruction in America*，1983/1987），罗伯特·戴维斯（Robert Davis）和罗拉德·席勒弗（Ronald Schleifer）主编的《修辞与形式：解构主义在耶鲁》（*Rhetoric and Form: Deconstruction at Yale*，1985），格里高利·杰伊（Gregory S. Jay）所编《文学传记辞典：1955 年以来的现代美国批评家》（*Dictionary of Literary Biography, Modern American Critics Since 1955*，1988）等著作中，都有专门的篇幅介绍米勒的批评思想；另外，像伯曼·阿特（Berman Art）在《从新批评到解构主义》（*From New Criticism to Deconstruction*，1988）中撰有《解构主义在美国》，克里斯托弗·诺利斯（Christopher Norris）在《保尔·德曼》（*Paul de Man*，1988）中撰有《美学意识形态与阅读的伦理：米勒与德曼》，以及特里·伊格尔顿（Terry Eagleton）的《二十世纪西方文学理论·后解结构主义》（*Twentieth-Century Western Literary Theories*，1986），罗里·赖安（Rory Ryan）主编的《当代西方文学理论导论·后结构主义·德里达的分解理论》（*An Introduction to Contemporary Western Literary Theory*，1986）等，均在相关章节中对米勒的思想进行了介绍。总的来看，这些介绍侧重的主要是他的意识批评和解构主义批评理论，而且多是在时代文艺批评思潮的语境中进行观照的。

1 Steven Rendall. “The Ethics of Reading: Kant, de Man, Eliot, Trollope, and Benjamin by J. Hillis Miller Review”. *Comparative Literature*,1990. 42(1).

1986年，米勒出任美国现代语言协会会长。在就职典礼上，他发表了著名的长篇演讲《理论的胜利、阅读的阻力以及物质基础问题》（“The Triumph of Theory, the Resistance to Reading, and the Question of the Material Base”），对刚刚兴起的新历史主义思潮提出了大胆的质疑，此演说曾一度引起人们热议。[1] 特别是随着米勒的《阅读的伦理》一书推出，批评界又有了一系列专门的介绍，其中包盖里·维尔（Gary Wihl）在1988年《文本实践》（*Textual Practice*）夏季号刊发的《希利斯·米勒：阅读的伦理》（“J. Hillis Miller, the Ethics of Reading”）一文。1989年，罗伯特·斯考莱斯（Robert Scholes）在《小说：虚构作品论坛》（*Novel: A Forum on Fiction*）第22卷第2期撰文《解构的哀婉词语》（“The Pathos of Deconstruction”），介绍米勒的解构主义批评思想；另外，有关米勒批评思想的阐述也见于一些访谈录，其中包括罗伯特·莫伊尼汉（Robert Moynihan）在其著作《最近的想象》（*A Recent Imagining: Interviews with Harold Bloom, Geoffrey Hartman, J. Hillis Miller, and Paul de Man*，1986）、伊默·萨鲁辛斯基（Imre Salusinszky）在《社会中的批评》（*Criticism in Society*，1987）都在附录中收有对米勒的专访；另外，还有乔治·雷奥纳多（George Leonard）在《杂志》（*Magazine*）1987年第3期发表的专访，等等。

到了20世纪90年代，有关米勒的介绍更多。首先，在美国有贝林德（Florin Berindean）在《比较文学家》（*The Comparatist*）1997年5月号发表的《希利斯·米勒：地理志》（“J. Hillis Miller, Topographies”）一文，介绍了米勒文艺思想的最新发展状况与特色；1999年，曼纽尔·阿森西（Manuel Asensi）在《黑洞：希利斯·米勒；或牛耕式阅读》（*Black Holes: J. Hillis Miller; or, Boustrophedoni Reading*）中论述了米勒理论观念的独特本质以及对文学之矛盾性的密切关注和揭示。另外，《麦林姆韦氏文学百科全书》（*Merriam Webster's Encyclopedia of Literature*，1995）也收有“希利斯·米勒”的词条；同时，有关他的研究还出现在法国、罗马尼亚、阿根廷等国的一些学术刊物上，这方面的研究论文、论著既有用英文撰写的，也有用其他语言发表的，其中包括德国专门研究英美文学的杂志《英语文学研究》（*Anglistik*）1995年3月第6期刊登了沃尔特·戈培尔（Walter Göbel）的《塑造希利斯·米勒：身份的降低抑或连续的改变？》（“Modelling J. Hillis Miller: Slippage of Identity or Continuity in Flux?”）等，这些介绍与评

1 Eugene Goodheart. “To the Editor”, *PMLA*, 1988 (CIII): 819–820; J. Hillis Miller. “Reply”. *PMLA*, 1988 (CIII): 820–821; Edward Burns. “To the Editor”, *PMLA*, 1988 (CIII): 821.

述使米勒在世界学术范围内的影响迅速扩大；除此之外，有关米勒的介绍也见于时人编写的文学批评著作或手册中，如威尔佛雷德·古尔灵（Wilfred L. Guerin）等人著《文学批评方法手册》（*A Handbook of Critical Approaches to Literature*，4th edition，1992）有关“现象学批评 / 意识批评”章节就有关于米勒的介绍；奥尔孙·加利（Olson A. Gary）编的《哲学、修辞、文学批评》（*Philosophy, Rhetoric, Literary Criticism: (Inter)views*，1994）有对米勒的专文介绍；兰姆·塞尔登（Raman Selden）等著《当代文学理论导论》（*A Reader's Guide to Contemporary Literary Theory*，4th edition，1997）中有关“后结构主义”章节也介绍到米勒，这些介绍自然突出的是米勒作为一位批评家在美国现当代文论界的地位和做出的贡献。同时，有关米勒批评思想的介绍也见于时人对他的一些专访中，如卡伦·西蒙生（Karen Margrethe Simonsen）在《段落》（*Passage*）杂志 1995 年第 20/21 期刊发表了他对米勒所做专访；另外，有关米勒的访谈也出现在一些电台上，如在 1995 年 12 月 30 日、1997 年 3 月 26 日和 4 月 16 日，芝加哥电台、美国现代协会、英国 BBC 广播公司先后播放了对米勒的专访。总的来看，20 世纪 90 年代的这些介绍多集中于米勒的解构主义批评思想，少数也涉及他在意识批评方面的成就，然而这些介绍大都停留于表面，缺少对他思想发展脉络和学术思想渊源的全面梳理，或是限于对其讨论的时段而侧重于某个时期的思想介绍。

新世纪伊始，这种现象开始有所改观。2003 年 4 月 18–19 日，美国加州大学厄湾分校召开了一次学术会议，研讨的对象是 J. 希利斯·米勒其人与其学术思想，参会的有不同国家的学者，他们都是米勒过去或现在的学生或朋友。米勒的挚友德里达也出席了会议，并做主旨发言。德里达在演说中以自己与米勒在不同时期的交往和对米勒不同时期著作的评论为经，以“正义”“孤独”“友谊”“米勒学术成就”为纬，既对米勒做了深刻的评价，又借题做哲思发挥，评论与哲思并妙。该文后收入 *Critical Inquiry*（《批评探索》）杂志，又收入科恩（Barbara Cohen）与库钧兹克（Dragon Kujundzic）合编《激发阅读：希利斯·米勒和即将到来的民主》（*Provocations to Reading: J. Hillis Miller and the Democracy to Come*，2005）一书。[1] 后者收入米勒理论文章十余篇，涵盖了米勒各个时期的研究主题：叙事、阅读的伦理、重复、线条的理论、批评的角度和责任、翻译以及时下的文学研究的功用等。2005 年，朱丽安·沃尔弗雷斯（Julian Wolfreys）

1 Jacques Derrida. "Justice". *Critical Inquiry*, 2005 (31): 689–721.

编选了一部《米勒读本》(*The J. Hillis Miller Reader*),该书分五个专题从米勒五十年来发表的论述中精选作品22篇,同时在相关栏目中收有欧美批评界对米勒理论的回应文章13篇;另外,还有编选者的长篇序言和访谈录,对米勒的文艺思想进行较为集中而深入的介绍,较清晰地再现了米勒批评思想的全貌。同年,亨利·苏斯曼(Henry Sussman)在《亚特兰蒂斯》(*Atlantis*)杂志第28卷第2期发表评论,评介《作为行为的文学》(*Literature as Conduct*,2005),文中讨论了米勒的言语行为理论观念;接下来,艾蒙·多恩(Éamonn Dunne)有两部专著系统地研究米勒的理论。2010年,多恩出版了一部《希利斯·米勒与阅读的可能:解构主义之后的文学》(*J. Hillis Miller and the Possiblities of Reading: Literature After Deconstruction*),该书意在"以负责任的方式"对米勒提出的相关问题进行回应。这些问题包括:何为好的阅读?人们如何知道阅读某一文学作品是否准确?对于米勒而言,究竟何为"好的阅读"?如果米勒是对的,而好的阅读并不经常出现,这又是为什么呢?等等。该书分析了米勒的阅读策略和方法,包括重复式阅读、赋格式阅读和作为言语行为的阅读等,对研究米勒的阅读伦理观有重要意义。2013年,多恩又出版了一部《现在阅读理论:跟米勒做好阅读初阶》(*Reading Theory Now: An ABC of Good Reading with J. Hillis Miller*),该书由米勒亲自作序,沃尔弗雷斯写跋。米勒称该书是一部关于他著作介绍的"机智、细腻和有洞察力的小书",该书主要从米勒中期的著作中选取一些常用术语,以26个字母顺序排列并加以介绍,是一部了解米勒文论的基础性介绍读物。[1]然而,迄今就各个时期米勒文艺批评思想开展专题研究在欧美尚属薄弱环节。

四

米勒的批评理论最初被介绍到汉语学界是在20世纪80年代。首先在港台学界,米勒的英文著述不断地被有关学者大量引述;随后,他的一些文章也被翻译成汉语,这些连同对他做的一些专访,陆续在台湾的《淡江评论》(*Tamkang Review*)《中外文学》(*Chung-Wai Literary Monthly*)《当代》(*Contemporary Monthly*)等杂志刊登。另外,有关米勒的解构主义翻译研究也出现在《翻译学研究集刊》上,特别是在1991年9月,《中外文学》

1 不过书中索引的A-Z并不完全是米勒研究的关键词,例如解构(Deconstruction)、言语行为(Speech Act)等并没有出现在索引中,而是用开始(Beginning)、愉悦(Joy)、零点(Zero)等作为关键词,其目的并不是具体阐释米勒的观点,而是描摹米勒理论的灵魂。

第 20 卷第 4 期还辟为“米勒专号”，刊登了米勒一些论文汉译和台湾学者若干有关批评文章和访谈录，其中包括单德兴译《跨越边界》，杨明苍译自韦思特（Grant Webster）《文学传记辞典》之《关于米乐》，王宏图译《重复的二种形式》，张锦忠、余慧珠合译毕斯（Donald Pease）的《米乐：另一种维多利亚人》，陈英辉撰《米乐论哈代》，李有成撰《阅读伦理中的政治》，以及单德兴的《米乐访谈录》等；1993 年 8 月，该刊第 22 卷第 3 期刊登了单德兴撰《析论米乐的文化批评观》和陈英辉的《评论〈析论米乐的文化批评观〉》；同年 9 月，该刊第 22 卷第 4 期刊登了陈东荣译米勒的《时间的地理志：丁尼生的眼泪》；1994 年 1 月，该刊第 22 卷第 8 期刊登了林素英译米勒的《地志的道德观：论史蒂文斯〈基韦斯的秩序理论〉》；1995 年 6 月，该刊第 24 卷第 1 期刊登陈东荣译米勒的《网际网路银河中的黑洞：美国文学研究新趋势》；同时，米勒的一些学术专著在台湾也有翻译出版。1991 年 10 月，米勒应邀在台湾中研院做了系列讲座，其成果之一便是结集出版 *New Starts: Performative Topographies in Literature and Criticism*（《新的开始：文学与批评中的践行地志》，1993），该书后由单德兴等编译《跨越边界：翻译 · 文学 · 批评》（1995）出版。除含“跨越边界：理论之翻译”“时间的地理志：丁尼生的眼泪”“践行写实主义：福克纳的《押沙龙，押沙龙》”“地理志的道德观：论史蒂文斯《基韦斯的秩序理念》”四章外，还有编译者单德兴的长篇“序言”以及他于 1993 年对米勒做的一个访谈，针对米勒不同时期文艺批评方法的发展情况进行了详细介绍。[1]

中国大陆学界最早接触米勒的批评思想同样是在 20 世纪 80 年代。当初，米勒是作为一位后结构主义者介绍进来的。1987 年，王逢振撰写专文《“耶鲁四人帮”之一：希利斯 · 米勒》，刊《外国文学》第 11 期，国内学者便开始对米勒理论的引介、研究和讨论。随后有关米勒的论述陆续出现于一些现当代文论著作和论文中，其研究和讨论的主题主要围绕着意识批评、解构主义批评、文学言语行为理论、阅读伦理观以及电

1 在台湾版《跨越边界——〈中外文学〉米乐专号序》中，米勒就提道：“我很高兴自己的一些作品现在会被人用中文来阅读；但这也使我不安。我既不懂中文，也从未访问过台湾……但是，我现在自问：‘我的作品被翻译成一个我不懂的语言，在一个我从未访问过的地方被阅读时，这些作品会发生什么事情？我如何能够发现这究竟是怎么一回事？’被人用自己不懂的语言来阅读时一种奇怪的剥夺的形式（a strange form of dispossession）。我制造出来的一些东西，我的自我感受、我的语言、与我自己国家特定的社会及建制机构条件密切相关的一些东西，以及来自我阅读自己传统中特定作品的一些东西——这些都被拿走，而且转变成其他的东西，变成我无法阅读、知道或评价的一些东西。”米乐 . 跨越边界——《中外文学》米乐专号序 . 单德兴译 . 中外文学，1991. 20（4）: 4.

子媒介时代的“文学终结论”等。如张隆溪的《二十世纪西方文论述评》(1986)、马驰的《叛逆的谋杀者》(1990)、王岳川的《后现代主义研究》(1992)、盛宁的《二十世纪美国文论》(1994)、朱立元主编的《当代西方文艺理论》(1997)等，分别介绍了米勒的解构主义批评思想。如果以1998年为界，此前属于初步的研究阶段。因限于篇幅，这一时期所讨论问题的深度和广度仍然有限，米勒也因此在中国文论界影响甚小。此后，随着他的七部著作陆续被译成中文:《重申解构主义》(郭英剑等译，1998)、《解读叙事》(申丹译，2002)、《土著与数码冲浪者——米勒中国演讲集》(*The Indigene and the Cybersurfer*，易晓明，2004)、《文学死了吗》(秦立彦译，2007)、《小说与重复:七部英国小说》(王宏图译，2007)、《萌在他乡：米勒中国演讲集》(国荣译，2016)、《J. 希利斯·米勒文集》(王逢振、周敏，2016)，特别是随着他多次来华参加学术会议或发表演说（仅1988年至2012年间，在中国的讲座就有三十多场[1])，并在中国多所大学兼任教职，又以“他者”的身份为中国学界贡献了智慧，[2]他的一些演讲稿也被及时地翻译过来，其中王逢振、盛宁、王宁、郭英剑、方杰、国荣、张一凡、宁一中、陈永国、陆小红、宁夏林、申丹、生安锋、黄德先等做了不少工作。这样，米勒的学术思想影响也在中国日益扩大；同时，文论界加强了对米勒的研究，这些主要集中在他的解构主义小说批评思想、小说中的重复观以及叙事批评理论等方面；另外，也有人分别从翻译、伦理、哲学等维度对他的著作和相关思想进行论述。总的来说，这些研究或是停留在泛泛的介绍上，或是流于单个问题的讨论，或是过分地强调他的解构主义批评思想，而且也像米勒所说的“在中国有关我观点的各种教材过于强调了所谓‘解构’的消极面”，[3]从中还很难概览米勒批评思想发展的全貌。这中间讨论得最多的又是他的《小说与重复》《解读叙

1 郭艳娟整理 . J. 希利斯·米勒在中国（1988—2012）. 米勒 . J. 希利斯·米勒 . 萌在他乡：米勒中国演讲集 . 国荣译 . 南京：南京大学出版社，2016：338-343.

2 米勒曾通过考察中美文学研究现状，指出了中国学者存在六个方面的问题：(1) 他们对突出新的看法缺乏兴趣；(2) 他们非常关注文学分期、命名、特征概括是否正确；(3) 他们强调历史语境对作家创作的决定作用；(4) 他们描述一个作家或学派的论述高度抽象；(5) 他们的论文缺少引用，几乎没有风格或形式分析；(6) 他们都很关注西方作品翻译或中文在现代中国文学发展中所起的决定性作用，很少关注汉语与信访语言的差异。这些不啻是较为中肯的意见。不过他又强调，中美之间有很多可以互相学习的地方。而且他不止一次公开说过，要是他能够再活一次，他将学习中文，这样他就能够直接学习中国文学。希利斯·米勒 . 中美文学研究比较 . 黄德先译 . 外国文学，2010 (7)：83-89.

3 希利斯·米勒，王敬慧 .“解构性阅读”与“修辞性阅读”——致张江 . 文艺研究 . 2015(7).

事》这两部著作，[1]以及自《重申解构主义》一书译出的部分论文，其中包括《作为寄主的批评家》等。这里，由于研究者掌握的文献仍十分有限，或是有碍于立论的视角，甚少有对米勒的文艺思想发展的渊源及演进过程做系统深入地讨论，特别是对他早期与新批评、意识批评之间关系的梳理仍未有过。

进入 21 世纪，国内陆续出现有关米勒研究的博士论文，包括肖锦龙的《希利斯 · 米勒文学观的元观念探幽》(2006)、张青岭的《论希利斯 · 米勒的解构批评》(2006)、郭艳娟的《阅读的伦理：希利斯 · 米勒批评理论探幽》(2009)、王月的《希利斯 · 米勒言语行为理论研究》(2012)、王雅楠的《希利斯 · 米勒述行理论研究》(2018) 等，这些博士论文都从不同的角度对米勒的文论思想进行了深入和系统的阐述。[2]

其次也出现了几部研究米勒的专著，包括肖锦龙的《意识批评、语言分析、行为研究——希利斯 · 米勒的文学批评》(2011)、申屠云峰与曹艳的《在理造词论与实践之间——J. 希利斯 · 米勒解构主义文化管窥》(2011)、秦旭的《J. 希利斯 · 米勒批评研究》(2011) 等。肖著从历时性角度分别从意识批评、语言分析和行为研究三个维度展开讨论，认为专注于"意识批评"阶段的米勒揭示了文学作品中作家意识的重要性，但是将作品中任务意识等因素不是当成隐喻性的艺术因素，而是当成真实的现实存在，所以对作品的解读不是文学意义上的解读，而是一种哲学意义上的解读。另外，他认为米勒的解构主义的语言分析注重了语言的重要性和重复、异质性的特征，却忽略了语言符号的现实性、主观自为和同质性的一面。秦著则以解构主义研究为核心。他同样回顾了米勒的现象学意识批评以及异质性和述行性批评，不过他还将米勒本身作为媒介来探讨电子媒介时代人性、文学所面对的变化，同米勒一同为全球化和电信时代的文学辩护。申、曹著作的核心仍然是解构主义，却以异质性的语言为核心，探讨米勒所论阅读的伦理以及线性的叙事理论，并最终回归到全球化背景之下的文学研

1 《解读叙事》的中译本出版，连同申丹的《解构主义在美国——评 J. 希利斯 · 米勒的"线条意象"》(载《外国文学评论》2001 年第 2 期，第 5–13 页) 一文发表，引起了一场争论。申屠云峰 . 对《解读叙事》的另一种解读——兼与申丹教授商榷 . 外国文学评论，2004(1)：83–92；申丹 .《解读叙事》的本质究竟是什么？——答申屠云峰的《另一种解读》. 外国文学评论，2004(2)：51–59.

2 在一次访谈中，米勒曾就自己的著作在中国传播的问题说道："有两三本书在中国出版，不仅我的一些论文被译成中文，并有导读，而且有两三本博士论文是讨论我的著作的。尽管我无法读他们，但我为这些感到自豪。我还和他们中的一个有过通信。" Bradley J. Fest. "Isn't It a Beautiful Day?: An Interview with J. Hillis Miller". *Boundary 2*, 2014 (Fall): 137.

究。这些著作对米勒的文学批评理论均有较深刻的认识，对其中的洞见和局限性均有相当精确的把握，同时对于中国文论话语建构也有各自应有的贡献。这样就为新时期米勒文艺批评思想的研究拓展了空间。

五

首先，本书通过尝试社会历史学的批评途径，以米勒为研究个案，结合他的文艺思想之渊源与发展过程进行全面梳理。在研究的过程中，我们会将这位批评家的理论思想放在时代文化语境内进行观照，考察他的思想形成过程。在此，既探讨渊源与影响，又分析特质与差异，还要研究米勒作为一位文学批评家对时代文艺思想发展做出的贡献。

其次，运用诠释学的方法，结合具体的思想主题，对米勒的文艺思想进行细致入微地阐发。在此，我们将借鉴新批评理论注重文本分析的方法，通过互文性文本阅读，也就是通过个案文本细读，在共时和历时层面展开比较研究，考察米勒文学批评观念的内在特质以及他的批评思想发展与时代文艺思潮之间的关系。

最后，还将参照现象学、解构主义、文化研究、言语行为理论、伦理批评等领域的相关批评原理，将米勒的文艺思想置于跨学科、跨语言、跨文化、跨国界的语境内进行观照，对他的文艺批评思想进行多维度、多层次的阐析，体察他对现当代文学批评事业做出的贡献。

本书从多维的视角，就米勒的文艺批评思想展开全景式研究，在国内尚未有过同样的选题。

第二章

米勒早期小说批评中的意识批评途径

最初米勒在文学批评中尝试运用以现象学为理论基础的意识批评方法是在他执教霍普金斯大学期间（1953—1972），准确地说是在20世纪60年代中期。此间，他结识了比利时批评家普莱（Georges Poulet）。受其影响，他将意识批评方法运用于英美文学的解读中，并推出一系列的著作，这些分别有《狄更斯的小说世界》（*Charles Dickens: The World of His Novels*，1958）、《上帝的消隐》（*The Disappearance of God: Five Nineteenth-Century Writers*，1963）、《现实的诗人》（*Poets of Reality: Six Twentieth-Century Writers*，1965）和《哈代：距离与欲望》（*Thomas Hardy: Distance and Desire*，1970）。米勒曾经说他自己是"现象学批评家的一种美国版本"。[1]到了20世纪60年代末、70年代初，随着他结识德里达、德曼等人，其研究途径逐渐从现象学转向解构批评。或者像人所说的，"这时的米勒一只脚已迈出意识之门而踏上解构批评之路。"[2]不过，此间他出版的《维多利亚小说的形式》（*The Form of Victorian Fiction*，1968）仍能见到两个参照中心：意识与语言。1970年，米勒又发表了《日内瓦或巴黎：普莱之近作》（"Geneva or Paris? The Recent Works of Georges Poulet"）一文，挑战新批评，并将重心从试图认同单个作品的有机整体转向单个作家的"内部空间"，继而又认识到意识是构成性的、原创性的，从而标志着他正式转向解构批评。这里我们将结合米勒早期的几部作品，考察他是如何将意识批评方法运用于文学作品的解读中，并提出自己的批评意见。

1　易晓明．土著与数码冲浪者：米勒中国演讲集．长春：吉林人民出版社，2004：165.

2　J. 希利斯·米勒．小说与重复——七部英国小说．王宏图译．天津：天津人民出版社，2008：4.

第一节 意识批评观念说略

意识批评（critique de la conscience/criticism of consciousness）又称主题批评、存在批评、本体批评、发生批评、现象学文学批评或深层精神分析批评。由于众批评家并非专业的哲学家，故而他们自由选用足以描述他们批评方法的词语，由此出现不同的称谓方式。[1]意识批评是作者的经验传达于作品本文的批评，也是创作时作者的主动意识（active consciuousness）之批评。其特点是把文学看作内在于作品之作者主体的活动，其批评步骤首先即在体验作品之作者的主体活动，其次描述这一同情理解的经验。由于意识批评并不在追溯一般所谓的作者创作时的原初经验，而只是着重具现于作品中的意识，因此意识批评家坚持他们的路径是“内在的”（immanent），与心理分析、传记批评或历史批评均不相同。

意识批评主要是针对美国的新批评和法国学院派的批评传统而出现的，它更反对英美逻辑实证的分析态度。意识批评是日内瓦学派（the Geneva School）[2]的主要批评方法，其哲学基础是由胡塞尔（Edmund Husserl）创立的现象学（Phenomenology）。该哲学的特点是将体验到的世界（即意识）作为自己的描写对象，并采取本质直观（intuition of essence）、悬搁（suspending）、加括号（bracketing out）和现象学还原（phenomenological reduction）等手段，以求回到事物本身，寻找绝对真理，从而恢复人类主体在世界中的地位。在胡塞尔看来，人类的意识是一种统一的意向性行为（an intentional act），意识始终会指向某个对象。换言之，意识总是对某物的意识，对象也只能是意向性（intentionality）的对象，只能是被意识到的客体。意向性是意识的本质所在，它构成了主客体间的桥梁与媒介，正是意向性使意识的本质和对象本质得以呈现出来。

现象学在文艺批评领域最先影响了俄国形式主义（Russian Formalism）。

1 众批评家的这些描述词语都与他们普遍关怀的存在关系密切。譬如，“本体论批评”通常含有一个存有的理论；“现象学批评”意指人对于存在处境的整体知觉；“发生批评”指在阅读各种文类，或从作家的经验化为文句结构之中，一种重新的企图（不同于一般流行的英国界定，把发生批评视为一种传记的谬见）；“主题批评”描述意识样态互相结合的感知主题；至于“存在批评”和“意识批评”则是综合性的词语，包括对人类感知所做的各种深浅不同的考察。拉瓦尔、马乐伯．意识批评家．李正治译．台北：金枫出版社，1987: 4–5.

2 “日内瓦学派”这一称谓最早诞生于20世纪50年代中期的美国，后传至欧洲。他们没有统一的纲领和口号，没有固定的组织和集会，也没有统一的刊物发表观点。

正如胡塞尔将真实的对象加上括号转而关注它的行为；在形式主义者那里，真实的诗歌被加上了括号，其关注的重点也转到观察的方式上。此后，文艺现象学又经海德格尔（Martin Heideggar）、梅洛 - 庞蒂（Maurice Merleau-Ponty）等人不断地发展，随即对伽达默尔（Hans-Georg Gadamar）以及对语言理解中的意识和文学中经验维度感兴趣的批评家产生了巨大的影响，并诞生一批重要的批评著作，其中包括波兰批评家英伽登（Roman Ingarden）的《文学的艺术作品》（*The Literary Work of Art*，1931）和《对文学的艺术作品的认识》（*The Cognition of the Literary Work of Art*，1937）等。后来，深受英伽登文艺批评方法影响的还有读者反应论的提出者伊瑟（Wolfgang Iser）和接受理论的提出者尧斯（Hans Robert Jauss）等人。[1]

意识批评常与早期日内瓦学派一批重要批评家的名字联系在一起，这些人分别有马赛尔·雷蒙（Marcel Raymond）、阿尔贝·贝甘（Albert Béguin）、让·鲁塞（Jean Rousset）、让·斯塔罗宾斯基（Jean Starobinski）、让 - 彼埃尔·里夏尔（Jean-Pierre Richard）、加斯东·巴什拉（Gaston Bachelard）等。这些批评家均与存在主义（Existentialism）有着某种渊源，且都抱持着文学为心灵活动的存在观点，一些人之间还保持着深厚的友谊。他们曾被称为“新日内瓦学派”（the new “Geneva School”）。日内瓦批评家拓展出一套个人的、主体的批评方式，和浪漫主义以后的文学史发展关系密切，而且在各方面均表露出这一学派的主要态度——文学为意识的经验。他们的着重点是属于道德的、个性的，而他们的方法是一种精神的历史学，这种方法以文学所提供存有事实为依据。日内瓦批评肇源于马塞尔·雷蒙的《从波德莱尔到超现实主义》（*De Baudelaire au surrealisme*）和阿尔贝尔·贝甘的《浪漫时代与梦》（*L'Ame romantique et le rêve*），这两部著作把批评导向情感和想象的分析，而不重文词的精确度，曾经为文学思索提供了一种新的视野。日内瓦学派批评家普遍认为文学作品不是某种先在的典型之复制或模仿，而是人类意识结构的一种表现形式，是人的内在人格外化之结果；同时，他们还将每一件作品视作一个虚构的世界，这个世界是由作家从现实世界中创造出来的，它蕴含了作家独特的意识模式

1　关于读者的批评，米勒有过精辟的看法：它认为一个文本本身没有任何意义，意义是从文本之外通过“读者社群”强加给文本的。这有别于解构主义者或修辞性阅读者所持的观点：文学作品都具有多个可以确定的含义，但不一定总是相互兼容。必须仔细阅读特定文本才能够找出这些含义。J. 希利斯·米勒．“解构性阅读”与“修辞性阅读”——致张江．文艺研究，2015（7）：71。

(modes of consciousness)。从根本上说，文学批评是对意识的批评，也就是对另一个意识之意识。这种意识指的是"归入括号""中止判断"等现象学还原之后的意识固有存在，亦即纯粹意识。

概言之，在意识批评家的眼中，批评是关于文学的文学，是关于意识的文学，批评家的任务是借助于别人写的诗、小说或剧本来探索和表达自己对世界和人生的感受与认识。这种主观的体验方法针对的正是当时欧美批评界盛行的以客观为旨归的形式主义批评，其渊源可追溯到 19 世纪那种浪漫的表现式批评，当时人们普遍将文学视为作家个性的呈现，而对这种个性的自觉意识则被视为文学阅读的目的与价值。[1] 尽管早期这些意识批评家运用的方法各不相同，但他们的出发点却是相同的，那就是将文学视作人类表达的一种独具特色的、丰富的秩序，是符号的一种有意识的安排，这些符号首先是经由直觉加以把握的。

正如米勒后来承认的那样，在日内瓦学派学者中他早年就阅读过普莱、雷蒙、贝甘、巴什拉的人作品，[2] 这其中影响他早期文学批评最大的是乔治·普莱。作为日内瓦学派的重要代表人物和浪漫主义与唯心主义的继承人，普莱的意识批评思想最初是受到梅洛－庞蒂(Maurice Merleau-Pondy)的影响。他在为让－彼埃尔·里夏尔(Jean-Pierre Richard)《文学与感觉》(*Littérature et sensation*)一书所写的序里，杜撰了"意识批评"这个术语，且指出意识在文学中具现为许多形式。它是个人主体感知的意识，或涵摄一般存在的意识，存于"内在距离"(Le Distance intérieure/interior distance)的特殊心灵区域。在这个内部空间，作者沉思文辞和客观间的距离，与思想和最后完成的表现间的距离，这种是纯粹的人之感知，但它可能因主体的不同而呈现出色调差异。换言之，他的做法是忽略文学作品的历史语境，还有作者以及作品的产生及其读者，其目的是对文本展开一种彻底的"内在的"阅读，这种阅读完全不受外在因素的干扰。在此，文本本身仅被看作是作者意识的体现。要了解这种内心的世界，就得融入作品本身显现的作者意识当中去。普莱强调，批评不仅是阅读心灵，而且同等重要的是阅读身体，因为只有通过感性身体和理性精神的阅读批评，才会是丰满而客观的，也只有通过这种"感性肉体的阅读"和"精神

1　M. H. Abrams. *A Glossary of Literary Terms*. 7th eds. New York: Holt, Rinehart and Winston, 1999: 221.

2　Sheng Anfeng. "A Call for Literary Studies: An Interview with J. Hillis Miller". 外国文学研究，2006 (6): 3.

心灵的阅读"，主客体之间才会建立起一种真正的关联，作品的主体才能脱离周围一切向我言说。于是，阅读现象学的根本意义显现出来，即作品总是通过自己不可言传和不可决定性来显露自己，同时主体在这种阅读中开拓并提升自己的"主体性"。在《阅读的现象学》("Phenomenology of Reading"，1969）这篇论文中，普莱反复强调，书和雕像或花瓶不同之处在于：它是纯精神性的产品。也就是说，书籍作为一个物质的客体，除了文字、油墨、纸张和符号以外，还充盈着大量的精神和思想，使这些符号载体不再是客体之物，而是有意识、有心灵的存在，是一种"意向性对象"。它是有思想、有形象的新存在，一种源于读者自我内心的新存在。后来，普莱又将这种思想做了进一步发挥。

正如日内瓦学派普遍将批评视作一种主体间性行为（an intersubjective activity），在普莱的批评活动中又能见到批评主体和创造主体的意识是如何紧密相融、浑然一体的。普莱的意识批评集大成之作是《意识批评》(*Criticism of Consciousness*，1971)。[1] 一方面，该书可以看作是作者一种理论上的全面阐述；另一方面，它是批评者通过追寻批评对象之"我思"(Cogito）即作家在作品中流露出的意识一种最直接、最内省的体验。在此，普莱对"批评意识"做了更明确的界定，指出批评意识实则是读者意识。有了这种意识，阅读主体才能把他人的思想当作自己的意识对象，并与创作主体构成一种包容或同构关系，由此使阅读主体和创作主体获得认同。批评实则是通过阅读所获得的认同进行整理与明晰化。而且，作者还区分了文学作品的三种体认方式：其一为现象直观方式，在作品中有一种被恰当地称作精神的意识因素，它深深地融汇于客观形式之中，同时这种客观形式又在揭示并且吸收它；其二为笛卡尔的认识论，文学作品中存在一种不同的、更高的层次：它抛弃了形式，意识通过超越反映模式而在其中显示意识自身；其三为类似于禅宗的直觉体认方式。

总的来说，在普莱看来，批评源于阅读，它必须严格地放弃自我表现，它是对意识的理解，亦即意识之意识；同时，它也是一种再创作，这种再创作是从主体经由客体再到主体得以实现的。此点也成了他的阅读现象学之实质核心。一句话，普莱在批评中试图对意识加以本质的现象学还原，然后通过自我来揭示他人、他者以及整个世界的思想。他遵循的实则是

1 普莱最初将该方法称作"意识批评"，继而又称之为"发生批评"，后又称之为"主题批评"。

一种“唯心主义的、本质主义的、反历史的、形式主义的和有机的”[1]批评途径，以此达到对作品中的意识认同。可以说，普莱的批评既是那种参与式批评，也是一种认同批评。最为重要的是，他认为一个作者的全部作品形成一个不可分割的整体，这一整体中各部分之间相互联系是辩证的。与所有文学作品一样，批评是时间性的，因此也是连续的。辩证法是避免文字与时刻相互排斥的一种方法。正是这种批评方法对米勒早期的文学研究产生了巨大影响。

第二节　米勒于意识批评理论的继承与运用

现象学批评固然诞生于欧洲，随着乔治·普莱、斯塔罗宾斯基等欧陆批评家游学美国，盛行于欧陆的现象学批评被引入美国。特别是普莱的《普鲁斯特的空间》（*Proustian Space*）和伊塞尔（Wolfgang Iser）的《隐含读者：小说中的沟通模式》（*The Implied Reader: Patterns of Communication in Prose Fiction from Bunyan to Beckett*）等现象学著作陆续被译成英文，它们随即对美国文论界产生了巨大影响，新批评独霸美国批评文坛的局面被打破。受现象学批评影响的批评家分别有卡尔·奈尔逊（Cary Nelson）、希利斯·米勒和杰弗里·哈特曼等。这其中又以米勒推出的《上帝的消隐》和《现实的诗人》等著作对意识批评在美国语境下的文学批评研究起到了铺垫作用。

米勒对意识批评的接受，就像他说的：“我的动机与其说是对理论抽象的兴趣，不如说是对实际问题的兴趣——布雷［普莱］和德·曼对我的影响，与其说是他们的理论假设，不如说是他们的阅读策略，如果我们能那么区分的话。”[2]确切地说，米勒转向意识批评是在1965年前后。是年，耶鲁大学召开了一次“文学理论研讨会”；次年，霍普金斯大学也举行了一次研讨会，后一次会议德里达、拉康首次进入美国。正是这两次会议的召开，标志着美国新批评为欧陆批评所取代。正如米勒所言：“首先对我个人而言，就是采纳了‘意识批评’的理论假设，从而取代了我在研究生

1 Terry Eagleton. *Literary Theory: An Introduction*. 2nd ed. London: Blackwell Publishing, 1996: 52.

2 米乐．跨越边界：翻译·文学·批评．单德兴译．台北：书林出版有限公司，1995：30. 另外，在《维多利亚小说的形式》第二版前言中，米勒也说：“提到乔治·普莱，我借此机会带着感激的心情承认我对他的借鉴，在此著中我与他交换看法达数年之久，特别是在安托尼·特罗洛普的问题和叙述者作为一般意识的观念问题上。”J. Hillis Miller. *The Form of Victorian Fiction*. Cleverland: Arete Press, 1979: viii.

时代就已采用的柏克或燕卜荪式的新批评。”[1] 于是，他先后撰写了《普莱的文学批评》《理论的对立：反思耶鲁研讨会》等文，集中讨论意识批评方法。[2] 此间，他又与普莱在霍普金斯大学共事六年，并接受普莱及其同事提出的批评活动乃是通过对某位作家“内在空间”（the interior space/ la distance intériur）或称“内省距离”的引用和主题释意之描述的说法，以此挑战新批评关注单个作品有机整体（an organic unity）的做法；同时，他还特别欣赏普莱在批评时将一位作家全部作品一同处理的方法。自此以后，米勒陆续将意识批评方法运用于文学作品解读中，进而推出一系列重要的著作。

概而言之，米勒的意识批评表现出细读式新批评的特征，即其理论和方法都在对其具体作品的品评和诠释中体现出来的。就像有学者指出的，作为文学批评在美国逐渐实现建制化的一位关键人物，米勒早期的意识批评“坚决拒斥历史实证主义，而使批评有向精神史回归的趋势，从而体现了现象学批评的根本特征，即去发现意识所沉淀在人类共同意识之中的那种本质。”[3] 既然要通过作家的作品来把握其中所蕴含的“我思”，这就意味着意识批评者不会仅仅停留于单一文本的某些段落之诠释。米勒的做法则是将作家全部创作视作一个统一的整体，并结合他们不同的作品加以考察；同时，他还能发挥自己早年从事过新批评的解读特长，关注文本所展露的个人意识，以求实现批评家的意识与作家意识之认同。他时常将各种形式的观察与句法结构的解析相联系，而且他也像普莱、斯塔罗宾斯基、鲁塞等人一样，将其个人的批评置于一个不断变化的意识史框架之内，由此演绎出他早年文艺批评的心路历程。

一、《狄更斯的世界》——小说作为自主的艺术品

米勒的首部著作《狄更斯的世界》（1958）是在普莱的批评论著《巴尔扎克》的影响下完成的，其意在挑战牛津大学教授汉姆弗雷·豪斯（Humphry House）的巨著《狄更斯的世界》（*The Dickens World*，1941），

---

1 J. Hillis Miller. “Preface”. *Theory Now and Then*. Hertfordshire: Harvester Wheatsheaf, 1991: viii; J. Hillis Miller. *Hawthorne and History: Defacing It*. Oxford: Basil Blackwell, 1991: viii.

2 J. Hillis Miller. “The Literary Criticism of Georges Poulet”. *Modern Language Notes*, 1963 (LXXVIII): 471–488; J. Hillis Miller. “The Antitheses of Criticism: Reflections on the Yale Colloquium”. *Modern Language Notes*, 1966. LXXXI (5): 557–571; J. Hillis Miller. “The Geneva School: The Criticism of Marcel Raymond, Albert Beguin, Georges Poulet, Jean Rousset, Jean-Pierre Richard, and Jean Starobinski”. *The Critical Quarterly*, 1966. VIII（4）: 302–321.

3 王岳川 . 现象学与解释学文论 . 济南：山东教育出版社，1999：154.

而且他明确地宣称此书是“敬献给普莱”的。[1]与豪斯旨在“显示狄更斯所反映的时代、作品与作者所生活的社会之间关系”不同的，[2]米勒彻底打破了传统的外在研究模式，直接透过外部将研究定位在作品内在表象即作品的意识上，并且将狄更斯的小说作为自主的艺术作品加以对待。如果说汉姆弗雷·豪斯称赞狄更斯为维多利亚时代的记者，米勒则将狄更斯视为世界的发现者。米勒不是将小说看成维多利亚时代的镜子，而是看成“自动化的艺术作品”。而且，他也像普莱一样，坚持这种研究要结合作家的全部作品，并效仿普莱在《普鲁斯特的空间》中对普鲁斯特所做的解释，将作家的不同时期并置，也就是按照其创作的先后次序进行观照，以体察作家想象之独特品质，还有他对世界及其事物的看法。他这样做，是因为“任何一位作家的全部作品构成了一个整体，在这一整体的内部有着上千条路径从此整体中辐射而出。”[3]正因预设了这样一个中心，米勒和其他日内瓦学派成员一样，始终能够透过文本的表层而深入最底层，以此逼近作家的意识或称“我思”。这就注定他早年在研究个案作家的时候，会结合该作家一系列作品展开互文性解读，也就是，经由“诠释的循环”（Hermeneutical circle），从个别作品的诠释转到整体作品的诠释，然后又

1 米勒是一位研究狄更斯的专家。同一时期，他还撰写了《狄更斯喜剧艺术的来源：从〈游美札记〉到〈马丁·朱述尔维特〉》（“The Sources of Dickens' Comic: From *American Notes* to *Martin Chuzzlewit*”）、《萨姆·韦勒的情人节》（“Sam Weller's Valentine”）；编辑了《查尔斯·狄更斯与奥列佛·退斯特》并撰写“导言”（*Charles Dickens, Oliver Twist*, with an “Introduction”）、《查尔斯·狄更斯与〈我们共同的朋友〉》并撰写“后记”（*Charles Dickens, Our Mutual Friend*, with an “Afterword”）、《查尔斯·狄更斯与〈荒凉山庄〉》并撰写导言（*Charles Dickens, Bleak House*, with an “Introduction”）、“查尔斯·狄更斯”新天主教百科全书第四卷（“Charles Dickens”, New Catholic Encyclopedia）、“现实主义小说：《〈博兹札记〉〈奥列佛·退斯特〉及克鲁克香克的插图》（“The Fiction of Realism: *Sketches by Boz, Oliver Twist*, and Cruikshank's Illustration”）；1962 年 6 月，米勒又在波士顿举行的狄更斯协会第 56 届年会上发表《狄更斯批评：过去，现在和未来的动向》（“Dickens Criticism: Past, Present, and Future Directions,” 1962）之演说，分别概述了狄更斯研究的四种景观：传记批评、历史批评、心理批评和分析批评；1963 年，《狄更斯研究》（*Dickens Studies*）创刊，米勒担任编委之一。

2 汉姆弗雷·豪斯认为小说仅仅是当时社会的文本。他的《狄更斯的世界》主要研究了狄更斯和他所生活的时代之关系。豪斯认为狄更斯和其他作家一样与他无法跨越的时代局限性。虽然他无情地揭示了维多利亚时代英国社会的各种问题，但是他对英国的阶级制度还是感到满意的。狄更斯的批评只是“一种建设性批判，是为社会的进步和完善出谋划策”，推动的只不过是改革而不是革命。这种将作家看作时代产物的做法就为米勒所反对，认为他是完全错误的。Humphry House. *The Dickens World*. London: Cambridge University Press, 1941: 14, 24.

3 J. Hillis Miller. *Charles Dickens: The World of His Novels*. Cambridge, Mass.: Harvard University Press, 1958: ix.

回到个别作品。正是在这种循环中，他发现了某些潜藏的经验样态时常重复，这些经验样态的意义在所有作品中都是一样的，即使经验样态的关系在每部作品中互不相同。

米勒在考察狄更斯小说世界的过程中曾提出这样一种假设：一部小说中的每个句子和段落都界定了一个富有想象的头脑与对象之间的某种关系，所有这些段落单元相叠加便构成作家的想象世界。通过这些段落的透晰，批评家可以窥见一个富有创造的头脑之原始整体。在米勒看来，“透过一部小说中不同观点的段落互相并置”，能够揭示“某一有机组成形式的普遍呈现”。[1]这个“有机组成的形式”具现了作者“创造心灵”的“原创统一性”。[2]正是基于这种假设，米勒就狄更斯一生中六部旨在“探寻真正的身份”[3]之小说——《匹克威克外传》《雾都孤儿》《马丁·翟述佛》《凄凉山庄》《远大前程》《我们的共同朋友》——展开研究，以求发掘狄更斯的想象世界，揭示隐藏在那个中心的统一体。也就是，他深入研究了狄更斯小说中的人物意识（诸如孤僻意识、孤独意识和沟通意识等），进而阐析由之反映出的作家世界观，发掘狄更斯早期小说文本中的“逃避”意识。

按照米勒的界定，“世界”是由全体人类居住其中的所有事物之集合。对于狄更斯而言，这一集合体的具体承载物便是现代商业大都市，这些大都市居住着成千上万的人，他们彼此相互依存，只是人们未曾意识到此点；同时，他们彼此独立，并孤独地、隐秘地生活着。狄更斯的创作便是将其个人在大城市的所见、所闻和所感写成小说。狄更斯小说中描写城市生活和人物意识的“这一个个篇章集合起来构成了作者的想象世界”。[4]这种想象之特殊品质在于：他设想自己通过描写世界的一点一滴，能够突破表面而深入无人知晓的城市内部深处。他将这些城市融入他的想象当中，然后在小说中以鲜活的人物和事件再现出来，以此展现他个人深切体验到的事物表面隐藏的世界本质与真理。正是在这一个个有限的事件当中，既包含

1 J. Hillis Miller. *Charles Dickens: The World of His Novels*. Cambridge, Mass.: Harvard University Press, 1958: xi.

2 J. Hillis Miller. *Charles Dickens: The World of His Novels*. Cambridge, Mass.: Harvard University Press, 1958: ix.

3 J. Hillis Miller. *Charles Dickens: The World of His Novels*. Cambridge, Mass.: Harvard University Press, 1958: x.

4 J. Hillis Miller. *Charles Dickens: The World of His Novels*. Cambridge, Mass.: Harvard University Press, 1958: ix.

了真理，同时也隐藏着真理。当足够多的零散部分得到描述，彼此间的关系得到描绘，其背后的真理无论是特殊的还是普遍的，都能揭示出来。这样，狄更斯的小说就不再是一个“奇怪的不相似的”（odd unlikeness）集合体，而是一种真正相似的世界真实图景。

《匹克威克外传》（*Pickwick Papers*）是狄更斯有意无意地模仿塞万提斯的《堂吉诃德》基础上写成的。[1]它主要写的是匹克威克的漂泊经历，所展现的是一种孤僻意识。该书存在着三种意识：主人公匹克威克的意识；作者代言人叙述者的意识；狄更斯的意识。作者认为整部作品都是围绕匹克威克的意识展开的。不过，他指出匹克威克的意识与狄更斯的意识并不重合；同样，传记中狄更斯的意识或现实中狄更斯的主观意识也不重合。当我们说到“狄更斯的世界”时，我们指的是小说中的语词表达或蕴含的意识，这种意识无处不在，我们在阅读中又是可以重温的。在这部小说中，狄更斯通过故事叙述者的口吻出现。他小心翼翼地避免卷入其中，并以那种超脱的客观视角来对一个个事件加以叙述。《匹克威克外传》的结构效仿始于《堂吉诃德》及早期的流浪小说，其主题是探寻（quest）——探寻现实、探寻真理，同时也隐含着探寻自我，因为一个人只有与世界发生联系时才能了解自我。然而，当匹克威克在接触现实世界的同时，周遭却使他迷惑不解。人人都有不为人知的秘密，人人都有无法理解的一面。而经历了世态炎凉的匹克威克虽然也有紊乱、焦虑、愤怒的情结，但他很快平静下来。于是，他决定抽身离去，“回到他那自我封闭的宁静之中”。[2]作品中所有的事件都是自成一体的、分离的，各自互不相干，将它们连接在一起的唯一线条就是主人公匹克威克的意识节奏。米勒认为，此时此刻，

---

1 George H. Ford. *Dickens and His Readers*. Princeton: Princeton University Press, 1955: 13; Alexander Welsh. “Waverley, Pickwick, and Don Quixote”. *Nineteenth-Century Fiction*, 1967. 22 (1): 19–31. 也有论者指出：《匹克威克外传》不仅全面模仿了《堂吉诃德》的情节结构、人物造型、艺术情调，创作手法等这些看得见的表层文学形式，而且还重复了后者的文学叙写模式等看不见的深层文学形式。更为重要的是，《匹克威克外传》完全承袭了《堂吉诃德》的“反讽”式叙写模式。《匹克威克外传》的独特意识是狄更斯在用独特的文学叙写模式（即“反讽”或戏剧模式）处理他那个时代的普遍意识（即理想主义意识形态）的基础上生成的，其中包含着所指层面上的时代意识，也包含着能指层面上的文学叙写模式。不过，米勒的《查尔斯·狄更斯：他的小说世界》在解读作品的意识时只注意到前一个层面，而对后一个层面差不多置若罔闻，这不能不说是它的一大缺陷。肖锦龙．意识和文学叙写模式——米勒《查尔斯·狄更斯》意识批评之得失浅议．清华大学学报（哲学社会科学版），2009（2）：65–67.

2 J. Hillis Miller. *Charles Dickens: The World of His Novels.* Cambridge, Mass.: Harvard University Press, 1958: 20.

匹克威克的孤僻意识已经表现得淋漓尽致，而狄更斯就是利用匹克威克的意识映射自己的意识。于是，随着小说的推进，叙事者最初是以一种讽刺意味来观照匹克威克，最终却代之以同情与信任。而这又是小说所隐含的戏剧性所在。这部小说中的关键事件是匹克威克发现超验力量和善再也不是内在于世界的。匹克威克又对应于狄更斯内心世界一个赋有决定意义的改变。自从狄更斯写完《匹克威克外传》之后，就再也没有可能回到从前。通过戏剧化地再现脱离单纯的做法，这部小说又隐含地提出狄更斯所有小说的关键问题：一个无法退却的人如何避免为世人或恶势力所摧毁？一个从前的流浪汉是如何发现某些有益于他的身份以及连贯的生活之源泉？在《雾都孤儿》（*Oliver Twist*）中，狄更斯继续抛出这些问题。

《雾都孤儿》（又译《奥列佛·退斯特》）展现的是一种孤独意识。该作从意识方面展现了为社会所排斥进而被封闭的恐惧。奥列佛是狄更斯的第一个弃儿主人公，他从一出生就遭到世界的排斥，进而呈现出一种孤独意识。他所展现的这种孤独意识，又源于缺乏人类最基本的诉求。他的内心生活杂乱无章，体验到的唯有孤独与绝望。不过，狄更斯的意识与小说主人公奥列佛的意识并不重合。在《雾都孤儿》中，狄更斯让奥利佛逃离异化并拥有一个圆满的结局，却与这个世界里的继续存在显得格格不入。在《雾都孤儿》的结尾，狄更斯抛出一个解决办法——流浪汉找回了地位与真实身份，并继承父亲留下的遗产。不过，该办法基本上是建立在自我欺骗以及不愿彻底面对他对世界理解之上的。这种解决办法终究不会长久。而在《尼古拉斯·尼克拉贝》《老古玩店》和《巴纳比·拉奇》三部小说（创作时间介于《雾都孤儿》和《马丁·翟述佛》之间）中，狄更斯则将注意力从外在于社会两端（即匹克威克与奥列佛）转到大千世界里仍然缺少安全或地位的人物身上，这些人都是孤独的，仿佛是置身沙漠里那样孤立。三部小说都以某种方式试图把握这个时空世界的整体，试图从中找出一种结构和意义。这样，个人就可以将自己和他们联系起来。

《马丁·翟述伟》（*Martin Chuzzlewit*）的目的是展示“自私如何繁殖”，它探讨社会里人与人之间直接、亲密的关系，考察人与人之间的各种可能关系。这些人最初是彼此陌生的，最终试图在彼此间建立起关系。小说中的人物摩肚先生（Mr. Mould）完全生活在自我之中，没有机会退出他意识到的意识。客体同样也没有独立的存在，它们只是作为人性化的客体。因此，意识王国与客体王国没有区别。而在探讨这一主题的过程中，作者总是试图找到一种关系，这种关系确保了每个人的独特性。也就是，他在与别人建立关系时，并未同化和消灭他的独特个性，而是将之发扬光大。狄更斯相信，每一个人都具有某种本质，一个长久的特殊本质；同时，他认为只有这种本质被认可和接受，才会拥有一种满意的个性；只有一个人既是独立的，又能有外在事物证明有理，空虚才能填补，并取得一种稳定的身份。然而，不管他是如何变化的，无论是拒绝还是接受周围人的存在，最终《马丁·翟述伟》中的人物角色发现自己还是重新回到虚无之中，他们缺少的是互为主体的世界。

如果说《马丁·翟述伟》的主题是关于自私（selfishness），那么《董贝父子》（*Dombey and Son*）则是关于傲慢（pride）。《董贝父子》拥有一种时间上的连贯性，这点在《匹克威克外传》以及《雾都孤儿》中是缺乏的。正因如此，我们更加意识到章节间的时间和空间空缺。每个场景都是那样细致、完整地得以再现，有如一个时空的封闭体。因此，我们愈发意识到那章节之外的，自己根本未曾得到再现的人物。在《董贝父子》中，我们发现无论是富人还是穷人，无论是严肃角色还是喜剧角色，都生活在孤独之中。对于所有人物而言，《董贝父子》的核心问题就是如何逾越那些将个人与世界以及他人分离开来的障碍。至于《大卫·科波菲尔》（*David Copperfield*）则是狄更斯首部围绕浪漫爱情而营构的小说。在此，婚姻被当成一种解决孤独和逃避问题的办法。而且，它通过许多小故事来重复婚姻的主题。《凄凉山庄》（*Bleak House*）则以另一种方式带出这一问题，它通过质疑而将一个破碎的世界在心灵和形而上结合起来，并让其成为一个融洽的连贯整体。而《凄凉山庄》总体上是一个“神秘故事”，其最初真相神秘地隐藏在现象的背后，人物的头等大事就是窥探其他人，试图打探隐藏在背后的秘密。小说的成分互补相关，只是因为他们共同服务于雾霾的大气特质成为一个统一体。所有人物被一种奇特的意识所控制，他们莫名其妙地卷入神秘之中，卷入人们的生活秘密或自己的秘密之中。神秘的意识作为直觉而被体验，明显互不相关的经验碎片实际上犹如拼图的各个部分一同纳入可理解的整体之中。整个故事就是将人物状况的完整意义予以戏剧化。米勒认为，狄更斯试图在这部作品中第一次在一个复杂的机体中“综合所有时代司空见惯的、浪漫的、客观的生活事实以及他对这些事实梦幻般的理解”。[1]

《艰难时世》（*Hard Times*）、《小杜丽》（*Little Dorrit*）和《双城记》

1 J. Hillis Miller. *Charles Dickens: The World of His Novels*. Cambridge, Mass.: Harvard University Press, 1958: 159.

（*A Tale of Two Cities*）三部小说则关注两种关系：一是人与社会的关系，二是人与人之间直接、亲密的关系。然而，前者表明总是失败的，而且导致身份丧失。在此，狄更斯主要聚焦于两人间一种直接、亲密无间的关系即恋人关系，并探寻这种关系的神秘性。《远大前程》（*Great Expectations*）同样探寻的是人与社会的关系，亦即与他人的直接关系。该作最为统一集中地表达了狄更斯对世界的感观。同时该小说也是最集中表达了狄更斯一贯的世界意识。在这部小说中，狄更斯特定的世界观“以他从未超越的象征强度得到了具体的表达”。[1] 一方面，主人公与自然是隔绝的，世界在童年主人公皮普（Pip）看来是冷漠的，犹如“荒原”或坟墓；另一方面，狄更斯的主人公与人类社会也是隔绝的。他的精神状态是缺乏意识，却充满着向往和期待。皮普对艾斯拉的爱在本质上是一种自我欺骗，整部作品中他目睹的真相：财富、社会地位、文化等所有权赋予个人的身份无一不是虚假的。故事主人公皮普也许可以称为狄更斯式英雄的原型。狄更斯式英雄仍然是与自然分离开来，而且他也意识到自己与外在于自我的分离开来。对他而言，这个世界是冷酷的，缺乏友善的，看起来就像一片“荒原”或坟地，用华莱士 · 斯蒂文斯（Wallace Stevens）的话说，它是“一个有待填充的虚无”（an emptiness that would be filled）。而且，他也意识到自己是有罪的，他要么被社会完全忽略，被抛到街头去乞讨或挨饿；要么是为国家或父母所抚养，其中没有丝毫的人情味，而且也剥夺了他一切真实的身份。处在这样的境况中，一个英雄人物所能做的只是逃入一个孤独的封闭体内。

至于《我们的共同朋友》（*Our Mutual Friend*）展现的则是一种沟通意识。贯穿于该作的主题是“朋友”。作品中的每一个人物都是自我意识。人物意识到了自己的境遇以及世界的特定关系，意识到了自己已经陷入某一特殊的境地，发现自己忠于职守而不是随意自杀，意识到了遗产是不可改变的身份，无法摆脱自己的境遇。但他们又与周围的人不同程度上结为“朋友”关系。小说则将人物的内在本质与外在社会环境有机地结合，在揭示与外部世界沟通的重要意义之同时，也向读者呈现禁锢于自我小世界的各色人物。在狄更斯的眼中，人与人之间并没有真正的秘密。通过言谈话语、动作、表情、肢体语言，人们就可以相互理解。

在《查尔斯 · 狄更斯：他的小说世界》这部著作中，米勒除了重点

1　J. Hillis Miller. *Charles Dickens: The World of His Novels.* Cambridge, Mass.: Harvard University Press, 1958: 250.

研究《匹克威克外传》等六部小说的意识之外，还考察了《尼古拉斯·尼克尔贝》《老古玩店》《巴纳比·拉奇》《远大前程》的孤独意识，《小杜丽》的封闭意识，《董贝父子》的逃避意识。在米勒看来："狄更斯的小说……构成一个完整的、统一的整体。在这个整体中，有一个问题，即探寻切实可行的身份，在隐藏的中心不断地被提到：狄更斯最清楚地理解了世界的本质以及其中的人类状况。"[1] "狄更斯小说中最重要的一个改变，……定义为拒绝将过去的、给定的以外在的视作自我的源头，而是重新面对未来，面对自由人的精神本身，并将其视作价值的唯一真正源泉。"[2] 这点可能也是所有存在主义思想家期望在狄更斯小说中发现的。事实上，米勒也说过："狄更斯的每一部小说生成一个独立的、独特的由词语构织的世界，所有这些小说一同构成一个复杂的却是统一的想象世界。"[3]

总之，米勒通过对狄更斯早期几部小说的剖析，向我们展示了作家苦苦追寻人们生存之路的心灵整体。他所做的无非是经由内容的范畴（世界、事件、他人和自我）进入与分类，以此来描述小说家变化多端的自我经验。[4] 正如米勒在分析普莱的"认同批评"时所说的：一个时代的意识自成一个封闭的整体，一个与个体思想相似的水晶般的球体。通过掌握一个作家的意识可以掌握这一集体思想，而且可以通过其结构以同样的辩证思路效仿它。[5] 更为重要的是，"米勒的意识批评的最大贡献是彻底打破了传统的外在模式，直接透过外部将研究定位在了作品的内在表象即作品的意识上，触及到了作品的本质。"[6] 可以说，米勒的首部作品作出了一种表率。难怪《新大英百科全书》（*The New Encyclopedia Britannica*）会将米勒这部《查尔斯·狄更斯：他的小说世界》誉为狄更斯研究领域里"自埃德蒙·威尔逊（Edmund Wilson）之后最有影响力的批评成果"。[7]

---

1 J. Hillis Miller. *Charles Dickens: The World of His Novels*. Cambridge, Mass.: Harvard University Press, 1958: 239.

2 J. Hillis Miller. *Charles Dickens: The World of His Novels*. Cambridge, Mass.: Harvard University Press, 1958: 333.

3 J. Hillis Miller. "Introductory Preface by J. Hillis Miller". *Charles Dickens: The World of His Novels*. Cambridge, Mass.: Harvard University Press, 1958: 3.

4 J. Hillis Miller. *Charles Dickens: The World of His Novels*. Cambridge, Mass.: Harvard University Press, 1958: 333.

5 J. Hillis Miller. *Theory Now and Then*. Hertfordshire: Harvester Wheatsheaf, 1991.

6 朱恒 . 浅析解构主义大师 J. 希利斯 · 米勒对狄更斯的意识批评 . 时代文学，2014（4）: 112.

7 McHenry Robert (ed. In-co-chief). *The New Encyclopedia Britannica*, Vol.5. Chicago: Encyclopedia Britannica, Inc., 1984: 12.

二、《上帝的消隐》——重辟与神沟通的道路

诚如论家所言，米勒早期文学批评的“动机与其说是对理论的抽象兴趣，不如说是对实际问题的兴趣——布雷［普莱］的阅读方法可能如何帮助我来阅读那些维多利亚时代的作家”，以此发现文本中那些异例（anomalies）、怪异（oddness）的特质。[1] 这种阅读体验再次体现在他的专著《上帝的消隐》里。

《上帝的消隐》被人称为“有关维多利亚文学最好的一本书”“也是唯一一本真正的好书”。[2] 在该书中，我们可以看到米勒的意识批评与当时美国文论界盛行的现象学思潮是如何有着一脉相承的关系。这点在该书“出版前言”中就有明显的体现。

在该“前言”中，米勒这样写道：

> 文学是意识的一种形式，文学批评就是对这种形式的不同变体之分析。尽管文学是由词语构成的，这些词语却蕴含着心理状态，它们是能够为别人所接近的。对文学的理解经历的是一个马塞尔（Gabriel Marcel）所说的“主体间性”（intersubjectivity）过程。批评需要上述那些所有参与的才能，还有那种将自身置于另一生命体内的能力，亦即济慈所说的负面能力。如果文学是一种意识形式，那么批评家的任务就是使其自身与词语中表现出的主体性产生认同，并将那个人生命从内部释放出来，然后在他的批评中加以重构。[3]

在此，米勒引入“主体间性”这一概念，其意在诠释人与世界的同一性，它们之间不是主客对立的关系，而是主体与主体之间的交往。这种主体间性文本关涉到意识何以可能的问题，并能从根本上诠释人与世界的关系。同时，他还抛出这样一个假设：一个作家的全部作品构成一个有生命的统一体，这正有如一部作品在那更大的生命体内都是一个生命。他的具体做法便是按照普鲁斯特（Marcel Proust）和霍普金斯（Gerard Manley Hopkins）所倡导的，将各式各样的作品并置，以体察它们所共同拥有的那种新鲜的、独特的美感。

1　单德兴 . 阅读 · 批评 · 理论：米乐访谈录 . 对话与交流：当代中外作家、批评家访谈录 . 台北：麦田出版社，2001：270.

2　Morse Peckham. “Review: The Disappearance of God: Five Nineteenth-Century Writers, by J. Hillis Miller”. *Victorian Poetry*, 1965. 3 (3): 202.

3　J. Hillis Miller. *The Disappearance of God: Five Nineteenth-Century Writers.* Cambridge, Mass.: Harvard University Press, 1963: xii.

正如有评论家评论米勒的《上帝的消隐》时说：

> 这本书的标题具有误导性。……米勒既不是为神学家而写的，也不是为了安慰那些可怜的怀疑者或可能相信神是无处不在的而非超验的而写的。……米勒是一位文学批评家和思想史家。他不是要教会我们如何重新获得或践行神在场的感觉，也不是在神的消隐后对那些不信神者而沾沾自喜。[1]

在《上帝的消隐》一书中，米勒尝试运用意识批评方法将五位维多利亚时代的作家——德昆西（Thomas De Quincey）、勃朗宁（Robert Browning）、勃朗特（Emily Brontë）、阿诺德（Matthew Arnold）和霍普金斯——的作品作为“一个文化家族”（a cultural family）或“类型”（category）[2]进行了整体分析，以求认同每位作家笔下所具有的“新鲜美感”。在米勒看来，这五位作家“虽然有区别，但有共同的问题，并找到了共同的出路。”[3]其作品“受到了他们感觉到上帝的缺席，还有他们渴望将这种缺席转换成在场的制约和塑造”。[4]而他选择这群维多利亚时代作家进行分析，无疑又是受到哈罗德·布鲁姆的影响。[5]在此，他也像普莱一样，选择多位作家进行观照，这并不是想借此表明这些人的相似之处，而是意在体察每个人的意识之独特性。[6]其原因在于，他认同了莱布尼兹的假设：每个人的思想都是独特的、独立于其他思想的。因而读者可以发现，书中的五章相互独立，各章逐一考察了文体、语言、世界观和个性等表面上与主题不直接相干的问题。五位作家似乎并未“陷入”19世纪的某个独特的困境，

1 Basil Willey. “Review: The Disappearance of God: Five Nineteenth-Century Writers, by J. Hillis Miller”. *The Modern Language Review*, 1964, 59 (3): 467.

2 Morse Peckham. “Review: The Disappearance of God: Five Nineteenth-Century Writers, by J. Hillis Miller”. *Victorian Poetry*, 1965. 3 (3): 205.

3 Morse Peckham. “Review: The Disappearance of God: Five Nineteenth-Century Writers, by J. Hillis Miller”. *Victorian Poetry*, 1965. 3 (3): 205.

4 Basil Willey. “Review: The Disappearance of God: Five Nineteenth-Century Writers, by J. Hillis Miller”. *The Modern Language Review*, 1964, 59 (3): 467.

5 后来米勒也说过：“布伦（即布鲁姆）对我的重要性在于为我们开了一条路，让我了解、欣赏某些我以前不够了解、欣赏的维多利亚时代后期的作家。我感染了他对那些作家的热情——罗斯金、沛德、罗赛提、史云鹏，甚至王尔德（John Ruskin, Walter Pater, Dante Gabriel Rossetti, Algernon Charles Swinburne, Oscar Wilde）。布伦对这些作家的了解和感受令人敬佩。多亏布伦使我回过头来重读罗斯金、沛德、罗赛提。”单德兴．阅读、批评、理论：米乐访谈录．对话与交流：当代中外作家、批评家访谈录．台北：麦田出版社，2001：274.

6 J. Hillis Miller. *Theory Now and Then*. Hertfordshire: Harvester Wheatsheaf, 1991.

他们的追求和痛苦并没有与时代精神（Zeitgeist）联系起来研究，或者追溯到某个特别的原因。相反，他们每一位都以某种不太普遍的方式展现的。

在《上帝的消隐》中，米勒说：

> 上帝并不以显形的方式存在，他只存在于那些关于创造的书中。当我问我此身来自何方时，没有谁能回答我。我转而自省，只发现自己不过被他人效仿的自我品味。不管在我之外还是之内，上帝都没有直接出现在我之前。他的存在只不过是我由“自我发现”推论而来。创造了我和世界的其他万物后，他就消隐了，住在我们之上、之外的什么地方，忙他自己不为人窥见的事情去了。上帝隐身藏行，这便是十九世纪很多人发现的宗教情形。[1]

众所周知，弗兰兹·卡夫卡（Franz Kafka）认为神并没有彻底地消失，它存在着，但并不是为了我们。这点就受到了米勒的挑战。在该书的序言中，米勒追溯了西欧盛行一千年之久人、神、自然和语言之文化统一的看法，同时又伴随着一种变化——从信仰一个固有的上帝，到信仰一种超验的，再到一个缺席的存在（an absent Being）。现代人从一开始就面对着这种分离，他把自己同外在的一切分离开来。他意识到自己内在的空虚，也对任何外在条例和哲学的可信度表示怀疑。

接着，米勒从海德格尔提出的神人同在、可体验到的神力之原始世界场景出发，认为在近代作家那里，他们与上帝之间的连线已经断裂，或者说上帝已经从曾经的栖居地悄悄地溜走，上帝约束世上所有人和一切事物的力量已不复存在。既然神已经消失、消隐，人们只能消极地体验上帝可怕的“缺席”（absence），人在本质上只能处于一种“分离”（disconnection）状态。上述五位作家在面对无神的世界时，均采取浪漫主义态度。米勒认为，这些浪漫主义者仍然信神，“他们无法忍受神的‘缺场’，他们不惜一切代价企图重建与神的交往沟通”；[2] 浪漫主义把艺术家定义为创造或发现迄今尚未被人理解的象征的人，正是这些象征跨越了鸿沟，建立起人与神的新关系。按照这一总体精神，米勒具体分析了每位作家是如何在与上帝沟通、斡旋的途径都被打破以后，又找到了象征，进

1 J. Hillis Miller. *The Disappearance of God: Five Nineteenth-Century Writers.* Cambridge, Mass.: Harvard University Press, 1963: 272–273.

2 J. Hillis Miller. *The Disappearance of God: Five Nineteenth-Century Writers.* Cambridge, Mass.: Harvard University Press, 1963: 13.

而在自己作品中开辟与神沟通的路径，并部分回复对“原始世界场景”[1]的体验。

尽管米勒在书中并没有给“上帝”一个定义，有时他似乎是指个人的基督教的上帝（Christian God），有时只是指终极的现实（ultimate reality），只要认识到了它就能给整个生命带来意义。正如德里达评论的：在《上帝的消隐》中，米勒关于“上帝消隐”的思想最令他着迷、信服，印象深刻。米勒的这一思想不只是一种学识、一种哲学、甚至一种神学，而是他关于思维、经历和文学写作等的问题。在该书中，米勒通过对五位用英语写作的作家作品的分析，清晰而忠实地阐释了什么是“正义”，什么是“正确”。米勒认为，上帝消隐，不仅因为它从未被人看到，而且因为他从不亲自回应人的问题。米勒以高屋建瓴的方式描述了19世纪直至当代文学的“宗教情形”。他指出，在这段时间里，宗教实质上被废弃了，上帝从这里隐退了，离去了。在德里达看来，这些都是米勒的卓见。[2]另外也有评论家指出：“米勒对于我们理解19世纪的思想做出了贡献，这点我们得感激他。”[3]

总之，通过象征，作家们经历了一种人神合一的回归：这不是启蒙时代之后的那个傲慢自大的人，而是浪漫主义作家接近其理想的、与上帝融合的人；这不是上帝根据自己形象制造出来的、可以用圆形和正方形来规矩的人，而是向内回到生命原点的人。诚如后来米勒所说的：时值新批评和原型批评盛行之际，他借用这种欧陆泊来的方法而加以改造，用来分析一个时期的精神史，完全是切实可行的。[4]难怪有人会说：“任何从事19世纪欧美文化研究的人都不可忽略这本书。”[5]

三、《现实的诗人》——从虚无到新现实

相同的思想在《现实的诗人》（1965）中继续得到发挥。在该书中，我们可以看到作者是如何将自己对时代意识的洞见加以淋漓尽致地展现。在此，米勒首先提出20世纪文学领域已经出现一大变化，那就是诗歌

1 J. Hillis Miller. *The Disappearance of God: Five Nineteenth-Century Writers*. Cambridge, Mass.: Harvard University Press, 1963: 3.

2 Jacques Derrida. “Justice”. *Provocations to Reading*. Ed. Barbara Cohen and Dragon Kujundzic. New York: Fordham University Press, 2005: 245–26.

3 Sybil Oldfield. “Review: The Disappearance of God: Five Nineteenth-Century Writers, by J. Hillis Miller”. *Victorian Studies*, 1964. 8 (2): 196.

4 J. Hillis Miller. *Theory Now and Then*. Hertfordshire: Harvester Wheatsheaf, 1991.

5 Morse Peckham. “Review: The Disappearance of God: Five Nineteenth-Century Writers, by J. Hillis Miller”. *Victorian Poetry*, 1965. 3 (3): 203.

创作方面呈现出虚无主义（nihilism）的特征，这又有别于以客观二元论（dualism）为基调的 19 世纪浪漫主义传统。这种新的诗歌诞生于今天，却是从浪漫主义发展而来，同时又超越浪漫主义。20 世纪众多诗人一开始就经历过虚无主义，可能也是浪漫主义的结果之一。

诚如批评者所言:《现实的诗人》“对于近期浪漫主义运动批评起了很好的作用”。[1] 也有人说：这本书“在文体上继承了乔治·普莱的风格，尽管它不是纯普莱式的”。[2] 另外，也有人说:“米勒的中心论题是：随着神的消隐，还有将创造融入人的意识，虚无主义被放弃独立自我和它在外在世界分散开来而遗忘。”[3]

仔细阅读米勒的这部著作，我们会发现他的讨论是从康拉德（Joseph Conrad）这位现代小说家入手的，以求指明他是如何循着这种虚无主义步入黑暗的深渊，然后将这种虚无主义带至表面并加以揭示，最后又试图超越它。接着，米勒通过对叶芝（William B. Yeats）、艾略特（T. S. Eliot）、迪兰·托玛斯(Dylan Thomas)、史蒂文斯(Wallace Stevens)、威廉斯(William Carlos Williams）等五位现代诗人展开了细致入微的讨论，考察众人是如何抹杀自我，经历并超越虚无主义，继而进入一种新的现实，最终创作出一种现实的诗歌。在此，作者通过对大量的出版物，包括诗歌、书信、评论和自传材料等进行研究。就像人所说的，“他 [米勒] 的学识是全面的，方法是充满想象的，分析是深刻的”，[4] 而且他始终沿用的是“一种推理的、形而上的、非分析的、非历史的方法”。[5] 因而，该作“为现代文学贡献了现代因素”。[6] 在书中，米勒认为，这批现实的诗人心路历程虽然各不相同，但都具有一种家族相似性（a family resemblance）。他们共同参与一场心灵

---

1 Adams Hazard. “Review: Poets of Reality: Six Twentieth-Century Writers, by J. Hillis Miller”. *The Journal of English and Germanic Philology*, 1966. 65 (4): 742.

2 就像评论家指出的：普莱的贡献是，从他开始，欧洲已经出现了一种趋势，那就是文学批评开始变为一种艺术，一种文体上的绝技（*tour de force*），它压倒了所要研究的对象。Adams Hazard. “Review: Poets of Reality: Six Twentieth-Century Writers, by J. Hillis Miller”. *The Journal of English and Germanic Philology*, 1966. 65 (4): 742.

3 Kingsley Weatherhead. “Review: Poets of Reality: Six Twentieth-Century Writers, by Hillis Miller”. *Comparative Literature*, 1968. 20 (4): 375.

4 Giles Gunn. “Review: Poets of Reality: Six Twentieth-Century Writers, by J. Hillis Miller”. *The Journal of Religion*, 1966. 46 (2): 325.

5 Patrick Roberts. “Poets of Reality: Six Twentieth-Century Writers, by Hillis Miller”. *The Review of English Studies*, 1967. 18 (12): 489.

6 Giles Gunn. “Review: Poets of Reality: Six Twentieth-Century Writers, by J. Hillis Miller”. *The Journal of Religion*, 1966. 46 (2): 324.

与情感的革命，有如18世纪导致浪漫主义出现的那场革命一样激烈。这场革命呈现出的是试图超越虚无主义。[1]他们的起点与基础是从上帝的消隐转为上帝的死亡。不过，从一开始，米勒就质疑了20世纪这批诗歌是“浪漫主义的延伸”之假设，他认为这批诗人“超越了浪漫主义”。在书的一开始，米勒就试图给浪漫主义一个定义。浪漫主义源于笛卡尔的二元论（Cartesian dualism）。这种二元论表现在天与地、超自然与自然、现实世界与派生世界、主体与客体、自我与他者、心灵与自然之间的对立。这种二元论又导致两种形式的危机：一是无限地离开上帝（如阿诺德和丁尼生）；二是宣称上帝已死（如尼采）。而“虚无主义”又来源于两个哲学命题，即尼采（Friedrich Nietzsche）的“上帝已死”（Gott ist tot）和笛卡尔（Rene Descartes）的“我思故我在”（Cogito, ergo sum）。

因此，米勒说：

> 人将主观与客观彻底分离，从而杀死了上帝。自我质疑一切，并将外在于它的界定为它思维能力的客体。……浪漫主义，还有科学技术，都将万事万物视作人的再现对象。……随着这一进程延续，人甚至忘记了他是杀死上帝的凶手。主体内部存在上帝，正如它对于早先浪漫派来说是存在一样，已经被遗忘了。而遗忘又是维多利亚时代在客观化世界地平线以外寻求上帝消隐的哀婉辞。技术上来说就是对上帝死亡的遗忘。[2]

换言之，浪漫主义文学和现代技术是那遍及全球的文化演进的两个方面。随着这种演化的不断推进，人们逐渐忘记了自己正是谋杀上帝的凶手。而技术的进步则意味着对上帝死亡的忽略。结果，当上帝及天地的创造成为意识的客体，人就变成了一个虚无主义者；当意识成为万物基础的时候，虚无主义便成了意识之虚无。此刻，人只有放弃独立的自我，只得在他自我的无限虚无中穿行。这样，那种分裂的自我又发展成主体的冲突，这也成了现代小说的一个中心主题。于是，在阿诺德和众多浪漫主义继承者那里，自我就从其自身的深度模式中分离开来，在脑海的深渊中隐藏那个被深深埋藏了的自我。要想接近那个自我，有如在沉寂的无限空间里接近上

---

1 Giles Gunn. “Review: Poets of Reality: Six Twentieth-Century Writers, by J. Hillis Miller”. *The Journal of Religion*, 1966. 46 (2): 324.

2 J. Hillis Miller. *Poets of Reality: Six Twentieth-Century Writers*. Cambridge, Mass.: Harvard University Press, 1965: 3–5.

帝一般困难。

然而，在这种新的诗歌艺术里，上述所有深度模式开始消失。分离的空间被彻底地暴露出来。那些曾经消失了的元素在一个共同相处的新领域里又汇聚在一块，这群诗人都采用一条共同的逃避主义策略抵达那儿。换言之，现代人已经把内在的世界转变成了精神，他自己也就变成了虚无主义者。而现代诗人为了逃避这种主观的困境，将他自己内在的变为外在的。[1] 于是，现代人就像史蒂文斯所说的那样，“赤脚走进现实”（barefoot into reality）[2]——在这一“现实”当中，“物体以原本的面貌，以其存在的整体展现自己”“在这新的空间里，心理散布于万物中并与之结为一体”，而不再是心物二元对立——这“就是 20 世纪诗的范畴”，是每位伟大诗人逃离虚无、获得诗情的根源。正如在我思中，一切都被缩小成一个中心点，在这一新的诗歌空间里，世界被浓缩成一个点，这个点便是一架手推车、一朵苦苣花、一块绿色的玻璃碎片。如果将此点进行扩散，就能逐渐涵盖所有的一切。此刻，“诗歌不再是关于事物的观念，而是事物之本身”；它是世界的一部分，而不是关于世界的描绘。如果说在这个新的世界还存在一个上帝，那么这个上帝只可能存在于事物的内部，绝不可能超越于事物。于是，每一个诗人以其独特的方式进入这个新的现实。所有这些诗人，在米勒看来都是无处不在的，而非彼此分离的：在叶芝和艾略特那里，他发现对上帝无处不在的探寻。叶芝肯定了有限的瞬间是无限的丰饶；艾略特发现了“道成肉身”（the Incarnation）就在此时此地；[3] 托马斯继续感受到宏观世界和微观世界的一致，并接受了死亡，使诗人获得拯救万物的方舟；史蒂文斯在存在之诗中认同想象与真实；威廉斯在他居住的“新的空间和新的时间”（in a new space and a new time）里走得更远，纵身投入“肮

---

1 Giles Gunn. “Review: Poets of Reality: Six Twentieth-Century Writers, by J. Hillis Miller”. *The Journal of Religion*, 1966. 46 (2): 324.

2 J. Hillis Miller. *Poets of Reality: Six Twentieth-Century Writers*. Cambridge, Mass.: Harvard University Press, 1965: 7.

3 有论者指出：由于米勒在《现实的诗人》中喜欢使用“无所不在”（immanence）、“超验”（transcendence）、“精神力量”（spiritual power）等词，使得该书成为一部货真价实的宗教论文，尽管作者并没有明白说出。这点在讨论艾略特时就可以明显地看出。他说：“艾略特比‘消失的’上帝走得更远，最终在现实中重新发现上帝无处不在。”整部书中将诗歌作为一种精神生活的方式，实际上是作为一种宗教，还有贯穿书中的神秘主义因素和结论，使得该作大打折扣。Patrick Roberts. “Poets of Reality: Six Twentieth-Century Writers, by Hillis Miller”. *The Review of English Studies*, 1967. 18 (12): 489–490.

脏的帕塞克河”。[1] 换言之，“对于这批新诗人，人们再也无法回到传统的那种将上帝视作超验和无处不在的观念。人们能够发现的上帝只会是在这个由诗人创造的世界里，它存在于事物内部，而非在事物之上或之外。”[2] 如果放眼 20 世纪的诗歌，我们发现这些作者最终并非缺席的诗人，而是毗邻的诗人。在这些诗人的作品里，现实走近了感知，然后通过感知走近拥有它的脑海。同时，现实也出现在诗中的语词里。而所有这些都是从一个时代的总体意识来概括每位现代诗人的总体意识。

总之，“米勒梳理了 19 世纪中叶及 20 世纪初作家的两类不同的意识，从狄更斯到康莱德，从浪漫主义到虚无主义，米勒对主客观主义的消极性进行了意识批评的反思。”[3] 可以说，米勒通过上述论述，尤其是将意识批评结合英美文学经典作品展开深入剖析，将意识批评发展到一个新的水平准。

第三节　意识批评之后的反思

正如米勒所言：“拥有一个时代意识是一种语言或文化中的天才。”[4] 米勒曾说自己是“现象学批评家的一种美国版本”。[5] 此说一点也不夸张。诚如马乐伯（Robert R. Magliola）总结的：“作为普雷（即普莱）的学生（于霍普金斯大学时），米勒呼应他的良师的理论，他的现象学的作品，把日内瓦的实际批评应用到英国及美国文学，这是他的伟大贡献。米勒侧身于美国第一流的学者之间，为日内瓦学派赢得了一些听众，这是从未有过

1 J. Hillis Miller. *Poets of Reality: Six Twentieth-Century Writers*. Cambridge, Mass.: Harvard University Press, 1965: 358; J. Hillis Miller (ed.). *William Carlos Williams: A Collection of Critical Essays, with an "Introduction"*. Twentieth-Century Views Series. Eaglewood Cliffs, NJ.: Prentice-Hall, 1966: 11. 早年米勒是非常喜欢威廉斯的诗歌。在他看来，威廉斯的诗歌不仅节奏特别优美，而且主题还有其他方面都很好。不过，威廉斯对于他当时正热衷运用的阅读方法来说是一大挑战，对于现象学批评或意识批评来说也是很难驾驭的，而且不适合普莱在其论文中运用的辩证程序或普莱对于意识的抽象概念。多年来，倒是史蒂文斯对他来说更为重要。米勒对其关注始于读研究生期间。不过史蒂文斯带来的又是另一种挑战，因为他是一位惹人注目的哲理诗人。Bradley J. Fest. "Isn't It a Beautiful Day? An Interview with J. Hillis Miller". *Boundary 2*, 2014 (Fall): 124–125.

2 Giles Gunn. "Review: Poets of Reality: Six Twentieth-Century Writers, by J. Hillis Miller". *The Journal of Religion*, 1966. 46 (2): 324.

3 秦旭 . 意识和语言的困惑——论希利斯 · 米勒早期文学批评之嬗变 . 苏州大学学报（哲学社会科学版），2010（4）：133.

4 J. Hillis Miller. *Theory Now and Then*. Hertfordshire: Harvester Wheatsheaf, 1991: 43.

5 易晓明 . 土著与数码冲浪者：米勒中国演讲集 . 长春：吉林人民出版社，2005：165.

之事。”[1]

然而，就像我们所看到的，意识批评最初是针对当年欧洲思想界和学术界盛行以客观为追求的形式主义做法而诞生的，它将人们关注的重点由客观对象引向主体间性问题，引到作家的内在意识以及由文本构织的“世界”，并力图不偏不倚、准确无误地将作品中发掘的再现出来。换言之，他们常常把文学与环境孤立起来。意识批评注重个人意识的挖掘，此点固然无可厚非，然而我们还需看到，任何个人的经历都不可能与周遭社会生活脱离开来。在批评的过程中，米勒早年也像其他现象学家一样，努力将“纯粹”内在的经历免受语言的社会感染。也就是说，他将语言看作是具有“固定”意义的方便系统，这些意义又是独立形成的。这种把语言想象成能脱离言语的外在语境，并把它当作孤立的、内在的言语之做法，显然有失偏颇。

意识批评的另一个缺点就是牺牲了人类历史之本身。尤其是在晚期的日内瓦批评家那里，如艾弥尔·斯塔格尔（Emil Staiger）在《时间及诗人的想象》一书序言中，反对历史批评；英格登（Roman Ingarden）在《文学的艺术作品》（*The Artistic Work and Aesthetic Experience of Literature*）一书中亦然；普莱也在《人类时间探究》（*Studies in Human Times*，1956）一书中拒绝承认历史的影响，或从某一文化体系的文学精神中勾勒文化的影响。毫无疑问，人的意识是历史性的，它并不是一种对普遍本质的直觉问题，而是一种不断变化的、社会性个人之间的实际交流问题。尽管它关注的是实际经历过的现实，而非刻板不变的事实，然而它对世界的立场却是深思熟虑的、非历史性的。正如现象学本身一样，它试图解除现代历史的噩梦而退守到一个推断的领域，在这个领域里守候的乃是永恒的确定性。于是，它在孤独和异化中又成了其自身试图克服的危机症候。[2]

而最为关键的一点，就是像普莱早年提出这样一条假设：某一特定

---

1 拉瓦尔、马乐伯．意识批评家．李正治译，台北：金枫出版社，1987：84. 也有人归纳了米勒和普莱理论之间的鲜明差异：一是语言的作用对米勒来说比普莱更为重要、更显著。而普莱的意识批评对语言的态度始终是小心翼翼的，他将语言作为概述其意识批评的证据，但语言本身在其理论中没有自己的地位。二是普莱的批评涉及主体间性，但并没有把它主题化。米勒恰恰相反，他直接把方法和主题相连接。换言之，普莱着眼的是人的经验的广义现象学，而米勒则着眼于他自称的主体间性经验。秦旭．意识和语言的困惑——论希利斯·米勒早期文学批评之嬗变．苏州大学学报（哲学社会科学版），2010（4）：135–136.

2 Terry Eagleton. *Literary Theory: An Introduction*. 2nd ed. London: Blackwell Publishing, 1996: 53.

的作家拥有一个独立的、唯一的意识，这种意识是与生俱来的，并且毕生拥有。这就意味着该作家写的一切东西，包括信件、笔记、片段等，还有诗歌和散文，构成了一个统一体，而统一体有时建立在意识统一体之上。后来这种假设在米勒看来是有问题的，他说："它对我的冲击就像信仰神秘学一样。因为普莱几乎完全忽略了一个无意识的可能性，也就是说，我今天可能是一个人，明天又可能是另一个人。"[1]

早年米勒在考察《我们的共同朋友》时提出一条适用于各种文学类型的通则："读者的意识必须自身成为虚拟的空间，并完全让词语意象填充并栖居其间。对读者而言，存在的只有词语和意义。如果意义指向'现实'世界的可能经验，那么小说词语形成的意象表明这种存在缺席而不存在。"[2] 换言之，米勒的意识批评强调的只是文学作品是人类意识的集中表现形式，是意识与意识的互动，从而忽略了文学形式是作家意识不可或缺的一部分。难怪有论者也指出："米勒在审视作家意识时只注意到它的内容因素而忽略了它的形式因素，这不能不说是他的一大盲区。"[3] 另外，也有学者指出：米勒"虽然深刻意识到了作者意识在文学世界中的关键地位，并对之进行了全面充分的论述，但对作家意识的表现形态及文学形式却差不多视若无睹。他将作家看成是自明的，认为它可以自动地不折不扣地完全呈现出来。文学形式只是作家意识的载体和容器，在文学世界的建构中不起作用。"[4] 因为米勒认为小说是"创作者的独特个性和具体灵魂的生动展现，它是作者经验世界的特定方式的词语形态。"[5] 其意在表明：文学形式只是作家意识的词语传输器，它是外在的、透明的，在作家意识中不起任何作用。他们这样做就难免有失偏颇。因为文学形式构成了作家的意识，二者密不可分。"米勒的意识批评相对于传统批评模式虽然有其突破性，但也存在严重缺陷，是不全面的意识批评。这种针对作品的内部研究只能说是一种带有很大局限性的内部研究。"[6]

---

1 Jeffrey J. Williams. "Bellwether: An Interview with J. Hillis Miller". *Minnesota Review*, 2009 (71/72): 38.

2 J. Hillis Miller. *Charles Dickens: The World of His Novels*. London: Oxford University Press, 1958: 204.

3 Laurence W. Mazzeno. *The Dickens Industry: Critical Perspectives 1836—2006*. New York: Camden House, 2009: 62.

4 肖锦龙 . 意识和文学叙写模式——米勒《查尔斯·狄更斯》意识批评之得失浅议 . 清华大学学报（哲学社会科学版），2009（2）: 61.

5 J. Hillis Miller. *Charles Dickens: The World of His Novels*. Oxford: Oxford University Press, 1958: viii-ix.

6 朱恒 . 浅析解构主义大师 J. 希利斯·米勒对狄更斯的意识批评 . 时代文学，2014（4）: 112.

事实上，米勒自己也说过：

> 理论与阅读解构（也就是密切关注文本页面上的文字本身）最终是不兼容。你总会发现，你开始所使用的理论既没有帮助你获得，也不能为你提供一套可以依托的指令。任何理论或假设的“普遍规律”在面对这一个特定文本“连续不断地打破批评家预备套在它头上的种种程式和理论”时，都是无法发生效力的。这就是说，每部作品都是独一无二的作品。在相当程度上说，文学作品超越理论的主要原因，诗歌或小说并不是一个可以解决的数学公式，也不是可以判断正确与否的哲学论题。[1]

正因意识批评有着诸多不足与缺陷，后来米勒在批评方法上发生转型就在所难免了。这里需要指出的是，就像我们上面所看到的，米勒在批评方法上最初深受过普莱的影响。而普莱在 20 世纪 50 年代对他早年拒绝承认历史影响的态度发生了转变。毕竟没有文学史的考量，我们如何能够从习套中辨明独特的风格？没有涉及环境，我们如何能够了解那些嵌入文学的文化要素？因此，普莱被迫承认：对每一个时代而言，都有普及于当代所有心灵的意识存在。在这普遍的意识中，个人的思想和感觉都是沉浸于其间。当然，普莱将永远避开“历史的实证论”，就像躲避流行的瘟疫一样。但从现象学批评的角度来看，它代表了态度上的一种基本转变。后来，米勒在分析普莱的批评转向时这样说过：

> 在任何时代，不管每一个意识是如何的特殊，它们都参与在普遍意识之中。每一意识的特殊性，在于由普及时代的观念组成的独特视观或独特组构，而不在尽力思索那个时空之内人所未闻的观念。在普莱早期的著作中，这个观念只明显地呈现在《人类时间探究》的绪论中，但《圆的变形》（*Metamorphoses du cercle*，1961 年出版，代表普莱晚期的特征）有许多章节包含普莱批评的新见解……这些章节预设了时代的意思，形成一个封闭的统一体，一个结论，很像单一心灵之结晶体。这样一个集体心灵，可以被“意识的同一意识”（了解单一作者心灵之意识）所了解，而且可以依同样的辩证路线，了解它所有的结构。[2]

---

1 J. 希利斯 · 米勒 . 致张江的第二封信 . 文学评论，2015（4）：10.

2 J. Hillis Miller. “The Literary Criticism of Poulet”. *Modern Language Notes*, December 1963: 486.

1966年秋，德里达在美国人文社会科学研究重镇霍普金斯大学举办的“批评的语言和人的科学”（“The Language of Criticism and the Sciences of Man”）著名会议上发表了题为《人文科学话语中的结构、符号和游戏》（“Structure, Sign and Play in the Discourse of Human Science”）之演讲，此时正是结构主义在西方如日中天之际，德里达的演讲主旨却是批评拆除结构主义的理论。他认为：意识并不先于语言，不能作为语言的起源性开始。语言的意义永远是延宕的，批评家无法通过语言追寻到作家意识，这样就将德里达与胡塞尔所说的意义可以被“还原”的做法区别开来。既然语言构成意识而不是意识构成语言，这样就抽离了意识批评赖以安身立命的基础，由此促成米勒迅速地转向。

1967年，米勒应邀出任美国圣母大学（University of Notre Dame，又译诺特丹大学）“沃德·菲利普斯主讲教师”（Ward-Phillips Lecturer），并就维多利亚文学做了一系列讲座。次年，他出版了《维多利亚小说形式》一书，这也成了他从意识批评向解构批评过渡的著作。在该书中，他以狄更斯小说《雾都孤儿》和《我们共同的朋友》为例，探讨了维多利亚小说最重要的三个问题：时间问题、人际关系问题和现实主义问题。同样是在这部书中，米勒认识到意识批评的局限。他说：

> 远离狄更斯讽刺的真实的维多利亚社会走向小说本身，就是走向虚构语言的镜子世界。这种语言总是关注语言事实。不是肯定他所描写的独立的存在，狄更斯的叙事在很多方面违背了这样一个事实，即虚构的人物及世界仅由语词构成。

正如米勒自己说的：“我想，如果你不变化的话，这让人感到厌烦。”[1]既然米勒认识到意识批评的种种困惑，他后来出现种种转型并逐渐转到解构批评，就成了势在必行。[2]1970年，米勒又撰写了《日内瓦或巴黎：乔治·布莱的“认同批评”》（“Geneva or Paris: Georges Poulet's Criticism of Identification”），该文写作历时七年，1963年写出第一部分，主要是对普

1 Martin Heusser & Harold Schweizer. “The Authority of Reading: An Interview with J. Hillis Miller”. In J. Hillis Miller. *Hawthorne and History: Defacing It*. Oxford: Basil Blackwell, 1991: 155.

2 后来米勒在谈到放弃意识批评而采用解构主义理论的原因时说：“我在《小说与重复》和《阿里阿德涅的线》中转向文学的修辞不仅仅是用一种欧陆思想置换另一种。这也是重新回到文学中对局部的语言奇特性的一种天生的持久的迷恋。这是我早听说雅克·德里达、肯尼斯·柏克之前转向文学研究的最初动机。这种迷恋成了贯穿我的所有作品的主要常项。” J. Hillis Miller. *Ariadne's Thread: Story Lines*. New Haven and London: Yale University Press, 1992: xv.

莱理论的评述；第二部分则写于 1970 年，是对普莱理论的解构主义批评，可见是作者精心思索的产物。后来两部分一同收入《理论今昔》(*Theory Now and Then*，1991)。此文也被视为他从意识批评转向解构主义批评的标志。在此，米勒首次将现象学与解构批评划分为彼此对立的两个阵营。他认为：

> 必须把由德里达所代表的传统与布莱所代表的传统相对立起来，它们是水火不容的非此即彼。一个批评家必须在在场的传统与延异的传统之间进行抉择，因为它们关于语言、关于文学、关于历史和关于意识的假定是不可调和的。[1]

事实上，多年以后，米勒在重温狄更斯的小说时又发出过如此的感叹：

> 我发现我的一些基本假设是那样的单纯、太过简单抑或明显错误。譬如我的模仿假设，或是某个作家所有作品一同构成一个有机整体的假设 (一个整体建立在作者自我或意识之上的整体)，还有我对意识、自我、经验、主体间性以及主 / 客体关系全力关注等。今天，我宁愿以完全不同的方式再写一部有关狄更斯的书。显然，我将更加关注狄更斯小说中修辞的、语言的或叙事的策略以及无所不在的反讽。即便如此，我想我看到了狄更斯小说中的重要方面，这些在以前的批评中显然未能得以强调。[2]

2017 年，他又在一次访谈中说：

> 文学作品是如此复杂，如此迥异，任何一种阅读方法都必然会错过一些重要的东西，因此我们需要一些不同的方法，包括纯主题式的。超过五万部的维多利亚时期的小说都有求爱和婚姻的主题，但每部小说又是完全不同的，而重要的恰恰是这些区别。文学研究的目的不只是发展出一个普遍的方法，而是要尽可能地帮助人们成为好的文学阅读者，并从这些阅读行为中受益。因此，问题在于如何促成良好的阅读，而不是阅读本身。[3]

1　易晓明 . 土著与数码冲浪者：米勒中国演讲集 . 长春：吉林人民出版社，2004：180.

2　J. Hillis Miller. “Introductory Preface by J. Hillis Miller(August 26, 2009)”. *Charles Dickens: The World of His Novel*. Cambridge, Mass.: Harvard University Press, 1958/1986: 4.

3　苏勇 . 中西对话、文学阅读、解构及其他——希利斯 · 米勒访谈录 . 外国文学，2017 (4)：166.

正因如此，到了 20 世纪 70 年代以后，米勒“不再将文学批评看成是认同于另一灵魂，而是看成试图弄清一个既定文本的意义的复杂性。”[1] 于是，他就放弃了日内瓦学派追求的重构个人意识模式的做法，也就是从意识中心转向了语言中心，而语言又是解构主义者关心的中心问题。细心的读者不难发现，他的解构主义批评又是以维多利亚时期小说文类为基础的。此刻，他探讨的仍然是早年考察过的那些诗人和小说家，这点固然与他认同普莱的观点有关，即一位伟大的作家不可能穷尽。这些作家其巨大的想象空间总是可以从不同角度、以不同方式来进行新的探讨。事实上，此刻他更关心的是这些作家作品所流露的修辞的和解构主义的诗学思想。正如普莱早年认识到语言在形成意识过程中起着构成性作用，同样米勒也将意识视为构成性的和创始性的。不过，后来他的思想发生根本性转变，那就是他不再将主体看成是原始的和起始性的。一个主体性只是那个复杂的符号网络中一个时常被置换的功能。那些符号，譬如在阅读中，会唤起这个作为一个已知的和具有责任的意识中心的主体出现。而将意识和自我归入某个作者或书中的文字，却是一种拟人手法（prosopopoeia）。这种拟人手法会赋予那缺席的、非生命的或死者以面貌、名称或声音。如果假设作品会向我们言说或回应我们所说的，实际上我们早已屈服于一种“心灵感应”（telepathy effect）。[2] 正是这种心灵感应，使得文学成为一种拟人论（anthropomorphism）的巨大延伸。

总之，早年米勒在考察作家的作品时，认为文学的本质就是作家的意识在词汇语言上的表现形式，同时客观现实与作家的主观意识是不可分割的，文学作品乃是客观现实与主观意识的结合体。同一位作家的不同作品只是对作家的意识以不同的方式呈现而已。因此，当他将作家的全部作品作为一个有机的整体加以对待，这就意味着其作品之间必然会有某种内在的联系。一个人在批评方法上出现某种转型是可能的，但人的思想发展不可能是跳跃性的，它只能是渐进的。这就意味着米勒早年的一些批评方法会在晚期仍有所流露。因此，我们不难发现，即便是到了最近期，就在米

1 J. 希利斯 · 米勒、金惠敏 . 永远的修辞性阅读——关于解构主义与文化研究的访谈——对话 . 外国文学评论，2001（1）：140.

2 “心灵感应”（telepathy）一词最先由英国心灵调查协会专家弗雷德里克 · 迈雅斯（Fredric Myers）于 1882 年首先提出。米勒曾在《媒介即制造者》（*The Medium Is the Maker*，2009）一书中的首章“回旋效应”（“The Boomerang Effect”），借用澳大利亚等地土著用的一种飞镖（boomerang）来阐释心灵感应的跨越时空、双向式心理活动的特点，并将当今电信传媒的心灵感应方式与弗洛伊德式的心灵感应联系起来。

勒对意义结构的分析时，还有他对文学作品中奇异特质的解释以及伦理解读思想中，仍能看到早年日内瓦学派意识批评方法影响的痕迹。在这个意义上或许可以说，现象学的批评方法通过解释学理论而延伸到解构理论之中。因而，把米勒看成前后判若两人并非事实，毋宁可以说“把他的现象学时期看成是一个不断展开、扩张或发展转型的完成过程”。[1] 换言之，“米勒从意识批评转向解构主义批评是一个既断裂又连续的过程。说断裂，那是因为意识批评显然与解构主义批评有着截然不同的理论主张，前者以自我统一的意识为基础，而后者以自我解构的语言为基础”；说连续，那是因为“米勒在意识批评阶段已经或明或暗地为自己向解构主义理论的过渡作了准备”。一句话，“米勒的转向只不过是他早期的意识批评理论的一种自我解构的必然结果。”[2]

1　王岳川 . 现象学与解释学文论 . 济南：山东教育出版社，1999：155.

2　申屠云峰、曹艳 . 在理论和实践之间——J. 希利斯 · 米勒解构主义文论管窥 . 北京：光明日报出版社，2011：8.

第三章

米勒与文学言语行动批评

自 20 世纪初叶以来，文学研究领域出现了“语言转向”，其中像俄国形式主义、布拉格学派、新批评、结构主义和解构主义等均吸收现代语言学革命成果和 20 世纪初的语言哲学成果，给文学理论与批评带来了重大变革。而关注文学语言的意义生成过程，以及文学是如何践行以言行事的功能，是文学言语行为理论的实质核心。作为现代西方文论中“语言转向”之后的产物，文学言语行为理论兴起于 20 世纪 70 年代初，盛行于 70 年代和 80 年代，后与解构主义批评和文化研究相结合，由此在西方文论界演绎出一道道绚丽的风景。到了 20 世纪 90 年代，文学言语行为理论已经成为文学批评中一种主要的解读理论，即便是到了今天，它的活力仍然有增无减。

文学言语行为理论渊源于日常语言哲学中的言语行为理论。言语行为理论最初由英国哲学家约翰·奥斯汀（John Austin）提出，后经美国哲学家塞尔（John R. Searle）、格赖斯（Paul Grice）等人不断地拓展而日渐走向成熟。言语行为理论最有价值和最为革命的贡献是发现和提出了语言在日常使用中具有一种重要的施为（performative）功能，并强调指出语言的首要功能不是传统认为的反映和描述功能，而是这种施为功能，由此把说与做、言与行统一起来。然而在奥氏早年的经典理论中，文学却被排除在其考察范畴之外。后来尝试将该理论运用于文学批评理论的不乏其人，又以美国当代文学批评家希利斯·米勒的成就显得尤为抢眼。而他最典型的做法是力图把解构主义和言语行为理论结合起来，进而发展出文学言语行为理论的解构主义路径。米勒有关文学中言语行为的论述，主要见于他的《皮格马利翁诸貌》（*Versions of Pygmalion*，1990）、《比喻、寓言和述行言语》（*Tropes, Parables, Performatives*，1991）、《文学中的言语行为》（*Speech Acts in Literature*，2001）、《文学即行为：亨利·詹姆斯创作中的言语行为》(*Literature as Conduct*，2005)等著作，以及论文《述行写实主义：福克纳的〈押沙龙，押沙龙！〉》("Performative Realism: Faulkner's *Absalom, Absalom*!"，1993)与《解构和一首诗》("Deconstruction and a Poem"，2000)，等等。另外，他在一些演讲中也涉及文学的述行功能。[1]近年来，国内已有人在博士论文中涉及"述行(践行)"范畴在米勒文论思想中的重要性；[2]或是讨论米勒的言语行为观；[3]或是撰文就米勒后期言语行为理论的文学本质观、结构观和批评观及其理论贡献等进行了介绍，[4]或是在自己的著作中开辟专章讨论米勒的"表述"合一的文学述行，阅读伦理中涉及的文学叙述的客观性与异质性，以及文学述行与意义生产等问题。[5]但因其立论的视角或掌握的材料有限，未能让汉语学界窥见米勒文学批评中言语行为理论的全貌。本章拟追溯文学批评中言语行为理论在西方的源流，并就米勒对该理论的发展过程进行梳理，然后提出自己的批评与反思意见。

第一节　言语行为理论的源与流

米勒有关文学中的言语行为理论形成最初是受到奥斯汀的启发。众所周知，维特根斯坦(Ludwig Wittgenstein)在他的那部分析哲学发展史上里程碑式著作《哲学研究》(*Philosophische Untevsuchungen*，1958)中，提出了语言是一种生活形式的思想，语言使用方式是无限的，以及语言游戏

1　2011年5月29日至6月4日，米勒应扬州大学和南京大学之邀，发表了同题为《小说能否作为历史见证？》("Can Novels Work as Testimony?")的演讲。米勒的演讲对第二次世界大战期间纳粹大屠杀予以重新反思，他从德国法兰克福学派主要代表人物西奥多·阿多诺(Theodor Odorno)的"在奥斯威辛之后写诗是野蛮的"名言开始阐释了文学见证极端集体主义行为和个人体验的可能性，提出了什么是"作为证词行为的文本"的重要文学理论命题。米勒延续了他的文学述行功能之解构主义思想，结合作为"他者"的社会理论，从后现代伦理的角度分析了文学创作和文学阐释关于想象、理解和记忆历史悲剧的伦理悖论。该演讲稿后经拓展，写进他的《小说中的共同体》(*Communities in Fiction*, 2014)。秦旭、顾明栋．理论和消失的未来——希利斯·米勒教授中国行．文汇报，2011-6-21：15.

2　张青岭．论希利斯·米勒的解构批评．北京师范大学博士论文，2006.

3　肖锦龙．希利斯·米勒文学观的元观念探幽发微．北京师范大学博士论文，2006；王建香．文学述行：当代西方文论中言语行为视域．北京师范大学博士论文，2008；王月．希利斯·米勒文学言语行为理论研究．山东大学博士论文，2012；王雅楠．希利斯·米勒述行理论研究．山东大学博士论文，2018.

4　肖锦龙．试谈希利斯·米勒的言语行为理论文学观．外国文学．2007(3).

5　王建香．当代西方文论中的文学述行理论．北京：中国广播电视出版社，2009.

说、家族相似等概念，进而引起了西方哲学界长盛不衰的讨论，这些观念至今仍然在英美语言哲学中起着指导作用，并被拓展到文学、美学等诸多人文学科领域。特别是他提出“一个词的意义就是它在语言中的使用”之观点，可以看作是哲学研究将重点转移到语言实际用法的最初努力。奥斯汀在此基础上做了进一步阐发，继而提出他的言语行为理论。

早在奥斯汀之前，一些哲学家曾有过类似于“说话即做事”的观点，其中包括雷德（Thomas Reid）、雷纳克（Adolf Reinach）、布伦塔诺（Franz Brentano）以及胡塞尔（Edmund Husserl）等人，[1] 而奥斯汀却是言语行为理论的集大成者。奥斯汀的理论最初形成于 1939 年。1946 年他曾运用该理论撰写过一篇论文。1952 年他在牛津大学开设题为“词语和行为”的系列讲座。1955 年他应邀到哈佛大学威廉·詹姆斯讲座讲授“如何以言行事”（“How to Do Things with Words”），自此其理论逐渐走向系统和成熟。奥斯汀提出该理论最初主要是针对传统哲学家（尤其是逻辑实证主义者）的一些做法，譬如孤立地分析句子意义，这些句子往往脱离话语语境，或是脱离该语句说出时的具体环境；二是假设了一种逻辑困扰，亦即一种标准的语句就是一个判断，它描述一个场景，或宣称一个事实，并且可以判定真假。[2] 事实上，与维特根斯坦的不同点在于，奥斯汀提出语言使用是有限的，又是受规则制约的。而且，他早就认识到任何语言都可以从述行和述谓角度进行观照。也就是说，一方面语言是描述性的，表示某事与某事有关联；另一方面语言又是述行的，不仅表示某种意义，而且还要实施或践行这一意义。为此，他区分了语言使用的两种类型：一种叫作述谓话语（constative utterance），另一种叫作述行话语（performative utterance）。[3] 前者一般称为陈述，其功能是描述事情，报道事态，它们有真假之分；后者并不陈述事实，而是借助于说话来做某件事实，它们没有真假可言，只有适宜与不适宜之分。同时，他又将语句是否含有施为动词作为区分两种

1 李梅 . 论言语行为理论的哲学基础 . 华东理工大学学报 . 2008（1）：98–99.

2 M. H. Abrams. *A Glossary of Literary Terms*. 7th eds. New York: Holt, Rinehart and Winston, 1999: 291–292. 对语言意义的追寻一直是语言研究的一个重要课题，然而在奥斯汀提出言语行为理论之前，对意义的研究仍局限于语义学的范畴。“他研究句子和词语本身的意义，研究命题的真值条件。因此，语言学研究的意义是句子的认知意义，是不受语境影响的意义。”然而逻辑—语义学难以把握住句子所有的意义。而且还存在着一些不受语义真值条件裁定的句子，它们不是某一事实的陈述或状态的描述，而只是做出一个承诺。何自然 . 语言学导论 . 长沙：湖南人民出版社，1996：7；张旭春 . 德里达对奥斯汀言语行为理论的解构 . 国外文学，1998（3）：3.

3 这两个术语，中文有不同的译名，如述愿语和述行语、叙事句与施为句、陈述句与执行句、言有所述与言有所为等。本书则采用述谓与述行的译法。

语句的标准。不过，奥斯汀也意识到，困难在于不能就二者做出清晰的区分，譬如不能建立起一套语法标准，将述行话语甄别或区分开来。[1]为此，他又做了进一步思考，其成果可见1955年他在美国哈佛大学威廉·詹姆斯讲座的演讲，后由其学生、英国哲学家乌姆森（J. O. Urmson）等在其去世后编辑出版的《如何以言行事》（*How to Do Things with Words*, 1962）。在该书中，奥斯汀正式提出一种更全面、更普遍的关于言语行为的理论。他把言语行为分为三类：（1）以言表意的行为（locutionary act）；（2）以言行事的行为（illocutionary act）；（3）以言取效的行为（perlocutionary act）。[2]奥斯汀的理论在语言哲学发展中一直占有重要的地位。可以说，这是继维特根斯坦后期提出“一个词的意义就是它在语言中的使用”之后，明确地将语言的功能归结为做事，而不是静态地描述或反映世界发生的事情。这对于将语言哲学研究的方向从逻辑转到日常语言，从静态转到动态，从抽象转到实际和具体起到了巨大作用。[3]

奥斯汀的言语行为理论在学术界产生了广泛的影响，这些影响又可分为两类：一是对语言学、语用学和分析哲学的影响；二是对解构主义批评流派的影响。首先在日常语言学派哲学家那里，塞尔和格赖斯先后对奥斯汀的理论做了进一步发展。塞尔除了写有《言语行为》（*Speech Acts: An Essay on the Philosophy of Language*, 1970）外，还在《表达和意义》（*Meaning and Expression*，1979）中批评了奥斯汀分类的不清晰和前后不一，提出了更详尽的分类与修改措施；同时，他还提出间接言语行为理论，强调意义、意图和惯例之间的关系，并突出遵守言语行为规则的重要性，进而把言语行为理论和对话语意义的研究提升到对人类交际的研究；后来，他的许多思想在文学言语行为批评理论中就被运用到。格赖斯的理论主要见于其论文《逻辑与会话》（“Logic and Conversation”）。[4]总的来看，后人对言

---

1 John. L. Austin. *How to Do Things with Words*. Oxford: Oxford: Clarendon Press, 1962: 67; John L. Austin. “Performative Utterances”. *Philosophical Papers*, 2nd eds. J. O. Urmson & G. J. Warnock. Oxford: Oxford University Press, 1970: 233.

2 John L. Austin. *How to Do Things with Words*. Oxford: Oxford: Clarendon Press, 1962: 94–108.

3 奥斯汀在他的《如何以言行事》中并没有直接论及文学语言的章节，只是在第二讲“施为性话语的适宜条件”一个不起眼的地方，开始涉及诗和戏剧中的文学问题，这部分主题是讨论得体的行为话语条件的。奥斯汀清楚地认识到，现实中，并不是每一个言语行为都能够实现以言行事、达成效果的，它需要一个条件。所以，奥斯汀讨论言语行为一系列适当的条件，处于研究策略上的考虑，奥斯汀认为应该从日常最规范的话语出发而把他认为不合规范的话语先存而不论。

4 P. Cole & J. Morgan (eds). *Syntax and Semantics*. New York: Academic Press, 1975: 41–58.

语行为的关注多是倾向于语用方面，尤其是转述或解释三种言语行为以及塞尔的间接言语行为理论。其不足点在于，他们一方面忽视了奥斯汀论言语行为著作中存在问题或有矛盾的方面，譬如运用术语的游移不定，还有大量的相互矛盾的例句；另一方面是低估了他对语言哲学的贡献。[1] 而在众解构主义批评家那里，包括德里达（Jacques Derrida）、保罗·德曼（Paul de Man）、苏珊娜·费尔曼（Shoshana Felman）、维尔纳·哈马赫（Werner Hamacher）、朱迪斯·巴特勒（Judith Butler）等人，普遍认为奥斯汀的言语理论并非完美无缺；[2] 相反，奥氏的《如何以言行事》一书就像他自己所说的，已经使他“在逻辑上一步步地变得不可自拔”。[3]

如果说上述这些思考主要集中在语言哲学领域，那么在文学批评和文学理论领域，除了米勒之外，还有不少人先后就语言行为问题进行过论述。这种集中论述大约始于 20 世纪 70 年代。较早将言语行为理论运用于文学批评和文学理论的是理查德·奥赫曼（Richard Ohmann）的《言语行为和文学的定义》（“Speech Acts and the Definition of Literature”），[4] 该文后来一直被视为文学言语理论的发端之作。1975 年，美国中西部现代语言协会在芝加哥召开了“言语行为与文学”的专题会议，标志着言语

---

1 J. Hillis Miller. *Literature as Conduct*. New York: Fordham University Press, 2005: 5.

2 1971 年，德里达在蒙特利尔的一次会议上发表了题为“签名、事件、语境”（“Signature, Event, Context”）的演讲，从哲学的诗化角度出发，对奥斯汀的言语行为理论进行了集中批评，从而引发奥斯汀的学生塞尔（John R. Searle）的反应，塞尔于 1977 年在《雕像》（*Glyph*）第 1 期杂志发表了《重申差异：答复德里达》（“Reiterating Difference: A Reply to Derrida”）一文，为奥斯汀的言语行为理论进行辩护。同年，该杂志发表了德里达的长篇回应文章《有限公司 abc》（“Limited Inc: abc”），对塞尔的观点进行反驳。一方面，德里达高度评价奥斯汀提出的施为性话语概念，赞赏奥斯汀对这个边缘课题的开发，认为奥斯汀突破了传统，颠倒了传统语言哲学森严的等级模式，并称自己“在许多方面与奥斯汀非常接近”。另一方面，德里达发现奥斯汀的突破是局限的，并不彻底，他的理论仍然有漏洞。他指出奥斯汀的言语行为理论集中局限于说的话语，而忽略和排除写的话语，即文字。这表明奥斯汀仍然停留在传统的“语音中心主义”（phonocentrism）立场上。而德里达的“文字学”则颠覆和解构了这一传统。德里达认为，奥斯汀的失败在于他忽略了对文字的重视，排除了一个最显著的文字的范围——文学文本，他把施为话语从边缘推到中心地位的同时，却把文学话语边缘化了。总之，这一论战被西方学术界视为欧陆解构主义和英美哲学的首次正面交锋，虽然双方胜负难论，结果不了了之，但这场论战所表达出的许多观点却引起了人们深思，对言语行为理论和解构主义的发展都产生了重大的影响。Jacques Derrida. *Limited, Inc.*. Evanston: Northwestern University Press, 1988；张旭春．德里达对奥斯汀言语行为理论的解构．外国文学．1998（3）：3–8；张瑜．文学言语行为论研究．上海：学林出版社，2009：82–85.

3 J. L. Austin. *How to Do Things with Words*. Oxford: Oxford: Clarendon Press, 1962: 13.

4 Richard Ohmann. “Speech Acts and the Definition of Literature”. *Philosophy and Rhetoric*, 1971(4): 1–19.

行为理论全面进入美国文学理论研究中。自此学术界讨论文学中言语行为问题的逐渐增多。当年《中心》(*Centrum*)杂志第 2 期就登有四篇重要论文和一篇长篇讨论稿，作者分别是费什(Stanley Fish)、赫什(E. D. Hirsh)、斯坦曼(Martin Steinmann)和芭芭拉·史密斯(Barbara Smith)。这些文章分别从阐释学和读者批评的角度探讨关于言语行为理论引入文学批评的可行性问题。[1] 同期，还有其他一些学者撰文讨论了类似的问题，这些分别有：阿尔蒂利(Charles Altieri)的《诗即行为》(“The Poem as Act”)，[2] 柏克(Kenneth Burke)的《言语即行为》(“Words as Deeds”)，[3] 汉切(Michael Hancher)的《理解诗歌言语行为》(“Understanding Poetic Speech Acts”)，[4] 方托(James A. Fanto)的《言语行为理论及其在文学中的应用》(“Speech Act Theory and Its Application to the Study of Literature”)[5]，塞尔(John R. Searle)的《虚构话语的逻辑地位》(“The Logical Status of Fictional Discourse”)，[6] 等等。另外，普拉特(Mary Louise Pratt)的《走向一种文学话语的言语行为理论》(*Toward a Speech Act Theory of Literary Discourse*，1977)则是首次专题研究文学言语行为的著作，其中就该理论有相当详细的阐析，而且是书末尾还附有一份关于言语行为与文学关系的参考文献，颇具参考价值。

鉴于奥斯汀早年将虚构性文学话语完全排斥在其言语行为理论考察的范畴之外，到了 20 世纪 70 年代末，一批解构主义批评家刻意凸显虚构性文学话语在言语行为分析中的地位。文学作品虽然不直接指涉一种事先存在的事件状态，却会带来或让描写的人物、情节以及事件得以呈现，[7] 由此而体现文学作品的述行力量。从这方面着眼，除德里达之外，早年对述行言语较晦涩但相当精彩的论述当推德曼的著作，如他在《阅读的寓言》(*Allegories of Reading*，1979)中，就以自己独特的阅读方式借用言语行为理论进行解读，并就文学文本的说服作用做了相当精彩的论述。

1 E. D. Hirsch. “What's the Use of Speech-Act Theory?”. *Centrum*, 1975 (2); Martin Jr. Steinmann. “Perlocutionary Acts and the Interpretation of Literature”. *Centrum*, 1975 (2); Barbara H. Smith. “Action, Fiction and the Ethics of Interpretation”. *Centrum*, 1975 (2).

2 Charles Altieri. “The Poem as Act”. *The Iowa Review,* 1975 (6).

3 Kenneth Burke . “Words as Deeds”. *Centrum*, 1975. 3 (2).

4 Michael Hancher. “Understand Poetic Speech Acts”. *College English*. 1975. 36 (6).

5 J. A. Fanto. “Speech Act Theory and Its Application to the Study of Literature”. *The Sign: Semiotics Around the World*. Eds. R. Bailey, L. Matejka and P. Stelnel. Ann Arbor: Michigan Slavic Publication, 1978.

6 John R. Searle. “The Logical Status of Fictional Discourse”. *New Literary History*, 1975(6).

7 M. H. Abrams. *A Glossary of Literary Terms*. 7th eds. New York: Holt, Rinehart and Winston, 1999: 293.

其他解构主义批评家的论述还有约翰逊（Barbara Johnson）的《诗歌与述行语言：马拉美与奥斯汀》（“Poetry and Performative Language: Mallarmé and Austin”），[1] 佩特雷（Sandra Petrey）的《言语行为与文学理论》（*Speech Acts and Literary Theory*，1990）。另外，解构主义批评家乔纳森·卡勒（Jonathan Culler）在他的《文学理论简论》（*Literary Theory: A Very Short Introduction*，1997）第七章指出：言语行为理论中的“言语行为”“述行”等范畴已经使得文学的意义和效果成为西方文学和文化理论中的重大议题。在该书中，他一方面重新界定了述谓话语和述行话语，另一方面对巴特勒的思想和述行语言理论进行了有益且富有启发的论述，并呼吁对语言的塑造力量、社会习惯与个人行为、语言所为和所言之间的关系，以及处在后现代时期如何思考种种事件等问题展开了思索。

到了 20 世纪 80 年代，又有人就言语行为理论在文学批评中的运用问题进行了探索，同时也就该理论的局限性进行了阐述，典型的有马戈利斯（Joseph Margolis）的《文学与言语行为》（“Literature and Speech Acts”）。[2] 另外，接受美学批评家费什（Stanley E. Fish）在《如何运用奥斯汀和塞尔去行事：言语行为理论与文学批评》（“How to Do Things with Austin and Searle: Speech-Act Theory and Literary Criticism”），[3] 提出以读者为中心的文学言语行为观。至于从精神分析角度对该问题进行深入探讨的有费尔曼（Shashana Felman），其观点可见她那部颇具争议又富有启发的研究力作《文学言语行为》（*The Literary Speech Act*，1983），等等。

到了 20 世纪 90 年代，在西方文论话语中，“言语行为”连同“述行言语”已经成为常见的术语。1995 年，文学言语行为理论作为当代唯一代表来自英美分析哲学传统的文学批评理论，被《剑桥文学批评史》（*The Cambridge History of Literary Criticism: From Formalism to Poststructuralism*，1995）收入，开始与结构主义、现象学和接受反应理论等当代有影响的西方文论流派并列。[4] 此间，一批重要的著作陆续问世，较典型的有费

---

1 Barbara Johnson. “Poetry and Performative Language: Mallarmé and Austin”. *The Critical Difference: Essays in the Contemporary Rhetoric of Reading*. Baltimore: Johns Hopkins University Press, 1980: 52–66.

2 Joseph Margolis. “Literature and Speech Acts”. *Philosophy and Literature*, 1979 (1): 39–52.

3 Stanley E. Fish. “How to Do Things with Austin and Searle: Speech-Act Theory and Literary Criticism”. *MLN*, Oct. 1976. 91 (5).

4 Peter Rabinowita. “Speech-Act Theory and Literary Studies”. Raman Selden (ed.). *The Cambridge History of Literary Criticism*. Vol.8, *From Formalism to Poststructualism*. Cambridge: Cambridge University Press, 1995: 347–374.

尔曼的《文学言语行为》(*The Literary Speech Act: Don Juan with Austin, or Seduction in Two Languages*，1993)。另外，塞尔登(Raman Selden)主编的《剑桥文学批评史》第八卷专辟一章讨论言语行为理论与文学研究的关系，该书已经成为了解文学述行理论产生和发展的重要文献。对英国和德国浪漫主义文学的述行行为进行研究的有当今欧美最活跃、最重要的文学言语研究学者埃斯特尔哈默(Angela Esterhamer)，其作品分别有《创造王国：弥尔顿和布莱克的述行言语研究》(*Creating States: Studies in the Performative Language of John Milton and William Blake*，1994)和《浪漫的述行语言》(*The Romantic Performative*, 2000)。巴特勒的著作，特别是《性别的烦恼》(*Gender Trouble*，1990)、《相关的身体》(*Bodies That Matter*，1993)和《令人激动的演讲》(*Excitable Speech*，1997)等，就清楚地表明受惠于奥斯汀的思想而对作为述行言语的身份、性别和政治学进行了有说服力的论述，而这些领域又是奥斯汀本人未曾涉猎过的。对于巴特勒来说，述行观念成了思考重大社会进程的模式。在此进程中，有些问题显得尤为重要，如身份意义及其产生方式、社会规范的功能、当今英语中所说的“机构”的根本问题，以及社会变革之间的关系等问题。可以说，奥斯汀与巴特勒之间一个明显的区别在于，前者只关心单一事件上某一程式的重复如何使得某事发生(譬如做出一个许诺)，后者认为这只是一种巨大的、义务性重复的特例，它带来的则是历史的或社会的现实(譬如你变为一个女人)。[1]此外，本尼特(Andrew Bennet)和罗伊尔(Nicholas Royle)在《关键词：文学、批评与理论导论》(*An Introduction to Literature, Criticism and Theory*，1995)中，进一步发挥了米勒的“一个文本即一封信”的思想。作者从“诗歌”(poetry)一词的希腊词源“poieein”(动词，意为“制作”“创造”)入手，阐明文学文本(包括诗歌在内)实则可以作为一种言说和陈述的制作或实施，它们一方面使用了描述性语言，另一方面又使用了述行语言。从某种意义上讲，每一个文学文本都是一封信，而且都是通过言语来行事。这些也成为当今西方文论界较成功地运用述行解读法的经典文献。

总的来看，就像米勒指出的，上述这些论述大多讨论的只是言语行为和文学理论，而不是如何运用言语行为理论去阐释特定的文学作品，还算不上是专门关注文学言语行为理论方面的代表。[2]然而，正是这些不足和

1 Jonathan Culler. *Literary Theory: A Very Short Introduction*. Oxford: Oxford University Press, 1997: 107.

2 J. Hillis Miller. *Speech Acts in Literature*. Stanford: Stanford University Press, 2001: 219.

缺陷，又为文学言语行为理论及其运用提供了更广阔的空间。不管怎么说，这些论述一方面已经将人们对语言认识的视野拓展开来，同时对奥斯汀的理论做了进一步发展；另一方面也表明该理论具有广阔的发展前景，它对未来的文学阅读和批评仍然具有借鉴价值。

第二节 米勒对言语行为理论的继承与发展

千百年来，人们在阅读和研究文学时，总会关心如下问题：文学是什么？文学从哪里来？文学能干什么？等等。在德里达看来，文学的本质不过是在铭刻“行为”和阅读“行为”这一原初历史中作为一套客观的规则被生产出来的。如果以此来检视米勒的文学批评活动，就像他自己反复强调的：我们会发现阅读、教学以及围绕文学作品进行的写作构成他个人学术生涯的三个维度。他对文学中的言语行为进行思考，正是贯穿于这三项活动之中。大体说来，米勒的这种思索始于 20 世纪 80 年代末。诚如有人总结的，米勒相信文本的解读并不是随心所欲的，而是有章可循的。文本的解读、教学、理论、批评都是述行的，亦即用文字来行事的方式，都是有效应的——尽管其结果是难以预测的，甚至可能是危险的；每次阅读、批评都是创始的（inaugural），因为它开启某事，使其发生。[1] 米勒就文学中言语行为的论述最初主要见于一些论文，然后逐一扩充成书，并日益走向成熟。

尽管奥斯汀本人有着良好的文学修养，而且他的著作又带有浓厚的文学性，然而在他的言语行为经典理论中，却将文学看作是“不严肃的”“空洞的”“寄生的”“无效的”话语，而排斥在其考察范畴之外。针对奥氏的这种做法，当今众多的哲学家和文学批评家纷纷提出质疑，尽管其讨论的方式互不相同，但他们都指出文学话语同样具有述行功能。正如德曼、德里达等解构主义者普遍推崇阅读行为，这种阅读的对象可以是一首小诗，一部小说或一个哲学文本等。长期以来，他们通过各自细致入微的阅读，以解构西方世界的逻各斯中心主义，并彰显文本中的差异面。这种阅读方式对于米勒自然产生了很大的影响。事实上，他对言语行为理论的继承和发展，正是结合具体文本阅读进行的。

1987 年，米勒推出了《阅读的伦理》一书。在此，他特别关注文学

1 米乐 . 跨越边界：翻译 · 文学 · 批评 . 单德兴编译 . 台北：书林出版有限公司，1995：xiv.

作品具有用语言“使某事发生”的特征，由此标志着他对文学述行行为思索的开始。1990 年，他又推出《皮格马利翁诸貌》一书，其中通过引述希腊神话故事皮格马利翁，以此说明众多的作品都具有述行行为，或他自己所说的“活现法”（prospopoeia）。在这当中，“具象化的行为是所有的故事讲述和故事阅读的本质。”[1]可以说，正是这两部书的出版，揭开了米勒深入思索文学言语行为的序幕。

就像人们看到的那样，无论是早期的德里达，还是后来的本尼特和罗伊尔，都曾将一个文本比赋一封信，这样通过阅读文学作品就能使读者成为接受者，由此履行文学言语的述行功能。其实，早在《比喻、寓言和述行语言》（1991）一书中，米勒曾就此问题有过类似的论述。在一篇题为《哈代、德里达与“灵魂的错位”》（“Thomas Hardy, Jacques Derrida, and the ‘Dislocation of Souls’”）的论文中，米勒通过引用卡夫卡的《致密勒娜的信》（*Letters to Melena*）和德里达的《心灵感应》（*Télépathie*）中若干篇作为着手点，集中讨论了哈代的诗作《撕破的信》（“The Torn Letter”），进而将一个文学文本等同于一封信，指出文学述行维度最引人注目的特点，便是在本质上它的某些方面是难以预料的。“写作一方面创造了一个新的被写者自我的幽灵，另一方面又创造了该作品接受者的幽灵。”[2]用德里达的话来表述，就是一封信的述行力量会导致一个合适的接受者出现。它通过述行的方式（即严格意义上奥斯汀的述行用法，尽管遭受了“扭曲”），对那位恰好阅读到该信的不幸者早已存在的自我施以最大的暴力。文学文本实则对奥斯汀的传统述行观进行了典型的“扭曲”（twist），而“这种‘扭曲’在于信件的述行语言发挥的作用是不能预料和设计的。这又与奥斯汀所界定的严格的述行言语观相矛盾”。[3]在此，同样在其理论的别的方面，奥斯汀未能控制一句述行话语那种可怕的以及在某种程度上无法预料的力量。

除了讨论文本与信件之间的类似关系外，米勒在该书的《寓言与福音书和现代文学中的述行言语》（“Parable and Performative in the Gospels and in Modern Literature”）一文里，集中讨论了寓言这种文类所具有的述行功能。在此，他首先区分了宗教寓言（sacred parody）和世俗寓言（secular

1 J. Hillis Miller. *Versions of Pygmalion*. Cambridge: Harvard University Press, 1990: vii.

2 J. Hillis Miller. *Tropes, Parables, Performatives: Essays in Twentieth-Century Literature*. Hemel Hempsteat: Harvester Wheatsheaf, 1991: 172.

3 J. Hillis Miller. *Tropes, Parables, Performatives: Essays in Twentieth-Century Literature*. Hemel Hempsteat: Harvester Wheatsheaf, 1991: 172.

parody，又译模仿），指出寓言是一种修辞语言的模式，这种语言是间接地指涉远方的某些事情，这些事情是无法直接通过字面语言描述的。一个寓言就是一种以言行事的方式，它是一种言语行为。譬如在基督的寓言中，那些述行词语使得某些事件在听众的大脑和心灵发挥效应，不过这种效应又是对业已存在的事物状态、天国以及抵达天国过程的一种认识。从这个意义上讲，《圣经》寓言是述谓性的，而不是述行性的。而那种由普通凡人讲出的世俗寓言则是地道的述行性的。它创造某件东西，即"意义"，这种意义本身没有基础，除非是在词语中；或是某种无法描述清楚到底是否存在一种超越语言基础之上的事情。事实上，上帝所说的"要有光"和普通凡人所说的"我宣布你们结为夫妻"，二者运用的语言颇为相似。其区别就在于，上帝所说的"要有光"会导致一种认识行为，而人类的述行行为却永远无法成为一种认识对象。它自始至终处于缺乏基础的状态，永远属于替代或补偿，而非认识行为。替代是永远无法上升为认识的。实际上，它必须创造一个新的领域，以便我们能够逾越过去。总之，严格地说来，世俗的寓言就是一种真正的述行言语，至少对人类而言它创立了某种东西，尽管这些只是在词语中才存在，而这种纯述行功能总是受到一种隐含的声明感染，这种声明又是建立在认识之上，且需要带来认识，即使此种认识是对那显然无法"逾越过去"的负面认识。总之，无论是何种类型的寓言，看来都是关于寓言的寓言，也就是它们都是关涉自身有效性的。

相似的做法还见于米勒后来撰写的《述行写实主义：福克纳的〈押沙龙，押沙龙！〉》（"Performative Realism: Faulkner's *Absalom, Absalom*!"）一文。[1] 在此，米勒以福克纳的这部写实主义小说作品为例，讨论了它所具有的述行功能。米勒指出，在当代叙述理论的迷宫中，人们时常走标榜"写实主义"或"模仿"的道路。言语行为理论的运用，对于打破这种二元对立的僵局贡献良多。如果小说被视作使用文字行事的一种方法，而不仅仅反映（或未曾反映）既存现实的一种方法，那么叙事理论就可以得到某种程度的厘清。虚构故事的述行与述谓功能之间不是彼此对立的，而是两种不相容的语言用法的矛盾同时存在。叙事用文字所做的也就是呈现现实，它重复了呈现的行动，而且是在现实本身中呈现或制造的。如果说述说总是一种重述，那么该现实势必已经是一种述说了。《押沙龙，押沙龙！》一书涵盖了现代写实主义小说所有的艺术精华，从这部小说可以看

1 J. Hillis Miller. "Performative Realism: Faulkner's *Absalom, Absalom*!" *EurAmerica*, 1992. 22 (3): 1–21.

出那种试图把小说的诠释奠基于“写实的”需求之上所隐含的种种问题。接着，米勒通过对该小说中若干有代表性段落展开解读，进而指出小说中所有的段落都寓言式地表达了写实的模仿之失败。福克纳的这部小说，可以说是有关叙事的失败，有关人类意图在历史中的失败，以及有关阅读之无法导致清楚的理解。这部作品实则同美国文学史上众多的作品，如《白鲸》《草叶集》《诗章》《蓝色的吉他手》，还有爱默生的笔记，以及其他的作品一样，都是未竟之作。它们的成功就在于其失败。《押沙龙，押沙龙！》这部深奥的小说，即是处理叙事自我传递的力量，透过人人与代代相传的方式，不停息地自我重复，不仅提供知识，而且促使事件发生。说《押沙龙，押沙龙！》中的叙述具有述行功能，就在于它以言行事，而且这种述行言语总是指涉未来，指涉它意图透过语言产生的事态。而该小说中所赋予的言语行为模式，正是《创世记》中上帝指令的准述行（pseudo-performative）言语，也就是上帝“要有光”的指令在此变成了“要有《押沙龙，押沙龙！》”。总之，正如福克纳小说所展示的，叙事在个人与社会领域中具有述行力量。讲故事是以文字做事的一种方式，不过这种力量绝非纯然良性的。叙事可能做到的，只是透过对讲故事的永远不满，无法使故事正确而摆脱故事以及无法达到故事的秘密境界，也就是促使每一细节恰到好处，并让整体的意义明白显现。这种言语行为产生认知。叙事能够彻底进入某人的生活，在《押沙龙，押沙龙！》里，昆庭、罗沙小姐、史瑞夫和其他人对萨特鹏故事的执迷即为明证。它进入了个人的生活当中，不只是强化已有的意识形态，甚至也不只是意识形态的制造者，而是一种建构力量，按照其轮廓影响阅读者或述说该故事者的一生，使他重复故事里所发生的事。这样，在讲述和阅读的过程中就履行了文学作品的述行功能。

在《解构和一首诗》（“Deconstruction and a Poem”，2000）一文中，米勒再度运用述行言语理论，以叶芝的《寒冷的天堂》（*The Cold Heaven*）为个案，讨论了诗歌及其难解之谜的问题。在此，米勒指出一首诗就像一部虚构的电话簿中的节选，抑或电话簿中的选段，其真实性或虚构性并不决定它所具有的或缺乏的文学功能。《寒冷的天堂》与《鸽翼》或电话簿诗一样，都深深地镶嵌在历史当中，并被复杂地起着高度决定作用的历史语境所包围。可能将它们作为文学作品来对待，就取决于特定的历史条件与期待。同时，文学中那种语言不可分割的指涉和模仿维度，则被变成或转喻成我们所说的述行性词语误用（performative catachresis），或德里达所谓的“完全的他者”。文学中的词语误用都是述行性的，就在于它们是针对“完全的他者”期望回应的言语行为，它们给予一个未曾拥有名称的“完全的他者”以名称。无论何时阅读该诗或小说，他们都会重新进入历史，并介入其中。这样，并非仅仅是反映历史，而是以述行的方式改变它，尽管其方式是那样的微不足道。一首诗就是一种特殊的言语行为。它使某事发生，而且针对那位认真严肃、富有责任感，甚至是全身心地阅读它的读者而言，这也许是不可逆转的。总之，通过这种解读，尤其是留意诗中的细节和修辞性语言，人们可以发现诗歌确实是使用了述行言语，但它却不以我们必然期待的或过分严肃领会的方式进行述行。通过结合这些文学类型的论述，米勒已经将奥斯汀的言语行为理论运用范围做了拓展。

既然言语行为理论可以用于私人信件以及寓言、诗歌和带有寓言性的写实小说这类作品的解读，如果将该理论集中地用于某位作家的叙事作品（特别是小说作品）进行阅读，其效果又将如何呢？在《解读叙事》（*Reading Narrative*，1998）一书的首章“亚里士多德的俄狄浦斯情结”（“Aristotle's Oedipus Complex”）中，米勒结合自己对《俄狄浦斯王》这部古希腊戏剧作品的重新解读，指出该剧不是一个独立自主的整体，而是从一个大的行动中任意割裂开来的片断。剧中的行动是通过语言来“实施”的。剧中的语句充满了各种言语行为：祈祷、承诺、咒骂、预言、诅咒，等等。譬如合唱团向天神的祈祷，俄狄浦斯为拯救遭受瘟疫之灾的国家发誓要找出杀害拉伊俄斯凶手的承诺，俄狄浦斯对凶手的诅咒，提瑞西阿斯对结局的言语，以及俄狄浦斯对克瑞翁的咒骂，这些都是不同种类的言语行为。而俄狄浦斯对已知事实所进行的堪称“施为”性阅读，导致了剧中最后作为高潮出现的“发现”。阅读总是属于一种积极的干预。而这种干预受制于某种意识形态的阐释假定和框架。俄狄浦斯对手头材料进行了积极的推理式“阅读”，从而导致“发现”和随之而来的命运之突变。所有这些事情的“缘由”并非外在的宿命论，更没有一条由必然性构成的链条来连接这些事件。这些（或许）互不相连的事件（或许）被任意地串织起来，从而构成一个连贯的故事。总之，正如《俄狄浦斯王》一剧暗示的，阅读完全属于“施为性”，它导致某事发生。而米勒对该剧的阐释就是明证。他在阅读时将各种材料串联起来，组成一个连贯的故事，并尽量使其合乎理性，尽管它叙述的对象缺乏理性。他力图洞彻《俄狄浦斯王》，并像亚里士多德那样条理清晰地写下对它的评论。他写下的东西会产生一定的效果。当然，究竟是怎样的效果，他本人也无从知晓。这有如俄狄浦斯无法知道他坚持刨根问底会导致何种后果，也有如亚里士多德难以预见他评论戏剧诗的演讲稿在西方几千年的历史中会产生如此重要的影响一样。在米勒看来，亚里士多德意识到阅读的施为性质，因为他认为看悲剧演出具有净化效果。一个悲剧不仅仅是对一个行动的模仿，它旨在引起某事的发生，即净化观众的怜悯和恐惧之情。悲剧的作用就在于透过虚构的场面激起怜悯、恐惧等非理性的情感，然后在“发现”（anagnorisis）使真相大白、万物回归理性之时让这些情感得到净化。悲剧的施为效果，即它对怜悯和恐惧的净化，均归功于悲剧给人带来的知识。

当然，从理论方面说，米勒关于言语行为最系统的梳理和论述，可见专书《文学中的言语行为》（2001）。该书原本是用作《亨利·詹姆斯创作中的言语行为》的绪言部分，旨在介绍言语行为理论与文学的关系，后经拓展而单独成书。书中展示了言语行为理论的实质以及如何将该理论运用于文学作品（尤其是叙事作品）的解读。在该书的开篇，米勒提出所有有意义的话语在某种意义上都是述行的。接着，他将“言语行为”界定为行事的言语，亦即用语言来做事情。在他看来，“文学中的语言”，既可指文学作品中包含说出来的行为，如承诺、撒谎、宣言等，也可指小说中人物角色或叙事者说出来或写下的诸如此类话语，还可指整个文学作品的述行维度。这也是在西方文论中首次对言语行为做出的明确界定。接下来，米勒指出在《如何以言行事》中，奥斯汀出于维护法律和秩序这一根本目的，曾反复将文学排除在言语行为适宜性范畴之外，其原因在于：写诗就像开玩笑一样，其本身是“不严肃的”，[1]它是缺乏真诚的典型代表。故而只有将文学连同笑话、表演等剔除出去，才能使适宜性言语行为成为可能。这样，日常的言语行为就能免受文学的感染。然而，具有反讽意味的是，在奥斯汀的书中文学又是其中不可分割的一部分。该书一方面参考了众多文学书籍，另一方面使用了诸多文学性语汇和一些基本的文学手法——到处是具有述行效果的反讽；不断地选用富有想象性例句；频繁地采用看似甚少虚构成分的对话，这些通常是以间接引语的形式呈现，而间接引语恰好又是叙事小说的一项基本手法。[2]在米勒看来，奥斯汀的不足之处在于，他没有看到文学在许多方面确实能使事情发生，同样非文学在许多方面又受文学的感染。同时，奥斯汀的分析仅仅是停留在语法层和逻辑层，还没有明显地触及比喻层和修辞层；[3]从某种意义而言，他的《如何以言行事》就是一部文学成分特浓的作品。因此，他的这部作品并不是对言语行为予以充分阐述的成功之作，而是作者试图那样做却又陷入其中不能自拔的失

1 J. L. Austin. *How to Do Things with Words*. Oxford: Oxford: Clarendon Press, 1962: 9.
2 J. Hillis Miller. *Speech Acts in Literature*. Stanford: Stanford University Press, 2001: 40.
3 J. Hillis Miller. *Speech Acts in Literature*. Stanford: Stanford University Press, 2001: 39.

败案例。

通过对奥斯汀的理论进行解构后，米勒系统地梳理了德里达、德曼二人是如何以各自不同的方式挑战奥斯汀的言语理论，尤其是针对奥斯汀将文学排除在其考虑范畴之外的做法。过去这些年来，德里达所做的无非是在指出某种新的伦理以及新的责任、社团和民主会取代那些旧的东西。在这些新领域里，他自然会触及文学的地位问题。这样，他必不可免地会挪用奥斯汀的言语行为理论。首先是他针对奥斯汀的“在场形而上学”撰写了《署名、事件、语境》(“Signature, Event, Context”, 1971)，然后是针对塞尔的责问（即《重申差异：回应德里达》，“Reiterating the Difference: A Reply to Derrida”，1977）而撰写了回应之作《有限的内涵》(“Limited Inc abc”，1977；又译《有限公司 abc》)，在这两篇作品中，德里达的讨论是从他者宣告独立或发明为着手点。鉴于奥斯汀意识到语言中有大量的言语行为（连同那些“符号行为”）无法适用那种狭隘的言语行为观来解释，从而将其排除在自己考虑范围之外的做法，在回应塞尔的论述中，德里达认为每一述行行为都是独特的、创始的，它会改变那些规则和体制本身，还有周遭的语境，而不是仅仅依赖于这些，然后再行之有效地做出某事。同时，一个述行言语的语境永远不可能“饱满”(saturated)。这种语境既无法辨明，又不能得以完好地控制，以确保在适宜性和非适宜性言语行为间做出区分。另则，也像人指出的：如果说奥斯汀关注的是“如何以言行事”，那么德里达着重关注的是“什么言语能行事”。[1]事实上，在德里达看来，文学是不能排除在言语行为之外的；相反，他所说的那种既表示重复(repetition)又带有改变(alterity)意义的“可重复性”(iterability)，作为异延（la différance）的一项特征，一方面解构了奥斯汀和塞尔所谓正常的、严肃的、适宜的、标准的言语行为，[2]另一方面意味着任何言语行为都可能是文学性的。换言之，述行言语与文学是紧密相连的，因为只要有文字，就可能有言语行为；只要有言语行为，就可能有文学。[3]如果再做更深层次的追究，德里达有关语言的述行力量的认识，又与“语言的他者”(the other of language)紧密相连。而“语言的他者”亦即德曼所谓“语言的非现象的物质性”(nonphenomenal materiality of language)，正是解构主义始终关注的内容。对于德里达而言，一个述行行为就是对“完全的他者”

1　王建香 . 当代西方文论中的文学述行理论 . 北京：中国广播电视出版社，2009: 52.

2　J. Hillis Miller. *Speech Acts in Literature*. Stanford: Stanford University Press, 2001: 86.

3　J. Hillis Miller. *Literature as Conduct*. New York: Fordham University Press, 2005: 171.

呼唤的回应。一个述行行为既呼唤，同时又被呼唤。它正是使用语言“来给他者提供一个位置，并让他者到来”。[1] 而这种述行行为又是奥斯汀和塞尔那种所谓合法的、遵循规则的言语行为规范无法解释的。

早年奥斯汀曾说过：“言外行为的述行总是呼唤一种反应。”[2] 但是究竟产生什么样的结果，言说者（作者）却始终无法掌控。后来，这种思想在保罗·德曼那里得到了更进一步阐发。作为对印刷时代猛烈抨击的代表，德曼主要从修辞和语言的角度解构了奥斯汀的言语行为理论，尤其是奥斯汀理论中那些“看似确定的因素”。在《阅读的寓言》以及他后来的一些论文中，德曼不断地挪用言语行为理论展开他特有的“阅读之阅读”，也就是将文学述行与文学修辞理论结合起来，这又可以看作是他历年来对语言与文本深切关注活动的自然延续。在这一解读过程中，他的首要解构对象瞄准的正是文本的自我指涉问题。在他看来，阅读可称作一种安置（positing）行为，这种安置是在谎言性的承诺和矛盾中进行的。[3] 同时，德曼坚持认为，言语行为关涉一种剧烈的脱离干系的过程，这种干系原本存在于语言的认知和施为层面，也就是奥斯汀所谓的述谓和述行维度。在德曼看来，一个言语行为固然使某件事发生，但那绝不是事先设想的或预料到的，也就是它不会始终按照说话人或写作者或那位具有意识的“我”的意图和能力行事。其原因就在于：词语本身是疯狂的，[4] 而言语行为的有效时刻总是在“作者死亡”之后。这就意味着要完全了解言语究竟干了什么几乎是不可能的。可以说，正是语言自身使得认知和行为脱离了干系。而人的生命有限性又成了语言认知和述行功能无法走到一块的另一代名词。此点也成了德曼言语行为理论的一项基本假设。事实上，奥斯汀所谓“述行言语和述谓言语之间，其区别是很难判定的”。[5] 一言以蔽之，任何一个文本既是述行的，同时也是述谓的。[6] 在德曼的作品中，尤其是在他晚期的论文中，述行性连同活现法、反讽和那无法被感知、无法被证实的非现象的物质性成了某种纽结或节点。[7] 可以说，德曼和德里达就言语行为进

---

1 Jacques Derrida. *Psyché: Invention de l'autre*. Paris: Galileé, 1987: 60.

2 J. L. Austin. *How to Do Things with Words*. Oxford: Clarendon Press, 1962: 122.

3 同样，米勒也持相同的观点，他认为：“理论表述是一种安置（positing），它可以被有效地安置或再安置于许多不同的情境中，并运用于许多不同的文本。” J. Hillis Miller. *New Starts: Performative Topographies in Literature and Criticism*. Taipei: Academia Science, 1993: 25.

4 J. Hillis Miller. *Speech Acts in Literature*. Stanford: Stanford University Press, 2001: 151.

5 Paul de Man. *Allegories of Reading*. New Haven: Yale University Press, 1979: 130.

6 J. Hillis Miller. *Speech Acts in Literature*. Stanford: Stanford University Press, 2001: 153.

7 J. Hillis Miller. *Speech Acts in Literature*. Stanford: Stanford University Press, 2001: 10.

行了新的阐发，从而为富有责任同时是有效的政治伦理决策和行为的新观念奠定了基础。

在接下的篇幅里，米勒通过对德里达、维特根斯坦和奥斯汀的一些论述文字展开了讨论，以此展示德里达所说的那种文学具有的述行效果的他异性（otherness）是如何唤起人们的激情，[1]进而解释了那种属于主观维度的强烈情感在有效的言语行为中起到的作用。通过这些论述，他阐明了语言自身是如何机械地产生述行作用，而这种述行行为通常又有违说话人的意愿和意图。[2]最后，米勒对普鲁斯特的《追忆逝水年华》中看似不具述行行为的三段文字展开细致入微的互文解读。论者认为，《追忆》一书并非像读者想象的那样，是一部遵循现实主义惯例的虚构性自传；相反，它是彻底寓言性的。它通过别的东西来命名某一东西，从而表明“现实并非像我们想象的”那样。《追忆》的命名依赖的是寓言或转折，这些在书中使梨树变成了天使，使妓女瑞琪尔变成了哈莱维歌剧中“来自上帝的瑞琪尔”，最后又变成了罗伯特的那位神秘又深深挚爱的人。好一个深不见底的谜！[3]总之，米勒通过这种解读，展示了如何以富有启发的方式运用言语行为理论，以此获得对文学作品更为准确的解读。

如果说本书的前半部重在对奥斯汀、塞尔等人理论的解构，并在前人基础上对言语行为理论进行了深入阐发，那么最后部分针对普鲁斯特作品的解读，可以看成是对新的述行行为理论的运用。而这又可视为他对亨利·詹姆斯作品进行深入解读的一个前奏，说明言语行为理论是可以用于各种类型的文学作品解读当中。总之，无论是在奥斯汀那里，还是在德里达、德曼和米勒本人的论述中，都涉及一个呼唤过程。要呼唤就得要命名，而命名本身就是一种述行言语。这种呼唤又是建立在那种唤起我们激情的“他者”之上，这种呼唤在具体的文学研究中则是通过一个个文本得以协调的，抑或是蕴含在某个文本之中。这种呼唤又回应另一个呼唤，譬如撰写一篇论文或一部论著。这又构成了对回应的另一项需求。有了这种需求，就注定回应者会承担某种责任。正是以这种方式，米勒完成了对言语行为理论的解构和建构过程，从而为他集中地运用该理论来剖析具体的文学作品打下了坚实的基础。

---

1 J. Hillis Miller. *Speech Acts in Literature*. Stanford: Stanford University Press, 2001: 159.

2 J. Hillis Miller. *Speech Acts in Literature*. Stanford: Stanford University Press, 2001: 174.

3 J. Hillis Miller. *Speech Acts in Literature*. Stanford: Stanford University Press, 2001: 213.

第三节 米勒的言语行为理论于小说研究中的集中运用

总的来说，米勒对言语行为理论运用的最佳范例，当推他的《文学即行为：亨利·詹姆斯创作中的言语行为》(2005)。在该书中，米勒集中针对詹姆斯的几部叙事作品展开了剖析，其中的六章分别涵盖了詹姆斯创作的早、中、晚和最晚期。六部作品分别是：《阿斯本文稿》(*The Auspern Papers*，1888)、《贵妇人的画像》(*Portrait of A Lady*，1881)、《尴尬年代》(*The Awkward Age*，1899)、《鸽翼》(*The Wings of the Dove*，1902)、《金碗》(*The Golden Bowl*，1904)，以及那部未竟之作《昔日的感觉》(*The Sense of the Past*，1917)。通过这些作品的分析，尤其是针对各部小说中起着不同作用和表现方式互异的言语行为展开分析和解读，米勒为我们展示了言语行为理论的价值，进而对文学与言语行为间的关系问题做了深层次探索，以此检验言语行为理论在文学作品解读中的适应性。

在纽约版《金碗》的“前言”中，詹姆斯曾说过：在小说中，“表达”事物，准确地说，就是将事情写出来，这有如一种行事方式。这种方式就像其他任何举措一样，都是一种行为。在此，詹姆斯强调用语言将事情表达出来，它作为一种行为形式，又高于其他形式的社会行为。那些社会行为往往是转眼即逝或被人遗忘，写下的文字却会留下痕迹。米勒认为，这里的每一次书写或行动就是近年来哲学家所说的言语行为。用语言将事情表达出来就是以言行事，这种行事又会依次地带出其他种种行为。

受詹姆斯之说启发，米勒在书中首先对“文学即行为”的观点进行了阐发，指出此说有三重含义：首先，作者的写作是一种行为，这种行为是将事物以这种或那种方式予以处置，亨利·詹姆斯认为它是“生活即行为”的一部分；其次，一部虚构作品中的叙述人和人物角色会发出言语行为，这也是一种以言行事的表现形式，其中包括许诺、宣言、托词、否认、作证、撒谎、做决定等诸如此类的行为；最后，读者在教学、批评或非正式评论中会依次通过将一种阅读化为文字而行事。教学、写作批评或仅仅讨论一部书籍均可视作一项行为，它还会依次地做出其他事情。至于是书标题“文学即行为”，作者认为它既可指那种文学写作方式，即一种行为形式；亦可指那种文学虚构之内的行为表现方式；还可将“行为”当动词解，意指那种文学可能促使读者相信或以新的形式行事的方式。[1]

1 J. Hillis Miller. *Literature as Conduct*. New York: Fordham University Press, 2005: 2.

基于上述假设，米勒在书中对詹姆斯的六部作品进行了细致入微的解读。他的分析主要沿用的又是德里达、德曼等解构主义者的述行言语观念，而非塞尔等人的观念。在首章里，米勒结合詹姆斯的《阿斯本文稿》讨论了历史、叙事和责任问题。本来在文学理论和人们日常假设中，历史与叙事是紧密相连的、不可分割的，这种论述最早可追溯到亚里士多德时代。在《诗学》中，亚里士多德倾向于用一件可能的虚构来针对一段不可能的历史，以此作为一部悲剧的情节。尽管叙事不是再现历史的唯一途径，但至少是其主要途径——它讲述历史，记录历史，使其理性化，然后再解释它，以寻绎出它的原因或基础。叙述会讲述关于历史的真理。叙述和历史同属于“真”的范畴。在西方，虚构性的叙事总是打着历史的幌子，如在菲尔丁和萨克雷的笔下便是如此。詹姆斯在一篇讨论特洛罗普的文章中曾提到：一部虚构性叙事作品除非维护了那种历史性幻景，否则便无法立足。这一立足点在《阿斯本文稿》中便得到了展示。表面上看，该书主题是坚持自传性知识将成为一项不可舍弃的尺度，用以衡量文学的价值。长期以来，在西方，叙事和历史的关系很少受过质疑。一旦将“责任”因素引入后，问题就变得复杂了。如果说叙事与历史是关于真理的秩序，责任便是关于行为、伦理和生活行为的秩序。责任会唤起语言述行行为而非述谓行为。《阿斯本文稿》以一位想象的第一人称“我”为叙述者——一位专攻19世纪美国诗人杰弗里·阿斯本文稿的文学研究者，这个“我”发出的是一种内在的声音，同时作为一位证人而进行言说，他就像詹姆斯所说的，见证了“《阿斯本文稿》的毁灭”，而且他把弄清阿斯本的历史真相作为自己唯一的职责。为达此目的，他甚至可以不择手段。事实上，这种对真相负责的态度，又得到我们文化中文学史机构性机制的支持。[1] 在米勒看来，《阿斯本文稿》无疑是一个无法通过叙事来了解和拥有过去的故事。所叙述出来的，无非是那未曾得到或了解到的或拥有的抑或揭露的过去历史中的事件。这个故事表明，一个真实的历史并不属于知识的秩序，而是属于述行行为的秩序，这些言语行为又以一种述行方式在运用其他符号形式。这一事件会使某事发生，会在这个世界上留下若干痕迹，而这些又是可以了解到的——譬如阿斯本文稿如果得到发表的话，但它本身始终都是无从了解的。即便是叙述者拥有这些文稿，并研读过它们，他仍然不知道自己究竟要干什么。一句话，《阿斯本文稿》印证了尼采、德里达、德曼和本雅明所说的：一个历史事件是无法通过叙述认识清楚的。它只能以叙述的

1 J. Hillis Miller. *Literature as Conduct*. New York: Fordham University Press, 2005: 21.

方式不断地重复，因为它首先就是一种言语行为。针对这种重复，重复者必须承担责任。行动者必须承担责任，也就是说，他或她必须为那所不知道但可能得到重新铭记的承担责任。这些人又将以崭新、独特、闻所未闻的方式对它加以铭记，这样将对未来产生无可估量的影响。

米勒还以《贵妇人的画像》中一个亲吻为切入点，探讨了那种导致中断某种关系的叙事。他重点针对的是言语行为或类似于言语行为起作用的“符号行为”的功效问题。在《画像》中，一个亲吻就是作为有效的言语行为，或是作为无声的手势，以替代言语来行事。那些亲吻在行为中往往标志着带有决定性意义的转折。一个决定就是一种特殊形式的述行言语。小说让伊莎贝尔离开古德伍德，并踏上通往罗马的征途，以此作为它的目的地或终点。期间，伊莎贝尔做出了两项决定，一是拒绝古德伍德和瓦伯顿而接受那位文学史上可与依阿古并列的大恶棍奥斯蒙德的求婚请求；二是回到奥斯蒙德的身边，尽管他们的婚姻是那样的不美满。而这两项决定都被置于言语行为的语域内。她这样做，是以为后者能够给她充分的自由。可以说，尽管詹姆斯在“前言”中宣称自己已经把所知道的讲述出来，但伊莎贝尔为何会做出决定，她又得到了何种认识，这些仍然是个谜。而且就像米勒所说的，你可以知道一个决定做出的前前后后，但在做决定的那一刹那却是无从知晓的。在阅读的过程中，读者并非白板一块。相反，他们总是带有各自的预设和偏见。但是那种通过某种阅读来填补空缺的“不具责任感”，又是绝对无法证实的决策行为，其本身正是对文本召唤的一种回应。这就有如伊莎贝尔回到了奥斯蒙德的身边。这种阅读决策将对读者发生改变作用，《画像》包涵了一种伦理教益，它告诉人们那些伦理决策通过理性解释是永远无法证实的。它们在黑暗中跳跃。小说同时告诉人们，阅读或写作一部文学作品具有某种类比性。一次阅读就是一种述行介入，而不是一种仅凭认识完全可以证实的宣言，尽管它也是对文本召唤阅读行为本身的一种回应。

奥斯汀曾说过：根据标准的言语行为理论，那种适宜性言语行为通常有赖于一种可行的群体而存在。一个可行的群体通常具有固定的法律、机构和习俗等，这些又被其全体成员接受和实施。在第三章，米勒以《尴尬年代》为个案，讨论了言语行为与群体之间的关系问题，或者准确地说，是该书所缺少的这种关系。在此，米勒指出每个群体内部都具有某种不可言说的东西，进而他提出“不可行的”群体（“unworked” community）的概念。在这种群体里，其成员既与那些死者有着种种联系，尽管彼此间根本无法认清对方，却被联结在一起。这种一无所知，可能隐含在对某个“真实”人的同性渴望的他者形象之中。在这一群体里，言语行为几乎总是不适宜的，婚姻中的誓言做出后立刻遭到背叛。这种群体会通过机构性方式来禁止其公开表白。同时，他们甚至还被禁止公开宣布那种联系，这种联系对于他们来说，可能会构成其言语行为的基础。换言之，一个未婚女子所了解到的，会使其述行能力失去作用，除非这些述行言语是在一个不可行的群体中被说出。如果说詹姆斯作品中存在着这种群体，那它只是那种秘密的、不可公开的群体。可以说，《尴尬年代》是对维多利亚时代小说形式的肢解或解构，这种解构尤其适合于对那假想的维多利亚式群体颠覆性剖析。

阅读詹姆斯的作品，我们会发现其中有些语汇总是反复地出现，如“观念”（idea）、“意愿”（will）、“信仰”（belief）、“你瞧”（there）、“面孔”（face）以及感叹词“哦”（oh）等，而这些又是在不同语境里反复出现的，有点类似于瓦格纳作品的主题——前后反复又互为呼应。就像詹姆斯所说的，《鸽翼》是一部关于死亡的小说。准确地说，它是一部关于言语行为（在此特指谎言这类言语行为）与死亡关系的作品。在第四章，米勒以《鸽翼》为研究对象，探讨了针对死亡撒谎的问题。米勒通过对《鸽翼》这部作品的剖析，向世人展示了文学言语是如何述行，如何创造新世界。该章一开始便指出，文学作品所展示的实际上是一种虚拟的现实，詹姆斯这部小说也不例外。在该小说中，每句话都具有述行性。接着，他以小说开篇“她，凯特·寇洛伊，正等待着父亲的到来……”从这一兼具述行和述谓性质的语句入手，该句为这种虚拟的现实建立起法规和法则。它是起始的第一步，整部小说便从此诞生。这正如美利坚合众国的历史始于《独立宣言》，《鸽翼》所起的作用是正式宣告它从历史的现实中独立而来，它承诺本书看起来将是一种真实的记录，实则是虚构的，或有如一部想象的电话簿。随着我们进入这个世界，发现虚拟的现实似乎又指向或对应于一个更遥远的领域，这个领域早已存在那儿，只是等待着小说家通过语言来呈现或重新发现，并加以揭露。接着，米勒探讨了虚拟现实中发生的种种问题。他以莫顿·丹什答应娄德太太在圣诞节早上去教堂为例，指出这是一个典型的带有撒谎性承诺，因为他压根儿不想去教堂，他想去的只是凯特·寇洛伊那儿。不过这种谎言性承诺，对丹什本人却具有神奇般的强制效果。它会促使他做出某些违背自己意愿的事情，而这些他压根儿就不想去做。在米勒看来，这种意图性并不像奥斯汀所说的那样，要把它与言语行为有效性联系在一起。基于此，米勒又将谎言界定为一种与事实相悖的陈述，进而指出它的作用就像一种言语行为，会决定别人的行为，其前提是别人相信该谎言，或者是相信它并乐于按其行事。[1]谎言本身不具认知价值，但它能作为一种纯述行言语而起作用。只要人们相信它，这种述行行为便是适宜的（如小说描写到米丽这位被凯特称为“鸽子”的人物，最终得知丹什与邓谢已私下里订婚，便不再相信丹什是自由的，于是将脸转向墙去，不愿再活下去了）。总的来说，《鸽翼》中的谎言比比皆是，这就使该书看似成了探讨谎言问题的作品。该书给人的教益是：不要撒谎，因为凭借语言的力量，也就是凭着私下里语言与死亡的关系，谎言会以某种方式成为事实，而这些又将有违你的意愿与意图。此中的奥秘实则是詹姆斯在小说“序言”中所说的那个“无法解开的谜”。

正如在奥斯汀、塞尔乃至奥赫曼等人看来，文学话语是否具有述行性尚不能确定，原因是“他们仅仅以作者说话态度或诚实作为判别一个话语是否为言语行为的标准”。[2]正是针对此点，米勒在第五章“有意识的伪证：《金碗》中道出的无知”中，以伪证（perjury，系前缀“per-”[=away，偏离]和“jury”[=swear，发誓]）这种特殊的撒谎行为为讨论对象，指出伪证区别于谎言就在于，伪证是公开场合里的撒谎，亦即“誓言下的撒谎”（lying under oath），此举又属一种犯罪行为。在《金碗》中，美国富豪亚当将军的千金玛吉与她的继母夏绿蒂在与自己的丈夫、意大利贫穷贵族艾默雷哥王子（实为后者的女婿和昔日恋人）的关系问题上所发伪誓便系此列。在小说中，詹姆斯用到“有意识的撒谎”一词，显然指的是玛吉和夏绿蒂二人一方面注视着对方的眼睛，同时又公然发伪誓，然后以一个公开的亲吻来掩饰虚假，且二者都“冷冰冰地”又清醒地意识到自己是在做伪证。无论是玛吉还是夏绿蒂，其痛楚就在于无法确切地知道，或无法进入他者那孤独而“可怕的”内心世界。事实上，小说中的许多人物，尤其是范妮和玛吉，出于各种实际目的，尽管是私下的，都知道或坚信自己知道一切。当他们说出“我一无所知”或“我们压根儿就不知道”，都意味着她们是在撒谎。她们所宣称的都属于伪证。而且就像玛吉和夏绿蒂或范妮和鲍勃彼此间所说的一样，都属于撒谎性伪证。即便无人相信，这些仍能作为适宜的言语行为而发挥作用。它们是那种导致事情发生的言语，别人似乎会信以为真，并且采取行动。接下来，它们营构了一场虚构的社交

1 J. Hillis Miller. *Literature as Conduct*. New York: Fordham University Press, 2005: 192.

2 王建香 . 当代西方文论中的文学述行理论 . 北京：中国广播电视出版社，2009：41.

游戏，这些游戏具有真实的效果。所有这些都是玛吉有意识的伪证带来的。在这种伪证过程中，其他的人却是有意识的。而她在撒谎的那一刻，并不清楚别人是有意识的，或相信他们已经意识到自己是在做伪证。这种伪证的结局之一，便是出现了玛吉宣告独立的那种场景。这点又可以看成是美国式伦理的胜利。玛吉的言语行为或“符号行为”，尤其是她对夏绿蒂的伪证，显然有违奥斯汀所说的那种适宜性述行行为的条件，然而它们却能发挥效应，并做出她想要做的事情。一方面，玛吉的言语行为对夏绿蒂是一种“折磨”；另一方面，她又报复了艾默雷哥，并让后者远离他的情妇。这些并不是通过其个人的独立思考，而是通过谎言和伪证实现的，又以一种特殊的形式履行言语行为的职能。

第六章题为“‘准拧紧螺丝效应’或如何运用词语来唤起幽灵:《昔日的感觉》”。在此，米勒尝试借用德里达的五点思想：心灵感应（telepathy）理论、幽灵说（hauntology）、文学作品的理念性（ideality of the literary work），还有他关于门槛、围场、内外对立、对陌生人的友谊、档案等，以及他对言语行为理论所做的修正，对詹姆斯的未竟之作《昔日的感觉》（该标题既可指一种对往昔的情怀，又可指过去所具有的意义）进行解读。他指出,《昔日的感觉》是一篇有关幽灵的故事，而且是从幽灵的角度讲出的故事。所谓幽灵的故事，就是说幽灵在里面出现，或至少是其中的某位或多位人物显然是遇见了幽灵。可以说，詹姆斯所有的故事和小说都是有关幽灵的故事，这些幽灵故事其“本身”实则转弯抹角地讲述它是关于文学行为的。所有那些读者“相信”的虚构作品，实则是通过人物使用语言来“唤起幽灵”，进而产生魔力，然后又将其方式公之于众。这些人物接着又在读者的脑海、情感和想象中作为幽灵而存在。它们将永远栖居在那儿，并忽明忽暗地出现在读者的脑海当中。它们将永远栖居在那儿，只要读者想到该故事，并重新阅读该故事，它们随时会浮现出来。可以说，詹姆斯的幽灵故事“本身”是关于文学的主要行为，这种虚构作品又将对读者具有起始性述行效果，亦即詹姆斯本人所说的那种“准拧紧螺丝效应”。《昔日的感觉》所具有的这种效应，是由一套机械的、人为的、杜撰的词语造成的，它们被拧得紧紧的，有点密不透风，而且自始至终保持着一成不变的“调子”。这种调子又让读者将幽灵的出现读进作品之中。换言之，读者的读入行为正是词语本身具有述行力量造成的。《昔日的感觉》之高明处在于，它能够再现出普通人对他者意识的怪异和奇特面。

至此，米勒通过这些个案研究表明：首先，詹姆斯的创作行为都具有述行性，他将文字付诸纸上，这些文字又通过那些想象的人物幽灵来感染读者；其次，詹姆斯通过言语来行事，而这些言语会依次地做出其他事情，包括唤起读者的责任感，进而做出新的判断和采取新的行动。一句话，文学言语正是通过读者“使某事发生”；最后，詹姆斯小说中的人物和叙述者的言语行为正是以言行事的表现形式，这些行为包括许诺、发誓、托辞、作证、公开做决策，以及诸如此类的形式。就像米勒在研究中表明的，上述六部小说所具有的行为，正是那充满个性化特色的语言表达力赋予的。米勒在书中关注的重点又是那可渗透的前沿，也就是言语习惯和文学（在此专指詹姆斯作品）之间的重叠、交叉、碰撞和对抗行为。他所讨论的作品数量虽然有限，但其意在阐明詹姆斯纽约版的前言，还有其整个作品都具有以言行事的功能。阅读一部文学作品就意味赋予读者责任，让他们来解释各自的阅读行为，这种解释又兼具述行和述谓双重功能。米勒反复强调，从某种意义上说，阅读就是一种行为，而且它会依次地做出其他事情。

总之，米勒通过言语行为理论的运用，表明该理论在文学作品分析中是切实可行的，从中让读者了解到文学作品中那些鲜为人知的方面，进而体会到阅读文学作品的真正乐趣；同时说明述行言语这一概念是正确阅读文学作品必不可少的工具。

第四节　阅读后的反思

早年雷纳·韦勒克曾将文学研究分为两大类：内部研究（intrinsic study）和外部研究（extrinsic study）。所谓内部研究，主要注重文学作品本身；所谓外部研究，主要关注的是文学作品的背景、环境以及其他外在因素。[1]如果再放眼现当代美国文学批评的发展状况，人们可以发现在20世纪六七十年代盛行的新批评和建立在结构主义基础之上的形式主义批评，它们主要着眼的正是文本的自身内部。此间，人们或是将文本视作一个有机的整体（an organic unity），或是强调文本的自我指涉性（self-referentiality），也就是将文学看成一个自足自律的体系，进而将文学批评与外在的社会现实脱离开来，这样的批评难免有失偏颇。而对这种现象的全面反拨，则是来自文论界“语言转向”之后的文学言语行为批评。

1　René Wellek & Austin Warren. *Theory of Literature*. London: Penguin Books, 1956.

言语行为理论最初诞生于日常语言哲学，随着该理论经人不断地拓展，逐渐涵盖众多的领域。正如在哲学领域里，言语行为理论业已改变人们对语言本质的认识，它使传统哲学家眼中的描述世界、传递信息、辨别真假的语言增添了一项新功能，即言语行为功能。然而，在奥斯汀早期的经典言语行为理论中，虚构性文学话语却被划入不适宜的言语之例，被排除在其考察的范畴之外。米勒等人却能通过自己的深入研究和反复论证，阐明文学话语同样具有述行功能。文学语言并不像奥斯汀所说的是那种“苍白的”“空洞的”“不适宜”的述行语言。相反，它是一个产生观念、事件和世界的自在自为场域，只是这种言语行为发生在一个虚拟的王国，而且确实起到了以言行事的作用。换言之，文学文本并不是一种被动的工具，也不是一种自足自在的语义场，或是像形式主义文论所说的文学仅仅属于自我指涉。相反，它是一个能够创造世界和改造世界的言语行为。也就是说，它创造了一个文本现实，一个文本世界，这个世界虽然可能是一个虚构的世界，但绝不是一个无用的世界，而是可能产生述行行为，即激发读者的情感，进而让读者参与改造现实世界的活动中来。这样就突破了早先结构主义的文本自足理论，并“带来一种真正的认识的进步”；[1] 同时也将奥斯汀等人的经典理论向前做了推进和发展。尤其是米勒大胆地尝试将该理论运用于具体的文学作品解读中，并收到了良好的效果。这可以说是米勒的一大贡献。

文学言语行为理论最为关注的问题无疑是文学如何生成意义的问题，而米勒通过自己的阅读行为告诉人们：文学阅读或批评不仅要了解语言是什么，还要了解语言做了什么，语言能够做什么。人们不仅要挖掘文学的社会学意义，还要探索文学是如何通过产生意义和价值，进而影响个人生活和社会生活。而他的具体做法便是将修辞性解读和文学外部关系研究结合起来，这样势必要将文学与外在现实世界联系起来，从而彻底纠正以往新批评和形式主义那种一味地关注文本本身的做法，由此将人们的视域拓展开来。这可以说是米勒于文学批评的另一大贡献。

这里还需要指出的是，根据奥斯汀的观察，一个述行句的常见语法形式是由第一人称引出一个现在式的陈述句。就这背后的哲学理据，奥斯汀并未做过深入挖掘。同时这种陈述用法又将文学排除在其考察的范畴之外，原因在于文学不属于那种“严肃的”以言行事之例。正是在前人的基础上，米勒在文学作品的解读中，一方面追溯了这种述行句的哲学理据，另一方

1 E. D. Hirsch. “What’s the Use of Speech-Act Theory?”. *Centrum*, 1975 (2): 122.

面关注作品的述行维度，他向人们展示了述行言语所具有的独特魅力。本来，述行言语都预设一个自由意志和选择的“我”（“I”）的存在。言语行为理论诞生于后笛卡尔时代，它曾假设主体性是一种预先给定之物。自我是毋庸置疑的东西。因此，所有的表达几乎都属于那种有着自我意识主体发出的一些言令，这些言令随即会导致某些事情发生，如“我发誓”“我宣布你们为夫妻”等等。然而有趣的是，述行行为往往会超出述行者的意图。他们的有效性并不取决于意图。一个述行句固然会让某事发生，但所发生的绝不是说出该语句的人所意图的或期待的。言语总是自主的、机械的、不带任何个人色彩的，同时又不受任何有意识、有意愿的主体制约。这种属于语言的语义和句法维度的力量是如此强大，而非意图和认识所能控制的。[1] 而文学中的述行语言无疑就具备上述这些特征，正因有了这种述行维度，由此增强了文学作品的魅力。

诚如批评家肯尼斯·柏克（Kenneth Burke）所言：人是一种使用象征符号的动物，要成为人就意味着要不断地关怀语言。正因如此，语言问题也就成了人的一生中永恒的问题。[2] 米勒毕生非常推崇柏克，他认为柏克“独具慧眼，能注意到文学、哲学和其他文本中没有注意到的东西。”[3] 如果再仔细考察米勒的文学批评活动，我们会发现他与柏克一样始终重视文学作品的语言维度，尤其是带有修辞效果的文学语言问题；同时，他在批评方法上又充满了变化。那么，近年来他为何会如此刻意关注这种具有修辞特征的语言（即文学语言）的述行维度呢？事实上，上面这些论述又可以看成是他一如既往地对文学语言进行思索的一部分。加之他与德里达、德曼等人的特殊渊源，这些人在自己的著作中反复讨论到言语行为问题，这点自然也影响到米勒，从而促成他对语言述行维度进行深切地关注。在他看来，文学就是以奇特的方式使用语言。文学记录的并不是现实中实际发生的，而是那种可能发生的现实。由于文学语言具有述行功能，这样就能通过具有魔力的语言来吸引读者，以此实现文学作品“以言行事”的功能。而这其中所蕴含的“奇特性、特异性和不同寻常之处”，[4] 自然会成为米勒

---

1 J. Hillis Miller. *Topographies*. Stanford: Stanford University Press, 1995: 124–125.

2 Robert Moynihan. *A Recent Imaging: Interviews with Harold Bloom, Geoffrey Hartman, J. Hillis Miller, Paul de Man*. Hamden: Archon Book, 1986: 117.

3 单德兴. 阅读、批评、理论：米乐访谈录. 对话与交流：当代中外作家、批评家访谈录. 台北：麦田出版社，2001：289.

4 J. Hillis Miller. “Preface”. *The J. Hillis Miller Reader*. Ed. Julian Wolfeys. Stanford: Stanford University Press, 2005: viii.

文学研究中密切关注的内容。

作为当今解构主义批评的代表，米勒和保罗·德曼一样，把文学看成是一种言语行为，但他们在理解文学言语行为时，对其意义和效果赋予更多的不确定性，也更为突出强调语言自身因素在言语行为过程中的关键地位，因而使文学成为一个复杂的包含更多差异和矛盾因素的言语行为。自20世纪90年代以来，米勒在一系列重要批评论著中坚持强调“将事物放在词语中”，用词做事的文学观，试图在自己的文学观中将解构主义与言语行为理论的种种矛盾和差异结合起来。有学者指出：“他后期所倡导的言语行为理论观念是他文学理论探索过程中最重要的也是巅峰性的理论果实”，认为“他的言语行为文学理论观念启前人所未启，道前人所未道，是一种极为独特精到的理论观念。”[1]其评价是相当中肯的。

到了2002年，米勒在推出的《论文学》一书第四章“为何阅读文学？”中专设一节“文学即言语行为”。在此，他再次强调：正是文学作品的施为作用，召唤着人们阅读文学作品，并乐于接受这一虚拟现实中的一切。[2]总之，在将言语行为理论系统地运用文学作品的解读过程中，米勒颠覆了哲人奥斯汀的学说，并以自己的精彩案例分析做出了典范，他的这一思想必将在世界文化界产生深远的影响。因此，“认真研读它对我们深刻把握西方当代文论的最新发展以及有效借鉴西方最前沿的成果以创建我国自己的批评话语体系无疑有很大的裨益。”[3]

1　肖锦龙．试谈希利斯·米勒的言语行为理论文学观．外国文学．2007（2）：29-35.

2　J. Hillis Miller. *On Literature*. New York: Routledge, 2002：111-114.

3　肖锦龙．试谈希利斯·米勒的言语行为理论文学观．外国文学．2007（2）.

第四章

全球化时代米勒的比较文学观[1]

希利斯·米勒在当今学界主要是以文学批评而著称，尤其是他为文学研究在美国实现建制化做出了巨大贡献；同时，他在比较文学界亦有较高的地位。仔细检视米勒的学术生涯，我们发现他一直与比较文学有着不解之缘。1944 年，米勒进入欧柏林学院求学，最初立志当一名物理学家，一年后转到英文专业就读，开始从事文学阅读和批评学习。这种特殊的学术背景，使他后来的文学研究很大程度上带有跨越性特征。也就是说，他善于从别的领域来审视文学问题，这使他的研究带有浓厚的比较文学性质。1953 年至 1972 年，米勒在霍普金斯大学人文中心取得一个与比较文学相关的联合教席。在此期间，他受法国、德国文学及其理论吸引，开展了大量带有比较文学性质的研究工作。自 1972 年起，米勒开始在耶鲁大学这座美国比较文学研究重镇从教，十四年期间担任了英语与比较文学系的一个联合教职；同时，他又是该系比较文学研究生课程的负责人，负责指导博士研究生论文写作，并与德曼、布鲁姆、哈特曼、德里达等一道促成“耶鲁学派”的形成。自 1986 年起，米勒又执教于加州大学厄湾分校，担任了英语与比较文学系“杰出教授”。同时他还是多家国际比较文学和文学研究刊物，如《今日诗学》(*Poetics Today*)、《描写诗学与文学理论杂志》(*A Journal for Descriptive Poetics and Theory of Literature*)、《文类》(*Genre*)、《英语文学研究》(*Anglistik*)、《英语文学史》(*A Journal of English Literary History*)、《大学英语》(*College English*) 等的编委。多年来，他还频繁地出席国际比较文学方面的会议，发表许多与比较文学相关的演说。可以说，比较文学教学与研究在他个人的学术生涯中占据了非常重要的地位。本章拟就全球化时代米勒散见于各处有关比较文学的论述展开剖析，并在互文

1 原载《中国比较文学》2013 年第 4 期，第 84—94 页，题作《困境与出路——全球化时代希利斯·米勒比较文学观》；中国人民大学书报资料中心《外国文学研究》2014 年第 3 期全文转载。在此有修订。

解读的基础上提出自己的批评与反思意见。

第一节 新时期比较文学危机问题的美国脉络

众所周知，比较文学作为一门正式学科出现是在19世纪末叶。当年，歌德（Johann Wolfgang Goethe）曾使用过“世界文学”（Weltliteratur/World Literature）和“世界诗学”（World Poetics）等词。1886年，随着波斯奈特（Hutcheson Macaulay Posnett）的专著《比较文学》（*Comparative Literature*）问世，比较文学的时代正式开始，从此“比较文学”作为一个合法的名称沿用至今，尽管在此过程中也有人主张用别的名称来取代“比较文学”。在米勒的许多相关论述里，“世界文学”“比较文学”“总体文学”和“全球化语境中的文学”等几个术语常常交替着使用，它们实则是指相同的概念，只是随着语境不同而略有差异。

世纪之交，米勒曾在《“全球化”对文学研究的影响》（“Effects of Globalization on Literary Studies”）一文中对“全球化”做了界定。[1] 他指出，全球化“既指一个过程，也指一个模糊的完成状态，全球化既是已经发生的事情，同时也是正在发生的事情，也许到完成还非常遥远。我们大家一直都在全球化”。[2] 而推进全球化进程的因素有三：一是新的快速旅行和运输方式；二是经济的全球化；三是交流技术的迅速发展。在这一发展过程中，有两点影响显得尤为重要：一是全球化导致许多新的、构成性的、具有巨大潜力的社会组织和各种新的社会群体出现；二是全球化导致（至少是在美国）文学研究和人文学科研究的急剧变化。在新的全球化文化中，文学在旧式意义上的作用越来越小；同时，新的电子设备在文学研究内部又引起了变化，特别是伴随着民族/国家衰落现象的出现，文学研究历来主要是按照独立的民族文学研究来组织的，现在这种研究则被视为一种帝国主义特征的象征。此间，每个国家均被视为多语的或多元文化的集合。因此，仅仅研究一个民族的文学显然是错误的，而当那种文学是外国文学

1 该演讲最初是作为伟伦讲座，在香港中文大学发表的。1997年4月，米勒来中国访问时分别在北京大学英语系和中国社会科学院外国文学研究所演讲过。1998年11月，米勒访问丹麦时在哥本哈根大学和胡尔斯大学就该题演讲过。J.希利斯·米勒.论全球化对文学研究的影响.王逢振译.文学评论，1997（4）：72–78；J.希利斯·米勒.论全球化对文学研究的影响.郭英剑编译.当代外国文学，1998（1）：154–161；J.希利斯·米勒.全球化对文学研究的影响.萌在他乡：米勒中国演讲集.国荣译，南京：南京大学出版社，2016：55–75.

2 米勒.重申解构主义.郭英剑等译，北京：中国社会科学出版社，1998：289.

时尤为错误。就像人们看到的，此刻米勒还提出旧式独立的民族文学研究正在逐渐被多语言的比较文学或世界英语文学研究所取代。[1]这点很值得我们重视。

既然我们已经步入全球化时代，比较文学在逐渐取代旧的民族文学研究之后，其自身是否仍能健全地发展呢？实际情形却非如此。新的时代里，比较文学又出现了新的危机，而且就像米勒观察到的，甚至“在不同的民族文学之间进行并列研究的比较文学学科，变得越来越过时、陈旧，即将死去”。[2]对其中的原因米勒曾有过深入而独到的分析。2003 年，米勒在清华大学做了一场题为“比较文学的（语言）危机观”（“The [Language] Crisis of Comparative Literature”）的演讲，[3]其中提到这场危机主要是与语言和新兴媒体这两方面因素有关。关于后者他曾在此前推出的《论文学》（*On Literature*，2002）一书中有过深入的阐述，尽管当时主要针对的是总体意义上的文学，因而在此不再做展开。这里主要考察他所提到的第一种原因，即语言的问题。

总的来说，解构主义批评家在批评中喜欢从语言解构入手，同时他们更关注语言的“另一面”。此次米勒演讲侧重的正是比较文学中的语言危机问题。众所周知，比较文学危机论调出现已经有了半个多世纪。1958 年，韦勒克（René Wellek）在《比较文学的危机》（“The Crisis of Comparative Literature”）一文指出：这场危机主要是由于缺乏独立的研究对象和具体的研究方法，由此引发一系列的问题，尤其是“将研究对象和方法论进行人为的分割，机械地认识源头和影响，还有那些文化民族主义的促进做法，尽管这种民族主义是多么的气度宽宏，这些在我看来似乎就是比较文学历时长久危机的症状。”[4]不过，在该文的末尾，韦勒克不无乐观地认为：“一旦我们掌握了艺术和诗的本质，它们超越了人的命运和生命，创造了一个想象的崭新的世界，那么人们将不再会有民族的虚荣心。人类，全体的人类，不论地点，时间和种族，都将汇集在一起。文学研究将不再是一种考古式的消遣，不再是民族有缺点的反映，甚至不再是各种关系的网络图。

---

1 米勒 . 重申解构主义 . 郭英剑等译，北京：中国社会科学出版社，1998: 297.

2 J. 希利斯 · 米勒 . 蛇之道，既露且藏 . 国外文学，1998（4）: 7.

3 J. 希利斯 · 米勒 . 比较文学的（语言）危机 . 中华读书报 . 2003-10-22；易晓明 . 土著与数码冲击者：米勒中国演讲集 . 长春：吉林人民出版社，2004: 73-91；J. 希利斯 · 米勒 . 比较文学的（语言）危机 . 萌在他乡：米勒中国演讲集 . 国荣译，南京：南京大学出版社，2016: 140-161.

4 René Wellek. “The Crisis of Comparative Literature”. *Concepts of Criticism*. New Haven: Yale University Press, 1963: 282.

文学研究成为像艺术本身那样的想象性行为，从而成为人类最高价值的保存者和创造者。”[1] 然而，后来的情形并非像韦勒克想象的那么乐观，比较文学一直都处于危机之中，尤其是到了全球化时代，这种危机的症状益发明显。不过，与韦勒克当年分析的不同点在于，在米勒看来，处在全球化时代，比较文学的危机并不是由于理论或方法上出现了分歧，而在于翻译本身的问题（即广义上的翻译）。比较文学作为一门学科，其中心问题并不是“理论”，而是难以解决的翻译问题，无论是语言之间的翻译，文化之间的翻译，还是从一种亚文化到另一种亚文化间的翻译，都是相当棘手的。我们所处的世界充满了形形色色的语言，有数千种之多，仅欧洲就有数十种，而非洲则有二千多种。如果这种语言不是自己的母语，我们又怎能深入地学习它，真正了解它所表达的文化内涵呢？如果两种语言的表达不同，那么翻译起来就更加困难。遗憾的是，作为一门学科，到目前为止，比较文学对翻译问题重视不够，人们总是以为任何语言都可以毫发无损地翻译成一种主流语言。这样似乎就能掩盖比较文学存在危机的事实。

仔细考察美国的大学教育，发现它一直都是建立在语言的可译性（translatability）观念之上，同时人文学科常常成了大学这种理念的支柱。在美国，绝大部分的英文系实则都是通过英语和翻译从事教学与研究的，算得上是某种性质的比较文学系。譬如耶鲁大学为本科生开设的“世界文学”课程还有其他类似的科目，就运用了这种途径。[2] 这种局面直到“二战”以后才有所改观。随着类似于比较文学和跨学科研究被纳入美国高等院校的课程，从而对人文学科业已达成的共识带来了巨大冲击，其中最明显的又落在经典作品的可译性问题上。此间，人们认识到一种语言与另一种语言间具有不可翻译性。这就意味着英文系的权威与主宰地位崩溃，同时意味着对人们为何要学习外语有了一种共识：那是因为人们无须再从原文回到英文，而是应该留居其中，亦即进入母语当中。[3] 这样，就颠覆了过去美国大学普遍相信任何语言中伟大的作品都能被译成英文且其意义会毫发无损的观点，同时意味着仅凭译本为主要手段的比较文学研究必然存在着危机。可以说，这种危机很大程度上是由于语言自身（准确地说是翻译）造成的。换言之，近年随着人们更多地将注意力投向修辞性语言和其

1 René Wellek. “The Crisis of Comparative Literature”. *Concepts of Criticism*. New Haven: Yale University Press, 1963: 295.

2 Robert Moynihan. *A Recent Imaging: Interviews with Harold Bloom, Geoffrey Hartman, J. Hillis Miller, Paul de Man*. Hamden: Archon Book, 1986: 117–118.

3 J. Hillis Miller. “The Function of Literary Theory at the Present Time”. *Theory Now and Then*. New York & London: Harvester Wheatwheaf, 1991: 290.

他语言问题，人们普遍对可译性问题产生了质疑。这种局面甚至还可能置整个大学结构于危机当中。[1]这是否意味着人们不要再去阅读翻译作品呢？其实不然。它只是告诫人们不要一味地依赖于翻译，如果你要试图发现文学作品中所说的，你就得去阅读原作。而读者这种对文本的义务，则是米勒所谓阅读伦理中的首项命令。[2]

回顾比较文学在美国的发展状况，仅在美国比较文学学会几份十年度工作演讲中，就有关于比较文学研究中翻译地位的描述。20世纪末叶，伯恩海姆曾向美国比较文学学会提交过一份十年度演讲（Bernheimer，1993），其中回顾了此前的“列文演讲”（Levin，1965）和“格林演讲”（Greene，1975），二者均对比较文学教学中借用翻译的现象大加谴责。在新的演讲中，伯恩海姆强调在掌握外语进行比较的好处之同时，提出旧有的对翻译的敌视态度应该根除，而且翻译在跨越不同语言传统的理解和阐释上又起着举足轻重的作用。正因如此，此后在美国高校比较文学教学过程中采用翻译文本似乎也变得合法了。针对此种现象，米勒在别的场合又有论述，他说：“无论用任何一种语言写成的作品都是独到的、特殊的、自成一体的，文学作品拒绝翻译，拒绝旅行。”[3]这种对原语文学推崇的做法，这种对翻译作品怀疑的态度，与他后来在理论可译性问题上的看法大有出入。此时，他意识到理论离开了原来的土壤“旅行”“翻译”到另一语境，被改变、扭曲和挪用的情形是不可避免的，这种改变对理论原创者而言是难以预测的，甚至是危险的，但在某种情形下却有可能产生新意，再创新的转机。故而他希望自己有更多作品被译成不同的文字。[4]

与此同时，米勒指出：比较文学作为一门学科，总是伴随着某种强势语言的文化帝国主义而发展，甚至这有时是不自觉的，但这只是比较文学目前的危机之一。处在全球化时代，全球性比较文学内的西方中心主义思想理应受到质疑。针对这种危机，人们也一直在试图寻找解决的途径。其中一种明显的做法认为纠正的办法是向比较的世界文学回归。就此，米勒一方面持认同态度，另一方面又提醒人们这种办法不无弊端。鉴于大多数的世界文学教科书仍以英文作为基础语言，而且其中所流露的欧洲中心主

1 Robert Moynihan. *A Recent Imaging: Interviews with Harold Bloom, Geoffrey Hartman, J. Hillis Miller, Paul de Man*. Hamden: Archon Book, 1986: 11.

2 Robert Moynihan. *A Recent Imaging: Interviews with Harold Bloom, Geoffrey Hartman, J. Hillis Miller, Paul de Man*. Hamden: Archon Book, 1986: 131.

3 易晓明 . 土著与数码冲浪者——米勒中国演讲集 . 长春：吉林人民出版社，2004：161.

4 易晓明 . 土著与数码冲浪者——米勒中国演讲集 . 长春：吉林人民出版社，2004：190-191.

义倾向特别明显，同时这些教科书又进一步把英语霸权扩展到全世界。另则，这些教科书与课程的范围太广，所选内容十分有限，且很不具代表性。针对这种现状，米勒建议新的全球化时代比较文学不应以英文为基础，而是应该建立在所需了解的语言基础之上。而且，他认为只要你足够勤奋，千方百计地去学习所需要的语言，这是完全可能的。如果不去这样做，便是极不负责任的态度。可以说，米勒的论述抓住了问题的实质。这一点对于目前中国比较文学界众学者大量依赖译本开展比较研究的现象很有现实针对意义。

第二节　全球化时代比较文学远景之设想

既然比较文学在全球化时代仍然存在着危机，而且这种危机最主要的是由于语言自身或翻译问题造成的，那么，在新的时代比较文学能有新的转机和出路吗？针对当今比较文学存在的这一根本问题，米勒又进行了一番思索，进而为未来的比较文学发展勾勒出一幅美好的蓝图。而他的种种设想既有其独到之面，又颇具启迪和借鉴价值。

1997 年 4 月，米勒在北京大学英语系和中国社会科学院外文所先后做了同题为“全球化对文学研究的影响”（“Effects of Globalization on Literary Study”）的演讲。[1] 在演讲的结尾部分，他以箴言形式就全球比较文学提出了十点建议，其内容大致可归纳如下：

（1）哪怕使用译文来阅读和讲授《红楼梦》也比丝毫不读要好。

（2）所有文本都应该使用源语进行阅读和教学。

（3）翻译问题是全球比较文学的中心问题。

（4）以上三点意味着在开设世界文学方面的课程时，应该开展团队教学，即便是全部使用翻译文本，也应由那些对原语言及其文学和文化有所专长的教师来讲授。要提请大家注意翻译问题，至少更要鼓励一些学生去学习原语言。……

（5）比较文学虽然不是一门社会科学，如果成为社会科学就会自我毁掉。但它应该借鉴社会科学，尤其是人类学的研究方法。千方百

1　该演讲稿经完善后改题“‘World Literature’ in the Age of Telecommunications”（《通讯时代的“世界文学”》），刊 2000 年 *World Literature Today* 第 74 卷第 3 期。措辞稍有不同。

计地掌握所研究对象的语言，不管这种语言是多么奇特和怪异。已实现建制化的人类学的方案表明这点是可以做到的。

（6）人文学科中的文化研究虽然是必要的、不可避免的，但它却是暂时的，会逐渐成为全球比较文学的新形式。

（7）比较文学传统建制的一个主要错误在于按照所谓的国家和民族界限，对文学研究进行条块分割。比较文学必须成为“全球化”的一种新形式，它不仅要把非欧洲国家的文学纳入比较的范畴，而且要将一个国家内部使用不同语言创作的文学作品涵盖进去。新兴的美国研究实际上就是比较文学的一个分支。

（8）所有的文本都应置于其所属的框架内进行阅读。也就是，根据文本本身所派生的语言，还有阅读使用的方法，以及关于该文化所派生的文学最初蕴含的假设进行阅读。中国“文学”（literature）就应在中国“诗学”（poetics）观照下阅读，而不应将西方的理论强加其上，就像我此时此刻使用“文学”和“诗学”两个词一样。

（9）方法论和批评理论上的“中庸之道”是比较文学可怕的恶习。……你必须全身心地从事比较文学研究。而批评的方法和独特的阅读习惯又是一种职业。任何正常的人不可能同时拥有多种职业，数量之多不可超过某一时期内一个人的喜好。

（10）尽管某个批评理论或方法是普世的，能为人所用，并实现建制化和翻译的，然而对于一位批评家或学者最弥足珍贵的是独特的声音，而且是不能成功模仿的。这就意味着其他批评家在阅读文学时是一样地仔细，一样地注重细节。任何批评家不是如此仔细地阅读就不是有价值的阅读。最好的办法就是阅读用原语写作的重要作品。事实上，这也是最简便的办法。[1]

就像米勒反复强调的，阅读、教学和文学批评写作构成了他学术生涯的三个维度，上述他就全球化时代比较文学提出的十项建设性意见，又可从如下三个方面展开剖析。

首先，从阅读方面来说，米勒在此十分推崇通过原文从事阅读活动。在他看来，“阅读本身就是一种比较文学的行为。”[2] 这种阅读既针对那些书

1 J. Hillis Miller. "'World Literature' in the Age of Telecommunications". *World Literature Today*. 2000. 74 (3): 561.

2 易晓明 . 土著与数码冲浪者——米勒中国演讲集 . 长春：吉林人民出版社，2004：83.

籍的文本，即原典文学作品，以及理论文本；同时“包括围绕并渗入我们当中的所有符号，所有的视听形象，以及那些总是能够这样或那样当成符号来阅读的历史证据：文件、绘画、乐谱、或‘物质’的人工制品等”。[1]另外，他特别强调独特的阅读习惯和阅读方法培养。在《论文学》(2002)一书中，米勒反复阐述过好的阅读是那种缓慢的同时又是比较的阅读。那么，米勒为何会得出这样的观点呢？仔细考察，这与文学研究在美国的建制状况有很大的联系。就像米勒指出的那样，“美国的文学和文化直到最近还保持着一个很重要的特点（至少在大学是这样），那就是，它建立在对一种外国文学的研究基础之上——这种外国文学以在美国居主导地位的语言写成，具体说就是英国文学。”[2]其实，除了英国文学外，还有大量的欧洲文学以及欧洲以外的文学，不过它们都是以英文形式呈现的。换言之，虽然米勒的阅读和研究针对的主要是英语文学，这些文学作品大部分又是途经英国或经由翻译进入英文的，这就注定在对它们进行研读时要在跨越性互文语境中进行，以此来探寻那种带有异质性（heterogeneity）[3]特征的作品所具有的奇妙和魅力。如他历年对狄更斯、哈代、亨利·詹姆斯、特洛罗普、康拉德、勃朗特、萨克雷、伍尔夫、乔伊斯等人作品的解读，就是在那种互文语境下展开的。这里既讨论作品间的重复现象，也探讨文本间性问题，还有对古希腊以来的西方经典作品与理论的各种方式的解读等，就是这种阅读行为的极佳典范。

其次，从教学方面来看，米勒承认自己所有的著述均源于教授文学阅读的心得与发现。而教授文学就得建立在培养人们热爱语言、关注语言，关注语言行为的基础之上，因此文学研究必须始于语言，然后再把语言作为其关注的重心。在讲授比较文学的过程中，米勒又极力推崇原语文学的教学。即便是在教学过程中不能使用原文，他仍然主张使用较好的译本，

1 J. Hillis Miller. “Presidential Address 1986”. *Theory Now and Then*. New York & London: Harvester Wheatwheaf, 1991: 327.

2 易晓明 . 土著与数码冲浪者——米勒中国演讲集 . 长春：吉林人民出版社，2004：124.

3 米勒认为异质性（heterogeneity）是文学的特征。异质性是指文本表达出的多重并且甚至矛盾的意义，而读者必须抵制要把它们统一为一个一致的观点的强烈欲望。米勒曾这样说过：“最佳的解读将是那些最好地说明文本的异质性，最好地说明文本所展示的一组明确的可能的意义之解读，这些意义是系统地互相关联，是由文本决定的，然而在逻辑上是不一致的。”在现代思想中，异质性有三个来源：一是法国生命哲学家柏格森（Henri Bergson）的时间说；二是被视为西方后结构主义具有代表性的哲学家和美学家德勒兹（Gilles Deleuze）；三是德里达的异延（différance）。秦旭 . J. 希利斯·米勒解构批评研究 . 北京：中国社会科学出版社，2012：34–36.

并“由那些对原语言及其文学和文化有所专长的教师来讲授”，而且他反复强调要提请大家注意其中的翻译问题，并鼓励学生去学习原语言。他之所以会这样做，在于他认识到各国文学作品均有其独到的方面，这点又是通过翻译无法完好地传递过来的。

最后，从批评的角度来看，他自始至终十分重视文学批评研究。事实上，就像米勒总结的：“自 1979 年以来，文学研究的中心发生了转移，那就是从‘内部的’（intrinsic）修辞研究逐渐转向‘外部的’（extrinsic）文学关系研究（即文学在心理学、历史或者社会学语境中的位置）的转移。”[1]自此，人们刻意将文学置于心理的、历史的或社会的语境内进行研究。具体表现是，从那种对“阅读”的关注，即关注语言的本质和力量，转向各种形式的诠释性解读，也就是关注语言与语言之外的因素，如语言与上帝、自然、社会、历史、自我等之间的关系。同时，还有对文学中的心理学和社会学理论的强烈吁求，这些包括拉康式女性主义、马克思主义、福柯主义等；另外，就是回归到新批评以前的传统传记、主题和文学历史方法，等等。可以说，即便是在未来相当一段时期内，文学批评的任务就是要协调文学内部的修辞研究和文学外部研究间的关系问题。正是在这样的时代背景下，米勒提出要极力反对研究中故步自封和画地为牢的做法，并批评了那种方法上和理论上“中庸之道”的恶习；同时，他还提倡借鉴相关学科的研究方法，尤其是突出强调文化研究的地位。而且，就像他所说的，在批评过程中，他感兴趣的并非理论本身，而是确立某种工具或培养某种能力，以便恰如其分地道出一篇文学作品中实际存在的一切。[2]而衡量批评写作的标准在于它就文学描述的合理性及准确性，而非它们讨论的批评本身或得出何种元批评观点。[3]一句话，所有这些批评又是建立在其独特的阅读基础之上的，这点与众解构批评家历来奉行的阅读做法十分类似。

除此之外，米勒还就比较文学建制问题提出了自己的建设性意见，而且他也像当年韦勒克那样，反对比较文学研究中条块分割的做法，并告诫人们一则要去掉那种“欧洲中心主义”（Eurocentrism）观念，加强对非欧洲国家文学的比较研究；另则要就同一国家内部用不同语言创作的文学作

1 J. Hillis Miller. “The Function of Literary Theory at the Present Time”. *Theory Now and Then*. New York & London: Harvester Wheatwheaf, 1991: 385.

2 Robert Moynihan. *A Recent Imaging: Interviews with Harold Bloom, Geoffrey Hartman, J. Hillis Miller, Paul de Man*. Hamden: Archon Book, 1986: 116.

3 Robert Moynihan. *A Recent Imaging: Interviews with Harold Bloom, Geoffrey Hartman, J. Hillis Miller, Paul de Man*. Hamden: Archon Book, 1986: 119.

品展开研究。这些主张的形成，一方面与米勒历年信奉的人与人之间平等交往和民主思想有关；另一方面与他频繁地出席国际学术会议并与不同国家的学者和学术机构交流有关，同时还与他奉行的跨学科研究途径以及在比较阅读中获得的体会有着不可割舍的联系。[1]处在当今的全球化时代，尽管比较文学仍然存在着危机，米勒却能从一个全新的高度为比较文学研究提出新的研究课题，并为其发展点明了新出路。如果循此进行操作，很有可能将比较文学从危机中引领出来，并让其获得新生。

第三节　文化批评问题之探索与比较文学中差异性的凸显

回顾美国现代文艺理论界的发展状况，我们发现自“二战”以来它经历了几次大的转变：从 20 世纪 50、60 年代新批评的鼎盛，到 20 世纪 70、80 年代各种批评理论纷纷登场，再到八十年代末和九十年代文化批评迅速上升到统治地位。作为当代美国文学批评界领军人物米勒，其个人学术兴趣自然离不开这种发展趋势，表现在文化研究方面便是如此。同时，他对文化研究中若干问题的思索更是有其独到之处。

长期以来，米勒与德里达、德曼等人不断地交往，他的研究因此带上了解构主义的特征。不过需要留意的是，如果说早期的解构批评通过对经典作品的解读而流露出某种精英主义情结，那么随后兴起的文化研究表现出的正好与之相反。文化研究融汇了马克思主义、新历史主义、女性主义、性别研究、人类学、种族与民族研究、影视理论、社会学、城市研究、公共制度研究、大众文化研究以及后殖民研究等领域的一些因素，突出强调的是那些促进社会建设或导致分裂与异化的社会和文化力量。文化研究主要关注的是文本的大众性和可消费性，其最大特点是超越了某一特定学科的界限，打破了高雅与低俗文化、精英与大众文化之间的壁垒，它既研究已有的文化作品，也考察作品的生成方式，同时还与政治有着难以割舍的联系。当前文论界的文化研究可以分为英国文化物质主义、新历史主义和美国多元文化主义三大流派，它们彼此间既有某种渊源，又表现出巨大的

1　多年来，米勒一直重视交叉学科或跨学科研究。1987 年 5 月，他与中国学者王逢振的交流中就说道：“在文学研究中出现了新的以理论为中心的情况，随同这种情况出现的是‘交叉学科’研究的重要性，如比较文学研究，妇女研究，非洲和美洲文学研究，文化研究，电影艺术研究，批评理论研究，等等。”王逢振.“耶鲁四人帮”之一：希利斯·米勒.外国文学，1987(11)：94.

差异。[1]文化研究曾是美国众多比较文学系开设的主干课程，后来逐渐脱离出来，升格为单独的学科。而今处在全球化时代，米勒将他对文学文本阅读的方式拓展到其他文本阅读之中，这又可以看成是他为文学与文学批评拓展生存空间的一大尝试。

1983 年德曼去世，1986 年米勒和德里达转赴加州大学厄湾分校任教，1987 年又出现了“德曼事件”，原本就“和而不同”的耶鲁学派随之宣告解体。此间，随着新马克思主义、新历史主义、女性批评、后殖民主义理论等的崛起，解构批评遭到了巨大挑战。人们主要指责解构批评的虚无色彩以及漠视政治、社会、历史的倾向。就此，米勒进行了一系列回应。[2]在一些访谈中，米勒重申了自己对历史、社会和政治的重视，并声称自己“一向都是某种的文化批评家，意思是说，我一向关切文学和文化之间的关系。文学的文化作用这个问题，我一直深感兴趣。”而且他“一直对文学和其他媒介之间的关系保持着普遍的理论关怀”。[3]所谓“文化研究”，在米勒看来，就是“一种异质共生、而且可以说是无定形的、包含了各种体制和实践的一个领域，很难说它有什么共同的方法、目标和学术体制。这一领域中各家间争得不可开交，这本身说明所涉问题的重要。”[4]正因为它重要，这样自然会引起米勒对该问题的重视。这之后，米勒就文化批评推出的著作《图示》（*Illustration*，1992），便是源于这种关怀的产物，同时

1 William L. Guerin, Earle Labor, Lee Morgan, Jeane O. Reesaman & J. R. Willingham. *A Handbook of Critical Approach to Literature*. Oxford: Oxford University Press, 1992: 239–301.

2 1987 年，保罗 · 德曼被一位研究他早期思想的博士生奥特温 · 德格雷夫（Ortwin de Graef）揭发，曾于第二次世界大战期间（1940—1942）在比利时一份学生刊物和两份纳粹报纸上发表文章，其中部分文章具有明显的排犹太主义倾向，解构主义也因此遭到严重危机。很多人不仅对德曼以解构思想撰写的文章提出种种质疑，而且还对整个解构主义发难。而解构主义也奋起抗争，一时间硝烟弥漫。一个最突出的例子便是加州大学历史学教授维纳（Jon Wiener）的质疑信和米勒致维纳的公开信。维纳的信对德曼为自己的纳粹写作和整个解构主义进行了言辞激烈的批判。米勒的回信可谓义正词严，环环相扣，锋芒所向，势不可挡。他一方面为德曼辩护，一方面为解构主义辩护，所表现出的正义和修辞上的说服力，都令人叹为观止。而在各种压力之下，德曼遁身耶鲁大学图书馆，潜心搞他的犹太研究中心；而此时的布鲁姆，则从先前为德曼出谋划策到现在与德曼划清界限，说自己是怎样痛恨德曼的为人了。其态度不同就可见一斑。

3 米乐 . 跨越边界：翻译 · 文学 · 批评 . 单德兴编译 . 台北：书林出版有限公司，1995：156–157.

4 易晓明 . 土著与数码冲浪者——米勒中国演讲集 . 长春：吉林人民出版社，2004：131.

它也与时代盛行的“图像转向”（the pictorial turn）的大潮不无联系。[1] 该书后获美国比较文学学会颁发的哈利·列文奖（The Harry Levin Prize of the American Comparative Literature Association），足见他在美国比较文学领域获得的认可。

书中作者以一种积极的、建构的方式描述了文化研究，认为它是作为一种对艺术作品语境化的方式。给人印象深刻的是，米勒在此玩弄起一套他擅长的文本游戏策略。这点最突出地表现在他对全书结构所做的安排上。该书除封面、封底以及 45 张插图用以图示书中文字外，其文字又分为两部分：第一部分题为“数字复制时代的文化批评工作”（*The Work of Cultural Criticism in the Age of Digital Reproduction*），[2] 似乎是对瓦尔特·本雅明（Walter Benjamin）的《机器复制时代的艺术品》（“The Work of Art in the Age of Mechnanical Reproduction”）的图示；第二部分题为“文字与形象”。在第一部分，作者主张文化批评必须做的事情之一便是研究出一套方法，能够很具体、详尽地讨论非文字的文化形式，以及它们与文字的文化形式间的关联，而这些主张是由第二部分来证明。换言之，第二部分所讨论的文字和形象间关系的例子，图示了第一部分所下断语。通过这部书，作者说明了图像与文字永远无法水乳交融，而是彼此间会存在某种冲突。此点也由书中插图本身之间的关系展示出来。从某种意义上说，该书可以说是对本雅明的《机器复制时代的艺术品》的一个注脚。就像有学者指出的，文学没有绝对的本质，没有分明的界限，文本的阅读主要取决于阅读方式，取决于现象学所说的“意向作用”，任何文本只要你愿意，均可读作文学的或非文学的。[3] 从这个角度来考察，米勒对别的文本符号进行的这种文字“阅读”方式，可以看成是他惯常阅读方式的一个自然延伸。

1997 年 4 月，米勒在《“全球化”对文学研究的影响》中继续就文化研究问题进行阐发。文中讨论了全球化对文学研究造成的影响有四点，其中最后一点便是文化研究的迅速兴起。这是 20 世纪 80 年代中期或更早一

1 从学术史上说，已经持续了半个多世纪的“语言转向”正迅速地被“图像转向”所取代；进一步说，如果说我们处身于后现代，那么现代的特征就是图像统治。W. J. T. Mitchell. *Picture Theory: Essays on Verbal and Visual Representation*. Chicago & London: The University of Chicago Press, 1994: 11.

2 在此，米勒使用“文化批评”，而非“文化研究”一词，就意在表明“文化批评”除了“文化研究”一词可能暗示的简单的同化和描述外，还包括一些反省和质疑。单德兴.《图示》的图示：访米乐谈文化批评.对话与交流：当代中外作家、批评家访谈录.台北：麦田出版社，2001：298.

3 金惠敏.媒介的后果——文学终结点上的批评理论.北京：人民出版社，2005：25.

些时期出现的一种对外在批评的回归，也就是对一种新的使文学研究政治化和重新历史化的回摆，由此而使这种研究具有社会作用，使它成为一种妇女解放、少数民族和后殖民、后理论时期一度被殖民化的那些人的工具。“文化”“历史”和“媒体”，“性别”“阶级”和“种族”，“自我”和“道德力量”，“多语言主义”“多元文化主义”和“全球化”，这些现在已经以不同的混合形式变成了新历史主义、新范式主义、文化研究、通俗文化研究、电影和媒体研究、妇女研究和性别研究、同性恋研究、各种“少数话语”研究，以及后现代研究等的标识语。所有这些新计划都对文化制品的历史和社会语境有着某种兴趣，它们倾向于认为这种语境是说明性的或决定性的。对文化研究来说，文学不再是文化的特殊表现形式。文学只是多种文化象征或产品的一种，不仅要与电影、录像、电视、广告、杂志等一道研究，而且要与人种史学者在非西方文化或我们自身文化中所调查和了解到的那些日常生活习惯一起研究。伴随而来的局面是，随着文化研究在人文学科中越来越占据统治地位，人文学科将越来越接近与社会科学合并，尤其是人类学和社会学科。这就意味着带有传统欧洲文化中心性质的文学教育，对许多文化研究项目均不会有太大的帮助。[1]

众所周知，解构批评家普遍相信世界是由差异组成的。就文学领域而言，在德里达看来，文学就是“全然的他者”（the completely other）、“绝对的‘他者’”（the absolutely “other”）。[2] 在米勒看来，“一件文学作品就是回应或记录一个预先存在的永恒的他者的世界。”[3] 因此，阅读文学就是进入他者的世界。既然这个世界充满着差异性，有学者指出：处在当今的时代，那些全球化的因素，主要包括种种经济、政治和技术上的推动因素，都源于盎格鲁－欧洲人的文化，这些又在这一文化中生存下来。同时，西方根据其绝对褊狭的价值观念，正在对世界其他地区进行殖民，而从“全球”文化角度上看，这些殖民地区也越来越像是西方世界的外地行省。[4] 就某种意义而言，全球化就意在泯灭差异。面对此种状况，针对未来比较文学的发展，米勒极力呼唤一种新型的全球性、非欧洲中心的比较文学。其实，他这种对新的全球性非欧洲的比较文学的诉求，正是建立在文化差异和异质认识基础之上的。在《他者们》（*Others*，2001）一书中，米勒曾说过：

1　米勒 . 重申解构主义 . 郭英剑等译 . 北京：中国社会科学出版社，1998：297–299.

2　Jacques Derrida. *Aporias*. Trans. Thomas Dutroit. Stanford: Stanford University Press, 1993: 22.

3　J. Hillis Miller. *On Literature*. New York: Routledge, 2002：77.

4　郝大维、安乐哲 . 先贤的民主——杜威、孔子与中国民主之希望 . 何刚强译 . 南京：江苏人民出版社，2004：7.

“我们西方人所知的文学，是一种受到极度制约的产品，而且这种文学仅属于西方社会。”[1] 后来，他在一次演讲中又说：“西方文化资本的全球霸权的一个激进结果就是颠覆（即便不是灭绝）所谓的‘少数’语言。”[2] 处在当今的时代，米勒表示欢迎比较文学的全球化，欢迎它脱离欧洲中心主义，这可以说是大势所趋。不过，他强调：要发展全球性比较文学，我们必须认识到，在具体的作品研究时应该学习相关的语言。在此，我们可以学习人类学学者的做法，他们在研究一种文化形态时往往会学习相关的语言。而且他主张文艺批评家或理论家（自然包括比较文学学者）要在一定程度上自觉地成为自身文化的产品，具体地说，就是文学作品的人类学学者。另则，当今比较文学中的大多数作品从许多角度来看，都是社会科学的表现，与社会科学的法则密切相关。尽管有人说，学习一种异质文化的语言，特别是欧洲人学习非欧洲国家的语言，这是一种文化侵略行径。米勒却一再坚称，为了研究某个课题而掌握必要的语言知识，这并非什么帝国主义行径。与其相信什么都可以毫发无损地译成英文，不如先去学习这门语言，从而真正地进入该文化与文学中去。

处在当今这样一个新时代，受解构批评思潮的影响，比较文学或文化研究的学者又该采取何种批评态度呢？在一次访谈中，米勒就此问题有过讨论。他指出：弱势研究、第三世界文学、后殖民文学现在使用起来也许是正确的字眼，但这些很快就会过时。“此间我们正进入一个文学研究的新时代，在这个新时代中，传统西方国家文学对于一般学校和大学文学研究的宰制，将被改变为更宽广的多语言、多种族的研究模式。在这种研究文学的新模式中，问题将不是弱势对抗强势，或边陲对抗宰制、霸权，而是以不同的研究方式，一起研究来自许多不同文化的许多不同语言的文学。而且在所谓的文化研究的发展中，那种情形已经发生。”同时“所有的这类研究的名称，都带有帝国主义或欧洲中心的回响”。[3] 为此，他建议在美国加利福尼亚州这样的地区，有必要从小学开始便必修三种语言：英文、西班牙文和至少一种亚洲语言，而且英文应该与至少一种亚太地区的语言和文学一起来教授。他甚至还提出，现在是我们开始学习中文的

1 J. Hillis Miller. “Joseph Conrad: Should We Read *Heart of Darkness*?”. *Others*. Princeton: Princeton University Press, 2001: 113.

2 易晓明 . 土著与数码冲浪者——米勒中国演讲集 . 长春：吉林人民出版社，2004：8.

3 单德兴 . 阅读 · 批评 · 理论：米乐访谈录 . 对话与交流：当代中外作家、批评家访谈录 . 台北：麦田出版社，2001：283.

时候了！[1]因为他拥有这样一种信念："中国有着一个伟大的未来，在知识事务中，它将越来越成为一个世界领袖，当然也在其他方面。"[2]在米勒对全球性、非欧洲中心的比较文学提出诉求的同时，我们能够看到他对弱势话语的关怀，而且这种关怀又事出有因。据米勒自己透露：在加州大学厄湾分校执教期间，他曾与弱势话语理论的提出者简穆罕默德（Abdul R. JanMohamed）和罗伊德（David Lloyd）交换过意见，并认真阅读过他们的《弱势话语的性质与语境》（*The Nature and Context of Minority Discourse*, 1990）的"序言"部分。[3]近年来，他对西方以外其他地区文学的关注，与这种交流经历不无关系。

第四节　反思与展望

20世纪的西方学界盛行种种"危机"之说——从"哲学危机"到"精神科学危机"，从"人文学科危机"到"文学危机"，等等。到了20世纪中叶，以韦勒克等为首又提出"比较文学危机"的论调。就像韦氏所分析的，这种危机的原因有许多，其中最主要的在于该学科缺乏独立的研究对象和具体的研究方法。[4]其实，后来比利时学者利弗威尔进一步指出：比较文学的危机像其他学科的危机一样，缺少的是研究实体或核心（core），也就是"该学科内的从业人员无法就其学科应有的核心达成共识"，[5]从而出现目标认同迷失的局面。换言之，只要研究对象的问题解决了，该学科现存的其他问题便可迎刃而解。然而，问题并非如他想象的那么简单，随着比较文学中内部研究的继续深入，以及交叉研究的发展，特别是文化学派的兴盛，人们于无形间有违原来的初衷。也就是，在研究问题与方法二元间，其关注的重点再次偏向了后者，从而架空了研究中的实际问题，并直接导致研究对象的"不在场"，由此再度延续比较文学学科危机的论调。

1　米乐．跨越边界：翻译·文学·批评．单德兴编译．台北：书林出版有限公司，1995：146.

2　易晓明．土著与数码冲浪者——米勒中国演讲集．长春：吉林人民出版社，2004：1.

3　Abdul R. JanMohamed & David Lloyd. *The Nature and Context of Minority Discourse*. New York: Oxford University Press, 1990. 米勒声称："我知道弱势论述只是文化研究的一部分，但在我看来却是重要的部分。弱势论述倾向于集中讨论并非由所谓霸权论述的人们所产生的作品。我认为把弱势论述当成例子以便思索文化研究，这种做法未必完全不公平。"米乐．跨越边界：翻译·文学·批评．单德兴编译．台北：书林出版有限公司，1995：169.

4　René Wellek. "The Crisis of Comparative Literature". *Concepts of Criticism*. New Haven: Yale University Press, 1963: 282.

5　André Lefevere. *Literary Knowledge*. Assen: Van Gorcum, 1977: 6.

到了全球化时代，这种危机的性质和根源似乎有了新的变化，就此米勒又有其独到的认识和分析。

处在当今的全球化时代，交通与资讯的迅速发展，对比较文学带来了巨大冲击和影响。特别是人们在研究的过程中，发现语言本身又成了不同文化间交流和沟通的最大问题，进而影响到比较文学领域，并导致比较文学的危机。落实到一点，这种危机在很大程度上又是由翻译带来的。回顾20世纪的西方学界，此间“人们正经历一个惊人的翻译理论高潮期”，[1] 特别是在1972年，以现代译学创始人霍尔姆斯（James Holmes）推出《翻译研究的名与实》（“The Name and Nature of Translation Studies”）[2] 一文为标志，现代翻译研究作为一门独立的学科正式宣告诞生，进而引起更多领域的学者关注翻译问题。他们纷纷从不同的维度来审视翻译问题，由此给世界译学研究带来了新的活力。后来，随着解构主义思潮的盛行，“不可译性”（untranslatability）问题又成了翻译研究中讨论得较多的话题。在当代解构主义批评中，有一个最核心的问题，就是要颠覆所谓有一种普遍语言（universal language）存在的可能性。而达此目标的不二法门，就是要证明语言自身的局限性。[3] 同时，这种讨论的“出发点并非基于某个点，而是某种差异”，[4] 亦即从差异面出发方能凸现语言的局限性。早在20世纪70、80年代，米勒曾认真研读过本雅明那篇著名的《译者的任务》（“Die Aufgabe des Übersetzers” / “The Task of the Translator”, 1969）以及保罗·德曼相关评论文章中关于不可译的思想。[5] 后来，米勒又有专文讨论不可译性问题。[6] 同样是在20世纪80年代，德里达曾在《巴别通天塔》（“Des Tours de Babel”）一文中，借助于《圣经》中巴别塔的寓言，将上帝刻画成一位解构者，并在文中得出结论：翻译“既是必然的，又是不能完成的。”[7]

---

1 Douglas Robinson. *Western Translation Theory from Heroddotus to Nietzche*. Manchester: St. Jerome, 1997: xxviii.

2 James S. Holmes. *Translated! Papers on Literary Translation and Translation Studies*. Amsterdam: Rodopis, 1988: 67–80.

3 Kathleen Davis. *Deconstruction and Translation*. Manchester: St. Jerome, 2001: 12.

4 Barbara Johnson. “Translator's Introduction”. Jacques Derrida, *Dissemination*. Chicago: University of Chicago Press, 1981: xi.

5 Paul de Man. “Conclusions: Walter Benjamin's ‘The Task of the Translator’”. *The Resistance to Theory*. Minneapolis: University of Minnesota Press, 1986: 73–105.

6 J. Hillis Miller. “Translating the Untranslatable”. *Goethe Yearbook* (Vol. 5). Ed. Thomas Saine. Columbia, S. C.: Camden House, 1990: 269–278.

7 Jacques Derrida. “Des Tours de Babel”. *Difference in Translation*. Ed. Joseph F. Graham. Ithaca: Cornell University Press, 1985: 170.

这就完全有异于诠释学派提出的“通过理解，翻译得以完成”的观点。按照现代哲人们的解释：翻译尽管是不可能的，但人们恰是本着“知其不可为而为之”的精神在从事翻译活动，这就决定其中不可能中的种种可能性，由此导致种种带有隐喻性的翻译定义诞生，只是各自对翻译的局限性的认识和提法未必可能做到统一。受此种学术思潮的启迪，米勒郑重其事地指出当今比较文学的危机，主要是由于语言自身即翻译问题造成的，进而他又强调在阅读和研究中学习外语的重要性。在他看来，只有深入这些语言中去，才能体会到不同文化中的那些细微方面，从而欣赏异质文学作品的奇特魅力。此种说法似乎也为人们在比较文学的危机中指明了一条出路。

在美国，米勒等人努力为文学批评在美国实现建制化做出了贡献。同时还要看到，在米勒个人的学术生涯中，阅读、教学和围绕文学批评的写作又互为因果，紧密相连。因此，我们可以发现，无论是在从事文学教学还是文学批评的过程中，米勒都推崇对原典作品的阅读，同时他特别看重良好的阅读习惯和阅读方法的培养，而他也与其他解构批评家一样把语言问题推到相当高的位置。正是以这种方式，在美国文论界批评理论盛行的时代，他与德曼等解构主义批评家一道，大胆地做出“抵制理论”的举措，以此走近文本世界，走近异质文化中由语言构织的世界，他的种种做法无疑可以看成是对“二战”以来西方学术界在发展过程中冷落文本和文学史等趋势的一种回应。正是这种走近文本的策略，使人们避免了当今批评界盛行的那种架空文本的现象，还有那种“为理论而理论”的做法。同时，他历年来的阅读对象，主要针对的是文艺复兴以来诞生的英语文学作品，而且这些阅读始终是在互文语境中展开的。其实，他这样做并非像人们所说的是在颠覆经典作品的地位，而是旨在巩固这些作品的经典地位。而且在阅读的过程中，尽管他面对的是一种虚拟的现实，但他始终关注语言、关注作品，这又可以看成是他密切关注人生和体验人生的一种表现。正是这种深深的关怀，也体现了他个人的人本主义情结。在当今这种全球化的时代，人文精神是那样的匮乏，米勒的此种做法就更加显得难能可贵了。

另外，我们还要看到，针对前些年文化研究盛行的状况，一方面米勒表示了关注的姿态，同时又能身体力行地展开研究，进而推出不俗的研究成果；另一方面他也表示过对文化研究盛行现象的担忧。在一次访谈中，他曾这样说道：

> 文化研究、妇女研究、同性恋理论，等等，那些您所提及的当代潮流，依我之见，常常是（虽然并不总是）一个倒退，退回到把文学作品以及其他文化创造物视为单纯的模仿或再现的观点，这种观点认为文学作品等文化创造物不过是外部世界（如著名的“种族、阶级、性别和历史状况”）的反映。……我们太容易就退回到幼稚的流行的观念或意识形态的诸多假说。这些意识形态假说其实也就是保罗·德曼所说的“审美意识形态”，对此他曾经小心翼翼地予以解码。文化研究在相当大的程度上是审美意识形态的另一种说法。而我倒想强调，文学作品以及其他真正相关的文化创作物在某种范围内则是新异的、独一无二的和创例性的，它们介入历史并试图改变历史，尽管效果有限，但绝不是这一历史的简单的被动反映。[1]

最为根本的是，他觉得现存危险是文学研究可能会消失，可能会吞没于文化研究的大潮中，文化研究并不特别属于文学，或是简单地可以将它形容为“精英的”“古旧的”等等。不过，他又说：

> 这完全用不着奇怪，因为如今那些进行文化研究的年轻学者是在电视、电影、流行音乐和当前互联网中泡大的一批人。他们没有太多的时间留给文学，文学在他们的生活中无足轻重。这样的趋势可能还会继续发展下去，而且我想也不可逆转。……另一方面是我想即便是书籍的时代过去了，被全球电信的世纪取代了（我认为这一过程正在发生），我们仍然有必要研究文学、教授“修辞性阅读”，这不只是为了理解过去，那时文学史何等的重要，而且也是为了以一个经济的方式理解语言的复杂性，我想只要我们使用语词彼此间进行交流，不管采取何种手段，语言的复杂性就依然是重要的。[2]

一句话，米勒仍然希望文学研究本身能够以某种方式继续下去。虽然他的这种观点主要针对的是普遍意义上的文学，却对比较文学同样适用。

---

1 J. 希利斯·米勒、金惠敏 . 永远的修辞性阅读——关于解构主义与文化研究的访谈——对话 . 外国文学评论，2001(1)：141.

2 对于 20 世纪 70 年代西方文论研究发生的从“内”向“外”的转移，出现了“文化转向”，米勒认为文化批评也离不开语言因素。他说：“我的观点是：文学研究虽然同历史、社会、自我有着千丝万缕的联系，但这种联系，不应是语言学之外的力量和事实在文学内部的主题反映，而恰恰应是文学研究所能提供的、认识语言本质的最佳良机的方法。”换言之，文学与外界的所有联系与发挥都只能通过语言因素得以实现，语言是文学的第一要素，要比人的因素更贴近文学。米勒 . 当前文学理论的功用 . 重申解构主义 . 北京：中国社会科学出版社，1988：217.

总之，正如在当今国际哲学界有两大主题，那就是探讨与传统的关系以及与他者的关系问题，这点也构成了当前国际比较文学研究中的两大潮流。纵观米勒的比较文学研究，作为其文学阅读和批评活动的一部分，他一方面是注重传统话题以及经典作品的互文解读；另一方面又能顺应时代的发展潮流而加强对新兴文学表现形式以及欧洲以外文学作品的关注，尤其是对那些他导性作品的阅读和推崇，还有对文化研究所做出的新探索，以及对弱势话语的关怀，都可以看成是他积极开拓文学和文学研究生存空间的一大尝试。如果再着眼于文学与生活之间的关系，我们会发现在众多的解构主义批评者那里，文学一直就被视为生活状况的一种表现形式，这点必然影响到他们对待文学批评的态度及其理论的生成方式。事实上，米勒一方面十分关心理论研究，但他更注重文学作品的阅读。他所有的理论形成，正是得益于自己常年阅读和围绕文学作品的教学。可以说，米勒的这种带有跨越性的文学研究活动，都是旨在揭示文学作品中那些奇特的魅力，并说明文学在人们生活中具有不可替代的作用。他的这些论述，一方面让人们看到了比较文学的现状和危机；另一方面也为比较文学的研究指明了前景和出路。所有这一切，均有助于加强人们对文学的本体认识。

第五章

米勒的文学伦理观[1]

伦理是指在处理人与人、人与社会相互关系时应遵循的道理与准则，亦即那些“决定以何种方式生活与行事的原则”。[2]在西方，伦理（ethics）与道德（moral）二词均来自“Ethos”，其本义是“人的住所”“赋予人以人性化的生存的东西”。不过，二者间的区别大致可以理解为原则（伦理）与规范（道德）间的差异，其最根本的就在于，伦理偏重于社会层面，它属于“语言的述行使用范畴”；[3]道德则偏重于个人层面。总的来看，无论是东方还是西方，将文学与伦理问题结合起来进行思考的历史绵远，其最早的理论依据可以分别追溯至孔子和柏拉图。[4]譬如，在中国历代文论思想中都有各自强调的“道”，且以儒家表现尤甚。这种“道”可以简单地解释成真谛、哲理或道德，换言之，它必然关涉到伦理。在世界范围内，无论是在古代还是近现代，文学与真理或道德关系的探讨在文学理论中每每可见。亚里士多德虽与柏拉图一脉相承，却有其自身的侧重。他说诗要表现的是普遍的真理与伦理，贺拉斯提倡寓“教”于“乐”，但丁、薄伽丘、彼特拉克等都将自己视为真理妙谛的揭示者，锡德尼（Philip Sidney）在《为诗一辩》（“The Defence of Poesie”）中主张诗歌具有完善道德的作用，浪漫主义作家雪莱、席勒和雨果等相信文学具有伦理之目的。[5]可以说，在历来的中西文论界，伦理批评一直居于主流地位。直到后来，瑞恰兹（I. A. Richards）在《新批评》（*New Criticism*，1941）一书中明确提出

1 原载《文化与诗学》2015 年第 20 辑，第 235–263 页，题作《希利斯·米勒的文学伦理观》。在此有修订。

2 J. Hillis Miller. *New Starts: Performative Topographies in Literature and Criticism*. Taipei: The Institute of European and American Studies, Academia Sinica, 1993: 69–70.

3 J. Hillis Miller. *Topographies*. Stanford: Stanford University Press, 1995: 257.

4 T. O. Beebee. “Literary Ethics”. *Comparative Literature Studies*. 1999, 36 (4): 341.

5 Murray Krieger. “In the Wake of Morality: The Thematic Underside of Recent Theory”. *New Literary History* 15 (1983): 119–136.

文学不应成为伦理的、语言的或历史的研究，于是随着形式主义和结构主义文论的盛行，文学与伦理关系问题的探讨遭到扼制。[1]时至20世纪下半叶，随着侧重于文学外部关系问题探讨的“批评理论”盛行，尤其是伴随着解构主义和其他强调差异批评理论的兴盛，人们更是刻意于道德、种族、性别诸特征的微观研究，其中包括从伦理等维度重新审视文学问题。到了20世纪80年代以后，随着西方学界“伦理转向”（ethical turn）的出现，文学中的伦理、道德问题重新被推至前台。[2]在这场“伦理转向”的过程中，先后涌现出众多研究方法，其中就包括解构批评方法，而运用此方法来探讨文学与伦理关系问题最出色的，当推美国著名批评家希利斯·米勒。

米勒有关文学伦理思想的雏形出现在《作为寄主的批评家》（“The Critic as Host”，1977）一文。在该文中，米勒提出：如果生活行为中包含的事情会依次地做出其他事情，那么它们就具有伦理性。后来，他将这一观点陆续地拓展到文学批评领域，继而形成一整套文学伦理思想。1981年，米勒撰写了一篇《阅读的伦理：广阔的鸿沟和分手之时》，该文主要围绕文学理论国际化这一背景而展开。[3]而他有关文学伦理的论述最集中地见于其专著《阅读的伦理》（*The Ethics of Reading*，1987），这是为了反对阿布拉姆斯（M. H. Abrams）、韦勒克（René Wellek）等指责解构主义者为虚无主义而写的。它是一部刻意将文学批评与伦理道德相结合，并为

---

1 Wayne C. Booth. *The Company We Keep: An Ethics of Fiction*. Berkeley: University of California Press, 1988.

2 1983年，《新文学史》（*New Literary History: A Journal of Theory & Interpretation*）开创性地出版了以“文学与伦理学 / 作为伦理学的文学”为题的专刊，再次激起当代人文领域对“文学和伦理学”问题的强烈兴趣，文学与伦理学关系的研究再一次进入公众视野，并在此后出现了蓬勃发展的态势。而理查兹与利维斯也在自己的作品中分别提到了“批评的伦理转向”。David Parker. *Ethics, Theory and the Novel*. Cambridge: Cambridge University Press, 1994: 32–42；Robert Eaglestone. *Ethical Criticism: Reading after Levinas*. Edinburgh: Edinburgh University Press, 1997: 18；杨革新．文学研究的伦理转向与美国伦理理论批评的复兴．外国文学研究．2013(6): 17.

3 J. Hillis Miller. “The Ethics of Reading: Vast Gaps and Parting Hours”. *American Criticism in the Postructuralist Age*. Ed. Ira Konigsberg. *Ann Arbor: University of Michigan Press*.

解构主义进行辩护的批评力作，其意义非同凡响。[1] 此后，米勒在相关著述中继续探讨文学中的伦理问题。如 1990 年他推出的《皮格马利翁诸貌》（*Versions of Pygmalion*）设有专章“叙事的伦理”。1993 年他在《新的开始》（*New Starts: Performative Topographies in Literature and Criticism*）中收有《地志的伦理：论史蒂文斯〈基韦斯的秩序理念〉》一文。1995 年他推出了《地志学》（*Topographies*）一书，其中许多章节均涉及文本中的地志伦理问题；2001 年，他推出了《文学中的言语行为》（*Speech Acts in Literature*）；2002 年，他推出了《论文学》（*On Literature*），均涉及阅读的伦理问题。2009 年他推出专书《纪念德里达》（*For Derrida*），内设专章讨论德里达不负责任性的伦理问题。可以说，在米勒近二十年的文学批评活动中，伦理批评成了非常重要的一部分。而他的这些著述在中国除了《阅读的伦理》一书有过评述外，甚少有人就其伦理思想做过系统的介绍。本章将全面介绍米勒与文学相关的伦理思想，包括他的阅读伦理观、叙事伦理观和地志伦理观，并在互文语境中对其有关文学伦理问题的阐述展开解读，进而提出自己的批评与反思意见。

第一节　米勒的阅读伦理观

20 世纪 80 年代，米勒在文学批评上已完成由意识批评向解构批评的转型。米勒的阅读伦理思想最初是针对时人指责解构主义为虚无的文本游戏，并将其视为缺少价值和伦理关怀的代表而提出的。[2] 正如米勒所有批评理论多是结合文学作品的阅读与思考提出的，他有关文学伦理问题的思考，同样是紧扣文本阅读进行的。就像有人指出的，米勒有关解构主

1　1985 年 5 月，应加州大学之邀，米勒为“韦勒克文库讲座”（The Wellek Library Lectures）做了一次演讲。《阅读的伦理》一书便是在这次演讲的基础上整理出版的。1987 年 5 月，米勒与在美访学的中国学者王逢振的交流中曾谈及此书说：“如果说书名有什么含义，那就是它与阅读的责任有关：要细致地、耐心地、以研究的态度进行阅读，在阅读中要做出基本的设想，如本文说了哪些人们不曾料到的东西，公认的看法认为它说了哪些东西，人们想要它说些什么，等等。这种基本的道德责任不断遭到明显的破坏，而它被破坏的方式就是卷入争论的多种关系的重要表现。虽然其中可能有多种因素，但关于文化、历史、语言或符号系统的物质基础表示什么意思的问题，却无疑是最重要的一个。根据前面我对物质基础的看法，我认为我直接涉及文学与社会、历史和政治的关系问题。”王逢振．“耶鲁四人帮”之一：希利斯·米勒．外国文学，1987（11）：84.

2　Simon Critchley. *The Ethics of Deconstruction: Derrida and Levinas*. Oxford & Cambridge: Blackwell, 1992: 3.

义的论述与德曼和德里达有着一脉相承的关系，[1] 也许是从德曼的《阅读的寓言》（*Allegories of Reading*，1979）一书得到启示，米勒将他早期的伦理学说称为"阅读的伦理"。[2] 这种伦理，在他看来，"指的是阅读行为所产生的某种反应是必然的，亦即是对某种不可抗拒的要求所做的回应；这种回应同时是自由的，也就是说，阅读行为必须对我的反应和未来在人际、机构、社会、政治、历史等方面产生的影响负责。例如，它可以通过教学或对某一文本发表评论等形式予以体现。"[3] 简单地说，阅读不仅关涉认知、政治、社会、人际交流活动，它更是一种彻底的伦理行为。这种伦理因素一则表现在阅读中对某事的反应、体现的责任感以及流露的尊重意识，体现在文本中不断出现"我必须"（I must）之类的字眼，如"我必须这样干，我不应当那么干"，等等；另则表现为阅读中的伦理因素会相应地引发别的行为，并涉及社会、机构、政治等领域。一旦伦理与政治相结合，其判定的标准会相应地发生变化。然而传统的研究并不能解决"我必须"这类文本所赋予的伦理问题，且这种文本自身又受到某种规律或称逻各斯的制约，故而有待专门研究。接着，米勒就某些诗人对解构主义的种种指责予以澄清，认为他们首先是误解了德里达和德曼关于读者与文本关系的真实内涵，文本意义并非像人们想象的那样，是由读者随意赋予的；其次是他

---

1 Murray Krieger. "In the Wake of Morality: The Thematic Underside of Recent Theory". *New Literary History* 15 (1983): 130.

2 在《阅读的伦理》第三章，米勒较详细地解读了德曼的《阅读的寓言》一段话，该段话较精炼地概括了德曼的伦理观："寓言总是伦理的，伦理这个词标示了两种不同的价值体系结构上的相互干涉。在此意义上，伦理与主体（受挫和自由）的意志无关，更与主体间的关系无关。在它是语言性而不是主体性的意义上，伦理范畴是个命令（即，是范畴而不是种价值）。道德是引发像'人'或'爱'或'自我'等诸概念的同一一个语言两难中的一个翻版，而不是这些概念的原因或后果。向伦理的转移并不是来自于超验的命令而是语言混乱的一个指涉性（并因此事不可靠）的翻版。伦理（或者人们应当说伦理性）是话语模式中的一种。" J. Hillis Miller.*The Ethics of Reading*. New York: Columbia University Press, 1987: 41. 在此，德曼"一方面否认了康德所主张的伦理法则的超验性，但同时又肯定康德所说的伦理法则是一种我们必须执行的命令，只不过在他看来这是来自语言的命令"。申屠云峰、曹艳 . 在理论和实践之间——J. 希利斯 · 米勒解构主义文论管窥 . 北京：光明日报出版社，2011：86. 另外，在一次访谈中，米勒说："再一个例子是德曼，他在弥留之际与斯蒂法诺 · 罗素（Stefano Rosso）的谈话中声言'政治的考虑''从未远离过"他的"头脑'。我想，我们无须花费什么周折就可以证明，德曼之言确乎是真心话，例如他在《阅读的寓言》一书中对卢梭《社会契约论》的分析所表明的；进一步我们还可以轻松地证明，德曼的目的就是要使在阅读行为中负责任的、政治的和伦理的决定成为可能。" J. 希利斯 · 米勒，金惠敏 . 永远的修辞性阅读——关于解构主义与文化研究的访谈——对话 . 外国文学评论，2001（1）：137.

3 J. Hillis Miller.*The Ethics of Reading*. New York: Columbia University Press, 1987: 43.

们硬给解构主义套上“虚无主义”的帽子，这实则是误解了阅读中的伦理因素所致。[1]

要理解米勒的阅读伦理思想，很有必要清楚互文性（intertextuality）概念对其论述的重要性。在他看来，任何一个文学文本并非一个自在的“有机统一体”，而是与其他文本相关联，同时其他文本又与外在的文本相关联。明白了此点，就会清楚像米勒早年讨论文本中的“寄生”（parasite）与“寄主”（host）关系一样，此次他也是以先在的文本解读为突破口，并试图在互文性文本中找寻自相矛盾之处。从哲学依据来看，米勒的阅读伦理之提出，是以康德的伦理道德理论，即从《道德形而上学基础》（*Foundations of the Metaphysics of Morals*，1785）这一传统人文伦理基础的哲学经典解构入手的。正如大家熟知的，普遍主义和形式主义、理性主义、自主性、对义务或职责的强调，以及一个目的领域等概念，构成了康德伦理学的一般特征。在“三大批判”中，康德始终坚持用他的先验唯心论去研究人的伦理准则，并解释伦理准则为何是先天的、先验的。《基础》一书为康德的晚期作品，是康德德性论的代表作，集中论述了德性是人的意志的道德力量，而且具有自主性的思想，对西方伦理思想产生过极其深刻的影响。在该书的最末部分，康德曾反复强调国家、阶级、宗教和时间等问题的伦理性，认为伦理只是一种先天的、不依赖于经验的伦理意识，即“实践理性”，它是一种不具社会性、不从世俗功利出发的“绝对命令”（categorical imperative）。在此，“绝对”意指服务于伦理自身目的之外别无其他目的；“命令”是因为它只是“应当”做的，而不是“实际”这样做的。因为真正的社会人，除了“理性”之外，还有感性经验条件对道德行为的影响。康德曾声称建立起一套适合于一切场域的道德的普遍形而上学基础。后来，他的这一说又引起尼采、海德格尔和弗洛伊德等人异议。接着，米勒沿用了《基础》中一个脚注，讨论“敬重”（Achtung/respect）这一关键词的意义，并试图追寻它的认识论根源。康德曾这样解释道：

1 在一篇访谈中，米勒就人们指责解构主义为虚无主义，沉迷于文本或语言的游戏，逃避现实以及对政治和社会的冷漠等进行了回应，指出他们完全误解了解构主义，主要是他们未能认真地阅读解构主义者的作品，他们只是读了一些报纸或一些粗浅的摘要关于解构主义介绍所致。解构主义不但关心语言，而且关心历史、政治、伦理等。像德里达的《马克思的幽灵》和他自己的《阅读的伦理》与《文学中的言语行为》就是这方面的典型代表。另外，像他的论文《物质利益》（“Material Interests”）就猛烈地批判美国政府的外交政策和政治上的不公正。Sheng Anfeng. “A Call for Literary Studies: An Interview with J. Hillis Miller”. 外国文学研究，2006 (6) : 5–6.

> 义务是由敬重法则而来的行动的必然性。……通过法则而对于意志的直接规定以及对此规定的意识就称为敬重，以致于敬重被看成是法则作用于主体的结果，而不是法则的原因。敬重本来就是一种对有损于我的自爱的价值的表象。所以敬重乃是这样的东西，既不看成是爱好的对象，也不被看成是恐惧的对象，虽然它与这两者都同时有某种类似之处。所以敬重的对象只是法则，而这法则又是我们自己加于自身、但毕竟是作为本身必然地加于自身的。作为法则，我们无须征求自爱的意见而服从于它；作为由我们自己加于自身的东西，它却是我们自己意志的后果，并且在第一种情形下它类似于恐惧，在第二种情况下类似于爱好。[1]

这就意味着履行某一道德行为不是出于个人喜好或恐惧，也非出于对可能性后果的顾虑，一旦这种个人或社会的动机消弥，“除了规则之外，再也没有别的可以左右个人的主观意愿，除了对这种实际规则纯粹的敬重外，一切主观的东西均不复存在。”[2] 根据我们的理解，可以这样认为，对某人的敬重只是出于对道德规律的敬重；同样，对某个文本的敬重恰似对某人的敬重。换言之，“如果一个哲学的、文学的或批评性文本值得敬重，唯一的原因在于，它是出于对规则敬重而创作的。”[3] 接下来，米勒对康德论及的“承诺”（promise）这一述行行为进行解构，以图说明其中的问题并非像康德所说的那样。

正如一切现代批评都会从语言的理解和指涉存在的问题入手，[4] 作为解构批评大家的米勒在此也不例外。既然传统人文伦理的哲学基石已被掀翻，米勒继而阐发了解构批评家德曼关于阅读中的不可读性（unreadability）问题。文本不可读性，确切地说就是文本自身的不可阅读性，它与读者本人的阅读无涉。在《阅读的寓言》（1979）中，德曼曾断言：寓言总是富有道德的，“道德一词意指两套不同的价值体系在结构上相互抵牾。”[5] 德曼的意思无外乎是，道德范畴具有强制性，它专属于语言，与主观意愿或主体间性无涉。对德曼而言，“语言上的必然性会促使我们进行道德

---

1 J. Hillis Miller. *The Ethics of Reading*. New York: Columbia University Press, 1987: 17–18；康德．道德形而上学基础．北京：人民出版社，2018：9–10.

2 J. Hillis Miller. *The Ethics of Reading*. New York: Columbia University Press, 1987: 16.

3 J. Hillis Miller. *The Ethics of Reading*. New York: Columbia University Press, 1987: 22.

4 Robert Eaglestone. *Ethical Criticism: Reading after Levinas*. Edinburgh: Edinburgh University Press, 1997: 27.

5 J. Hillis Miller. *The Ethics of Reading*. New York: Columbia University Press, 1987: 49.

评判，其本身却缺乏认识论基础，而且会在我们有了认识洞见时自行消隐，故而总体上是不可理喻的。我们永远无法阅读读物。这就意味着我们永远无法明白为何凭着我们的聪明才智，仍免不了会在道德问题上观点相互矛盾，或前言不搭后语。”[1] 事实上，我们在德曼与康德这里看到了人文传统的伦理观与解构主义伦理观之间的一个根本区别，那就是康德对语言自身的能力充满了信心，并一直思索着将文本表达的道德内涵由读者可靠地加以重构。这点也能解释为何西方长期以来对不同读者的“相似性”和“交流性”予以高度重视；对于德曼而言，要试图通过语言来理解语言规则，其可能性简直是微乎其微，这就注定他会像其他解构批评家一样更多地强调文本的“自我指涉”“晦涩”和“不确定性”等因素。正因如此，米勒不无感慨地指出：人类“要生存就得阅读，却免不了一次次的失败，这就是人类的命运。然而我们毕生都在履行那‘知其不可为而为之’的使命。”[2] 此部分的论述尤为重要，特别是文本的不可读观念成了米勒阅读中的一大基石，他后来的阅读理论，包括伦理批评思想就是建立在这种文本的不可读观念之上的。

当然，在米勒论述中最为精彩的是他能够运用高超的解构技巧，对自己早年曾经剖析过的一些经典个案，反复从不同角度进行细致入微的阐析，以此来说明阅读中的伦理道德问题。首先是针对小说《亚当·贝德》（*Adam Bede*）的第 17 章，米勒解构了乔治·艾略特的写实主义理论。他认为，“艾略特崇奉叙事中直截了当的写实主义，并对读者能够从她的小说中得到道德启迪充满了信心。”[3] 对艾略特而言，“小说的价值在于它必须忠实地表述那些反映在脑海中的人与事。”[4] 按照她的思路，写实主义的语言可能是那种字面的、非比喻性的、讲实话的叙述性语言。然而，问题在于写实主义的叙述必须依靠比喻性的语言，说得更准确些，“是依靠使用一种比喻牵强（catachresis）的特殊型语言，亦即从别的领域借用一些语词来命名那些尚无专门术语的人与事。”[5] 或者说，人们必须借用一些语言以外的东西。这样，“譬如那位又丑又笨的邻居，当他经过一部‘写实主义’小说的再现后，会变得可爱起来。”[6] 因此，艾略特写实主义的作用在于把那

1 J. Hillis Miller. *The Ethics of Reading*. New York: Columbia University Press, 1987: 55.
2 J. Hillis Miller. *The Ethics of Reading*. New York: Columbia University Press, 1987: 59.
3 J. Hillis Miller. *The Ethics of Reading*. New York: Columbia University Press, 1987: 61.
4 J. Hillis Miller. *The Ethics of Reading*. New York: Columbia University Press, 1987: 65.
5 J. Hillis Miller. *The Ethics of Reading*. New York: Columbia University Press, 1987: 75.
6 J. Hillis Miller. *The Ethics of Reading*. New York: Columbia University Press, 1987: 75.

些邻里之类的人物形象地刻画出来，并说服我们去关爱他们。在此，米勒联系到自己所探讨的阅读伦理问题，试图通过作家对其自身作品进行解读时，由于不觉间已在自己的作品中使用了修辞性或比喻性语汇，从而导致作品的不可读性。其实，艾略特本人在阅读《亚当·贝德》时，曾试图彻底抛弃那种先验权威以及超语言的观照，然而她遭遇到的却是那种命名时所谓的“比喻牵强”，这就注定连同她本人都无法彻底地阐释其作品。当她把那位又丑又笨的邻居描写的是如何可爱时，其实早已犯下她曾经谴责过的那种错误。这种重新命名对她来说是写实主义小说中真实叙述的内核。小说促使我们去关爱那位不怎么可爱的邻居，就在于小说本身把他说的是如何的可爱。

原典儒学强调“修辞立其诚”。所谓文章之道，忠信为本。而这种“忠信”或称“诚”，首先要求写作动机符合伦理道德。似乎是为了证明此，西方哲人米勒专门针对英国维多利亚时代显赫一时的小说家安东尼·特洛罗普（Anthony Trollope）的《自传》（*An Autobiography*）进行了解构。特氏曾在《自传》中回忆起早年的创作经历，说到自己儿时总有做白日梦的习惯，后来小说创作成了这一习惯的最佳替代游戏。这种写作可以把天花乱坠的梦幻转换成外在的语言，并通过文字诉诸他人。但他还强调这种写作的规约性。这种规约一则表现为做白日梦所固有的法则，另则表现为作家日常写作时遵循的原则。在米勒看来，特氏关于小说写作的论述有点前后不一。“一方面，特洛罗普尽量说服读者其小说是如何具有良好的道德因素，因为它们直来直去的，也就是说，它们是以社会现实为参照的，并能自行呈现给读者。”[1] 对于特氏而言，小说创作的精要在于塑造人物形象而非情节。写实主义小说的目的在于通过塑造人物形象来改造我们自身。这种人物一旦塑造完好，并传达给读者，即有道德作用。此外，他还强调小说寓教于乐的功能。然而，令人费解的是，特氏在别处又承认自己写小说时并非总是那样的理性和深思熟虑。在此，米勒巧妙地引领我们对特洛罗普的《自传》进行细致入微的剖析，披露了特氏的自我阅读基本上是自相矛盾的。一方面，他想说明自己写作小说是立身社会而行之有效的方式，其小说在维护社会价值方面颇具道德，他的读者花钱购书是物有其值。另一方面，却事与愿违，他犯下了一个致命的错误，他已于不觉间摧毁了其赖以安身立命的社会价值基础。由于自己写作时老是盯着读者手中的钱囊，其腐蚀作用是可想而知的。可以说，特洛罗普所有的小说最终都无法道清

1 J. Hillis Miller. *The Ethics of Reading*. New York: Columbia University Press, 1987: 85.

自身的道德取向，它们往往使读者（包括作者本人）陷入尴尬的境地。尽管特氏本人也觉得这一状况令人无法忍受，但他写作时一味地沉迷于金钱，这样自然不是真正地为读者接受而写作。

循此，米勒对亨利·詹姆斯（Henry James）的阅读理论也进行了解构。在纽约版《金碗》（*The Golden Bowl*）的“前言”中，詹姆斯声称写作可能是一种伦理行为，属于人类所有行为举止的一部分。同时，他还强调道德与生活间的相互联系，认为生活的意义主要在于行动，而非仅仅在于认识与被动的欣赏。在此，詹姆斯对道德的观照超过了对认识论和美学的关怀。无论是对于康德还是詹姆斯，写作既是自由的，又是受到制约的。但他们所说的却带出了一大悖论：一方面，在某种必然性的制约下，我们显得更具责任心，事实上我们并不承担责任；另一方面，当我们最自由、最无拘无束时，我们却富有责任心。至于重新阅读则是对早先的协议或承诺进行回忆和修正的次要性行为，它既是自由的，又受到某种必然性制约。这种必然性并非来自他过去所写、现在重新阅读的文本内部，而是由于重读时发现了某种不妥而引发的。由于詹姆斯经历的这种必然性是自由的，故而在一定意义上说，这种身临其境的重新阅读就像是对“绝对”产生莫名恐惧的结果。“绝对”一词意味着“无拘无束，悠然自在”的态度。而适当的阅读必然会生发对绝对洞察的乐趣，能给人带来对绝对有身临其境的感觉。至于“前言”就是对小说本身的一种“转译”式批评，它的存在意味着作者深谙真正的阅读永远是一种误读。误读主要是由文本的不可读性引发的。这种不可读性，一则是由文本自身固有的，或被詹姆斯称之为“它自身内在的优美法则”引起的，这种法则本身有着某种不可抗拒的诱惑；另则是由于无法在语言的阅读和认识上进行明确的区分。然而，无论是语言上的，抑或是其他何种绝对的必要，都注定一切阅读都是对文本的误读。米勒的这一论述，自然会让人联想起亚里士多德、康德、休谟以及哈贝马斯关于伦理既是义务的又是自主的说法，[1] 二者实际上都受到理性是普遍的同时又是不证自明的法则所制约。由于詹姆斯一再把阅读视为一种“重新设想”（re-vision）行为，把重新阅读视为一种翻译行为，本雅明同样认为一切语言都是译文。据此，米勒自然联想到本雅明的《译者的任务》（“Die Aufgabe des Übersetzers” / “The Task of the Translator”）中有关论述，讨论了翻译中不可能的问题，进而联系到自己所探讨的“阅读的伦理”问题，最后表现出万般的无奈。

1 Adam Zachary Newton. *Narrative Ethics*. Cambridge, MA.: Harvard University Press, 1995: 12.

可以说，在《阅读的伦理》中，米勒通过自己的解读与批评活动，了解到“当人们在阅读和理解例如亨利·詹姆斯的小说《金碗》或叶芝的像《冷空》这样一首诗时会有怎样不同的反应”，而他这种“通过对阅读行为的、对文学教学和评论的特别的伦理维度的关切”，[1] 其目的是建构一种不可读性的伦理（an ethic of unreadability），亦即一种语言的绝对命令，这种命令是一种普遍的必然，同时也是所有读者始终无法逃脱的。[2] 一言以蔽之，阅读的伦理，就是那种道德上的必要，也就是，不管人们怎么说，你都会以某种方式屈从于这种语言的绝对命令。正是在这一过程中，故事的讲述者、听众、见证人和读者等联系在一起，命令赋予他们履行伦理的义务。事实上，米勒这种阅读的伦理观后来就成了他对文学伦理问题系统思考的基础。新近他提出的种种伦理思想均与它有着不可割舍的联系。

第二节　米勒的叙事伦理观

简单地说，自古以来伦理学大致可以分为两类：理性的和叙事的。前者主要探讨生命感觉的一般法则和人的生活应遵循的基本道德观念，进而制造出一些理则，让人的性情通过教育培育来履行这些理则。叙事的伦理学则是通过讲述个人经历的生命故事，通过个人经历的叙事来体现关于生命感觉的问题，进而营构具体的道德意识和伦理诉求。无疑，文学更多的是履行后者的职能。事实上，到了 20 世纪末期，叙事的伦理再度引起人们较多的关注。此间，米勒就叙事伦理的探讨又特别引人注目。

在米勒的伦理批评思想中，与阅读的伦理思想紧密相关的自然是他的叙事伦理思想。叙事伦理本是 20 世纪 80 年代随着人文领域中“伦理转向”（the ethical turn）和“叙事转向”（the narrative turn）出现而盛行的一种文学批评方法，它在西方文学批评界曾演绎出众多研究观点与方法，其中包括诺斯鲍姆（Martha C. Nussbaum）的责任说、维恩·布斯（Wayne Booth）的“书即友”说、纽顿（Adam Zachary Newton）的“作为伦理的叙事”说等，而米勒的伦理批评则以运用解构方法而著称。[3] 换言之，米

1　J. 希利斯·米勒、金惠敏 . 永远的修辞性阅读——关于解构主义与文化研究的访谈——对话 . 外国文学评论，2001（1）：137.

2　Adam Zachary Newton. *Narrative Ethics*. Cambridge, MA.: Harvard University Press, 1995: 10.

3　Tang Weisheng. “The Ethical Turn and Rhetorical Narrative Ethics: An Interview with Professor James Phelan”. 外国文学研究，2007（3）：10–18；James Phelan & 唐伟胜 . “伦理转向”与修辞叙事伦理 . 四川外国语学院学报 . 2008（5）：1–6.

勒的伦理批评更多的是建立在文本的“自我指涉”“晦涩”和“不确定性”等观念之上的，且侧重的始终是文学伦理中的语言和修辞维度。[1]

从理论渊源来考察，我们可以发现米勒的叙事伦理观无疑是在他的阅读伦理观基础上发展而来的。在《阅读的伦理》一书的结尾部分，米勒就承诺要对叙事这种更多地展现行为特征的文本类型展开伦理解读。这一承诺行为的直接结果便是他的另一部专著《皮格马利翁诸貌》（1990）的诞生。一方面是针对叙事作品，另一方面是焦聚于文本中的拟人，米勒在书中较为系统地演绎出他的叙事伦理思想。换言之，作者试图通过对一系列叙事作品展开修辞性解读，以此来探讨与写作、阅读以及文学教学相关的伦理问题。同时，这也可以看成是他试图通过叙事来“读图”，进而接近那个由伦理、美学和政治交汇之结点的一大表现。[2]

正如后来米勒指出的，“理解即读图”（To understand is to read a picture），而叙事作品正好能够弥补哲学中那种假象的概念性语言之不足。[3] 在该书的“前言”部分，米勒明确地表示，他想通过一些具体的实例来探讨如何在历史语境中去认识一部文学作品，进而追问文学写作、阅读、教学和关于文学的写作是否会在真实的历史世界导致某事发生。如果是这样的话，它又是如何发生的？接着还将发生什么？谁又该为此承担责任？而故事往往能够展示人们是如何行事、选择、评价或“做出事情，然后还会依次地做出其他事情”；同时，故事本身还包含一种伦理行为，也就是故事里的人必须为他们的所作所为承担责任；另则，对过去故事的讲述及其阅读必然关涉到拟人，也就是，通过语言的有意或无意的误用而赋予那不在场的、非生命的或死去的以声音或面貌，由此也赋予了故事作者和叙事者以伦理义务。这种拟人是强有力的言语行为，它还必须与行为而非认识直接相关。[4] 正是基于这些，于是米勒在某种绝对命令或他所说的那种“阅读的伦理”驱使下，先后对詹姆斯、克莱斯特、梅尔维尔、布朗修等人的一些叙事作品展开深入细致的阅读，进而披露了这些故事实际上都是奥维德的《变形记》（*Metamorphoses*）中皮格马利翁（Pygmalion）以及他所塑造的雕像葛拉蒂（Galatea）的不同翻版，在这些故事里，拟人手法对于故事的讲述是

1 J. Hillis Miller. *Versions of Pygmalion*. Cambridge: Harvard University Press, 1990: 239.

2 J. Hillis Miller. *The J. Hillis Miller Reader*. Ed. Julian Wolfreys. Stanford: Stanford University Press, 2005: 86.

3 J. Hillis Miller. *The J. Hillis Miller Reader*. Ed. Julian Wolfreys. Stanford: Stanford University Press, 2005: 87.

4 J. Hillis Miller. *Topographies*. Stanford: Stanford University Press, 1995: 8.

必不可少的，而且这些又明显地被转换成共同的主题，即某人爱上了一座雕像。譬如在《梅西所知道的》(*What Maisie Knew*)里，皮格马利翁的创造性拟人在詹姆斯本人、叙述人以及读者与梅西的关系中得到了再现；在《最后的瓦雷里人》("The Last of the Valerii")中，意大利伯爵卡米罗颠倒了现实与虚构的关系，居然把自己的美国妻子玛莎当成了一座雕像，而把出土的古代雕像朱诺当成了真人；在《弃儿》("Der Findling")中，拟人的手法更是达到一种极致，它使之复活的并不是某个缺席的或非生命物，而是那位早已过世的保罗；《书记员巴特尔比》("Bartleby the Scrivener")讲述的则是如何将一个活人变成一座雕像的故事，它与皮格马利翁的故事相反的地方就在于，它是关于活人石化的故事；《死刑》(*L'arrêt de mort* [*Death Sentence*])讨论了垂死的不可能性以及永恒回归的问题。一句话，所有这些都是皮格马利翁故事的某种翻版。正是文学作品中的这种拟人言语行为，一方面指向过去，另一方面能够使某个不在场的、非生命物或死去的得以复活。而在运用拟人的同时，作者、叙事者还有读者都须承担某种责任，进而履行伦理道德的责任。正如在《变形记》中，无辜和惩罚贯穿了叙事的整个过程，这种无辜可以定义为字面地对待一种修辞手法而导致的错误，这种错误就像那些幻觉、错觉或误读一样，可能导致某种社会的、历史的或个人的不幸。在阅读的过程中将某些死去的当成活物来对待，无疑是一种错误，这种错误却能由另一个阅读行为加以揭示。因此，我们通过故事的阅读，可以体察到那种始终是善的，同时在道德上是正确的伦理行为及其评判，是如何与拟人相关联的。一句话，这些伦理行为将产生某种政治的、历史的和社会的影响，这样自然就需要有人来为它们承担责任。

故事的写作和叙述会运用拟人，进而涉及伦理问题，同样阅读也会重复叙述中所发生的一切。鉴于故事阅读始终是一种写作或重写行为，同时它也是一种拟人行为。它就像皮格马利翁一样能够赋予一座雕像以生命。[1]阅读一开始固然是一种获取正确意义的行为，但它更是一种有关认知或认识论的问题，而不是与行为或义务相关的伦理问题。诚如詹姆斯在《金碗》中所言，写作行为是"生活行为"中的一部分，米勒自然也认同阅读行为属于生活行为中的一部分。不过，米勒更关心的是，在阅读的过程中阅读本身是否具有一种适当的、不可避免的伦理维度呢？如果是这样的话，这种伦理维度将是何种模样呢？同时，阅读与其他伦理行为，譬如信守诺言、

1 J. Hillis Miller. *Versions of Pygmalion*. Cambridge: Harvard University Press, 1990: 186.

讲真话、收受礼物或跟邻居道安等行为间有何区别呢？在米勒看来，一个伦理行为不仅意味着做某事，这些还会依次地做其他的事情；而且一个伦理行为必然会是自由的，亦即我必须有自由来选择做与不做它，这样我势必就要为它承担责任。在此过程中，我必定会受制于某个绝对命令："我必须；我不能那么做。"这种伦理行为在具体的叙事作品中比比皆是。譬如在特洛罗普的《他知道他是对的》中，诺娜·劳丽决定拒绝格拉斯科克先生的求婚，原因在于自己压根儿就不爱他；在詹姆斯的《梅西所知道的》之结尾部分，梅西提出只要克劳德爵士中断与比尔太太的通奸关系，他就会放弃维克斯太太。他们这种子女与自己（继）父母间错综复杂的纠葛干系又可在《变形记》中皮格马利翁后代那里找到原型。梅西的"我必须"，在詹姆斯的叙事主人公看来，就是建立在"某种比道德意义更深层的东西之上的"。同时，"宣布放弃"在詹姆斯那里也成了最高的美德。这种"我必须"的根源何在？它是否与詹姆斯在写作小说时回应的那种要求，抑或我们在阅读、教授和就它撰写评论时回应的那个要求具有某种类比性呢？这点也成了米勒此刻关注的重点。

从表面上看，米勒有关叙事作品中伦理问题的探讨显得有点抽象。就此，米勒也有所认识。他本人就坚决主张通过一些具体的实例分析来讨论伦理问题。然而问题在于，在任何阅读的伦理中，实例与概念的普遍化之间的关系仍然存在问题。人们可以轻而易举地看到，任何案例的选取都不是随意的。选择人必须为他所选取的每个案例承担责任。另一方面，在人们的生活行为中，没有例子就无所谓行为。表现在文学研究中对伦理的解读同样如此。譬如在康德的《道德的形而上学基础》中提到的那个人，他许下了诺言却不打算信守它，这种叙事实例对于伦理问题的思考却必不可少。也许说来有点奇怪，在米勒看来，将伦理作为一个哲学或概念的范畴加以理解，还取决于对书面故事诠释的能力，这种能力通常被认为是文学批评领域的事情。如果真是这样的话，米勒所谓的文学修辞性解读，在我们的道德、社会和政治生活等方面具有至为重要的现实意义。通常叙事作品特别适合于作为阅读伦理的考察对象，这并不是因为故事本身拥有对伦理情景、选择与判断的主题之戏剧化而适合于该项课题的讨论；相反，这是因为伦理本身与我们所说的叙事这种语言形式有着某种特殊的关系。叙事作品中伦理主题的戏剧化，便是这种语言必然性的间接寓言化，而这种寓言化始终是建立在运用拟人手法基础之上的。

当然，任何用语言写下的东西都具有一个内在的特点，那就是它渴望得到阅读，尽管它们可能永远都找不到任何读者。类似的观点早在本雅明（Walter Benjamin）的《译者的任务》（“Die Aufgabe des Übersetzers” / “The Task of the Translator”）中就有过表述，尽管在那里本雅明针对的主要是文本的翻译问题。阅读的伦理始于读者对这种就一个文本进行阅读和不断阅读要求的回应。一旦我决定阅读某件作品，就意味着自己会搁置或背弃其他种种责任与契约性义务，这些责任与义务，有对家庭和机构的，有对学生和同事的，也有对自己所服务的委员会和顾问团的。这样的例子在叙事作品中比比皆是，如在普鲁斯特笔下描述他早年的阅读经历，已经将那种偷偷摸摸、充满内疚同时是私下里的阅读予以形象的展示。此刻，类似于读者祖母这样的人物，一直都在说服他去从事别的事情，譬如走出户外，投身到大千世界中去。此外，还有许多诸如此类的小说，其中讲述那位小说的读者此刻正在做些什么。又如在乔治·艾略特（George Eliot）笔下描述的马吉·塔利维尔童年时代阅读的经历；在康拉德（Joseph Conrad）笔下描绘的吉姆阅读过的冒险故事对其人生所产生的决定性影响，还有阅读堂·吉诃德与爱玛·包法利等所产生的影响；等等。总之，这些小说都是在警示读者，而他们要了解这个警示就须做些什么。在此情形下，或许不读比读还要好得多。这种放弃阅读的压力随着人们的岁月增长而与日俱增。凡是正儿八经地从事过阅读的人们都能体会到此种责任的力量。

一种关于阅读伦理的理论，可能会非常严肃地包含一种可能，那就是，一方面阅读可能导致其他种种道德上的善举或有价值的行为；另一方面，即便是阅读一部堪称道德典范的著作也可能导致某种非常不道德的行为发生。诚如荷尔德林所说的，“凡是真的东西就是即将发生的东西。”阅读行为本身是作为一个事件而发生的。这种阅读事件，就像文本写作一样首先会发生 / “占有”（take place）。阅读会发生在某个特定的地点，并针对某个特定的人物进行，同时出现在特定的历史、人际、机构和政治语境里。然而，它时刻都会突破这些可预见的因素。阅读还会导致语境之外其他事件发生，而每个新出现的事情自然需要加以重新界定。针对这种阅读行为又会诞生更多的文字或话语，阅读时刻都会导致种种其他行为发生。

总之，在米勒的叙事伦理中，最核心的问题便是如何才能唤起我们对无法记忆的承担责任。[1] 鉴于故事的叙述和阅读自始至终都兼具述行和认知的维度，因此对文学（尤其是叙事作品）进行的历史的、实用的以及理论的研究，都应考虑到阅读所具有的这种述行力量。在本书中，作者一方

1 J. Hillis Miller. *Versions of Pygmalion*. Cambridge: Harvard University Press, 1990: 24.

面将叙事作品与拟人相联系，另一方面紧紧扣住叙事的伦理问题。这些一则可以看成是米勒关注文学具有这种述行力量，并将阅读置于具体情境之中的体现；另则也是他在解构具体的文学作品过程中如何努力说出自己所知道的一切，并意在激活文学作品的述行力量，谨防它仅仅被当成一部纯粹的文学史。这样，米勒有关文学的伦理批评和解读就完全有异于以往的伦理批评。

第三节　米勒的地志伦理观

地志的伦理是米勒近十年来开始关注的一个全新的领域。米勒有关地志伦理的论述，主要见于他的《新的开端》（1993）和《地志学》（1995）两本书。仔细考察，米勒的地志伦理思想是他在对小说、诗歌以及哲学文本中的地志问题进行一系列思考和叩问过程中提出的。同时他的这些论述又与他的文学中言语行为理论紧密融会在一起，至于其理论的呈现又是针对具体的地理描写案例阅读进行的。

《地志学》一书本是从地志的视角讨论小说和诗歌中的地形地貌或城市描写所起到的作用，同时也探讨地志术语在哲学和批评思维中起到的作用。然后，作者结合具体的案例考察了这些地志因素的成构及其运作情况。地志术语在作品中能够为读者创造一个想象的地貌，然后派生出叙事和概念的意义。地理志牵涉的问题众多，其中就有言语行为、伦理义务、政治或法律权力、不同地域间的理论翻译、充当寓言式地志上的划界，还有地貌与拟人间的关系等问题。在这众多的因素中，有两点最为根本，那就是拟人与伦理问题。鉴于任何地形地貌的呈现都会运用到拟人，而拟人又关涉伦理责任的问题，于是米勒通过一系列的解读，阐述了他的地志伦理思想。首先，米勒结合海德格尔（Martin Heidegger）的筑、居、思的学说与哈代（Thomas Hardy）小说《还乡》（*Return of the Native*）的解读，讨论了哲学、文学与地志之间的关系问题。同时，他还对海德格尔的《筑、居、思》展开了剖析，进而将纳粹时代海德格尔的地志观与他的国家社会主义政治意识形态联系在一起，讨论其中所蕴含的伦理问题；接着，他根据柏拉图对苏格拉底与普罗素哥拉就美德是否可以教授问题的辩论之描述，展示了拟人与地志亲密无间的关系，以及其中所蕴含的伦理问题；而他对克莱斯特（Heinrich von Kleist）的《密歇尔·科拉斯》（*Michael Kohlaas*）这一故事的解读，展示了法律和伦理义务是如何通过边界和边疆的形象予以戏剧化的再现，而边界（border）连同界限（limit）又是地理志中最基本的观念；[1]另外，他在讨论福克纳（William Faulkner）的《押沙龙！押沙龙！》（*Absalom, Absalom!*）时，一方面阐述了意识形态与地志的密切关系，另一方面展示了积极的介入型阅读所隐含的伦理责任。

不过，米勒的地志伦理思想最集中地体现在该书第十章“地志的伦理：史蒂文斯”（“The Ethics of Topography: Stevens”），它与《新的开端》（1993）第四章“地志的伦理：论史蒂文斯‘基韦斯的秩序理念’”（“The Ethics of Topography: Stevens’ ‘The Idea of Order at Key West’”）的内容完全相同。虽然，米勒在建构其阅读理论的时候，其实例多来自叙事作品，而此次讨论地志的伦理时，他一改以往的做法而选择了诗歌。在此，米勒首先从史蒂文斯（Wallace Stevens）早期诗作《何以为生，所为何事》（“How to Live. What to Do”，又译《怎样活，如何办》）讨论入手，将伦理关系界定为“决定以何种方式生活与行事的原则”。

该诗最后两节如下：

There was neither voice nor crested image,
Nor chorister, nor priest. There was
Only the great height of the rock
And the two of them standing still to rest.

There was the cold wind and the sound
It made, away from the muck of the land
That they had left, heroic sound
Joyous and jubilant and sure.

没有声音，没有意象，
没有指挥，没有牧师。惟有
岩石的高度，
两个静立的人。

它吹出寒风，发出声音，
不是大地上的尘嚣，
他们已远离人世，

1 J. Hillis Miller. *Topographies*. Stanford: Stanford University Press, 1995: 266.

雄壮的声音那么欢乐，激昂。[1]

史蒂文斯此诗的伦理问题在于：寒风能否带来新的伦理义务。寒风袭来，令人不禁自问："何以为生？所为何事？"该诗标题可以解读为骤然提出几个未解与无解的问题：面对此种非关人情的欢喜，我该做些什么？该如何生活？寒风虽然愉悦、欢欣与明确，却似乎没有给我任何指引或训示。它对我无所求，我对它亦不承担任何义务。另一方面，寒风以其冷漠可能赋予诗中主人公一种新的伦理义务；它可能加诸他及其同伴一种新的法则。这才是问题之所在。本来伦理必须涉及人际关系与对伦理法则的遵循；它是语言的述行使用范畴。在这一范畴里，我们用言语来许诺、签约、或履行各种社会义务。表面上看，地志似乎属于语言的纯粹述谓范畴，它主要涉及地名研究，即依据景物的实像来命名，如"此处却有成簇的岩石"。然而，在这首诗的奇特地志寓言中，道德主题便借由与其对应之景物展现出来，而这个未赋予专有名称的景物，也因此被勾勒出来。经由此创造出来的是一个纯粹由文字创造出的空间，环绕着对立的上升 / 下降，黑夜 / 白昼，日 / 月、堆肥 / 石块等产生的空间。可以说，该诗本身就是诗的地志，无景的描写。它们分别为日、月、石块、浮云、寒风，以及景物之上的主人公及其同伴命名。全诗的伦理主题只能透过这些不同项目的景色所产生的效价和张力来传达。因此，它可以说是一篇蕴含着"地志的伦理"代表作。

接着，米勒继续追问：史蒂文斯的这类诗歌，可否仅仅为的是以不自然而又刻意的地志词汇传达诗样或寓言般的意境，即言在此而意在彼？同样的意义是否能以其他寓言手法来表现呢？接下来，他以史蒂文斯的那首有名的伦理 - 地志诗《基韦斯的秩序理念》（"The Idea of Order at Key West"，又译《秩序的概念》）为例，对上述问题进行解答。

全诗如下：

She sang beyond the genius of the sea.
The water never formed to mind or voice,
Like a body wholly body, fluttering
Its empty sleeves; and yet its mimic motion
Made constant cry, caused constantly a cry,
That was not ours although we understood,
Inhuman, of the veritable ocean.

1 史蒂文斯 . 史蒂文斯诗集 . 西蒙、水琴译 . 北京：国家文化出版公司，1989: 58.

The sea was not a mask. No more was she.
The song and water were not medleyed sound
Even if what she sang was what she heard,
Since what she sang was uttered word by word.
It may be that in all her phrases stirred
The grinding water and the gasping wind;
But it was she and not the sea we heard.

For she was the maker of the song she sang.
The ever-hooded, tragic-gestured sea
Was merely a place by which she walked to sing.
Whose spirit is this? we said, because we knew
It was the spirit that we sought and knew
That we should ask this often as she sang.

If it was only the dark voice of the sea
That rose, or even colored by many waves;
If it was only the outer voice of sky
And cloud, of the sunken coral water-walled,
However clear, it would have been deep air,
The heaving speech of air, a summer sound
Repeated in a summer without end
And sound alone. But it was more than that,
More even than her voice, and ours, among
The meaningless plungings of water and the wind,
Theatrical distances, bronze shadows heaped
On high horizons, mountainous atmospheres
Of sky and sea.

It was her voice that made
The sky acutest at its vanishing.
She measured to the hour its solitude.
She was the single artificer of the world
In which she sang. And when she sang, the sea,

Whatever self it had, became the self
That was her song, for she was the maker. Then we,
As we beheld her striding there alone,
Knew that there never was a world for her
Except the one she sang and, singing, made.

Ramon Fernandez, tell me, if you know,
Why, when the singing ended and we turned
Toward the town, tell why the glassy lights,
The lights in the fishing boats at anchor there,
As the night descended, tilting in the air,
Mastered the night and portioned out the sea,
Fixing emblazoned zones and fiery poles,
Arranging, deepening, enchanting night.

Oh! Blessed rage for order, pale Ramon,
The maker's rage to order words of the sea,
Words of the fragrant portals, dimly-starred,
And of ourselves and of our origins,
In ghostlier demarcations, keener sounds.

她在海妖那边吟唱。
水波不兴，一声不响，
象完全是人体的人体，抖动
空荡的袖子，然而它模拟的运动
不断哭喊，不断令别的哭喊，
我们深知，那不是我们的哭喊，
而是大海的哭喊。

大海不是面具。也不过如此。
歌声和水波并非混合的声音，
即便她唱的就是她听到的，
而她唱时也是一字字吐音。
也许在她所有的词句里

骚动起汹涌的波涛，呼啸的风，
但我们听到的不是她，而是大海。

她唱的歌是他编的。
阴云笼罩的悲怆的大海
不过是他漫步吟唱的地方。
这是谁的灵魂？我们这么问，因为
我们知道这是我们一直寻求的灵魂，
她吟唱时我们应该经常这么问。

如果那只是大海上黑色的声音，
染着海涛的颜色，
如果那只是天空和云朵
或是沉没的珊瑚礁的声音，
那么无论多么清越，它总会飘荡于空中，
化作空气的咏叹，夏天里
重复着夏天的咏叹，无止无休，
凄清孤寂，但又不仅如此，
甚至不仅仅是她的声音，我们的声音。
狂风毫无意义地卷起海浪，
海天一线，地平线上堆着
黄铜的阴影，戏剧的距离，
空气起伏。

她的声音
使天空消逝时显出清晰的轮廓。
她用时光测量天空的孤寂。
她是她吟唱的世界里
唯一的艺术家。她吟唱时，
大海的自我，无论以前是怎样的自我，
总变作她歌的自我，因为歌是她编的。
我们看到她在那儿徘徊，
知道她永远不会拥有一个世界，
除了她吟唱的世界，她歌声创造的世界。

雷蒙·费尔南多，如果你知道，
请告诉我，为什么那歌声消逝时
我们便向城中走去，为什么那些灯火，
停在渔舟上的那些灯火，
夜晚降临时，便在天空飘摆，
主宰夜晚，分割大海，
整理，深化，诱惑夜晚，
一片片水域上纹章灿烂，标杆火红。

啊！可怜的雷蒙，为秩序而愤怒，
苍天总赐予创作者整理大海的词句的愤怒。
芬芳的大门的词句，星光黯淡，
在鬼魅的分界线中，在凄厉的声音里，
整理我们和我们的起源的词句。[1]

作者的解读以一个地志范例为出发点，围绕史蒂文斯的“灵”字推演开来。该诗大抵讨论的是诗中那位女子的歌声与海浪声之间的关系。诗中主人公和他身份未明的同伴注视并聆听女子歌唱，而诗的内容则是诗人的冥想所得，是他对女子对大海反应之反应。诗中有关沙滩、大海、天空、云彩和地平线等景物，经由不断仔细冥思女子歌声与海空关系而逐渐勾勒出来。从另一个角度来看，该诗探讨的又是诗性语言的述行力量。文字与其他符号能使事件发生。在此例中，它们奇迹般地带来“世界”及其所有的地志特征。以文字为船只命名或为佳偶证婚即为明证。而且，我们在诗中可以看出，上述这种述行行为发生在不断推陈出新的诗里。包含了佳偶成婚或船只命名等事件的世界，也正来自这种不断创新的行为。某一个地方的地志并非等待被陈述或描绘的显存之物，而是经由像诗或歌等文字或其他符号以述行方式制造出来的。所有的这些均是由“地方”转变为“世界”的行为赋予的。在诗中，地志物体之名取代了物体本身，然后再以全新的替换与移置的结构，为这些名词制定新秩序。如果说“秩序”是理性的，是关于度量、比例、轮廓的，那么对秩序的渴望则是非理性的、直觉的、无法控制与选择的，可能是回应大海骇人的冷漠与无形。在诗中创造渴求得到的秩序，并非如海、空、海岸、地平线等外在的地志特征，而是对这些特征以文字所做的描绘。换言之，景物方面的含义延

1 史蒂文斯 . 史蒂文斯诗集 . 西蒙、水琴译 . 北京：国家文化出版公司，1989：60–62.

伸至一般的地名，仿佛即便渔火也需要凭借文字的中介力量，方能征服黑暗并划分大海。而对秩序的渴求却是神圣的，因为唯有如此，才能把精灵安置于某地，才能召来新的海灵。这种渴望能够赐福，因此是神圣的；它使该地圣洁并拥有一种守护精灵。赐福本身是一种言语行为，是具有特殊法则的述行行为。在此过程中，秩序理念是秩序的构成原则与原型，而非一个人格化并有意识的心智；它的运作不带任何个人或父系神祇的意图在内。无政府状态则相对于秩序；创作者所渴求的正是要从无政府状态转变成具有起源与典范可循、并能使万物适得其所而统辖于某个精灵之下的状态。

总之，所有这些言语述行行为都在回应一种要求，只是这点在回应之后才能清楚确定。这种奇特的决定命令暗示了一项新的伦理责任，也就是对一项经由我们的发言而设立的法则之责任。《基韦斯的秩序理念》一诗中的女子的歌声，正是回应该项命令之召唤而产生的。这也正如海德格尔所言，人类因为“无家可归”，所以才“将凡人召唤入其住所”。该诗实为回应歌者的回应，一种为“使之正确”而作的长篇冥想。米勒认为自己的这篇文章，正是对此回应的回应之回应。虽然并没有任何人或精灵要求他评论此诗，但他在读诗时却觉得它需要并要求自己的关注，仿佛没有自己，它就没法发生 / 占有。而他自己的论述也为它创造了一个发生的空间和场域，此举可能同时兼具述谓与述行特征。米勒接着指出，他撰写本文固然是为了增强对该诗的认识；另则，该文又具有它自己的位置与坐标，并能创造出一个全新的意义范畴。而位置、坐标与意义范畴等三项肇始的行为，正如诗人所说的，都是“无拘无束，自由自在”的。米勒进而指出，自己身为此诗的读者，此一关系又倍增了这种歌者、听者的结构。而这些都是义务的关系，是一种特别的伦理义务。这些都是无法抗拒的义务，但又缺乏明确的指向，只知道必须超越，正如歌者的“歌声胜过海灵”一样。这些述行总是盲目的，虽然回响好像是言语行为发生时才现形的精灵所管辖，但在开始时却没有方向和目标可言。

一言以蔽之，无论是歌、诗还是论文，每样都以无法预期的事件，容纳或安置一个全新的地志，正是这些新的开端铺陈出了地志的伦理。

第四节　伦理阅读之后的反思

诚如华裔学者王德威所言：“文学伦理不过就是在用文字（或其他艺

术符号）作为象征的社会媒体或者文化建构里，不断地探讨：'我'在人生关系里、在世界处境里，如何成为一个有意识、有知识的主体，而这个主体当然永远是群之内的主体，或用我们的语境来说，是一个公民社会的主体。"[1] 文学的伦理问题可以是一个历久弥新的话题。

放眼西方文论界，我们会发现伦理批评的盛行固然是 20 世纪 80 年代出现的"伦理转向"之后的产物。诚如迈克尔·艾斯肯(Michael Eskin)所言："此次的转向可以看成是学科内的和跨学科之间发展的结果：文学研究中的伦理转向可以看做是对解构的形式主义的反驳并受到埃马纽埃尔·列维纳斯（Emmanuel Lévinas）与保罗·德曼（Paul de Man）的辩论以及女性主义批评、后殖民理论、多元文化理论和酷儿理论的影响。"[2] 事实上，解构主义者开始关注伦理问题，是由于它一开始就被指责为缺乏伦理和不具道德的，另一部分原因是德曼"二战"期间在比利时写过一些支持纳粹的文章，这些文章的披露动摇了解构主义的根基，于是众理论家纷纷撰文或发表言论，表示解构主义并不是意在忽视那些伦理和社会问题，由此而促成众人对文学伦理问题的普遍关注。[3] 正是在这种时代背景下，米勒也像他的同道德里达等人一样，撰文对那些针对德曼和解构主义进行攻击的人们做回应，[4] 这期间他相继推出了《阅读的伦理》及其姊妹作《皮格马利翁

---

1 王德威．现当代文学新论：义理·伦理·地理．上海：复旦大学出版社，2014：186–187.

2 Michael Eskin. "Introduction: The Double 'Turn' to Ethics and Literature." *Poetics Today*, 2004(4): 558.

3 Martha Nussbaum. *Love's Knowledge: Essays on Philosophy and Literature*. New York: Oxford University Press, 1990: 29; Robert Scholes. "The Pathos of Deconstruction: The Ethics of Reading". *Novel*, 1989. 22 (2): 223.

4 1987 年，德曼在 20 世纪 40 年代纳粹统治下的比利时两家报纸《晚报》和《佛莱芒国家报》上写下不利于犹太文学的文章被人发现，风波骤起。敌视解构主义的人以此为由将怒火宣向德曼的解构主义。甚至德曼晚年造诣颇深的"文本无定解"论，被解释成用以掩盖他青年时代的不光彩经历。这就是所谓的"德曼事件"或德里达所说的"德曼的战争"(Paul de Man's War)。为此，德里达等纷纷撰文或推出专书，为德曼辩护。1988 年，德里达撰写了《多元的记忆——为保罗·德曼而作》(*Mémoires: pour Paul de Man,* Paris: Éditions Galilée, 1988)，克里斯托弗·诺利斯（Christopher Norris）撰写了《保罗·德曼》(*Paul de Man, Deconstruction and the Critique of Aesthetic Ideology.* New York : Routledge, 1988)，他们为德曼的过去采取了宽容态度。米勒为德曼辩护的文章，分别见《保罗·德曼的战时写作》("Paul de Man's Wartime Writings") 和《致琼·维纳教授的公开信》("An Open Letter to Professor Jon Wiener")，载《理论今昔》(*Theory Now and Then*)，第 359–368 页、第 369–384 页；王广州．美国解构主义理论家保罗·德曼研究评述．国外理论动态．2006(3): 52–55.

诸貌》，还有其他相关的作品；同时，他还要反对马克思主义[1]、心理分析和诠释学批评流派等将文学文本简单地理解为政治的、社会的、历史的、宗教的或心理状况的做法。一句话，他反对的是种种将外在于文本语境作为决定文本意义的举措。[2]同时，在这一过程中，就像现代哲人理查德·罗蒂（Richard Rorty）所说的，还伴随着一种范式的转变，那就是时代的文化实证主义逐渐被一种文化实用主义所取代，[3]这点在米勒的伦理批评中就有充分的体现。

就像学者朱丽叶·马康纳（Juliet Flower MacCannell）总结的那样，米勒有关伦理的思考有两点显得特别抢眼：一是他始终扣紧文本的阅读，并在那种阅读的伦理瞬间密切留意文本是如何以其独特的方式接近道德法规的；二是他以一种后康德主义者姿态来审视那种普遍的同时是无法理喻的“道德法规”问题。[4]也就是，他更多地避免了像康德那样在伦理关怀中忽略社会和历史环境的差别，排除人类的情感和欲望，忽略道德运气，低估德性的价值以及对实践直觉的拒斥等做法。正因如此，也有学者将米勒和德曼、福柯等人的伦理道德完全归入浪漫主义传统，也就是说，认为他们渴望的是那种纯粹的、符号的和语言上的批评，以求通过这种批评而免于卷入日常生活中去。[5]其实不然。如果从批评方法着眼，米勒的文学伦

1 米勒曾就马克思主义批评有过一番论述，尤其值得当下中国学者注意，他说：“某些欧美批评家在这样或那样的程度上为着其当前的工作各有所思地阅读马克思、使用马克思：例如，弗雷德里克·詹姆逊，爱德华·赛义德，盖雅特丽·斯皮瓦克，后期迈克尔·斯普林柯尔，欧内斯特·拉克劳。德里达的《马克思的幽灵》是一个极其精彩的为我所用的对于马克思的阅读和盗用。当然，也有另外一些美国马克思主义者则是保守的。……我希望‘激进的’欧美马克思主义者著作有朝一日能够被中国人广泛地阅读，因为这类作品再次展示了马克思的不可替代的重要性。但是为了看到这种重要性，则需要实际地阅读马克思，例如就像德里达那样回到马克思、重新阅读马克思，于是才有了惊人的收获，这里没有任何偷懒的办法。最后，我想从解释我自己对于文学文本和哲学文本的痴醉这一角度上指出：在马克思的著作里面蕴藏着极其别异的和出人意料的东西，但是设若你想要看到这些别异的话，那么你在阅读时就必须具备一双富于新奇感的眼睛，而不能带有过多的先入之见，即预先就设定好你最终将要发现的东西，——而德里达的阅读，例如，就不是这样，他的出发点像幽灵一样地飘忽不定。”J. 希利斯·米勒、金惠敏 . 永远的修辞性阅读——关于解构主义与文化研究的访谈——对话 . 外国文学评论，2001（1）：142.

2 Simon Critchley. *The Ethics of Deconstruction: Derrida and Levinas*. Oxford & Cambridge: Blackwell, 1992: 44.

3 Richard Rorty. *Consequences of Prgamatism (Essays: 1972—1980)*. New Edition, Hempel Hempstead: Harvester Wheatsheaf, 1991: xiii.

4 Juliet Flower MacCannell. J. Hillis Miller: Miller's ~~crossing~~ (under erasure). *The J. Hillis Miller Reader*. Ed. Julian Wolfreys. Stanford: Stanford University Press, 2005: 89.

5 Tobin Siebers. *The Ethics of Criticism*. Ithaca: Cornell University Press, 1988.

理批评无疑是以运用强调他者和他异性的解构主义方法而著称。既然解构主义本身就蕴含了某种义务，它的发生必然具有某种伦理的价值。[1]我们可以发现米勒所捍卫的主要是解构批评的实用性。这也能解释他为何在那种理论批评盛行的时代，会加入德曼“抵制理论”的行列，并开展种种带有解构性质的修辞解读。鉴于一切艺术作品的存在，都会不同程度地与周遭世界发生某种联系，因此，在米勒的心目中，解构主义并不能仅仅局限于文学，解构的触角应该延及哲学、历史、伦理道德乃至整个西方文明传统。在20世纪，随着文学理论在美国日益实现建制化，文学理论的功能也更多地成为一种意识批评，这种批评的做法就是将一种语言的实体视作一种物质的实体。这样，文学理论更加成了一种“唯理论而理论”的研究对象。对此，米勒也提出了自己的批评意见，认为如果文学理论不能或甚少能够“运用”，这样的理论将是无用的理论。因此，文学理论必须是积极的、生产性的和述行的。[2]表现在伦理问题的探讨上，与其他哲人注重哲学上的阐发不同的是，他关注的并不是伦理本身，而是阅读的伦理，以及阅读中的伦理时刻与演讲、讲述故事或叙事之间的关系，[3]这也能解释他历年来为何总是注重结合具体的文学作品，并展开那种批评的、修辞的、生产性的解读，以此来讨论文学中的阅读伦理、叙事伦理和地志伦理等问题，由此而使他的伦理思想更易于为世人所接受。而且，他认为：既然一切文本都是语言的，其最佳方式便是修辞性解读，也就是运用修辞的、词源的或形象的分析，以求从内部而非外部“去掉文学与哲学语言的神秘色彩”。[4]这一点，在其《阅读的伦理》《皮格马利翁诸貌》和《韦基斯的秩序理念》等作品中就可以清楚地体察到。在这些论述中，作者始终扣紧文本与伦理关联这一中心环节，通过大量精彩的文本阐释范例，尤其是关注那些故事中的拟人手法，阐明解构主义批评是行之有效且富有启发的文本解读方式。从表面上看，作者似乎一味地沉迷于文本解构游戏的乐事，他也不试图建构什么，乃至读者会怀疑其研究的价值所在。究其实，这种关涉伦理的阅读正是他在玩弄修辞性解读中惯用的伎俩，也就是使用了偏差度较大的修辞性语言造成的。正是他这种高超的“伎俩”，引导着那些“投身”于阅

1 Simon Critchley. *The Ethics of Deconstruction: Derrida and Levinas*. Oxford & Cambridge: Blackwell, 1992: 2.

2 J. Hillis Miller. *Versions of Pygmalion*. Cambridge: Harvard University Press, 1990: 83.

3 J. Hillis Miller. *The J. Hillis Miller Reader*. Ed. Julian Wolfreys. Stanford: Stanford University Press, 2005: 89.

4 J. Hillis Miller. *The J. Hillis Miller Reader*. Ed. Julian Wolfreys. Stanford: Stanford University Press, 2005: 36.

读的人们不觉间“认同”并了解到这种思想，从而使他们获得一种难以言表、某种寓于另一种意识之中的存在。而这种修辞性阅读“对我们的道德、社会和政治生活有着至为重要的实际意义”。[1]

正如米勒指出的，“即便是最抽象的哲学观念都无法脱去它的政治内涵”，[2]以此来考察米勒自身的批评活动，其背后的“政治”原因就有必要加以澄清。通观米勒的文学批评生涯，大致可以分为两个时期，即早期以现象学理论为基础的“意识批评”，以及后期的修辞性解构批评。他在批评方法上之所以会发生如此大的转变，一则由于德里达频繁地造访美国，另则由于他在法文和比较文学以及文论方面的专长，还有可能是他对形式结构的反感，以及其他诸多原因，这些都决定了他后期会向解构理论靠拢，以担当起拯救美国文学的思想危机之重任。然而，他又本能地感到，重建结构理论体系可能会毁掉整个批评传统，但必须打破从新批评到解构主义所不断加固的语言囚笼。两难抉择下，较明智的做法便是以黑格尔式的否定来保留现代批评的科学尊严与批判活力，即以修辞解读的方式，在以往形成的结构研究基础之上，以形式分析的专门术语与工具去瓦解传统的作家与文本权威，努力揭示符号的差异本质和语言的含混歧义，把文学批评变成无休止的逆向消解运动，变成一种不重目的，但求循环过程的魔术表演。故而他认为：文学文本的语言是关于其他语言和文本的语言，语言是不确定的；一切阅读都是“误读”，通过阅读会产生附加文本，破坏原有的文本，而且这一过程是永无止境的；阅读可以改进人们的思维，提高人们的意识，增强辨析问题的能力。尽管在米勒看来，阅读是不可能的，但阅读同时又是一种做事的行为，而在做事的过程中必然会关涉伦理问题。不过，他的这一系列的伦理解读完全属于那种后康德式的特点，完全有别于自启蒙时代对伦理的思索，这种传统的伦理观可以从康德那里一直上溯至古希腊、罗马、犹太的和基督教的伦理。[3]这点，在他对詹姆斯的《梅西所知道的》这一作品的分析中就附带地得到了阐述。

细心的读者不难发现，尽管在20世纪70、80年代，米勒已经彻底转变成一名解构主义者，同时可以看出日内瓦现象学批评对他仍然有着重要影响，那就是，他重新探讨文学的外缘关系问题，也就是文学与历史、政治、社会以及与个人和机构之间的关系，并着重强调“阅读的责任”和

1 J. Hillis Miller. *The Ethics of Reading*. New York: Columbia University Press, 1987: 3.

2 J. Hillis Miller. *Topographies*. Stanford: Stanford University Press, 1995: 217.

3 J. Hillis Miller. *Versions of Pygmalion*. Cambridge: Harvard University Press, 1990: 35.

"阅读的伦理"。在此，他强调阅读者要细致且耐心地用研究的态度来阅读，在阅读中要做出基本的假设，如文本中说了哪些人们曾料想到的东西，说了哪些人们想说的东西，其中关于文化、历史、伦理道德、语言或符号系统的物质基础表示什么思想，等等。在这个意义上或许可以说，现象学的批评方法通过解释学理论而延伸到解构批评理论之中。从总体上讲，他的解构批评仍在强调文学作品是人类意识集中的表现形式，而文学批评正是对这种意识的集中表现之批评态度。因为通过对意识的揭示，尤其是把文本的解读与伦理道德等问题结合在一起，能够显露意识背后的意识对象，从而使意识对象不再是二元对立的，而是一元性的，你中有我，我中有你的本体蕴含关系。

另外，还有一点值得留意，那就是米勒在讨论阅读伦理、叙事伦理和地志伦理的过程中，始终将文学中的伦理问题与言语行为理论紧密地结合在一起。在他看来，文学作品同时兼具述行和述谓的特点，此点是显而易见的。正如在《皮格马利翁诸貌》中讨论"阅读即行事"的思想时，米勒以《梅西所知道的》为例，指出自己在批评中坚守的四大指导原则，其中的第四条便说到文学文本一方面会努力以其复杂和含蓄方式反映历史状况，另一方面还会变革这些历史状况，也就是对它们做出一些事情。其中的一些作品一旦经过了阅读，就会介入历史之中。这就意味着文字还兼具生产性和述行的特征，它会促使某事发生。就此进行的研究自然也带有言语行为的性质，同时也属于修辞学的一个分支。[1] 因此，所有的批评应该是将阅读与那真实的物质历史世界的产生事件联系起来。[2] 换言之，一方面，文学固然会描写周遭的人与事，而人们通过阅读文学可以了解到更多的人与事；另一方面，文学具有以言行事的职能，也就是，它能够促使人们通过文学阅读来从事某项活动。正是文本本身让读者意识到那些故事不单提供知识，而且还会在伦理和政治领域产生影响。[3] 同时，在米勒看来，阅读行为无疑属于生活行为的一部分，由此而关涉伦理问题。上述所举这些有关伦理问题讨论的作品，只是米勒将文学的伦理问题与述行行为结合在一起的代表，近年来他绝大部分的论述多带有这种性质。这样，他通过自己的身体力行，将文学的伦理研究推向了一个全新的方向，亦即通过文学的修辞性解读而将伦理研究与言语行为理论紧密地结合在一起，

1 J. Hillis Miller. *Versions of Pygmalion*. Cambridge: Harvard University Press, 1990: 34; J. Hillis Miller. *Topographies*. Stanford: Stanford University Press, 1995: 321–322.

2 J. Hillis Miller. *Versions of Pygmalion*. Cambridge: Harvard University Press, 1990: 85.

3 J. Hillis Miller. *Versions of Pygmalion*. Cambridge: Harvard University Press, 1990: 89.

这可以说是米勒的一大贡献；同时这也是他对那些将解构主义视为虚无和缺乏伦理关怀之类指责的最好反驳。

当然，近年来也有学者就米勒的伦理批评思想及其方法提出一些批评意见。第一，针对他的《阅读的伦理》，认为他对文本概念的理解显然过于狭窄，仅仅局限于书本，而不像德里达那样做更宽泛的理解；第二，他在理解伦理的时候只是把它作为传统的哲学研究中的一部分，而不像利维纳斯一样做更宽泛的解释；第三，他的伦理观显然只局限于文本，这点也适合于那种伦理瞬间，还有针对文本的“我必须”，以及在文学课堂中阅读一部书时的具体语境；第四，那些从伦理过渡到政治的段落没能得到充分的说明，同时这种政治行动的准确性及其针对语境未能得到适当的限定；最后，米勒意义上的伦理还很不具体，很可能流于空洞或形式上的普世论，尽管这种理论是从康德的伦理中得到启示的，却不是康德意义上的伦理。一句话，在这群批评者看来，在米勒那里，伦理还只是一种形式的、普世的唤起尊敬的命令，一种“我必须”或由某个文本派生的崇高时刻，然后被转写入政治行动当中。[1] 除此之外，也许有学者认为米勒的伦理思想主要局限于阅读行为之本身，其讨论的范围显然过于狭窄。[2] 另外，也有人指出，米勒的几部作品虽然凸显的只是文学中的语言问题，他未能在文学与伦理问题之间建立起一种令人满意的联系；[3] 还有学者在研究叙事伦理的过程中对米勒的伦理解读提出了批评，认为他“往往被自己的伦理批评模式所禁锢，因此经常只能对叙事文本做出‘程序化’的解读”，这样就“阻碍了对叙事做出灵活的、具体的伦理研究”，[4] 并指出其《阅读的伦理》一书便是这方面的典型代表。更有人指出：当米勒讨论阅读的伦理时，“完全避开伦理 - 政治领域，似乎阅读与别人的选择和行动毫无关系。他似乎忘记了当我们在阅读书籍的同时，也在阅读我们的文化和生活。我们在自己的文化和生活中行动，而书本中我们是无所作为的。”因此，可以说“逻辑不是米勒的强项”，“他的强项是哀挽词语”。“米勒总是持悲观论调。”但是，“当讨论到伦理问题时，仅仅有哀挽词语是不够的”。[5]

1 Simon Critchley. *The Ethics of Deconstruction: Derrida and Levinas*. Oxford & Cambridge: Blackwell, 1992: 47–48.

2 David Parker. *Ethics, Theory and the Novel*. Cambridge: Cambridge University Press, 1994.

3 Robert Eaglestone. *Ethical Criticism: Reading After Levinas*. Edinburgh: Edinburgh University Press, 1997: 5.

4 James Phelan, 唐伟胜 .“伦理转向”与修辞叙事伦理 . 四川外语学院学报 . 2008（5）: 1.

5 Robert Scholes. “Pathos of Deconstruction: The Ethics of Reading”. *Novel*, 1989. 22（2）: 226–227.

可见，上述这些学者的批评主要是针对米勒在探讨伦理问题时一味地关注语言，关注阅读，由此导致其视域相对狭窄。这样的批评因限于视角，难免有失偏颇。米勒对阅读伦理的假设仍然具有原创性和正确性。人们大都倾向于乔纳森·鲁斯伯格（Jonathan Loesberg）对此的评价："米勒所说的伦理建立在使伦理评价成为可能的修辞性解构基础之上"，[1]因而，他的伦理批评可以看成是对结构式阅读策略的伦理阐释，亦即"修辞性细读"。其实，米勒就此曾有过解释。他认为，在阅读行为当中会涉及认识和伦理等方面的因素，不过这些首先是由文本引发的。无论如何，阅读作为一种认识的必然，总是先于它作为一种伦理选择或评价的事实。这就意味着阅读的伦理首先取决于一种语言上的绝对命令，而非一种超验的或主观意愿的东西。一句话，在阅读的过程中，认识必须先于伦理。[2]这就能解释他为何在解读中会对文本和语言问题表现出更多的关注。事实上，近年来米勒就文学展开的一系列解读活动均带有修辞性解读的特征。这点在他探讨文学与伦理的关系问题时就有明显的表现。换言之，他的这种解读始终紧扣文本自身与伦理意味的关系，重点考察的是作品"通过什么技巧，在特定的写作和阅读语境中强化或质疑特定的道德价值和规范，以及文本如何在强化或质疑这些道德的过程中彰显自身的价值"，[3]由此体现了批评家米勒在运用解构批评方法中的高度灵活性，同时他的这些批评往往能够凸显文学作品中那种"奇特性、特异性和不同寻常之处"。[4]无论怎么讲，米勒在当今西方文论界尤其是文学的伦理批评方面所做出的成绩是不容磨灭的。

诚如批评家伊格尔斯顿（Robert Eaglestone）所言：伦理和批评间的一大逻辑联系在于，二者对意义与真理表示了深切的关注。而对意义与真理的关注，又构成了一切批评的基础。[5]这点在这位将文学批评视作生活行为中一部分的米勒那里就显得尤为重要了。1995年，米勒又出版了《地志学》（*Topographies*）一书。书中他又反思了自己以往的观点：

---

1 Jonathan Loesberg. "From Victorian Consciousness to an Ethics of Reading: The Criticism of J. Hillis Miller". *Victorian Studies*. 1993 (1): 114.

2 J. Hillis Miller, *The J. Hillis Miller Reader*. Ed. Julian Wolfreys. Stanford: Stanford University Press, 2005: 57.

3 James Phelan, 唐伟胜 . "伦理转向" 与修辞叙事伦理 . 四川外语学院学报 . 2008(5)：1–2.

4 J. Hillis Miller. *The J. Hillis Miller Reader*. Ed. Julian Wolfreys. Stanford: Stanford University Press, 2005: viii.

5 Robert Eaglestone. *Ethical Criticism: Reading After Levinas*. Edinburgh: Edinburgh University Press, 1997: 20.

> 在《皮格马利翁诸貌》的第二章，我对亨利·詹姆斯的《梅西所知道的》的阅读在作者、叙述者、主人公和读者的行为中建立了类比。这些类比虽然有效，但却让读者有点令人沮丧地自我管自己，而没有一个清晰的伦理命令可以遵照："做这个"或者"不要做那个"。换言之，在我对《梅西所知道的》的讨论的结尾还留有一个隐含的问题。这个问题也许可以这样问："转向真正的故事来学习关于阅读的伦理的东西，而不是逗留于像序言、有关伦理学的哲学论文和我在《阅读的伦理》中所讨论的文学理论作品，这有什么收益？如果我们真的由于它们的伦理教义而需要故事的话，我们的确需要故事而不是各种谈论故事的例子，甚至是故事的作者的谈论。为什么会这样呢？为什么我们不仅理解阅读的伦理而且做伦理决定都需要故事本身呢？"[1]

换言之，米勒在此要表述的无非是：理解伦理学和做出伦理决定都离不开鲜活的故事，而且读者也只有通过故事才能获得伦理教义，才能做出伦理决定。

到了 21 世纪，米勒继续将自己的伦理解读活动做了新的拓展。近些年来，他更是刻意从后现代伦理的角度，通过对文学作品中的伦理问题展开解读，进而将这种解读与当今世界局势的发展联系起来，以此唤起人们的伦理意识，并寻求以最恰当的方式来行事。如在 1999 年，他撰写了《黑洞》（*Black Holes*）一书，"集中讨论了在当今一个跨民族的研究大学里文学研究应当发挥什么作用、担负起哪些责任等问题。"[2] 近年他借用德里达晚期讨论的免疫性和自身免疫性逻辑对诺贝尔文学奖得主托尼·莫里森（Tony Morrison）的小说《宠儿》（*The Beloved*）中塞丝杀婴行为所产生的伦理悖论的解读，就是这方面的典型代表。而这也可以看成是作者"认真地对待他异性以及他者的独特性"[3] 的一种表现；另外，在《孤独的德里达》（"Derrida Enisled"）一文中，米勒就讨论了德里达对伦理关系的排他性观点，而且他对比了列维纳斯的观点，发现二者相去不远，尽管并非完全一致。"对德里达来说，他者（作为彻底他者的他者）呼唤我，而不是从我到他者。这种呼唤以相反的方向进行，是从他或她到我，而不是从我

---

1 J. Hillis Miller. *Topographies*. Stanford: Stanford University Press, 1995: 343.

2 J. 希利斯·米勒、金惠敏．永远的修辞性阅读——关于解构主义与文化研究的访谈——对话．外国文学评论，2001（1）：137.

3 J. Hillis Miller. *Others*. Princeton & Oxford: Princeton University Press, 2001: 26.

到他者。"[1] 在《纪念德里达》(*For Derrida*,2009)这部文集中,米勒又结合德里达不负责任的伦理思想,将文学界定为《圣经》的不负责任的儿子,进而提出自己如何才能变得富有责任的问题。[2] 晚年,米勒在所著《共同体的火灾:奥斯维辛之前与之后》(*The Conflagration of Community: Fiction Before and After Auschwitz*, 2011)和《小说中的共同体》(*Communities in Fiction*, 2014)中,尝试在政治伦理领域说明作为语言动物的人如何应用语言这种并不称手的工具,重申了"言说无法言说之物"的伦理使命。可以说,晚年的米勒在自己的著作中与后期德里达、保罗·德曼、吕克·南希等解构主义者的政治伦理思想展开普泛的对话,雄辩地展示了解构主义花样迭出的文本游戏关怀背后的伦理使命。这种关怀实属难能可贵。

正如德里达在《论正义》("Justice")一文中论到米勒时指出:

> 米勒的著作,新意繁多,不可胜数。而我最想提及的、最具米勒个性的,是在过去二、三十年中对那些声称最为契合、最为接近、最为相似的种种臭名昭著的景观的清晰的疏离。那些署了米勒的名字的,或称之为米勒作品的,都可能需要进行无休无止的回应。那些回应,当然都是以他的名义,并为了他的名义而进行的,是负责任的举动。但也是为了责任本身。为责任而回应,或因与正义相关,责任使然,就要想想让回应的可能性成为回应的具体形式,想想其中的种种难处。伦理的责任不仅体现在生活或生存之中,还体现在解密、阐释和写作当中。作为教师、作者,也是作为公民,甚至是世界公民,米勒都把他的才干整个投入进去。没有谁对应答的必要性——即使不是在真实性的问题上,比他说得更好的了。关于必要性与真实性问题,他在《阅读的伦理》一书中讲到了。米勒从卡夫卡的《审判》中引用了一段话,说明真实与必要之间的张力。牧师对约瑟夫·K 说了心里话,对方一言不发。牧师感叹地说,"不必把一切都当成真的,只把它看成是一种必要就行了。"……米勒像法律面前的 K 一样,向我们解释,为什么他必须在法律面前为他人的文本进行应答,并告诉我们为什么会冒

1 J. Hillis Miller. "Derrida Enisled". *The Late Derrida*. Ed. W. J. T. Mitchell and Arnold I. Davidson, special issue of *Critical Inquiry*, Winter, 2007. 33(2): 248–276.

2 值得指出的是,自 2004 年德里达去世之后,米勒集中思考德里达晚期的学术思想,深入地研究德里达关于文学行动、文化政治、宗教意识、责任论敌、心灵感应、社群理论等问题,反映了米勒批评理论"由内向外"的泛文化批评的倾向。秦旭 . J. 希利斯·米勒解构批评研究 . 北京:中国社会科学出版社,2012:3.

撒谎的危险，哪怕他自己是极为正直而诚实的人。[1]

一句话，在德里达看来，米勒始终是一个正直诚实的人，是一个负责任的人，这点不但表现在他作为教师、作者，而且体现在他作为公民乃至世界公民的言谈举止之中。这种评价是相当公允的。

总的来看，随着当今世界全球化进程的加快，经济的日益一体化，各种政治的和地理的疆域不断地被突破，种种地方法律和条例随即被抛置一旁，还有那些普世性观念、不可动摇的基础和伦理准则受到广泛的质疑，人们的伦理道德观念也在发生着剧变；另外，当今世界各文明间的冲突也在不断地攀升，恐怖主义日益肆虐。处在这样的后现代语境中，米勒尝试通过文学中的伦理解读来晓喻世人，文学故事本身同样兼具认识和伦理的功能，通过文学作品同样可以晓谕读者以美德，进而唤起他们的伦理意识，这样可以确保他们努力朝着“使之正确”的方向发展，进而“根据美德来行动、决策和判断”。[2] 如果从这个角度来看，米勒上述就文学伦理问题展开的思考和剖析，其意义就显得不同一般了。

1 Jacques Derrida. “Justice”. *Provocations to Reading*. Ed. Barbara Cohen and Dragon Kujundzic. New York: Fordham University Press, 2005: 254–255.

2 J. Hillis Miller. *Topographies*. Stanford: Stanford University Press, 1995: 79.

第六章

米勒的解构主义翻译观[1]

自 20 世纪末叶以来，整个西方学界“正历处一个惊人的翻译理论高潮期”。[2] 而当代翻译研究的一大趋势是在研究方法上逐渐朝跨学科（interdisciplinary）、综合性的方向发展。当今的学术界，无论是文学批评家、哲学家、语言学家、历史学家还是心理学家，几乎拥有各种不同学术背景的理论家都一定程度地涉足翻译，并从各个“他者”的角度来审视翻译活动，讨论翻译问题，从而呈现出当今翻译理论界一幅“多音齐鸣”的后现代新景观。

作为当代西方解构批评的圣手，昔日美国“耶鲁学派”四大主将之一的希利斯·米勒曾就翻译问题有过一些精辟的论述。[3] 与西方众批评家有着显著不同的是，在批评方法上，米勒更注重实用批评和修辞性解读。因为在他看来，没有阅读就不成其为理论，理论与阅读本应是天生的一对。换句话说，米勒有关翻译话语的陈述，大多是伴随着他对经典作品的意义追踪看似不经意间提出的（尽管也不乏其连贯性），其讨论的话题却常为同时代其他解构批评家所涉猎，这也注定时人就其翻译思想除某些侧面偶有

1 原载《翻译学研究集刊》（台湾）2005 年第 9 辑，第 139–160 页，题作《跨越边界与话语反思——试论希理斯·米勒的解构主义翻译观》；又收入罗选民主编：《认知、翻译与跨学科研究》，北京：外文出版社，2005 年。在此有修订。

2 Douglas Robinson. *Western Translation Theory: From Herodotus to Nietzsche*. Manchester: St. Jerome Publishing, 1997: xvii.

3 就像有人注意到的，几位耶鲁批评家都在自己的批评实践中表现出鲜明的解构倾向，但他们对翻译的关注程度有所不同：哈特曼几乎不太关注翻译问题，他主要研究英国浪漫主义诗歌，只写过一些关于文学文本的理论分析和阐释的文字；布鲁姆学识渊博，虽没有写过翻译研究方面的专论，但其著名的“误读”（misreading）理论对翻译实践有着一定的影响，只有德曼和米勒对翻译给予一定程度的关注，并写下一些阐释性文字。王宁．理论的翻译与变异．当代外国文学，2009（2）：6；王宁．翻译研究的文化转向．北京：清华大学出版社，2009: 79–115.

涉猎外，[1] 其他则甚少受到过多的观照。然而，他的若干理论仍有其独到之处，是当代翻译理论特别是解构主义流派中一个重要的组成部分，理应受到足够的重视。本章试图在解构主义互文语境中，结合相关的现当代翻译批评理论，对比较文学大家米勒就翻译问题提出的若干论点进行剖析。文中还将在科学主义大潮影响现代学术研究范式的背景下，讨论其译论话语的特殊呈现方式，并就当前译学研究中出现的若干问题提出反思意见。

第一节　翻译即跨越边界

诚如人言："翻译不是解构主义的一个组成部分，而是全部，不是各种问题中的一个，而是问题本身。"[2] 我们在探讨翻译理论问题时，如果"深入到语言哲学的问题中去，进而涉及语言与世界的关系问题，词与物之间的指涉问题，能指与所指的不确定性问题，表达与意义的分离问题，专有名词与普通名词之间的关系问题"，[3] 就会发现这点在解构主义批评中是尤其如此。

事实上，当代解构批评家都特别注重语言的批评，他们普遍希望通过对语言的批评，颠覆西方哲学中逻各斯中心主义（logocentrism）及其相关的一切。[4] 作为当今解构批评重要代表人物的米勒，就翻译问题的讨论正是以语言为突破口，亦即以本领域某些关键术语为切入点进行解构。而且他那深厚的跨学科研究根基，必然会让他从相关的学科中获得灵感。这里给人印象最深刻的莫过于他将比较文学领域的"跨越性"概念和解构批评中"边界"概念引入对翻译定义的解构。这点在他的《跨越边界：文学理论的翻译》（"Border Crossing: Translating Theory"，1993）一文中表现得尤为明显。此文是根据他在台湾中研院发表的演讲改写而成，后收入他的演讲论文集《跨越边界：翻译·文学·批评》（*New Starts: Performative Topographies in Literature and Criticism*，1993）。

20 世纪 80、90 年代，爱德华·萨义德（Edward Said）先后撰写《理

1　宁一中．米勒论文学理论的翻译．外语与外语教学，1999（5）：37–39；王宁．理论的翻译与变异．当代外国文学．2009（2）:5–10；申屠云峰．翻译的（不）可能性——读希利斯·米勒《跨越边界：翻译理论》．科教文汇，2010（12）：152–153；申屠云峰．米勒的翻译伦理观浅谈．安徽文学，2010（11）：285–286.

2　单继刚．德里达：翻译与解构．世界哲学，2006（1）：58.

3　陈永国．理论的逃逸．北京：北京大学出版社，2008：177.

4　Jacques Derrida. *Of Grammatology.* Trans. Gayatri Chakravotrty Spivak, Baltimore & London: Johns Hopkins University Press, 1967/1974.

论旅行》（“Travelling Theory”，1983）[1] 和《再议理论旅行》（“Travelling Theory Reconsidered”，1994）[2] 两篇文章，提出了自己的“理论旅行”观，引起了世界学术界广泛讨论。“但萨义德并没有专门提出翻译对理论传播的中介作用，只是强调了理论的旅行所可能引起的变异。”[3] 萨义德是米勒的挚友，他们之间常有不少有益的交流。[4] 米勒的这种思考多少与 20 世纪下半叶盛行的“理论旅行”现象有着千丝万缕的联系，而此文标题直接借用萨义德的《理论旅行》一文之标题就是最好的证明。在该文中，米勒主要讨论了两个问题：一是文学理论对翻译的拒绝与接受问题；二是文学理论翻译中的误译问题。

循着意义的踪迹，首先米勒解构了“翻译”（translation）一词的原始含义。英文“translate”来自拉丁文“translatus”，意指“转移”“迁移”“搬动”“传移”，强调的是空间面向和越界行为，仿佛具体的对象是“从某地被带至另一地”，从而跨越语言、文化、国家、民族疆界，而在另一种语言、文化、国家、民族的脉络中落地生根，成长繁衍。无独有偶，在希腊语中，“metaphor”（隐喻）一词最初也有“带过”（carrying over）的意思。这也决定了翻译的最初定义必然带有隐喻性，翻译无非是某一原作在另一语言中一种广义的隐喻式对等。同样在德语中，几个表示“翻译”的语汇，如“Übertragung”“Übersetzung”都具有“带过”“重新放置”等含义，它蕴涵了一种语言所写下的东西一经挑选，随即被运送并安置到别的地方。用隐喻式或修辞性语汇来表述，就是要跨越边界。[5] 翻译实则包含一个“被运载并跨越语言与语言、国家与国家、文化与文化间界限”的过程。[6] 任何作品一经翻译，实际上都经历了一个换位、运送和跨越的

---

1 Edward Said. “Travelling Theory”. *The World, the Text, and the Critic*. Boston: Harvard University Press, 1983.

2 Edward Said. “Travelling Theory”. *Critical Reconstructions: The Relationship of Fiction and Life*. Eds. Robert M. Polhemus and B. Goger Henkle. Stanford, California: Stanford University Press, 1994.

3 王宁 . 理论的翻译与变异 . 当代外国文学，2009（2）：7.

4 Sheng Anfeng. “A Call for Literary Studies: An Interview with J. Hillis Miller”. 外国文学研究，2006 (6): 8.

5 巧合的是，在中国古代语言中“译”字的含义，按照《说文解字》的定义是：“传译四夷言者”；而孔颖达的解释是：“译，陈也。谓陈说外内之言。”《礼记 · 王制》中又说：“五方之民，言语不通，嗜欲不同。达其志，通其欲，东方曰寄，南方曰象，西方曰狄鞮，北方曰译。”这些定义有些是说翻译者，有些是说翻译过程，但无论是“中国”与“四方”，还是“内”“外”之间均存在着某种边界，翻译就是要跨越这一界限，这其中就需要翻译家从中进行联通。礼记正义（卷 12）. 十三经注疏（上卷）. 上海：上海古籍出版社，1997：1338.

6 J. Hillis Miller, “Border Crossing: Translating Theory”. *New Starts: Performative Topographies in Literature and Criticism*, 1993: 3.

过程。而且一旦跨越了边界，就会一定程度地“打破某类词语或语言独霸天下的格局”。[1]

在过去漫长的翻译理论史上，人们就翻译所下定义不下数百个，可惜多数只抓住其中一两个特质，说的话语也多欠周全。这中间以美籍俄裔语言学家罗曼·雅可布逊（Roman Jakboson）就翻译的区分最具权威性，尽管德里达等对此颇有微词。[2] 在那篇《论翻译的语言问题》（“On Linguistic Aspects of Translation”，1959）中，雅可布逊区分了三种类型的翻译：语内翻译（intralingual translation）、语际翻译（interlingual translation）和符际翻译（intersemiotic translation）。语内翻译是指在同一语言内用某些语言符号去解释另一些语言符号，这也就是人们常说的“改变说法”（rewording）；符际翻译就是通过非语言的符号系统去解释语言符号，或用语言符号去解释非语言符号，这也是人们常说的“跨类翻译”（transmutation）。米勒所讲的翻译，实则属于雅可布逊所谓“语际翻译”的范畴。也就是在两种不同的语言间进行的翻译，亦即用一种语言符号去解释另一种语言符号，这也是人们常说的严格意义上的翻译（translation proper）。[3] 米勒给翻译所做的界定，抓住了其中最核心的一点，就是翻译具有跨越性特质。因为有了跨越，才可能在异延（differed/deferred）中突破语言的局限，并从中搭建起连通的桥梁。[4] 翻译实质上是要突破不同的语言、不同的文化边界而进行的交互活动，且多是在不同的国度、不同的民族间进行的。尽管将翻译与边界概念联系起来并非始于米勒，早在他之前德里达曾使用过“边界线”（borderline）这一概念。[5] 不过，米勒的定义刻意强调了其跨越性一面，特别是他指出翻译是在异质文化间进行的交互活动，这就使该定义更具现代性一面。事实上，在当代西方翻译研究诸流派中，正是其中的文化学派发出了自己的最强音。

与此同时，米勒还提出另一类翻译，这点也颇具学理价值。他曾经这样描述过这类翻译：

---

1 Kathleen Davis, *Deconstruction and Translation*. Manchester: St. Jerome Publishing, 2001: 100.

2 Jacques Derrida. “Des Tours de Babel”. *Difference in Translation*. Ed & trans. Joseph F. Graham. Ithaca & London: Cornell University Press, 1985: 173.

3 Roman Jakobson. “On Linguistic Aspects of Translation”. *The Translation Studies Reader*. Ed. Lawrence Venuti. London & New York: Routledge, 2000: 114.

4 Kathleen Davis, *Deconstruction and Translation*. Manchester: St. Jerome Publishing, 2001: 20.

5 Jacques Derrida. “‘Living on’/ Borderlines”. *Deconstruction and Criticism*. Trans. James Hulbert. New York: Continuum, 1979: 75–176.

> 即使一部作品被属于另一国家和另一个文化的人以原文来阅读，也可以说是被“翻译”，也就是说，被移置、转口、带过去。以我自己的情形来说，早先对普莱的作品以及后来对于德里达的作品的阅读与理解，无疑在他们看来不只是有点奇怪——即使我能读他们的法文原作。虽然我读的是普莱和德里达的原文，却把他们“翻译”成我自己的用语，以利于在特定的美国大学的脉络中来教授英美文学或写文章讨论英美文学。[1]

其实，早在米勒之前，翻译理论诠释派代表人物乔治·斯坦纳（George Steiner）在他的《通天之后：语言与翻译面面观》（*After Babel: Aspects of Language and Translation*，1975）曾有过“理解即翻译”（Understanding as Translation）之说，[2] 斯坦纳所说的这种翻译，多少涉及两种语言间的交互活动，算得上是这种思想的初步萌芽。不过，为何可将阅读原文视作一种翻译呢？就此，米勒以阅读乔治·布莱和德里达的作品为例进行阐发。他解释自己当初阅读的尽管是法文原著，但在阅读中不自觉地将这些作品译成自己习惯的话语，以便为自己将来在美国这一新的文化语境中从事教学和写作提供方便。这种未曾见诸纸上，但在阅读者内心进行的翻译行为，可是雅克布逊三项区分细目中未曾描述到的。这不由得让人联想起两个世纪以前语言学界的一桩公案。早在 19 世纪末叶，德国语言学家洪堡特（Wilhelm Von Humbolt）等曾提出过语言可作外部和内部之分。所谓外部语言（external language）强调的是那种音义间的紧密结合，尤其是诉诸人们听觉的一面；内部语言（internal language）则是人们在进行阅读和思考时使用的语言，它是那种不易觉察又缺乏逻辑和语法规则的特殊型语言。[3] 尽管这一假说并未立刻得到时人的认可，但是到 20 世纪的初叶，语音频谱仪的发明很快证实这种内部语言的存在。米勒所说的这种翻译，应该与洪堡特等所说的内部语言有类似之处。它虽然未必见诸文字，却是经由阅读者内心得以实现的一种翻译行为。

总的来看，无论是上述这种通常意义上的翻译，还是在阅读原文时内

1 J. Hillis Miller. “Border Crossing: Translating Theory”. *New Starts: Performative Topographies in Literature and Criticism*, 1993: 3；米乐 . 跨越边界：翻译 · 文学 · 批评 . 单德兴编译 . 台北：书林出版有限公司，1995：1–2.

2 George Steiner. *After Babel: Aspects of Language and Translation*. London: Oxford University Press, 1975: 1.

3 Wilhelm Von Humboldt. *On Language: The Diversity of Human Language-Structure and Its Influence on the Mental Development of Mankind*. Trans. Peter Heath. Cambridge & New York: Cambridge University Press, 1988.

心进行的翻译，都是在两种语言间进行的翻译活动，二者虽然形式不同，开展的方式有别，都可归入雅可布逊所谓语际翻译的门下。不过，米勒这种着眼于文化互动层的隐喻化界说，使得翻译定义涵盖的范围更加广泛，只要是跨文化、跨国界、跨语言的翻译行为，都可归入他所谓“跨越边界”的范畴。而且，他的概述相对于同时代其他界定也更生动、更形象，又言简意赅，更具包容性。这样就使人们从传统的以“对等”为皈依，“拘泥于狭窄的语言字面的困境”[1]和忠实于原作的翻译观中解放出来，从而适应全球化时代各民族国家语言和文化交流与传播的需求。换言之，在当今全球化时代，信息传播和大众传媒的崛起使得全球化与文化的关系尤其密切，而翻译无疑充当了信息传播的一种工具。因此，翻译自然也就具备一种“建构文化”[2]的作用。可以说，米勒对翻译活动的界定，使“翻译作为介于人文学科、社会科学和自然科学之间边缘地带的一门学科”，[3]有了自己的存在方式，并获得了新生，这算得上是对现代翻译理论建设的一项贡献。近年来，他的这种理念也逐渐为学界所沿用，[4]尤其是那些从事跨文化研究同时涉足翻译领域的学者使用得最频繁。

第二节　翻译：在可译与不可译之间

在当代解构文论批评中，有一个最核心的问题：就是要颠覆所谓有一种普遍语言（universal language）存在的可能性。而达此目的之唯一途径，就是要证明语言自身的局限性。[5]同时这种讨论的“出发点并非基于某个点，而是某种差异（difference）。”[6]也就是说，只有从差异出发，方能凸显语言的局限性。这点在任何解构批评家的论述中都有较明显的体现。通过对“翻译”的定义做过一番本体之思后，米勒自然也在思考众解构批评家反复讨

1 王宁．翻译研究的文化转向．北京：清华大学出版社，2009: 5.

2 Susan Bassnett and André Lefevere. *Constructing Cultures: Essays on Literary Translation*. Clevedon & London: Multilingual Matters, 1998.

3 王宁．翻译研究的文化转向．北京：清华大学出版社，2009: 6.

4 Toby Alice Volkman.*Crossing Borders: Revitalizing Area Studies*. New York: Ford Foundation, 1999; Gayatri Chakrovrty Spivak. *Death of a Discipline*. New York: Columbia University Press, 2003；单德兴．“疑义相与析”：林永德·跨越边界·文化再创．逢甲人文社会学报，2001(2): 233–258；单德兴．边缘与中心．台北：立绪文化事业有限公司，2007；何云波等．跨越文化之墙——当代世界文学与比较文学．长沙：湖南人民出版社，2004；张旭．跨越边界：从比较文学到翻译研究．北京：北京大学出版社，2010.

5 Kathleen Davis, *Deconstruction and Translation*. Manchester: St. Jerome Publishing, 2001: 12.

6 Barbara Johnson, “Translator's Introduction”. Jacques Derrida, *Dissemination*. Chicago: University of Chicago Press, 1972/1981: xi.

论的问题，即翻译中的不可译性（untranslatability）问题。

通常解构批评家都十分注重研究问题的历史传承性。早在20世纪70、80年代，米勒曾认真研读过本雅明那篇著名的《译者的任务》（“Die Aufgabe des Übersetzers” /“The Task of the Translator”, 1969）以及保罗·德曼相关评论文章《结论：瓦尔特·本雅明的〈译者的任务〉》（“Conclusions: Walter Benjamin's ‘The Task of the Translator’”, 1985）中关于不可译的思想。[1] 本雅明曾声称：翻译就像艺术作品一样，它不专以传达原作意义为己任。如果翻译旨在转换并传达原作的内容，它只能转换并传达原作非本质的东西，这样的翻译必然是糟糕的翻译。好的翻译是那些不以读者为服务对象，不试图传达什么，也不试图转换并传达那难以言表的诗意译品。因此，“译者的任务就是要解放他自身语言中被流放到陌生语言中的纯语言（pure language），在对作品的再创造中解放被囚禁在那部作品中的语言。”[2] 在这种纯语言中，一切信息，一切意义，一切意念，最终都在同一语言层遭遇，并注定在这里消亡。翻译永远指向这种具有中介表述（intermediary representation）性质的纯语言。后来，德曼在康奈尔大学的演讲中运用他的阅读理论分析了《译者的任务》。他的解构对象主要是佐恩（Harry Zohn）英译本和根狄勒（Maurice de Gandillac）法译本的几段文字。他详细剖析了两家译文与德语原文之间的差异，从而印证了本雅明文中“不可译性”（untranslatability）这一主题。[3] 在《阅读的伦理》（1988）一书的末章，米勒就发挥了上述两家的思想，他的切入点正是那前在文本中的差异面，也就是抓住英译本中的部分遣词与原作间的差距进行了解构。而且，他还着重就本雅明的两个比喻——破碎的容器以及圆与切线进行不厌其烦地分析，强调译者要追求这种纯语言，就得突破那些陈腐语言的障碍，通过对原作再创造来解放那囚禁在原作中的语言，从而在自身语言中释放出被放逐在陌生语言中的纯语言。然而，意义本身

---

1 Paul de Man. “Conclusions: Walter Benjamin's ‘The Task of the Translator”. *Yale French Studies*, No.69, 1985: 25–46. 其实，解构主义者认为，可译性与不可译性是一样的。德曼在《结论：沃尔特·本雅明的“译者的任务”》一文中谈到，有人向德里达指出他将本雅明文本中的“可译”（translatable）误作“不可译”（untranslatable）。而德曼猜测说：“我肯定德里达会说这是一样的。我是在肯定的意义上说这是一回事，不过，若没有附加的解释就不是一回事了。” Paul de Man. *The Resistance to Theory*. Minneapolis: The University of Minnesota Press, 1986: 80.

2 Walter Benjamin. “The Task of the Translator”. *Illuminations*. Trans. Harry Zohn, New York: Schocken Books, 1969: 80.

3 Paul de Man. “Conclusion: Walter Benjamin's ‘The Task of the Translator’”. *The Resistance to Theory*. Minneapolis: University of Minnesota Press, 1986: 73–105.

却像本雅明所描绘的那样，又会“从一个深渊跌入另一个深渊，直到它即将丢失在语言的无底深渊里”。[1] 也就是说，翻译活动尽管成了既成的事实，但翻译中总有诸多不可传达的因素。

既然文本是不可传译的，又是何种因素促使人们不断地从事翻译呢？在这一点上，米勒自然将它同当时正在思考的阅读中的伦理问题（ethical stance）联系起来。在他看来，译者的内心时刻都有一个“我必须”（I must）的观念在作祟。[2] 这种责任感属于先验的范畴，它是与生俱来的，是一种先天的不依赖于经验的伦理意识，即康德所谓“实践理性”，它是一种不具社会性、不从世俗功利出发的“绝对命令”（categorical imperative）。在此，“绝对”意即服务于伦理本身之外别无其他的目的；“命令”则是因为它只是“应当”做的，而不是“实际”这样做的。[3] 正是有了这种先验的伦理观，加上译者意念中那种“知其不可为而为之”的追求精神，才不断地有了种种翻译活动以及相关的翻译批评产生。尽管将翻译与伦理问题结合起来思考并非始于米勒，而且后来一些与解构批评有着某种渊源的批评家都一定程度地涉猎过此类问题，比较典型的就有阿罗约（Rosemary Arrojo）、连恩 – 美尔西尔（Gillian Lane-Mercier）、科斯肯冷（Kaisa Koskinen）、韦努蒂（Lawrence Venuti）等，[4] 但他们侧重的多是翻译中一些伦理现象——“技”的层面，很少像米勒那样能上升到哲理的高度——“道”的层面。事实上，米勒的分析曾经在西方文论界有过强烈的反响，然而在翻译领域至今未见任何回应，这不能不说是一大遗憾。

诚如前面提到的那样，与当年同在耶鲁大学执教过的解构批评家德里达等刻意于哲学上的探讨稍有不同，在批评方法上米勒特别注重实用维度。也就是说，他总是不断地将解构批评方法运用到经典文献解读之中，并善于将自己的论述与具体的理论批评联系起来，其中自然带出批评者一系列睿智的思想。到了 20 世纪 90 年代，在一篇题为《不可译，非常译》（“Translating the Untranslatable”，1990）的文中，结合着评论朱迪斯·莱安英译歌德的名著《亲和力》（*Elective Affinity*），米勒就翻译中一些不可译性的具体问题展开过讨论。新译本系美国纽约沙尔康普出版公司推出的维

1 Walter Benjamin, “The Task of the Translator”. *Illuminations*. Trans. Harry Zohn. New York: Harcourt Brace Jovanovich, Inc., 1968: 82; J. Hillis Miller, *The Ethics of Reading: Kant, de Mann, Trollope, James, and Benjamin*. New York: Columbia University Press, 1987: 127.

2 J. Hillis Miller, *The Ethics of Reading: Kant, de Mann, Trollope, James, and Benjamin*. New York: Columbia University Press , 1987: 43.

3 胡曾珼 . 西方哲学史（下），上海：上海人民出版社，1992: 91.

4 Kathleen Davis, *Deconstruction and Translation*. Manchester: St. Jerome, 2001: 91.

尔布里（David E. Wellberry）主编的十二卷本《歌德文集》（1988）第十一卷中的一篇。此前曾有过弗罗德（James Anthony Froude）与波伊兰（R. Dillon Boylan）和霍林德尔（R. J. Hollingdale）两家译本。此次新译本的主编抱定这样一种信念：翻译能够在不造成重大缺损的情况下自然地进行。而且，他说得很谦虚，读者即便不能通过德文直接阅读歌德，至少可以通过英译本来阅读，该译本虽然不敢确保是完美无缺的，但有总比全无要好得多。[1]早在米勒以前，德里达等曾就“意义或真理能够在不发生实质性损失的情形下进行转换”这一传统命题进行过解构，[2]米勒虽已申明自己并非要针对该论点，他还是接过其他解构批评家的话题，结合着莱安英译《亲和力》，追问了原作中那些不可迻译的方面。

其实早在米勒之前，本雅明曾撰文讨论过歌德的这部名著。他认为《亲和力》具有一种特殊的威慑力（disturbing power），深谙此中味者会为此拍案叫绝，不识此中趣者会顿生反感，只有在那些淡漠的人中不会掀起任何涟漪。正是这种威慑力，使得该作成其为博大精深又令人神往之魅力所在。[3]米勒就此提出的问题是：该作所具有的这种威慑力，这种巨大而神奇的魅力是否可以传译？换句话说，是否可以将它从一种语言传输到另一种语言？如果不能，又是何种因素妨碍它逾越这一语言的深渊？按理，这一深渊本可通过翻译来搭建起桥梁，并将其连通。米勒接下来的剖析仍然是从解构翻译本义入手的。在他看来，无论是英文中的“translation”还是德语中的“Übersetzung”，都含有一种“输送行为”，其中自然包含要从原作选取意义，并传输过去，然后在译入语中选准位置将其置入其中。既然在这一翻译过程中首先要就原作的意义进行取舍，这样势必会造成某些实质性东西的丧失。以该译本为例，他认为那些最不可迻译的因素主要体现在原文那种庄严的文体，相应的语气语调、行文节奏，以及习语和句式等。它们有些可归入语义的层面，有些则属于修辞的范畴，这些实难准确地传输过去，更难以在英文中找到适当的对等形式。[4]其中最难传译的是那些看似简单又似曾相识，并具有相同词根且常成对出现的词语。而最有趣的莫过于作者在德文标题“*Die Wahlverwandtschaft*”中所玩的文字游

1 J. Hillis Miller. “Translating the Untranslatable”. *Goethe Yearbook* (Vol. 5). Ed. Thomas Saine. Columbia, S. C.: Camden House, 1990: 269.

2 Jacques Derrida. *The Ear of the Other.* Trans. Peggy Kamuf. Lincoln & London: University of Nebraska Press, 1982/1985: 120.

3 Walter Benjamin. “Goethe's *Weblverwandtschaften*”. *Illuminationen.* Frankfurt/ Main: Suhrkamp Verlag, 1969: 126.

4 解构主义认为语言的本质就是修辞，而修辞的实质就是以言行事的言语行为。语言的言语行为的修辞本质，决定了任何语言文本既是可译的，又是不可译的。

戏，歌德在这里借用了瑞典化学家白格曼（T. O. Bergman）于1774年创立的拉丁术语“attractions electivae”，并赋予它新的含义。该词译成德语为“Walverwandtschaft”，意即“选择的亲缘关系”。[1]其中“verwandt”或“verwandte”在日常德语中就有“相关、相连、类似”等涵义。要从英语中选取相应的词语来对译它，不是意义过窄，就是过于宽泛，从而造成两种语言间不对应、不吻合的现象。如德语中的“Zug”一词既有火车的意思，也有面貌的意思；德语中的“Bild”同时表示画像、肖像、比喻等义，而英语中的“image”一词尽管也有类似的意义，但在表示“图像”和“肖像”时就没有德语来得直接明了。在整部《亲和力》小说中，“Bild”一词出现的频率又特别高，要翻译这种具有多重含义的词语，译者总是面临着双重困难：要么只取其字面意义，要么只取其修辞意义，二者同时能满足的情形甚少。尤其是遇到作者故意玩弄文字的时候，真不知该何从入手。相比而言，这种现象在英语与法语间就没有这么明显。后来，米勒解释道：之所以会出现上述现象，并不在于这些词语过于地道，或者它们在原作中纯系双关或同形同音却异义的用法，而无法传译。归根结蒂还在于所选取的“英语对应词，无论在语义还是修辞范围上都与德文中原来的用词不相吻合”。[2]无论怎么说，这类造成差异性的语汇，对于任何译者都是一大挑战。尽管如此，“我们头脑中存着类似的比喻和词语系统”，这也为翻译提供了可能性，虽然损失是难免的。这种观点一直到他撰写出《解读叙述》（1998）时仍然坚持；[3]同时也见于他与别人的交流中。[4]

如果说上述剖析还只是从微观方面展示米勒的解构习惯，在宏观解构方面米勒也有一些论述值得留意。表现之一就是他曾花了较多的篇幅，

1 杨武能.《亲和力》——一部内涵深沉丰富的杰作.歌德著.歌德文集（第四卷）.杨武能译，石家庄：河北教育出版社，1999：427–428.

2 J. Hillis Miller. “Translating the Untranslatable”. *Goethe Yearbook* (Vol. 5). Ed. Thomas Saine. Columbia, S. C.: Camden House, 1990: 271.

3 J. Hillis Miller. *Reading Narrative*. Norman: University of Oklahoma Press, 1998: 85.

4 米勒在回复张江的信中指出：“所有语言都包含这种内在比喻性特征。语言的这种特征使其区别于科学计算公式所使用的语言。即使是最日常化的语言中所包含的比喻性维度也是令翻译出现困难的原因之一。不仅仅是在汉语与英语这两种截然不同的语言之间存在翻译的困难，甚至就在德语与英语这两种属于同一语系的语言之间也存在翻译困难。德语中概念性的或抽象词汇的前缀所具有的比喻性效果，与对应的英语词汇所使用的前缀效果是不同的，因此即便翻译是准确的，在翻译过程中也会出现大量的损失，比如特定词汇在特定语言中所引起的习惯性共鸣。尼采的文字就是一个很好的例子。人们可以把尼采的文字准确地翻译成英语。人们可以用一种方式或另一种方式将任何文本从一种语言翻译为另一种语言，但是在翻译的过程中，总有一些内容遭受损失。”J.希利斯·米勒.致张江的第二封信.文学评论，2015（4）：9.

将上述不可译性思想联系到抽象的理论层，然后就翻译问题展开讨论。在《跨越边界：翻译·文学·批评》的“前言”中，米勒曾提出过一系列的问题：

> 当理论作品被翻译成另一种语言或传递到另一个文化并在那里产生效应时，其中到底发生了什么事？在诗歌或小说中的风景描述有何作用？这种描述如何对读者产生伦理的要求，或迫使他担负伦理的义务？在何种意义下可以说文学作品为读者或读者的社群提供新的开始？显而易见，这四个问题密切相关，也都是下列问题的不同面貌：文学或理论如何能在读者的文化中肇始、产生作用，而不只是反映或描述那个文化？[1]

总的来说，在理论的翻译方面，米勒的基本观点是：与其他任何东西一样，理论是可译的，同时也是不可译的。这实际上是在重申德里达提出的解构主义翻译原则：一方面，任何东西都是可译的，也许尤其是“理论”，因为在某种程度上，理论涉及抽象的和普遍的事物，如其名称所示（至少在西方语言中是如此）；[2] 另一方面，理论又是不可译的，因为理论永远无法体现原语的地貌特征（local topographies）。[3] 也就是说，试图将理论完整无损地“照搬”至另一种语言、另一种文化、另一种制度，而不被改造成习惯的表达方式，并适用于另一种语言和文化的特殊状况，这简直是不可

1 米乐．跨越边界：翻译·文学·批评．单德兴编译．台北：书林出版有限公司，1995：vii.

2 具体而言，在米勒看来这种不可译性表现在两方面：首先是理论核心术语是不可译的。譬如，“寓言”（allegory）这个词，在科勒律治（Samuel Taylor Coleridge）、施雷格尔（Friedrich Schilegel）、佩特（Walter Pater）、普鲁斯特（Marcel Proust）、本雅明（Walter Benjamin）和德曼（Paul de Man）等众多研究者那里使用过，因此这样的词语都有着西方文化内漫长的历史，对它的使用当然就无法与这种历史相脱离。又如他在《批评家作为寄主》（“The Critic as Host”）一文中的“寄生物”（parasite）和“寄主”（host）这两个术语同样是难翻译的。如果“每一部有影响力的现代西方文学理论著作都围绕这样复杂的概念性词语，且每个词语都有着自身一段沉默的历史”的话，那么文学理论的翻译就是不可能完成的；其次，文学理论都是抽象的，任何抽象的理论都离不开具体的例子，离开了具体的例子，理论就无法理解。而这些具体的例子则是完全属于特定的语言和文化的。如果从这些鲜活的文化抽取出干巴巴的理论并将之转移，这样的理论翻译注定要失败的。J. Hillis Miller. *New Starts: Performative Topographies in Literature and Criticism*. Tapei: Academia Science, 1993: 1.

3 J. Hillis Miller. “Border Crossing: Translating Theory”. *New Starts: Performative Topographies in Literature and Criticism*, 1993: 11.

能的。[1] 这里所谓另一种语言和文化的状况，在某种程度上是与源语状况不兼容的。在此种情形下，"翻译"必须做强义解，表示或多或少地发生根本的改造，而非中立地从一种语言向另一种语言照搬。[2] 既然语言的运作方式是无法被完全概念化，那是因为存在着语言的他者，即所谓源头的缺失，然而它却不停地召唤新的阅读与翻译。其实，米勒早就承认过：不管理论在新的语言中如何被仔细地、忠实地翻译，它在某种程度上遭遇的扭曲总是难免的。而且，他还"主张来自一个语言、文化脉络的理论家在被译入另一个语言、文化脉络时，有些成分得以保留，其他部分可能转变，衍生新意"，[3] 然后达到以文字行事的述行效应（performative effects）。理论作品是一种强有力的言语行为，是用文字做事的一种方式，这种方式就是促成或约束阅读行为。[4] 可以说，正是这些转变和衍生，其价值又十分巨大，故而被他称之为"新的开始"（new starts）。在通过对世界各国文化交流活动进行了一番总体考察之后，米勒得出结论："每一种文化都应该自由地占有另一种文化的理论，将其改造而用于自身的目的。"[5] 这就注定

---

1 米勒借用了《圣经》中《路得记》的故事作为讽喻，对理论从一个文化场域旅行到另一个文化场域的过程作了阐述。《路得记》中讲的是一个同化的故事。一个摩押（Moabite）女子路得（Luth）被同化，或可称作被"翻译"入以色列文化的故事：士师时代，犹太伯利恒大饥荒，伯利恒男子以利米带领其妻拿俄米和两个儿子玛伦和基连到摩押地寄居，以利米和他的两个儿子都死了，只剩下拿俄米和两个摩押媳妇，饥荒过后，媳妇之一的摩押女子决意跟随婆婆回到伯利恒的家中，她发誓放弃摩押公民资格而成为一位以色列公民。米勒认为，路得的故事显然能被当作翻译的讽喻，而摩押女子路得可以看作是理论旅行的譬喻人物，无论她先前的语言文化如何，她能跨越边界进入以色列，并在那里被同化。而这个同化的过程是将自己翻译成，或任自己被翻译成新文化用语的过程。从路得的故事中，米勒阐述了被翻译后的理论之一大特点，即理论在新的场域所遭遇的无法预料的新用途和"误译"。接着，米勒又用《路得记》文本中的误译来说明翻译的文本理论的异化问题。总的来看，米勒对于理论上的这类扭曲和误译是持豁达态度的。

2 J. 希利斯·米勒 . 现代性、后现代性与新技术制度 . 陈永国译 . 文艺研究，2000(5)：134–148.

3 单德兴 . 翻译与脉络 . 北京：清华大学出版社，2007：2.

4 米勒认为，"理论著作就是强有力的言语行为，理论就是以词语做事的方式。"换言之，"文学理论所关注的必定是语言的施为性力量，而不是非语言的，比如历史的和美学的考量。"既然文学语言是言语行为，就意味着文学理论的不可译性。因为"知"与"行"永远是不一致的，这就注定文学理论文本自我分裂之必然性，由此也决定了理论翻译失败之必然性。J. Hillis Miller. "Border Crossing: Translating Theory". *New Starts: Performative Topographies in Literature and Criticism*, 1993: 25, 9.

5 单德兴 . 翻译与脉络 . 北京：清华大学出版社，2007：138. 同样的思想也见于米勒为《小说与重复》的中文版专门写的一篇序言："我想象并且希望这本书将会经历创造性的改造——不仅通过翻译成中文这一行动，而且也通过阅读其中文译本的那些人对它的种种新鲜而不可预期的使用。"希利斯·米勒 . 小说与重复：七部英国小说 . 王宏图译 . 天津：天津人民出版社，1998：23–24.

对理论的翻译活动永不会停息，而且他强调那些优势的文化更应承担起这一责任。

正如有论者指出的：

> 如果说，本雅明在讨论文学翻译时仅仅强调了译作的来世生命的话，那么米勒则依循这一思路，将其用于理论的翻译，并通过强调理论的翻译可以导致“新的开始”而在一个理论的层面发展了解构主义翻译理论的“来世生命说”。这应该说是他对赛义德的“理论旅行”概念的必要补充和解构主义的翻译原则的重要贡献。[1]

这样的评价是相当公允的。

第三节 翻译：双重文本的产生

在当代解构翻译批评中，许多理论家都讨论过译文与原作的生存结构（survival structure）问题。本雅明曾明确地提出：译文不因原作而存在，原作却有赖于译文才得以生存。[2]德里达则认为：译文“一方面会修正原作，同时也限定着译入语”。[3]此后的解构批评家更进一步，一味地提高译文的地位，甚至试图否认有所谓原作存在的可能。[4]这些讨论自然也进入米勒关注的视野。几年之后，似乎在讨论《亲和力》英译本中的不可译性问题后仍意犹未尽，米勒再次针对朱迪斯·莱安译本撰写了《翻译即双重文本的产生》（“Translation as the Double Production of Texts”，1992）一文，阐述他的翻译产成双重文本的观点。

按照米勒的描述，在翻译的过程中，随着译者字斟句酌地对照原文逐译下去，他们随即在另一种语言中生产出一件件与原作相类似的复制品（replicas）。也就是说，在译作生产的过程中原作重新诞生了。于是，在这个由文本所构织的交互网络中，就像德里达描述的那样：在某个文本产生的同时，另一个文本也随之发生着改变。[5]因此，一种不同译文的出现，

1 王宁．理论的翻译与变异．当代外国文学，2009（2）：10.

2 Walter Benjamin, “The Task of the Translator”. *Illuminations.* Trans. Harry Zohn. New York: Stocken Books, 1969: 71.

3 Jacques Derrida, *The Ear of the Other.* Trans. Peggy Kamuf. Lincoln & London: University of Nebraska Press, 1982/1985: 122.

4 Kathleen Davis, *Deconstruction and Translation*. Manchester: St. Jerome Publishing, 2001: 42.

5 Jacques Derrida, *Positions.* Trans. Alan Bass. Chicago: University of Chicago Press, 1971/1981: 26.

必然伴随一种新的原文降生。既然译者在翻译过程中会对原文意义做出种种取舍和变通，而每个新生文本强调的不外乎原文的某个侧面，这样就会或多或少地背叛（traducing）原文，原文因为经过了一轮翻译，它随即以崭新的面貌呈现在译者面前。译者势必要重新认识原文，尤其是原文中那些微妙的方面。确切地说，译者面对的仍然是那个老生常谈的问题，也就是原文中不可译的一面。

为何会出现如此现象呢？通常那些看似简单的语汇，一经组合后，很难在另一种语言中找到适当的对译形式；有时即便是原文中的一个单义词，在别的语言中也找不出一个确切的对等词；而那些具有多重意义的复杂词，要想在译入语中选用同样的对应形式就更难；至于原文中那些形象的说法，想在目标语中找到一个对应的用法，更是难上加难。凡是有过翻译经历的人都有类似的体会：每次明明觉得自己能够阅读并读懂原文，而且自信其驾驭目标语的程度并不亚于母语，一旦要将原文转换成目标语，一大堆意想不到的问题就迎面而来，真不知该从何入手。在这种情形下，其实译者并非不想忠实地翻译原文，因为他心目中时刻都有一个“我必须”这样的理念在召唤他。然而，事与愿违，随着译者笔走龙蛇般地迻译下去，不觉间意念中“那箭头却越来越偏离了轨迹，并最终失去了靶心”。[1]此种感觉真是说不清，也道不明。不过，话又说回来，遇到类似的情形，译者反而能更加清楚地体察到源语中那些显微面。而且通过目标语也认识到其中的局限：在这种语言中总有一些东西是无法言表的。事实上，首先，无论是何种语言，一旦用于翻译，如果以《圣经》这类宗教文献为蓝本，总有其美中不足之面；其次，无论是原文还是译文，如果放在各自的文化语境中，都会讲究约定俗成，都会受时代语境的限制，并且使用各自带有历史或地理标识的语汇。具有反讽意味的是，人们在评判译文优劣的同时，总能听到这样的赞美之辞：“这简直就像是用英文创作的一样”，或者“好的译文读起来就像是原文一样”，这样的评价比比皆是。细细品味，不难发现，这样的品评着眼的只是目标语境中接受者的感受，它实则忽视了源语的一面。针对这点，米勒的评论是，如果事实上越是这样，这种译

1 J. Hillis Miller, “Translation as the Double Production of Texts”. *Text and Context: Cross-Disciplinary Perspectives on Language Study.* Ed. Claire Kramsch & Sally McConnell-Ginet. Lexington & Toronto: D. C. Heath and Company, 1992: 124.

文就越糟糕。因为“越是流利、可读、明晰的译文，就越是糟糕的译文。”[1]这样的译文忽略的正是原文中那些实质的、带有历史痕迹的因素，这些又是原文中必不可少的成分。即使译者在翻译中能意识到这一点，并做出种种补偿措施，但总有捉襟见肘的感觉。于是米勒得出结论：“最好的翻译可能是那种最不可读的翻译。”[2]这又与现代阐释学派所持“完美的翻译是不可能的”[3]论点是何等的相似。

既然翻译能够同时产生两个文本——译文与原文。那么新生的译文究竟是何种模样？米勒曾在不同场合反复讲述过这一问题，并套用一个非常形象的说法，就是将园艺业中“嫁接”（grafting）这一意象引入翻译批评领域，[4]他的高超处在于能够运用一套相当明晰的分析性话语来对一个隐喻性概念进行阐析。这一灵感又源于他对歌德的小说《亲和力》之英译本进行的修辞性解读。该小说最初的一个情节是：爱德华男爵正在将一些新近得到的嫩枝嫁接到幼树干上。在嫁接的过程中，那些截自枯树上的枝叶重新附体在新树干上，其生命得到了延续。这里，米勒再一次凭着他娴熟的修辞性阅读经验，联系到具体的翻译批评，指出翻译实际上是在另一种语言中创造了一种新的文本，这种文本将是嫁接在原文之上，并从原文那里获得生命；同时它又区别于原文，正如嫁接的树木区别于从根部长出的树枝一样。[5]这一比喻十分形象，也很有见地，他再一次恰到好处地道出新生翻译文本的实质。而且不难发现，在这一文本“嫁接”的过程中，因为译者的水平不一，势必会产生不同质量的译文。不过，读者却能从这些形形色色的译文中重新构织出自己心目中的原文来。可以说，在许多情况下，正是这些看似不起眼的译文，使原作获得了新生。近年来这点国内已有学

1 J. Hillis Miller, “Translation as the Double Production of Texts”. *Text and Context: Cross-Disciplinary Perspectives on Language Study.* Ed. Claire Kramsch & Sally McConnell-Ginet. Lexington & Toronto: D. C. Heath and Company, 1992: 125.

2 J. Hillis Miller, “Translation as the Double Production of Texts”. *Text and Context: Cross-Disciplinary Perspectives on Language Study.* Ed. Claire Kramsch & Sally McConnell-Ginet. Lexington & Toronto: D. C. Heath and Company, 1992: 125.

3 André Lefevere, *Translating Literature: Practice and Theory in a Comparative Literature Context*, New York: Modern Language Association of America. 1992: 11.

4 当年奥斯汀在讨论施为句以言行事功能时，曾用到“嫁接”一词。他说：语言功能还存在着另一面，即“一个语言序列嫁接（graft）到另一个语境中。”Jonathan Culler. *On Deconstruction: Theory and Criticism after Structuralism*. Ithaca: Cornell University Press, 1982: 122.

5 J. Hillis Miller, “Translating the Untranslatable”. *Goethe Yearbook* (Vol. 5), P. 270; J. Hillis Miller, “Translation as the Double Production of Texts”. *Text and Context: Cross-Disciplinary Perspectives on Language Study*, p.125.

者从译介学和中外文学关系的角度有所论述，只是其表述的方式略有不同，内容却大同小异。[1] 在此暂不再展开论述。

第四节　问题与反思：一个开放性的结语

总的来说，当代解构批评家都特别注重语言的批评，他们普遍希望通过对语言的批评，颠覆西方哲学中逻各斯中心主义（logocentrism）及其相关的一切。作为当今解构批评重要代表人物的米勒，就翻译问题的讨论正是以语言为突破口的。而且他讨论翻译又与解构主义者同行一脉相承。其中他讨论“翻译即跨越边界”问题就与萨义德发起“理论旅行”的讨论紧密相连，而他探讨翻译的可译和不可译性问题又是德里达和德曼的讨论之延续和深入。

事实上，米勒是重视翻译还和他长期研究与教授比较文学和文学理论批评有关。当年，在《通讯时代的“世界文学”》（“‘World Literature’ in the Age of Telecommunications”，2002）一文中，米勒就提出过“翻译问题是比较文学的中心问题”[2] 的观点。尽管他历来主张据原语创作的文学进行阅读和教学，但他在不得已间仍然提出“据翻译来阅读和教授《红楼梦》也比根本不阅读要好”[3] 的说法。

2007 年，米勒在《比较文学评论》（*Neohelicon*）杂志发表《全球化和新远程技术时代为文学和文学研究一辩》（“A Defense of Literature and Literary Study in a Time of Globalization and the New Tele-technologies”）一文，谈到即使是在新的时代，人们仍然需要文学，仍然需要进入虚拟的现实。而伴随着全球化的技术发展，文学界又发生两个变化，其一是文学的全球化；其二是文学批评的改变。在考察文学的全球化的时候，米勒认为“部分原因是近年来翻译的迅速发展和传播”。[4] 这样就意味着人们必然会关注翻译问题。事实上，处在全球化的时代，不同的民族文化非但不会

1 谢天振 . 译介学 . 上海：上海外语教育出版社，1999.

2 J. Hillis Miller. “‘World Literature’ in the Age of Telecommunications”. *World Literature Today*, 2000. 74 (3): 561.

3 J. Hillis Miller. “‘World Literature’ in the Age of Telecommunications”. *World Literature Today*, 2000. 74 (3): 561.

4 J. Hillis Miller. “A Defense of Literature and Literary Study in a Time of Globalization and the New Tele-technologies”. *Neohelicon*, 2007 (34): 16.

变得趋同，“反而更加速了文化多元化走向的步伐，因而从文化研究的视角来进行翻译研究，便成了国际学术界的一个前沿学科理论课题。”[1] 这点对米勒也不例外。

2010 年 8 月，米勒在上海交通大学参加“第五届中美比较文学双边讨论会”时做了题为“Challenges to World Literature”的发言，[2] 论及世界文学发展过程中所面对的一些挑战，其中三个最大的挑战分别来自翻译、再现和定义文学含义所带来的一些问题。他说：

> 翻译的挑战。世界文学史由上百种文字写成的，没有哪个学生、教师或普通读者能够掌握如此众多的语言。任何文学作品都可以被翻译成任何语言，但是，翻译过程中，困难和问题总是存在的。那么，世界文学可以使用一种万能的语言（master language）吗？比如，中文或英文，然后，教科书把各种语言创作的文学作品都翻译成这种语言。如果是这样的，岂不成了一种文化帝国主义的表现？怎么才能避免世界文学被某一种国家的学术文化所主宰呢？[3]

在此，米勒一方面认为任何文学作品都是可以翻译的，同时也有种种困难和问题，这实际上是在重申德里达等人提出的翻译在可译与不可译之间的观点。不过，米勒的论述还能顺应时代学术的潮流，不单着眼于语言层，进而上升到文化层，认为如果将所有文学作品都译成某一语言，就会导致“文化帝国主义”（cultural imperialism），世界文学就会被某一国别文学所主宰。无论如何，这种格局是他最不愿意见到的。因为他历来就反对世界文学中的欧洲中心（Eurocentric）或美国中心（United States-centric）的做法。[4] 而最为根本的是，因为翻译至少涉及两种或两种以上的语言和文化之间的互动，这样“就从根本上打破了文化研究中存在的英语中心主义的束缚和局限，为呼唤一种真正的多元文化格局的到来

1 王宁 . 翻译研究的文化转向 . 北京：清华大学出版社，2009：3.

2 讲稿最初经修改、扩充被收入王宁主编《比较文学评论》（*Neohelicon*）2007 年第 34 卷第 2 期特辑，第 13–22 页。后英文原稿发表在《中国比较文学》2010 年第 4 期，第 1–9 页；部分内容由生安峰翻译，以《世界文学面临的三个挑战》为题，发表在《探索与争鸣》2010 年第 11 期，第 8–10 页。

3 J. Hillis Miller. “Challenges to World Literature”. 中国比较文学，2004（4）：4；J. 希利斯 · 米勒 . 萌在他乡：米勒中国演讲集 . 国荣译，南京：南京大学出版社，2016: 260.

4 J. Hillis Miller. “‘World Literature’ in the Age of Telecommunications”. *World Literature Today*, 2000. 74 (3): 560.

奠定了基础”。[1]

在考察了米勒就翻译问题的论述之同时，我们又发现一个有趣的现象，那就是与米勒译论话语呈现方式问题。众所周知，认知思维的隐喻化是中西思维中普遍存在的现象，这点已得到当代学者的证实。表现在语言领域也是如此。[2]因为在日常生活中，人们往往会参照他们熟知的、有形的、具体的概念来认识、思维、经历、对待那些无形的、难以定义的概念，从而形成一种不同概念间相互关联的认知方式。中国古书曾有言：“书不尽言，言不尽意。”[3]由于语言在表达思想概念方面的种种局限性，人们常常“立象以尽意”。[4]换言之，人们在表达思想概念的同时，可以通过使用隐喻来形象地加以说明，以达到尽言、尽象、尽意之目的。

作为两种语言和文化间转换活动一部分的翻译，人们对于它的认识同样也可以隐喻化的方式进行。在过去的文学批评活动中，米勒曾结合具体的文本解读讨论过其中关涉翻译的一系列问题，尽管有些观点并非为米勒最先持有。也就是说，在现当代译论界曾有人或多或少以不同的方式论述过类似的问题，米勒却能用一副现代人的眼光来重新审视翻译活动，并就此做出一些新的思考和阐释，而且颇具启迪意义。不过，在他的这些论述中又存在一个必然的逻辑联系，因为翻译要跨越边界，就注定它是不可译的，而“知其不可译而译之”这种意念，决定了翻译只可能产生一种新的东西，也就是那种经“嫁接”后产生的东西，那种具有新的特质的产物，又赋予翻译作品意想不到的东西，这也正是翻译的魅力所在。另则还需看到，作为一名解构主义文学批评家，米勒已从异样的视角阐述了自己对翻译的一些看法，而且一再在历史的语境中将讨论的问题隐喻化或称模糊化，他这种于实与虚、精晰与模糊二元间不断游离的论述方式，更有助于加深人们对翻译活动的体认，特别是他在论述中娴熟地运用那套解构批评方法，对于仍处于发展期的翻译学研究具有借鉴意义。

不过，在米勒有关翻译话语的呈述方式上，我们又能看到一个新的问题，而且这一问题也是当今译学话语建构中普遍存在的。总的来看，20世纪西方理论批评的主流一直是朝批评话语清晰化方向发展的，也就是运

1 王宁．翻译研究的文化转向．北京：清华大学出版社，2009：6.

2 George Lakoff & Mark Johnson. *Metaphors We Live By.* Chicago: University of Chicago Press, 1980; George Lakoff. *Women, Fire, and Dangerous Things.* Chicago & London: University of Chicago Press, 1987；张旭．科技隐语及其翻译．外语艺术教育研究．2003（3）：35–40.

3 朱熹注、李剑雄标点．周易．上海：上海古籍出版社，1995: 148.

4 朱熹注、李剑雄标点．周易．上海：上海古籍出版社，1995: 148.

用一套所谓科学的理论模式，加上一套分析性话语，从而试图对问题进行透彻的分析，以求得到明确的答案。有了这种科学主义的思维范式，在研究过程中势必会排除一切作价值判断的立场，同时也避免探问那作为研究对象的人及文化构造是不是理性的，并拒斥一切形而上的追求。这种思维范式或称操作模式的出现，主要是受到20世纪自然科学研究的影响，而这种思辨方式又是基于科学的客观真理只允许对物理和精神世界事实的确证；另则，由于当今各大学的人文研究经费锐减，迫于学科生存的压力，许多研究者便刻意将研究方法趋同于自然科学的研究模式，从而使这一趋势更加显著。伴随而来的便是在研究者心目中出现这样的思维定式：既然存在着问题，必然会有答案，而且还会有具体可行的解决办法。这种思维方式发展到极致，便是容易将问题做简约化处理，从而造成人文研究中操作模式的相对机械化。

同时现代哲学的研究也一再表明未定的模糊因素（indeterminate fuzziness）存在的普遍性，[1]许多哲人业已或正在试图将研究问题的方法引向模糊化方向，并将思维问题一定程度上做隐喻化或称诗意化。于是，在20世纪初期，现代哲人胡塞尔就喊出“欧洲科学危机”的口号，[2]并为世人开具了超验现象学的药方，进而将人的主体性问题推至哲学研究的最前台；而在现代哲人那里，又有海德格尔的“林中路”和宗白华的“云中散步”式哲学思辨方式，也就是以隐喻化的思辨方式去直面生命的本真，讨论人的当下之生存境况，由此达到对人类更为本真的认识，而在解构文论批评家那里就有了所谓修辞性的解读方法。然而，上述那种趋势表现在文学批评领域，则是由于20世纪解构主义批评的风行，特别是新批评方法的盛行，使它达到了一个极致。尽管现代语言学之父索绪尔当年就提出过语言研究可区分为共时和历时两重维度，但他本人实际上强调的还是共时维度，他的这种研究习惯对后来的人文研究产生了极大影响。在研究过程中仅仅局限于共时维度上的运作，必不可免地会出现在二元间摆动的现象，如果想要避免上述共时层面的不足，势必要引入历时维度的机制。于是像维特根斯坦、海德格尔等哲人，就尝试过从词源的角度来讨论人类面临的普遍问题，也就是在历史的坐标系中，通过对语词的最本源意义进行

1 W. V. Quine. "Meaning and Translation". *On Translation*. Ed. Reuben A. Brower. New York: Oxford University Press, 1959/1966: 148–172; W. V. Quine. *Word and Object*. Cambridge, Massachusetts: MIT Press, 1960.

2 Edmund Husserl. *Phenomenology and the Crisis of Philosophy*. New York, Evanston and London: Harper & Raw, Publishers, Inc, 1965.

追踪，以此来探讨人类生存境况中有关的若干问题，从而一定程度地回归到新批评以前那种更具历史关怀的研究传统。同时，凡是熟悉德里达倡导的解构批评理论的人都会清楚，他标举的无非是反对西方逻各斯中心主义，而在他论述的背后则有大量的历史性因素的引入。简而言之，解构主义批评实际要做的就是要引入这种历史机制，从而在一个动态的互文语境中来分析和解释种种问题。

在当今的译学研究中，主流研究大潮正朝着一套宏大的理论、一套分析性话语、一个更加具体化的定义、一个明晰化的结论这一方向发展。人们似乎急于在尽短的时间内解决关涉翻译的方方面面问题，并将所要讨论的一切定义都予以明确化，从而获得一套切实可行又能够重复运作的解决问题的方法。这种现象的存在，对于一个仅有着四十余年历史的翻译学学科来说，种种努力固然无可厚非。而面对着“世界史上最为复杂的一项活动”[1]即翻译来说，这种解决问题的方法似乎略显机械，同时也容易将问题简单化，甚至机械化。其实，像其他批评领域一样，对于一门充满人文气息的翻译学科而言，同样需要更多历史的关怀，而历史因素的介入就意味着将问题更加复杂化，而复杂的问题并不意味着一定会有一个明晰的结论或定义。这点在过去就翻译问题所下定义中就可以看出——越是那种试图清晰同时又周全的定义，其中存在的问题就越多。而现代哲学研究表明：这种没有直接结论同时使问题隐喻化或诗意化的论述方式，反而容易将研究者的视线引向形而上层面，从而获得更接近问题本真的认识，这也正是现代人文科学发展的大势所趋。于是，在这一研究过程中，不可避免地将回到现代学术“游戏”的通则：始于问题，终于更高的问题。而且历史也证明：始于迷惘，终于更高的迷惘，正是所有哲学思辨的必由之路。

总之，世上只有永恒不变的“理”与“道”，没有一成不变的“论”与“述”。在当今翻译理论话语建构过程中，许多人恰恰忘记了这点，从而出现“不讲理”的现象。无论怎么说，翻译理论话语只是翻译理念得以安身立命的外在形式，它在时间的洪流中无疑会不断地发生面貌上的改变，这一特点在当今这个“多音齐鸣”的后现代语境中更应得到彰显。本章正是基于这一学术新潮而选择解构主义批评大师米勒就翻译问题的论述展开研究，其目的无非是要说明现代翻译研究并不像人们普遍认为的那样，一定

1 I. A. Richards. “Toward a Theory of Translating”. *Studies in Chinese Thought*. Ed. Arthur F. Wright, American Anthropological Association, Vol. 55, memoir 75. Chicago: Chicago University Press, 1953: 247-262.

会朝着精确化或称科学化的方向发展，尽管在研究方法上笔者倒是赞同精确手段的引入，但研究手段的精确化并不意味着问题对象是精确的或科学的；同时，将问题或对象肢解后，往往意味着美的韵味之丧失，这点对于富有人文气息和审美韵味特浓的文学翻译就表现得尤为明显。事实上，许多有关翻译的问题本身就是模糊的，而在那种模糊化呈现的背后往往又蕴涵着诸多美的东西。这条通则对于当今翻译研究同样适用。因此，现代翻译研究应当容忍向更多“他者”的方向发展。处在当今多元化的话语氛围中，随着各种交叉学科相互打通和研究方法互相渗透，研究者从各自不同的领域来审视翻译问题，从不同的维度来解释种种翻译现象，从而加深了人们对翻译本体的认识；同时，正是这种不同研究视域的引入，也预示着未来翻译研究的生命，并烛照着该学科未来广阔的发展前景。

第七章

全球化与数字化时代米勒的文学观[1]

自从有了人类的历史，就有了关于人类文学活动的记录。在不同的时期，文学总是以多重面貌出现，从而模糊了人们对文学本质的认识。因此，"何为文学"这类"元问题"，成了历代哲人和文艺批评家长期思考的对象。特别是到了当今的全球化和数字化时代，随着文学的承载方式发生了巨大变化，人们对文学的身份问题开始出现认同危机，于是有关文学的本质问题再度成为众批评家关注的对象。昔日的解构主义文艺批评家希利斯·米勒于2002年出版了《论文学》（*On Literature*）等著述，结合着时代语境对文学进行了重新体认。[2] 这里我们将在后现代的文化语境中，结合米勒一些惯用的批评方法，对他近年来就文学开展的本体之思进行介绍，以体察他是如何从诗性哲学的层面探讨文学问题，并提出自己的批评意见。

第一节 从文学的终结到作为虚拟现实的文学

关于"文学终结"（"the end of literature"）命题的哲学反思由来已久，最早可追溯到柏拉图时代，而在后来的哲人中又以黑格尔（George W. F. Hegel）的论述最为精辟。当年黑格尔在他的《美学》（*Aesthetics: Lectures on Fine Art*，1835）中曾将世界艺术的发展类型分为三种：象征艺术、古典艺术和浪漫型艺术。这中间他曾极力推崇古典艺术，认为古典艺术的理想典范是希腊艺术，因为希腊艺术变成了绝对精神的最高表现方式，艺术发展

1 原载《当代外国文学》2010年第1期，第54–62页，题作《文学转型与反思——试论全球化与数字化时代希利斯·米勒的文学新观念》；中国人民大学书报资料中心编《外国文学研究》2010年第6期全文转载。在此有修订。

2 J. Hillis Miller. *On Literature*. London & New York: Routledge, 2002. "全球化"的英文是"globalization"，而法文是"mondialisation"，如果翻译英文则是"worldification"（世界化），意即使全球成为一个"世界"。Sheng Anfeng. "A Call for Literary Studies: An Interview with J. Hillis Miller". 外国文学研究，2006（6）：9.

到"浪漫型艺术就到了它的发展的终点",[1]其原因在于艺术的精神内容超出了物质形式,进一步发展就使内容与形式完全分裂,这样"艺术就否定了它自己,就显示出意识有必要找更高的形式去掌握真实"。[2]最后艺术让位给宗教和哲学。这样,黑格尔便在世界艺术史领域完成了他理念的循环圈。黑格尔这种"艺术终结论"的思想自然也适合于文学。事实上,他对艺术发展类型进行分析时,正是紧密结合欧洲文学发展的实际状况展开的。

世纪之交,米勒再度挑起了"文学终结"的论题。1997年,米勒发表了《论全球化对文学研究的影响》一文,指出在新的全球化的文化中,文学在旧式意义上的作用越来越小。[3]此观点可以视为"终结论"的温和的前奏表达。2000年,米勒在"文学的未来:中国与世界"国际学术研讨会上发表题为"Will Comparative Literature Survive the Globalization of the University and the Regime of Telecommunications?"之演讲,阐述了全球时代的文学问题。该发言后以《全球化时代文学还会继续存在吗?》为题,刊《文学评论》2001年第1期,随即引起中国学术界对"文学终结"问题的广泛讨论。一时间,"文学终结"成为文艺学、美学乃至整个文学界的热门话题。[4]也许是为了回应此论战,米勒于2002年出版了《论文学》

1 黑格尔.美学(卷2).朱光潜译.北京:商务印书馆,1979:288.

2 黑格尔.美学(卷2).朱光潜译.北京:商务印书馆,1979:288.

3 米勒.全球化对文学研究的影响.王逢振译.文学评论,1997(4):72-78.

4 J.希利斯·米勒.全球化时代文学还会继续存在吗?国荣译.文学评论,2001(1);王宁.全球化:文化研究和中西比较文学研究,中国比较文学,2001(2);钱中文.全球化语境与文学理论的前景,文学评论,2001(3);童庆炳.全球化时代的文学和文学批评会消失吗?——与米勒先生对话,社会科学辑刊,2002(1);余虹.文学的终结与文学性蔓延——兼谈后现代文学研究的任务,文学研究,2002(6);金惠敏.趋零距离与文学当前危机——"第二媒介时代"的文学和文学研究,文学评论,2004(2);陈雪虎.文学性:现代内涵及其当代限度,河北学刊,2004(4);陈太胜.文学理论:不断扩展的边界及其界限,河北学刊,2004(4);金惠敏.图像增殖与文学的当前危机,中国社会科学,2004(5);金惠敏.媒介后果——文学终点上的批判理论,北京:人民出版社,2005;赖大仁,文学研究:终结还是再生?——米勒文学研究"终结论"解读,学习与探索,2006(3);杜书瀛.文学真的会消亡吗——在中山大学的讲演,南都学坛,200(1);肖锦龙.希利斯·米勒"文学终结论"的本义考辨,兰州大学学报(社会科学版),2007(4);周计武.再论米勒的"文学终结论",文艺理论研究,2011(4);等等。这些包含了对米勒观点的认同和误读,其中又以金惠敏等学者的观点颇值得留意,他认为:米勒的真实意图被误读了。米勒之论"文学终结"是围绕着德里达的《明信片》来进行的。米勒之言在中国引起热议,是因为中国也产生了与西方差不多的媒介现实。某些学者批评米勒,真实冤枉了米勒。米勒绝不缺少中国学者所坚守的东西,但米勒作为伟大理论家的伟大之处在于,他能敏锐感觉到电子文化对建立在印刷文化基础上的文学和文学研究的威胁,从而"有针对性"地重申文学的时代意义和价值。他有危机意识,而当时我们这边没有。"误读"现在好像是一个好词了,它强调阅读的个人性、历史性、文化性、在地性、产生性、创造性等等,但对米勒的"误读"可能会让这个已经美好起来的术语成为个人理论阅读能力不足的一块遮羞布。金惠敏、邹赞.雅努斯神话:媒介、美学与文化研究——中国社会科学院博士生导师金惠敏教授访谈,社会科学,2011(1):3-4,朱立元也认为:由于《论文学》(*On Literature*)的中译本出版在2007年中国学界批判其"终结论"高潮过去之后,大部分中国学者对他后一方面的"文学永恒论"并不了解,之前的某种误读,误解在所难免。朱立元."文学终结论"的中国之旅,中国文学批评,2016(1):37。

一书。与黑格尔不同的是，米勒在讨论这一命题时，认为当今文学之所以会走向终结，是由于新时代里传媒方式发生了变革，新的传媒形式替代了传统的印刷书籍，在这层意义上文学走向了终结。[1] 尽管传统意义上的文学末日已经到来，文学的承载场所又移到了电脑屏幕，但文学依然是一种普遍的、永恒的现象，它使用的只是某些语词和其他符号，这些又是任何人类文化中无时无刻都具备的。从第一层意义看，文学作为西方的文化机体，是一种特殊的受历史条件制约的东西；从第二层意义讲，文学是一种普遍的天赋，能够使用所有构成文学的语词和其他符号。[2] 换言之，文学作品无非是以奇特的方式使用语言。[3] 与词语紧密相连的因素在于它的所指功能，也就是在具体事物不在场时来指称事物。文学正好是利用了语言的巨大潜力，在任何所指现象完全不在场时指称它们，用卡夫卡（Franz Kafka）的话来说："文学的潜能在于从词语中创造出一个世界来。"[4] 文学作品并非像许多人想象的那样，是通过词语来模仿某个既存的现实；相反，它将创造或发现一个新的替代世界，一个元世界，一个超现实，这个世界是现实世界无法替代的。在西欧，带有现代意义的"文学"[5] 一词是在 17 世纪末出现的，它是启蒙时代的产物，其诞生的历史不过三个世纪。[6] 而且文学一开始就与印刷书籍以及其他印刷品（包括报纸、期刊等）紧密地联系在一起，同时也与西方人识字（literacy）程度的普遍提高互为因果。识字率又是伴随着 17 世纪以来西方式民主进程而提高的，由此也使更多的人得以自由地接触到印刷书籍。现代民主体制的形成，又意味着现代民族国家（nation-state）的诞生，这些国家在各自国民中普遍倡导种族和语言的大一统。事实上，现代文学从一开始就是方言的文学（vernacular literature）。伴随着民族国家的兴起，民族文学观念日渐深入人心，这种文学通常是用某一国的语言或方言写作。这种文学观念随着中小学校和大学教育的推广而得以定型，并在一些独立的系部内实现了建制化。现

1 J. Hillis Miller. *On Literature*. London & New York: Routledge, 2002: 2.

2 J. Hillis Miller. *On Literature*. London & New York: Routledge, 2002: 13.

3 J. Hillis Miller & Julian Wolfreys. "Why Literature? A Profession: An Interview with J. Hillis Miller". *The J. Hillis Miller Reader*. Ed. Julian Wolfreys. Stanford: Stanford University Press, 2005: 404.

4 J. Hillis Miller, *On Literature*. London & New York: Routledge, 2002: 16.

5 据德里达的《死亡：虚构与见证》（*Demeure: Fiction and Testimoy*）考证：西方意义的"文学"源自于拉丁语，在法语和英语中是"literature"，意大利语是"letteraura"，西班牙语是"literatura"，德语是"Literatur"。

6 J. Hillis Miller & Julian Wolfreys. "Why Literature? A Profession: An Interview with J. Hillis Miller". *The J. Hillis Miller Reader*. Ed. Julian Wolfreys. Stanford: Stanford University Press, 2005: 417.

代西方文学观念则是随着现代研究型大学的出现而牢牢地扎下根；同时，报纸、杂志以及大学以外的众批评家和评论家为该观念的普及与推广做出了贡献。在现代民主体制中最使文学成为可能的在于言论自由。既然文学属于想象的王国（the realm of imaginary），凡是文学中所描绘的均可以看成是实验的、假设的，它不具现实所指义务或承担施为作用。于是，在许多现代侦探故事的扉页上常能见到“如有雷同，纯属巧合”（“any resemblance to real persons, living or dead, is purely coincidental.”）这类最具代表的虚假声明。与印刷文化发展以及现代民主体制兴起紧密相连的，还有笛卡尔、洛克倡导的“自我”（self）观念。在后来的哲人中还有费希特、黑格尔、尼采、弗洛伊德、胡塞尔、海德格尔、J. L . 奥斯汀等，他们无一不在各自的著述中讨论“自我”问题，只是各人的提法和侧重面互不相同，而且又多是在解构主义和后现代文化语境中对“自我”问题进行思考的。[1] 于是，我们可以发现，后来几乎所有的文学都关注一个具有自我意识和责任感的个性之自我。这种现代的自我观分别适用于人们的言语、思维和行动，甚至还包括文学作品的创作方式。同时，传统意义的文学还取决于一种新的作者感，这点在现代版权法中又得到了法制化。几乎所有的文学形式和手段都利用了这种新的自我表现感。当今所有这些使文学成为可能的特点正在发生迅速的变化，或开始面临新的困境。于是，人们对于自我表现的统一性和持久性不再信心十足，同时对于作者是否最有权威来解释其作品也把握不定。当年，福科（Micheal Foucoult）曾提出“何为作者”（“What Is an Author?”）的问题，[2] 罗兰·巴尔特（Roland Barthes）又提出“作者死了”（“The Death of the Author”, 1968）的论断，同时他还认为“读者的诞生必然以作者的死亡为代价”。[3] 这就宣告了文学作品与其作者作为一个统一自我的古老纽结的终结。事实上，是文学自身导致了其自我的零碎化。而现代技术的改进和新的媒体出现，特别是收音机、电影、电视、录像、网络以及其他各种媒体的迅速普及，加速了现代意义的文学死亡。当今文学走向死亡的最明显的症状，在于全球各大学文学系的年轻教师普遍将研究兴趣从文学研究转向理论研究、文

1 J. Hillis Miller. *On Literature*. London & New York: Routledge, 2002: 6–7.

2 米勒自己承认，他曾读过列维拉斯、德曼、德里达、利奥塔等人的著作，而且是当成文学作品来阅读的；同时他也读过福科的一些作品，但认为福科的著作对于自己的用处不大，除了他对雷蒙·卢梭和尼采的解读。不过米勒认为福科是一位很好的读者和批评家。J. Hillis Miller & Julian Wolfreys. “Why Literature? A Profession: An Interview with J. Hillis Miller”. *The J. Hillis Miller Reader*. Ed. Julian Wolfreys. Stanford: Stanford University Press, 2005: 412.

3 Roland Barthes. *Image, Music, Text*. New York: Hill & Wang, 1977: 148.

化研究、后殖民研究、传媒研究、大众文化研究、妇女研究、非洲—美国研究等，他们在写作和教学中采用的方法更接近于社会科学，而非想象中那种传统意义上的人文学科。虽然他们从前多是接受过老式的文学史教育和经典文本细读训练，但正是这些导致了文学走向边缘，或出现了忽视文学的现象。尽管如此，文学总体上仍然是永恒的，普遍的。随着时代的变迁和技术的日新月异，文学仍将继续存在。无论何时何地，文学始终是人类文化中的一个特点。这一悖论也构成米勒论述的基调。

文学作品最主要的特点是从一开始便将读者引入一个虚构的王国（fictive realm），一个新的虚拟现实（virtual reality）。阅读文学作品的一大乐趣在于它们能够让读者抛开尘世的烦恼，尔后进入另一个世界。

总的来看，这一虚拟的现实有如下几大特点：

第一，它们彼此间互不通约。每一件作品都是单独的、自成一体的，同时又是陌生的、个性化的，并由不同的部分组成。任何一件作品都拥有一方独立的空间，四周均由类似于羽毛的东西呵护着。每件作品都是自我封闭的，并与其他作品分离开来。作品同时也与“现实世界”分离开来，并与任何统一的神圣世界相独立。以往人们一直以为这种世界可能是一切作品发挥作用的王国。[1] 另则，文学理论的全盛也标志着文学的死亡。理论一方面记录了文学的即将死亡（the imminent death of literature），尽管文学永远不会真正地死亡，同时也维系着那种没有死亡的死亡（death-without-death）持续发生的现状。

第二，既然每件文学作品都指向一个想象的现实，那么它是在一种行为而非静态层使用着语词。这就包含了那种施为性话语（performative utterance）能够利用词语从事活动。这也意味着由文学作品开启的想象王国并不直接走近读者；相反，是文学作品的施为维度呼唤着读者的回应。正确的阅读永远是一种积极的参与活动（an active engagement）。

第三，只有通过阅读书面文字，我们才能进入每一个再现出的独特世界。只有通过语言的讲述，我们才能了解那个世界。除此之外，我们无从获取更进一步的信息。同时，文学时刻都在刻意隐藏秘密。文学的一个最实质的特点就在于试图隐藏秘密，这点或许还不会轻易地流露出来。[2] 这一则取决于他们创造性地使用修辞性语言的能力，这些修辞的作用在于阐

1　J. Hillis Miller. *On Literature*. London & New York: Routledge, 2002: 35.

2　J. Hillis Miller. *On Literature*. London & New York: Routledge, 2002: 40.

明一件事物与另一件事物间的相似性；另则它们又表明让一个想象的人物在经济上和地位上获得生命的过程，比喻具有何等巨大的力量。这些修辞格又是普遍意义上使用语言所指方式的一种表现。

第四，也是最为重要的一点，就是另一个世界是否由某一特定的文学作品所开辟，它是否由该作品的文字所创造或反映出来，此中的玄机始终无法道明，更是无从说清。[1]近年来，文学作品常被定义为自我反射（self-reflexivity）或自我指代（self-referentiality）。文学被称作是独具特色，在于它指称自我，以及自身的运作方式。它使用的是一套即雅可布逊（Roman Jakobson）所谓的“指向自我的语言”（the set of language toward itself）。[2]这一点常被夸张到无以复加的程度。事实上，此点颇具误导性。将文学视作“自我反射”实则是将之称作性无能的一种方式。

一言以蔽之，文学可以定义为：以奇特的方式使用语词来指称事物、人物和事件，而这些是否具有可能的存在又是永远无从知晓的。这种潜在性可能是一个无言的现实，只有作者才能了解，并有待于化为文字。[3]文学作品是一种言语行为方式，是一种施为性话语，是在以言行事。

第二节　文学的秘密与文学阅读的缘由

关于文学的本质问题，历来的文学批评家几乎都会触及，这点自然也进入米勒关注的视野。在米勒的分析中，既有历时的追踪，又有共时层面的剖析。他总是善于在全球范围内选取多位现当代文学家和理论家的作品，通过修辞性互文解读来讨论文学的本质问题。

从历时的角度来看，西方中世纪文坛多将文学看作是梦幻形式（dream vision），尽管其表现形式各不相同，但它们几乎都预设了一个

1　J. Hillis Miller. *On Literature*. London & New York: Routledge, 2002: 44.

2　Roland Barthes. *Image, Music, Text.* New York: Hill & Wang, 1977: 148.

3　近年，米勒又在别的场合表明：文学之所以重要是因为它的三大功能：通过指涉文学之外的社会世界进行社会批判；来自文本的愉悦——词语游戏、双关语、转喻，等等；进入由语言创造的多重想象世界。人类文明并不会因为老式印刷文学在所谓的“泛电子化”时代的消亡而湮没，仍会有很多失去的东西是电子游戏、电影、电视以及流行歌曲所不能取代的。新媒体能够成为它们的替代形式：（1）文学之外的社会指涉；（2）语言游戏或符号游戏之愉悦，就像那个小狗试图把骨头藏起来所暗示的；（3）进入替代性想象世界的愉悦。即便如此，新媒体也不能弥补印刷文学消亡所带来的损失。王逢振、周敏. J. 希利斯·米勒文集. 北京：中国社会科学出版社，2016：12–13.

共同的超自然王国，这个王国是通过梦幻形式呈现出来的。这点在但丁（Dante Alighieri）的《神曲》（*Divina Commedia*，1300）中得到了最集中的体现。自此，梦幻作为一种文类形式在后来的作家那里又得到了运用，如珀西·雪莱的《生命的胜利行列》（*The Triumph of Life*，1822）以及稍近代的刘易斯·卡洛尔（Lewis Carroll，真名查尔斯·道格逊 [Charles Dodgson]）的《艾丽丝漫游记》（*Alice in Wonderland*，1865、1872）就先后采用了这种形式。在中世纪传统中，梦幻均预设了一个超自然的王国，这个王国在梦中乃以得见。与这种中世纪梦幻传统不同的是，米勒认为每件作品都通向一个不同的王国。相似的观点在世界各国现代作家和理论家那里都有类似的表述，这些又诞生在现代这个去神秘的启蒙时代，而不是古代“迷信”时代的产物。在陀思妥耶夫斯基（Fyodor Dostoevsky）那里被称作“完全不同的新世界”（a completely new world），这个世界是真实世界的奇特转换，它既类似于现实世界，又有别于现实世界。它比假定的“真实世界”更加真实。他自己就是这个新世界的见证者，而不是它的创造者或发明者。安托尼·特洛罗普（Anthony Trollope）相信文学记录的不是一个真实世界，而是一个独立的现存想象世界。他自己常年沉迷于做白日梦。在整个梦幻期间，特罗洛普一直生活在两重世界之中：一个是现实的世界，这是一个始终使人不得快乐的世界；另一个则是想象的世界，在这个被弗洛伊德称之为文学的虚拟世界里，人们可以满足他的种种欲望。弗洛伊德曾说过：艺术是使所有的男人（原话如此）通过想象的方式实现他所渴求的，这些包括荣誉、财富、女人的爱，它们在真实世界里往往被剥夺。特罗洛普一生接连不断地做白日梦就是这种情形的集中体现；亨利·詹姆斯（Henry James）认为文学作品准确地记录了一个独立存在的超现实，每次阅读都是在对作品进行一次新的修正。重新阅读就是去重新体察詹姆斯所说的“故事的材料”（the “matter of the tale”），他将它称作“未曾践踏过的雪地”（untrodden field of snow）。它是物质的底表（la subjectile），该词在法语中特指物体的底面或纸张或塑料，在其表面可以书写内容。这些材料就是这样一种可供书写的表面，同时也是故事书写的场所，故事材料一则需要小说中那些细节和灵巧，另则又是无形的，这点往往显得十分奇怪。它是一种普遍，更是一种空无。一句话，它就像是绝对之物（the Absolute），以“未曾践踏过的雪”的形象呈现出来；沃尔特·本雅明则将文学与“纯语言”（reine Sprache/pure language）的观念联系起来。在《译者的任务》（“Die Aufgabe des Übersetzers” / “The Task of the Translator”，1969） 中，本雅明将原作和译文比作破碎瓷器中相邻的碎片，而“纯语言”才是原作和翻译的原本，它同时包含了原作和译文，并给出新的信息，它是一种普遍的，一种空无或无意义的；[1]普鲁斯特（Marcel Proust）则将文学视作谎言（lie），因为文学作品与客观陈述完全相反，又缺乏对应的参照物，却在施为行为方面显得更为得体。只要有人相信它，就会是有效的，这其中又以诗歌最为典型；莫里斯·布兰科（Maurice Blanchot）则将文学比作“海上女妖的歌”（Siren's song）。在他看来，文学作品是属于想象的王国，尽管文学作品是它所展现的那些丰富想象的源泉，不过它本身是无形的、空虚的，是一个深渊。这种女妖的歌包含了文学与源头的关系，这一源头总是在前面或后面或别处，亦即永远不在场。[2]它来自一个寂静的源头，类似于本雅明所说的纯语言或无言之道（wordless word）；德里达则认为文学属于彻底的“他者”（the wholly other）。在他看来，文学作品回应或记录了预先存在的另一个世界，这个世界是永恒的。

总之，所有这些均支持米勒的一个观点：每件文学作品展现的是一个奇特的另一种现实，一种超现实的信息。这种现实并不依赖于作品的语言而存在。它似乎是艺术家发现的，而非制造出来的。文学记录的并不是现实的世界，而是一个独立的想象的世界。这又让人联想起当年韦勒克在讨论文学的所指功能的论断：在抒情诗、史诗和戏剧这些传统文类中，“它们所指称的是一个虚构的世界，一个想象的世界。”[3]但这并不意味着文学作品与现实世界之间没有紧密的联系。他们通过变换着使用那些语词来指称社会、心理、社会和物质现实，以此来命名他们所构拟或发现的超现实。阅读这些作品，就是在这一物质世界中得以生存的一种方式。文学作品也因此得以重新进入“现实”，并对那些读者在信念和行为上施加影响。

解构主义批评家往往注重经典文本的选用，通过一系列解读和分析，以巩固经典作品既有的典范作用。在讨论为何要阅读文学作品的问题上，米勒正是从选用古代希腊诗性哲学经典入手的。关于人们为何阅读文学作品的问题，米勒认为这是由于人类不仅拥有试图生活在想象的世界之天性，同时也拥有这方面的实际需求。这种需求本身并无任何不良之处。尽管进入虚拟现实的途径多种多样，现代意义的文学却是一种最重要的想象

1 Walter Benjamin, “The Task of the Translator”. *Illuminations*. Trans. Harry Zohn. New York: Schocken Books, 1969: 69–82.

2 J. Hillis Miller. *On Literature*. London & New York: Routledge, 2002: 71.

3 René Wellek. *Concepts of Criticism*. New Haven: Yale University Press, 1963: 25.

形式，它诞生的时间不长，又与纸张文化紧密相连。本来西方文艺理论的开端，发生在柏拉图和亚里士多德时代，而文学批评在西方诞生之初就期盼着文学的消亡。正如批评家所言：所有西方文化都是对柏拉图的一个脚注（a footnote to Plato）。尽管柏拉图自己的许多作品也是派生出来的。[1] 这点对于他的诗歌理论作品尤为适用。关于为何要阅读文学的问题，柏拉图曾有过两点主张，确切地说，他曾就为何要阅读文学的问题提出过两点反对意见。在《伊安篇》（*Ion*）和《理想国》（*Republic*）中，柏拉图极力谴责诗歌。在《理想国》中，柏拉图主张将诗人驱逐出去，仅仅因为诗歌是一种成功的"模仿"。模仿的弊端主要有二：其一，它是次要的、派生的，而不是真实的事物，也就是说，文学不能认识真理。在这重意义上它是一种虚构，而且也可能与某件复制品一样精确。文学作品只是对不完全的不完全之摹仿，是"影子的影子"，和"真理隔着三层"（实为两层），因而就不必需要它；其二，在文学作品中摹仿人物会感染读者。换言之，柏拉图反对文学并不是与它的功能相关；相反，是与文学所起的伤风败德的作用有关。模仿是一种非人性化或非人（！)的疯狂。[2] 事实上，柏拉图对诗歌的憎恶，是与他那有名的对肉爱的憎恶紧密相连的。在《斐德若篇》（*Phaedrus*）中，我们就可以了解到柏拉图主张肉爱要升华到精神爱。而摹仿只是将人们的灵魂禁锢在尘世的坟墓中，因此就得禁止它留在理想国。[3] 数世纪以来，柏拉图这种对模仿罪孽谴责的声音，在西方文学传统中一直回荡着，尽管它们多少是以不同的面貌出现的。其中最典型的就有新教对阅读小说的谴责。新教道德家认为：阅读小说会诱惑年轻人，尤其是年轻的妇女，让她们沉溺于想象的世界，这样她们就从现实的义务中脱身出来，然后误入歧途。后来的哲人，包括康德在他的《判断力批判》（*Critique of Judgment*，1790）中亦持相似的观念；到了解构主义者那里，这点又演变成他们反对书写的一大理由。

在古代，与此针锋相对的则有亚里士多德的论述。亚里士多德的《诗学》（*Poetics*）堪称古代西方最伟大的一部诗论作品，它实际讨论的是今天意义上的文学，或其中的一种特殊形式——希腊史诗和悲剧。这种形式所起到的社会作用，与印刷时代文学所起的作用完全不同。在该作中，他曾据理为诗歌辩护。对亚里士多德而言，悲剧和史诗是"诗"的典型

1　J. Hillis Miller. *On Literature*. London & New York: Routledge, 2002: 86.
2　J. Hillis Miller. *On Literature*. London & New York: Routledge, 2002: 91.
3　J. Hillis Miller. *On Literature*. London & New York: Routledge, 2002: 93.

形式，它们包含了各自所需服务的社会现实，也就是在其中起着朴素的实用功效。在此，与柏拉图的立场截然相反，他大胆地颂扬模仿，提出“悲剧是行动的模仿”（an imitation of an action）的观点。亚里士多德认为模仿某一行动，“通过一系列的怜悯和恐惧，完成悲剧行为的陶冶，这些行为很好地具备那些情感特征”；或者是“通过怜悯和恐惧影响这些情感的适当净化”，[1] 而悲剧正好具备了这种净化式顺势疗法（Katharsis/purification）的品质。文学并不呈现实际发生的，而是那些“可能会发生的”。文学的语言具有施为作用，就是通过使用语言来开展活动。文学中的言语行为就是使用那种具有魔力的语言吸引读者，让他们相信虚构作品中的一切，或至少要悬搁这种怀疑。[2] 而“悬搁不信任感”又是解构主义批评中一个常见的语汇。[3] 于是，文学也因此起到了一种疏导情感的作用。对于亚里士多德而言，悲剧的权威并非来自其作者，而是由社会赋予的。文学是一种复杂的行当，它利用人们熟知的和现存的神话，服务于某个共同的社会目的。亚里士多德关于为何要阅读文学的观点至今仍广为流传。在整个论述中，米勒并未刻意流露自己的观点，不过他通过讨论这些经典文本，表明了自己对文学的基本态度。这点又有别于解构主义批评大师德里达刻意反对书写的做法。

第三节　阅读的方法与比较阅读

解构主义批评家普遍重视读者和阅读行为。有了读者的积极参与，在解构的过程中文本成了一种建构活动，这点前人已有过论述。[4]

同样，在米勒的论述中，也有专门的篇幅讨论阅读问题。不过他承认，要向懂得阅读的人们灌输阅读知识，无疑可以将它比作“玩变脸游戏”(a mug's game)。既然每件作品都开辟了一方新天地，读者只有阅读该作品方能进入这方天地，阅读中就得毫无保留地全身心投入，其中包括运用智力、情感和想象，然后运用语言在内心重新构织出一个世界来。在阅读的过程中，既有狂喜或销魂，也有近乎康德所说的那种狂热（*Schwärmerei*）。因

1 J. Hillis Miller. *On Literature*. London & New York: Routledge, 2002: 98.

2 J. Hillis Miller. *On Literature*. London & New York: Routledge, 2002: 111.

3 Jonathan Culler. *On Deconstruction: Theory and Criticism after Structuralism*. Ithaca: Cornell University Press, 1982: 67.

4 Jonathan Culler. *On Deconstruction: Theory and Criticism after Structuralism*. Ithaca: Cornell University Press, 1982: 31–84.

此，首先，米勒提倡一种单纯的、童真式阅读方式。它在阅读中会毫不怀疑，也毫无保留或质疑。这种阅读会自行抛开种种不信任感。读者与阅读故事的关系，就像恋爱关系一般，它需要毫无保留地给予对方。这决不意味着阅读是一种消极的被动行为；相反，它需要动用读者的智力、情感，更要消耗其体力。阅读需要一种积极的努力，也就是尽力在心中重新创造一个丰富多彩、生动活泼的想象世界。其次，对于那些非儿童或没有童心的读者，则需要另一种阅读方式，也就是那种天生的“批评式”或称存疑式阅读法。好的阅读往往需要缓慢地进行，而不仅仅是飞快地起舞。慢读或称批评性阅读，意味着要在每个曲折处保持疑虑，叩问作品的每一细节，并尽力指出运用何种方式来制造种种魔力。阅读中需要关注的不仅是作品所开辟的新天地，还有这种开天辟地过程中所运用的手段。这种去神秘化（demystification）的方式又可分为两类：一是“修辞性阅读”（rhetorical reading）。这种阅读意味着要留意制造魔力时所运用的语言手段，也就是体察如何运用修辞性语言，还有视点的转换，以及那最为重要的反讽手法等。[1]一位擅长修辞性解读的读者总是最精于“细读”（close reading）之道；另一种批评性阅读形式就是叩问某件文学作品，以体察它是如何灌输阶级、种族或性别关系等观念。这些可以看作是幻觉、判断和行动的方式，它们以客观的方式呈现，实际上是受意识形态制约的。它们是语言上的虚构，表面上却指代真实的事物。这种去神秘化的模式如今又称作“文化研究”（cultural studies），有时也称作“后殖民研究”（postcolonial studies）。需要牢记的是，文学作品还具有强有力的批判功能（critical function）。它们一方面挑战权威的意识形态，又在不断地强化它。如今带有现代西方意义的文学，作为印刷文化的产物，就在充分利用这种优势来自由地发表言论。而文化批评又是在西方印刷文化体系内继续发扬文学批评的嗜好。

总之，无论是修辞性阅读还是文化批评，对于特定的读者而言，实际上已将他们快速阅读时体会到的文学作品具有的至高无上的权威消解了。

1 在米勒早期的文论中，“解构”与后期的“修辞性阅读”指的是同一个意思。他说：“所谓‘解构’的目的就是发现文学文本的复杂性，而这正是被其他阅读方法所忽视的。这些复杂性显现于给定文本的语词上，尽管它们是被一些阅读方法所掩盖或抑制的那一部分，但它们并不是文本的他者，而是主题阅读意义上的他者。在此意义上，解构有一种政治立场，它假定通常的阅读方法有可能遗漏给定文本中或隐或现的政治意义。而所谓的‘解构’，或者‘修辞性阅读’，可以将其揭示出来。”苏勇．中西对话、文学阅读、解构及其他——希利斯·米勒访谈录．外国文学，2017（4）：167.

这里所倡导的两种阅读方式，无论是单纯的还是去神秘化的方式，既相互对立，又相互制约。在同一阅读过程中试图结合两种模式是困难的，更近乎不可能，因为它们彼此制约着。然而，任何人都不甘于被剥夺走近另一个世界，即那种虚拟现实的无限机会，由此构成了阅读的矛盾面。这种去神秘化企图的动机有二：其一是文学研究方式很大程度地在中小学和大学得以实现建制，又一定程度地在新闻业中演变成我们文化中的普遍喜好，即成为其自身谋求知识的方式；其二动机则带有驱邪的性质。毋庸置疑，无论是批评式阅读还是修辞性阅读抑或文化研究，都导致文学的死亡。

解构主义批评的一个显著特点是注重文本间的互文解读，以此来探求文学作品间的内在文本逻辑。这点在米勒的论述中有明显的体现。在此，米勒再度玩弄起他所擅长的解构主义阅读游戏，并站在全球化语境中，通过几部隶属于不同国度和时代又貌不相干的作品——套用一个后结构主义批评的术语，就是那种彼此间存在巨大"空隙"的作品——通过对它们进行互文解读，以此阐述自己的阅读观。所讨论的作品主要有笛福（Daniel Defoe）的《鲁宾逊漂流记》（*Robinson Crusoe*, 1719）、韦斯（Johann David Wyss）的《瑞士人鲁宾逊的一家》（The *Swiss Family Robinson*, 1812）、卡罗尔（Lewis Carroll）的《艾丽斯漫游记》（*Alice in Wonderland*, 1865、1817）以及南非作家科兹（J. M. Coetzee）的《福》（*Foe*，1986）。后者与前面的两部作品一同构成了广义的"鲁宾逊系列"（Robinsoniads）。在这些作品中，《鲁宾逊漂流记》讲述的是一个浪子的故事，它实际上回应了一个美国神话，也就是相信一个人如何在荒野迷失时，会经历一番艰难的时刻，只要他保持勇敢和机智，并有足够的运气，就很有可能生存下来。[1]《瑞士人鲁宾逊的一家》是早期殖民主义或帝国主义文学的典型，其中心主题在于传授自然史。它与《鲁宾逊漂流记》一样，采用的是第一人称叙事手法，同时也拥有一种分散的、开放式结局，也就是容许继续讲述别的故事。这些故事又表明文学作品的语言并不创造它所描述的世界，而只是发现它，或为读者揭示它。事实上，许多解构主义批评家都认为，正是这类开放性文本召唤着读者的再创造。[2]科兹的《福》一书取名"Foe"（意为"敌人"），实为作家"Defoe"和他的故事主人公"Crusoe"的缩写，这表明科兹是在有意对原作采取暴力。该作转弯抹角地表达了那种文学通

1 J. Hillis Miller. *On Literature*. London & New York: Routledge, 2002: 150.

2 Jonathan Culler. *On Deconstruction: Theory and Criticism after Structuralism*. Ithaca: Cornell Univesity Press, 1983: 70.

向另一个世界的思想，亦即通过叙事以及显型的陈述，表明这个世界同样也是一个虚拟的世界。科兹的《福》就是在对《鲁宾逊漂流记》进行一种多维度的解读。其中的一种解读隐含着福编造了一堆谎言，实际上只有故事女主人公苏珊叙述的才是真实发生的。如果当时笛福还顾及真理的话，这些应该在他的笔下表述出来。米勒认为，该作在“foe”（敌人）一词所把玩的双关游戏是作者刻意而为之的。这表明作者正是真理的敌人。福的生平及创作与历史上真实的丹尼尔·笛福有许多对应之处，这样就使该作披上了若干现代主义色彩。

总之，米勒通过这些不同作品间的比较阅读，一方面填补了那些貌不相干的作品间空隙，同时也使作品中的未定因素浮现出来。[1] 这样也更加印证了米勒关于文学作品的定义：所有的作品都是不可比拟的、独立的和奇特的。[2] 文学作品中的豪放，还有它所能带来的强烈愉悦，允许我们在各自所赖以安身立命的文化和意识形态的束缚中保持梦想，同时让我们从乔伊斯所谓“历史的噩梦”（the nightmare of history）[3] 中惊醒过来。因而，米勒极力推崇单纯的阅读，以此唤起某种怀旧感。不过，他又指出，假如某部作品试图洗脑，就有必要对该作进行彻底叩问，抑或加以抵制，然后掀开其神秘的面纱，并抛掉原有的幻想，然后重新融入历史，尤其是那种由含混的、虚假的意识形态所构织的历史。正是通过这种个案作品的比较阅读，读者也完成了米勒所谓“变脸游戏”的阅读过程。

第四节 观念“反思”后的再反思

综观米勒的批评生涯，他一直都十分重视文学作品的语言问题，因为在他看来，文学就是以奇特的方式使用语言。同时他还特别重视阅读过程，并关心对文学的解读方式。这也能解释他为何长年来总是不断地改变自己的批评策略。

考察米勒在文学批评上所走过的道路，诚如有学者总结的那样，他始终走在美国批评理论界的最前沿。他先后“由语言（新批评），而到意

1 Jonathan Culler. *On Deconstruction: Theory and Criticism after Structuralism*. Ithaca: Cornell Univesity Press, 1983: 37.

2 J. Hillis Miller. *On Literature*. London & New York: Routledge, 2002: 140.

3 J. Hillis Miller. *On Literature*. London & New York: Routledge, 2002: 147.

识（意识批评），回到语言（解构批评），再转向言语行动和伦理”。[1] 总的来看，他一直善于将前人以及同辈学人的相关批评理念引入文学作品的解读中，他这样频繁地变换批评策略，主要原因在于他总是不断地抵制前人关于文学作品所形成的既有观念。[2] 早年，他从那位在美国霍普金斯大学任教的同事乔治·普莱学得意识批评方法，于是从自己所擅长的“新批评”转向由现象学派生而来的意识批评，并写出《狄更斯的小说世界》（*Charles Dickens: The World of His Novels*，1959）这部标志性著作，这也是由美国学者写出的第一部用意识批评方法分析文学作品的著作，它的出版在美国文论界引起了强烈的反响，尤其是对侧重于后形式主义的美国文学批评界产生了深远的影响。接着他又写出《上帝的消隐》（*The Disappearance of God*，1963）和《现实的诗人》（*Poets of Reality*，1965）这两部著作，由此标志着这一新方法的运用成熟，并直接导致 20 世纪 60 年代美国文论界的大转向。[3] 此后，他和耶鲁大学的一批同事先后受到德里达的影响，从此走上解构批评的道路。为此，他与保尔·德曼、哈特曼、布鲁姆一道获得了“耶鲁四人帮”的称号。晚年他又转向言语行动和伦理批评，其典型的做法便是开始采取修辞批评的办法。可以说，他一直以其精辟的论述和丰富的著述给文学批评界带来了一股股清风。正如他自己近年承认的，长期以来他对文学始终怀着浓厚的兴趣，其实他关注的“并不是理论范式的生成，而是具体作品的阅读行为，并试图解释其中的种种奇特性、特殊性和不同寻常之处。即便到了今天，文学中的这些仍然深深地吸引着我”。[4] 而文学批评正好“有助于我解释文学中的奇特性”。[5] 如今他从一个全新的视角对文学现象进行一系列解读和反思，这就更值得我们加以认真地研读。

对米勒而言，一件文学作品可以使自己神奇般地进入一个想象的世界，即虚拟的现实，人们在此能够获得无穷的乐趣。同时，他一直关心这种魔力是如何产生的，如何发挥作用的，最后又发生了什么，这也正是他过去

---

1 米乐．跨越边界：翻译·文学·批评．单德兴编译，台北：书林出版有限公司，1995：xiv.

2 J. Hillis Miller & Julian Wolfreys. “Why Literature? A Profession: An Interview with J. Hillis Miller”.*The J. Hillis Miller Reader*. Stanford: Stanford University Press, 2005: 404.

3 Frank Lentricchia. *After the New Criticism*. London: Methuen & Co. Ltd., 1980: 64.

4 J. Hillis Miller. “Preface”.*The J. Hillis Miller Reader.* Ed. Julian Wolfreys. Stanford: Stanford University Press, 2005: viii.

5 J. Hillis Miller & Julian Wolfreys. “Why Literature? A Profession: An Interview with J. Hillis Miller”. *The J. Hillis Miller Reader.* Ed. Julian Wolfreys. Stanford: Stanford University Press, 2005: 412.

五十多年来对文学始终忠贞不渝的缘由。[1] 当今世界正处在一个全球化和数字化的时代，文学观念正经历一个迅速的转型阶段，传统文学的合法身份面临着巨大挑战，并出现一系列认同危机。此刻，米勒再度站在时代的前列，并一改他以往的批评策略，也就是尽力避开西方文论界近年出现的一味地为理论而理论的做法，从诗性哲学的高度对后现代时期的文学现象进行一系列深刻的反思。同时，他又仔细叩问了一系列问题，如我们为何要阅读文学？何为优秀的文学？何为粗制滥造的文学？处在全球化和数字化时代的文学是否仍然拥有它的未来？等等，并逐一进行了细致入微的分析和解答。在这些问题当中，又以“文学，到底是什么？我们为何要阅读文学？如何阅读文学？”为米勒讨论的最为实质性的问题。在分析过程中，仍能看出他沿用以往的一些惯用做法——他所讨论的个案作品中许多仍然出自他以前一贯讨论的作家笔下，并以英美主流作家（主要是英国作家）的经典作品为主，其中包括珀西·雪莱、丹尼尔·笛福、刘易斯·卡洛尔、亨利·詹姆斯、安东尼·特罗洛普等人的作品，同时也增强了对全球范围内其他国家经典作品的选用，增加了对新时期作家讨论的篇幅；而且他在剖析中也像有人所说的，打破了浪漫主义和后浪漫主义文学对立的界限。[2] 其实，他这样做并非像人们想象的那样在于“解构”文学作品的经典地位，而是“大抵在于加强、巩固既有的文学典范，而非质疑甚或颠覆”。[3] 处在当今的转型时期，正值人们对传统文学观念发生了认同危机，他努力通过自己的细致解读，加强对文学作品的认识，从而在“解构”的过程中履行了文学建构的职责。另则，从话语的呈现方式来看，所选用的又是他近十年来一贯采用的话语风格——文字看似随意和非学术化，其间却不乏文本的逻辑。特别是他在自己的论述中加大了对哲学家思想阐述的篇幅，也就是加强对文学现象的本体反思，涉及的哲学家主要有亚里士多德、柏拉图、笛卡尔、洛克、康德、费希特、黑格尔、尼采、弗洛伊德、胡塞尔、海德格尔、奥斯汀、还有福科、罗兰·巴尔特，等等，由此增强了其论述的哲学意味。他这样做实则是在回应近二十年来英美国家哲学和文学批评发展的潮流，在那里，前些年文学批评已经一定程度地担当起哲学的主要文化职能。[4] 而到了上世纪末叶，西方学界出现的新动向是反理论之声一

---

1 J. Hillis Miller & Julian Wolfreys. “Why Literature? A Profession: An Interview with J. Hillis Miller”. *The J. Hillis Miller Reader*. Ed. Julian Wolfreys. Stanford: Stanford University Press , 2005: 404.

2 Jonathan Culler. *On Deconstruction: Theory and Criticism after Structuralism.* Ithaca: Cornell University Press, 1982: 248.

3 米乐 . 跨越边界：翻译 · 文学 · 批评 . 单德兴编译，台北：书林出版有限公司，1995：xv.

4 Richard Rorty. *Philosophy and the Mirror of Nature.* Princeton: Princeton University Press, 1980: 168.

浪高过一浪，于是关于文学死亡、文学研究已不复存在、文学理论已终结、文学王朝已倒塌等口号纷纷出现。[1]究其实，他们普遍反对使用那套高度分析性和逻辑性话语来呈现言说的对象，以此避免为了照顾话语的内在逻辑而出现过度诠释的做法，这样做已在不经意间架空了所要研究的问题。这也能部分地解释米勒为何会选用目前这套看似随意的言说风格。而在他广泛地采用众哲人的思想来解析当今文艺现象的同时，可以发现他所涉猎的那些哲人当中，有许多是作为文学理论家而非哲学家的身份介绍到英国或美国的，[2]而且他在此沿用的主要是那些哲人的诗性哲学和语言哲学方面的文字，由此使其行文与修辞性解读风格融为一体。

当然，在文学批评中反对"为理论而理论"做法的同时，并不意味着无须关注批评方法。这里值得留意的是，像早期的一代解构主义批评家那样，米勒总是善于发挥"由'新批评'传统培养起来的着眼于文本的细读和内在分析、探究语词的修辞性的习惯"。[3]也就是，他始终注重于文本的修辞结构和互文性解读。在他的阅读过程中，我们既能见到历时性追根溯源，又能看到共时层面的作品比较阐析。这样，他始终是作为一位文本的生产者而非消费者的角色出现的。于是，他在阅读中又参与了文本的重构过程，由此赋予了作品全新的生命和内涵，并延续了文学永远不会消亡的神话。同时，他的这种互文性解读始终是在全球化语境内展开的，其分析也颇有见地。这种分析也让人联想起韦勒克当年所说的："文学艺术作品不是一件简单的东西，而是一件高度复杂的组织，它有着多重特征，同时也有多层次的意义和关系"；[4]或像巴尔特所说的"文本并非一系列的单词释放某单一的'神学'意义（即作者——上帝发布'旨意'），相反它是一个由多层面构成的空间，各种写法在其中碰撞交汇。"[5]这也表明文学的本质并非单规定、单维度、单层次的，而是多重规定的综合，多样性的统一。

正如米勒在一篇访谈中所说的：

> 我希望文学研究本身能够以某种方式继续下去，这一方面是因为我是如此地热爱文学，我于它倾注了毕生的心血；另一方面是因为我

1 Terry Eagleton. *After Theory*. New York: Basic Books, 2003.

2 Jonathan Culler. *On Deconstruction: Theory and Criticism after Structuralism*. Ithaca: Cornell University Press, 1982: 10.

3 盛宁 . 论解构导读 . 北京：外语教学与研究出版社，2004：3。

4 René Wellek. *Concepts of Criticism*. New Haven: Yale University Press, 1963: 27.

5 Roland Barthes. *Image, Music, Text*. New York: Hill & Wang, 1977: 146.

想即使书籍时代过去了，被全球电信的世纪取代了（我认为这一过程正在发生），我们仍然有必要研究文学。教授“修辞性阅读”，这不只是为了理解过去，那时文学史何等的重要，而且也是为了以一个经济的方式理解语言的复杂性，我想只要我们使用语言彼此间进行交流，不管采取何种手段，语言的复杂性就依然是重要的。[1]

即使在全球化的消费文化语境下，许多人阅读兴趣已经从文学文本转移到图像文本，米勒认为修辞性阅读仍然行之有效。他说：

修辞性阅读也可以转化成“阅读”图片、音乐的声音等方式，就如同文字文本那样，即使文学文本显然是由视觉方面的语词来组成：插图、字体的大小、样式、间距等。最近的写作中，我试图找出修辞性阅读的这种转换意味着什么。这个研究领域有很多的工作要做。我认为建立一种混合媒体作品的“修辞性阅读”方法是当前文学批评的一个主要任务。文学批评的未来将要——或者说应该——涉及和应对这一挑战。此外，在可预见的未来，大量老式的、印刷的诗歌、小说和戏剧在全世界范围内仍将继续被阅读、教授和写作，修辞性阅读作为一种传统意义上的以语言文本为中心的阅读方式，将仍是文学研究、文学教学以及文学写作最好的方式，它要比主题释义更为有效。[2]

总之，在新的时代里，文学非但不会因技术的日新月异和承载方式的改变而消亡；相反，在阅读的过程中，由于读者和批评者的积极参与，文本的意义也成了一种建构活动，这就更加迫切地呼唤读者和批评家进行多维度、多层次的解读，这样也成就了读者作为这种多重性焦聚的中心地位。正是这些细致入微的分析、解读和阐释，增强了人们对文学的本体认识。这种对文学的本体认识，在某种意义上也让读者承担起对人类生存现状思考的重任。

1 米勒．永远的修辞性阅读——J. 希利斯·米勒如是说．金惠敏．后现代性与辩证解释学．北京：中国社会科学出版社，2002：242-243.

2 苏勇．中西对话、文学阅读、解构及其他——希利斯·米勒访谈录．外国文学，2017（4）：175.

参考文献

保罗·德曼.1998.解构之图.李自修，等译.北京：中国社会科学出版社.

毕斯.1991.米乐：另一种维多利亚人.张锦忠，余慧珠，译.中外文学（台湾）20（4），53–74.

蔡熙.2012.当代英美狄更斯学术史研究（1990—2010年）.湖南师范大学.

陈本益.2004.耶鲁学派的文学解构主义理论和实践.东南大学学报（哲学社会科学版）(3)，67–70.

陈德鸿，张南峰.2000.西方翻译理论精选.香港：香港城市大学出版社.

陈英辉.1991.米乐论哈代.中外文学（台湾）20（4），76–85.

陈英辉.1993.评论《析论米乐的文化批评观》.中外文学（台湾），22（3），27–29.

陈永国.2008.理论的逃逸.北京：北京大学出版社.

程锡麟.2000.J.希利斯·米勒的解构主义小说批评理论.当代外国文学（4），115–123.

淳于永琦.2000.一种语言学上的解构体验.学习与探索（5），116–118.

高磊.2006.应该终结的“文学终结论”.文艺争鸣（1），141–143.

郭艳娟.2009.阅读的伦理：希利斯·米勒批评理论探幽.北京语言大学.

郭英剑.2002.从文学理论的缺席谈起——文学教学的目的是什么？郑州大学学报（5），5–7.

韩德星.2005.从叙事的“未定性”到“未定性”的批评——从《解读叙事》谈米勒解构主义叙事观的方法论启示.中州学刊（5），227–229.

韩振华.2002.在虚拟和真实之间——兼谈网络时代的比较文学.人文杂志(4)，80–84.

郝大维，安乐哲.2004.先贤的民主——杜威、孔子与中国民主之希望.何刚强，译.南京：江苏人民出版社.

何博超.2009.论希利斯·米勒的文学解构“方法”.理论与创作（2），22–25.

何云波，等.2004.跨越文化之墙——当代世界文学与比较文学.长沙：湖南人民出版社.

何自然．1996. 语言学导论．长沙：湖南人民出版社．

黑格尔．1979. 美学（卷 2）．朱光潜，译．北京：商务印书馆．

胡安民．2004. 论文学的误释．青海师专学报（6），187–188.

胡曾瑕．1992. 西方哲学史（下）．上海：上海人民出版社．

J. 希利斯·米勒．1995. 美国的文学研究新动向——兼为纪念威廉·李玎斯尔作．盛宁，译．外国文学评论（2），108–117.

J. 希利斯·米勒．1997. 论全球化对文学研究的影响．王逢振，译．文学评论（4），72–78.

J. 希利斯·米勒．1998a. 论全球化对文学研究的影响．郭英剑，编译．当代外国文学（1），154–161.

J. 希利斯·米勒．1998b. 蛇之道，既露且藏．宁一中，译．国外文学（4），3–8.

J. 希利斯·米勒．1998c. 重申解构主义．郭英剑，等译．北京：中国社会科学出版社．

J. 希利斯·米勒．1999. 大地·岩石·深渊·治疗——一个解构主义批评的文本．方杰，译．当代外国文学（2），166–174.

J. 希利斯·米勒．2000. 现代性、后现代性与新技术制度．陈永国，译．文艺研究（5），134–148.

J. 希利斯·米勒，金惠敏．2001. 永远的修辞性阅读——关于解构主义与文化研究的访谈——对话．外国文学评论（1），136–142.

J. 希利斯·米勒．2001a. 全球化时代文学研究还会继续存在吗？国荣，译．文学评论（1），131–139.

J. 希利斯·米勒．2001b. 亚里士多德的俄狄浦斯情结．申丹，译．南方文坛（1），4–10.

J. 希利斯·米勒．2001c. 承诺、承诺：马克思与德·曼的言语行为、文学和政治经济理论．陆小红，译．刘纲纪．马克思主义美学研究（第 4 辑），马克思主义美学的现状与未来国际学术研讨会论文集．桂林：广西师范大学出版社，24–34.

J. 希利斯·米勒．2002. 解读叙事．申丹，译．北京：北京大学出版社，2002.

J. 希利斯·米勒．2003a. 论文学的权威性．文化研究（第 4 辑），65–83.

J. 希利斯·米勒．2003b. 文学在当下的“物质性”和重要性．丁夏林，译．外国文学（2），3–8.

J. 希利斯·米勒．2004. 物质利益：现代英国文学对全球资本主义的批评．张一凡，郭英剑，译．郑州大学学报（5），127–130.

易晓明．2005. 土著与数码冲浪者：米勒中国演讲集．长春：吉林人民出版社．

J. 希利斯·米勒. 为什么我要选择文学. 邱国红，译. 社会科学报 2004-7-1.（16）.

J. 希利斯·米勒，周玉宁. 我对文学的未来是有安全感的：希利斯·米勒访谈录. 刘蓓，译. 文艺报，2004-6-24（2）.

J. 希利斯·米勒. 2005a. 从主权与无条件看德里达的“整体性他者”. 生安锋，译. 清华大学学报（2），29-32.

J. 希利斯·米勒. 2005b. 文学中的后现代伦理：晚期德里达、莫里森及其他. 何卫华，译. 华中师范大学学报（6），79-86.

J. 希利斯·米勒，朱·伍尔尔福雷德. 2005. 我为什么选择文学——美国著名文学评论家米勒教授访谈录. 宁一中，译. 外国文学动态（6），32-35.

J. 希利斯·米勒. 2005. 媒介的后果——文学终结点上的批评理论，金惠敏，编译. 北京：人民出版社.

J. 希利斯·米勒. 2006. 文学中的后现代伦理：后期的德里达、莫里森和他者. 王逢振，译. 外国文学（1），63-71.

J. 希利斯·米勒. 2007. 文学死了吗？秦立彦，译. 桂林：广西师范大学出版社.

J. 希利斯·米勒. 2008a. 小说与重复——七部英国小说. 王宏图，译. 天津：天津人民出版社.

J. 希利斯·米勒. 2008b. 孤独的德里达. 文学理论前沿（第5辑），211-242.

J. 希利斯·米勒. 2010a. 世界文学面临的三个挑战. 生安锋，译. 探索与争鸣（11），8-10.

J. 希利斯·米勒. 2010b. 中美文学研究比较. 黄德先，译. 外国文学（7），83-89.

J. 希利斯·米勒. 文学今天是否重要. 王敬德，译. 社会科学报 2013-1-10，（6）.

J. 希利斯·米勒. 2015a. 致张江的第二封信. 文学评论（4），8-12.

J. 希利斯·米勒. 2015b.“解构性阅读”与“修辞性阅读”——致张江. 王敬慧，译. 文艺研究（7），68-72.

J. 希利斯·米勒. 2016. 萌在他乡：米勒中国演讲集. 国荣，译. 南京：南京大学出版社.

金惠敏. 2002. 后现代性与辩证解释学. 北京：中国社会科学出版社.

金惠敏. 2005. 媒介的后果——文学终点上的批评理论. 台北：台湾商务印书馆.

金惠敏，邹赞. 2011. 雅努斯神话：媒介、美学与文化研究——中国社会科学院博士生导师金惠敏教授访谈. 社会科学（1），3-8.

康德. 2018. 道德形而上学基础. 北京：人民出版社.

空草. 2001. J. 希利斯·米勒谈世界文学与比较文学. 外国文学评论（2），74.

拉瓦尔，马乐伯 . 1987. 意识批评家 . 李正治，译 . 台北：金枫出版有限公司 .

赖大仁 . 2004. 我们今天应该如何研究文学？——关于米勒近期的“文学研究”观念 . 文艺理论研究（5），65–72.

李夫生 . 2006. 批判“米勒预言”的批判——近年来有关“文学终结论”争议的述评 . 理论与创作（5），7–11.

李梅 . 2008. 论言语行为理论的哲学基础 . 华东理工大学学报（1），98–102.

李淑言 . 1995. 解构主义者谈解构主义——希利斯·米勒访谈录 . 国外文学（3），9–12.

李文英 . 2011. J. 希利斯 · 米勒“文学消亡论”研究综述——兼谈文学的价值取向问题 . 四川教育学院学报（2），22–26.

李衍柱 . 2002. 文学理论：面对信息时代的幽灵——兼与 J. 希利斯 · 米勒先生商榷 . 文学评论（1），116–121.

李有成 . 1991. 阅读伦理的政治 . 中外文学（台湾）12（4），86–94.

刘俐俐 . 2004. 假设命题式批评与“难以解释的符号”——以卡夫卡《饥饿艺术家》为个案 . 内蒙古大学学报（3），32–38.

罗杰鹦 . 2002. 对米勒《小说与重复》中的重复观研究 . 宁波大学学报（4），37–41.

罗杰鹦 . 2006. J. 希利斯·米勒在中国——20 世纪 90 年代以来国内米勒研究述评 . 国外文学（4），38–44.

M. H. 艾布拉姆斯 . 2010. 以文行事：艾布拉姆斯精选集 . 赵毅衡，等译 . 南京：译林出版社 .

马驰 . 1990. 叛逆的谋杀者 . 北京：中国人民大学出版社 .

毛崇杰 . 2001. 解构主义再循迹——从尼采到德里达和希利斯 · 米勒 . 杭州师范学院学报（人文社会科学版）（6），5–10.

米乐 . 1995. 网际网路银河中的黑洞 . 陈东荣，译 . 中外文学（台湾）24（1），72–89.

米乐 . 1991a. 跨越边界——《中外文学》米乐专号序 . 单德兴，译 . 中外文学（台湾）20（4），4–9.

米乐 . 1991b. 重复的两种形式 . 王宏图，译 . 中外文学（台湾）20（4），28–51.

米乐 . 1991c. 地志的道德观：论史蒂文斯《基韦斯的秩序理论》. 林素英，译 . 中外文学（台湾）22（8），74–105.

米乐 . 1993. 时间的地理志：丁尼生的眼泪 . 陈东荣，译 . 中外文学（台湾）22（4），122–138.

米乐 . 1995. 跨越边界：翻译·文学·批评 . 单德兴编译 . 台北：书林出版有限公司 .

宁一中 . 1999. 米勒论文学理论的翻译 . 外语与外语教学（5），37–39.

宁一中 . 2010. 人是上帝的映像——德里达论米勒 . 外国文学研究（3），146–154.

彭维锋 . 2005. 双重逻格斯：变幻于文本内外的阴影 ——从 J · 希利斯 · 米勒的《解读叙事》谈起 . 当代小说（10），58–59.

Phelan, James，唐伟胜 . 2008.“伦理转向”与修辞叙事伦理 . 四川外国语学院学报（5），1–6.

钱中文 . 2001. 全球化语境与文学理论的前景 . 文学评论（3），6–17.

乔治 · 布莱 . 1993. 意识批评 . 郭宏安，译 . 南昌：百花洲文艺出版社 .

乔治 · 布莱 . 1991. 阅读的现象学 . 龚见明，译 . 王逢振，盛宁，李自修 . 最新西方文论选 . 桂林：漓江出版社 .

秦旭 . 2011. J. 希利斯 · 米勒解构批评研究 . 北京：中国社会科学出版社 .

单德兴 . 1991a. 跨越边界——《中外文学》米乐专号序 . 中外文学（台湾）20（4），4–9.

单德兴 . 1991b. 米乐访谈录 . 中外文学（台湾）20（4），95–115.

单德兴 . 1993. 析论米乐的文化批评观 . 中外文学（台湾）22（3），5–26.

单德兴 . 2001a. 对话与交流：当代中外作家、批评家访谈录 . 台北：麦田出版社 .

单德兴 . 2001b.“疑义相与析”：林永德 · 跨越边界 · 文化再创 . 逢甲人文社会学报（2），233–258.

单德兴 . 2007a. 边缘与中心 . 台北：立绪文化事业有限公司 .

单德兴 . 2007b. 翻译与脉络 . 北京：清华大学出版社 .

申丹 . 2001. 解构主义在美国——评 J. 希利斯 · 米勒的“线条意象”. 外国文学评论（2），5–13.

申丹 . 2002.“歧义”与“晦涩难解”——从里蒙与米勒的对话看结构主义与解构主义叙事理论，英语研究（1），21–27.

申丹 . 2003. 结构与解构：评 J. 希利斯 · 米勒的“反叙事学”. 欧美文学论丛（第三辑）. 北京：人民文学出版社，241–271.

申丹 . 2004.《解读叙事》的本质究竟是什么？——答申屠云峰的《另一种解读》. 外国文学评论（2），51–59.

申丹，王丽亚 . 2010. 西方叙事学：经典与后经典 . 北京：北京大学出版社 .

申屠云峰 . 2004. 对《解读叙事》的另一种解读——兼与申丹教授商榷 . 外国文学评论（1），83–93.

申屠云峰 . 2010a. 米勒的翻译伦理观浅谈 . 安徽文学（11），285–286.

申屠云峰 . 2010b. 翻译的（不）可能性——读希利斯 · 米勒《跨越边界：翻译理论》. 科教文汇（12），152–153.

申屠云峰，曹艳 . 2011. 在理论与实践之间——J. 希利斯 · 米勒解构主义文论管窥. 北京：光明日报出版社.

生安锋. 2005. 解构理论的回响与超越. 清华大学学报（2），38–43.

生安锋. 2006. 对文学研究的呼唤：J. 希利斯·米勒访谈录（英文）. 外国文学研究（6），1–12.

盛宁. 1994. 二十世纪美国文论. 北京：北京大学出版社.

阮元. 1997. 十三经注疏. 上海：上海古籍出版社.

史蒂文斯. 1989. 史蒂文斯诗集. 西蒙，水琴，译. 北京：国家文化出版公司.

苏勇. 2017. 中西对话、文学阅读、解构及其他——希利斯·米勒访谈录. 外国文学（4），164–175.

童庆炳. 2002. 全球化时代的文学和文学批评会消失吗？——与米勒先生对话. 社会科学辑刊（1），131–133.

童庆炳. 2005. 文学独特审美场域与文学人口——与文学终结论者对话. 文艺争鸣（3），69–74.

王德威. 2014. 现当代文学新论：义理·伦理·地理. 上海：复旦大学出版社.

王逢振. 1987. "耶鲁四人帮"之一：希利斯·米勒. 外国文学（11），80–84, 94.

王逢振，盛宁，李自修. 1991. 最新西方文论选. 桂林：漓江出版社.

王逢振，周敏. 2016. J. 希利斯·米勒文集. 万小磊，译. 北京：中国社会科学出版社.

王广州. 2006. 美国解构主义理论家保罗·德曼研究评述. 国外理论动态（3），52–55.

王建香. 2008. 文学述行：当代西方文论中言语行为视域. 北京师范大学.

王建香. 2009. 当代西方文论中的文学述行理论. 北京：中国广播电视出版社.

王宁. 2001a. 希利斯·米勒和他的解构批评. 南方文坛（1），11–12.

王宁. 2001b. 全球化：文化研究和中西比较文学研究. 中国比较文学（2），1–14.

王宁. 2008a. 文学理论前沿（第五辑）. 北京：北京大学出版社.

王宁. 2008b. 耶鲁批评家对中国当代文学批评的启示. 中国图书评论（11），92–95.

王宁. 2009a. 翻译研究的文化转向. 北京：清华大学出版社.

王宁. 2009b. 理论的翻译与变异. 当代外国文学（2），5–10.

王曦. 2017. 希利斯·米勒论意向——作为"治疗"的批评. 通化师范学院学报（2），58–65.

王雅楠. 2018. 希利斯·米勒述行理论研究. 山东大学.

王月. 2012a. 希利斯·米勒文学言语行为理论研究. 山东大学.

王月 . 2012b. 文学言语行为与文学研究——希利斯 · 米勒教授访谈录 . 外国文学（4），147–155, 160.

王岳川 . 1992. 后现代主义研究 . 北京：北京大学出版社 .

王岳川 . 1999. 现象学与解释学文论 . 济南：山东教育出版社 .

韦斯特 . 1991. 关于米勒 . 杨明苍，译 . 中外文学（台湾）20（4），11–26.

邬春立 . 2009. 文学终结了吗？——围绕希利斯 · 米勒的四篇文章 . 红河学院学报（1），87–89, 93.

吴泽泉 . 2003. 对“文学终结论”的再思考——为德里达和米勒辩护 . 新余高专学报（1），50–52, 55.

肖翠云 . 2006. 文学终结论：修辞制造的幻象 . 文艺争鸣（1），138–141.

肖锦龙 . 2005. 试谈希利斯 · 米勒的解构主义小说理论 . 外国文学（6），29–35.

肖锦龙 . 2006a. 希利斯 · 米勒文学观的元观念探幽发微 . 北京师范大学 .

肖锦龙 . 2006b. 米勒文学根基论的盲区和中国文论的世界意义 . 文艺理论研究（5），25–34.

肖锦龙 . 2007a. 试谈希利斯 · 米勒的言语行为理论文学观 . 外国文学（3），93–102, 128.

肖锦龙 . 2007b. 希利斯 · 米勒“文学终结论”的文本考辨 . 兰州大学学报（4），15–20.

肖锦龙 . 2009a. 意识和文学叙写模式——米勒《查尔斯 · 狄更斯》意识批评之得失浅议 . 清华大学学报（哲学社会科学版）（2），60–67.

肖锦龙 . 2009b. 解构批评的洞见与盲区——从希利斯 · 米勒的《小说与重复》谈起 . 外国文学研究（2），81–88.

肖锦龙 . 2011. 意识形态、语言分析、行为研究——希利斯 · 米勒的文学批评之批评 . 北京：高等教育出版社 .

萧莎 . 2003. 解构主义之后：语言观与文学批评 . 外国文学（6），41–46.

谢天振 . 1999. 译介学 . 上海：上海外语教育出版社 .

邢建昌，秦志敏 . 2006. 文学终结的论争与启示 . 理论与创作（3），27–30.

杨冬 . 2012. 文学理论 . 北京：北京大学出版社 .

杨革新 . 2013. 文学研究的伦理转向与美国伦理理论批评的复兴 . 外国文学研究（6），16–25.

杨晖 . 2005 .“文学性”：文学理论研究走向的一种可能——希利斯 · 米勒的启示 . 江南大学学报（人文社会科学版）（4），89–91, 95.

殷企平 . 2003. 重复 . 外国文学（2），60–65.

袁新芳 . 2004. 解构对文学批评的意义（三篇）“开头”解构之后文学批评意义

何在．甘肃社会科学（5），41–43.

曾美桂．2008. 文学的祛魅与想象的书写——希利斯·米勒《文学死了吗》读后．当代文坛（3），161–162.

张江．2015a. 普遍意义的批评方法——致希利斯·米勒先生．文学批评（4），5–7.

张江．2015b. 确定的文本与确定的主题——致希利斯·米勒．文学研究（7），66–68.

张隆溪．1986. 二十世纪西方文论述评．北京：生活·读书·新知三联书店．

张青岭．2006a. 论希利斯·米勒的解构批评．北京师范大学．

张青岭．2006b. 希利斯·米勒解构批评研究综述．辽宁工程技术大学学报（3），64–68.

张上冠．2008. 以利米勒：米乐（J. Hillis Miller）为例再思文化翻译与翻译伦理．广译（台湾）（1），47–66.

张旭．2003a. 科技隐语及其翻译．外语艺术教育研究（3），35–40.

张旭．2003b. 希利斯·米勒的阅读伦理观述评．西南交通大学学报（2），72–75.

张旭．2005. 跨越边界与话语反思——试论希理斯·米勒的解构主义翻译观．翻译学研究集刊（台湾）（第 9 辑），139–160.

张旭．2009. 跨越边界——从比较文学到翻译研究．北京：北京大学出版社．

张旭．2010. 文学转型与反思——试论全球化与数字化时代希利斯·米勒的文学新观念．当代外国文学（1），54–62.

张旭．2013. 困境与出路——全球化时代希利斯·米勒的比较文学观．中国比较文学（4），84–94.

张旭．2018. 话语追踪与体系重构——多维视野下的希利斯·米勒文论研究之构想．外语与翻译（1），59–65.

张旭春．1998. 德里达对奥斯汀言语行为理论的解构．外国文学（3），3–8.

张瑜．2009. 文学言语行为论研究．上海：学林出版社．

朱立元．1997. 当代西方文艺理论．上海：华东师范大学出版社．

朱立元．2016.“文学终结论”的中国之旅．中国文学批评（1），34–48.

朱熹，李剑雄．1995. 周易．上海：上海古籍出版社．

Abrams, Meyer. H. (1973). *Natural Supernaturalism: Tradition and Revolution in Romantic Literature*. New York & London: W. W. Norton & Company.

Abrams, Meyer. H. (1976). Rationality and Imagination in Cultural History: A Reply to Wayne Booth. *Critical Inquiry* , (2), 456–460.

Abrams, Meyer. H. (1977). The Deconstructive Angel. *Critical Inquiry*, *3* (3), 425–438.

Abrams, Meyer. H. (1999). *A Glossary of Literary Terms*. 7th ed. New York: Holt,

Rinehart and Winston.

Adams, Hazard & Leroy Searle (Eds.). (1986) *Critical Theory Since 1965*. Gainsville: Florida University Press.

Adams, Hazard. (1966). Review: Poets of Reality: Twentieth-Century Writers, by Hillis Miller. *The Journal of English and Germanic Philology* , *65* (4), 742–745.

Arac, Jonathan, Wlad Godzich & Wallace Marin (Eds.). (1983). *The Yale Critics: Deconstruction in America*. Minneapolis: University of Minnesota Press.

Asensi, Manuel. (1992). La Otra Filogogía: Paul de Man, J. Hillis Miller y la Lectura Lenta. *Glosa*, (3), 63–92.

Austin, John. L. (1962/1980). *How to Do Things with Words*. Oxford: Oxford University Press.

Austin, John. L. (1970). Performative Utterances. In O. Urmson & G. J. Warnock (Eds.), *Philosophical Papers*, 2nd (pp. 233–252). Oxford: Oxford University Press.

Bailey, Richard, Ladislav. Matejka & Peter Steiner. (Eds.). (1978). *The Sign: Semiotics around the World*. Ann Arbor: Michigan Slavic Publication.

Barthes, Roland. (1977). *Image, Music, Text*. New York: Hill & Wang.

Bassnett, Susan & André Lefevere. (1998). *Constructing Cultures: Essays on Literary Translation*. Clevedon &London: Multilingual Matters.

Beebee, Thomas. O. (1999). Literary Ethics. *Comparative Literature Studies*, *36* (4), 341–346.

Benjamin, Walter. (1968). "The Task of the Translator". In Harry Zohn. (Trans.). *Illuminations* (pp. 69–82). New York: Harcourt Brace Jovanovich.

Bennett, Andrew & Nicholas Royle. (1995). *An Introduction to Literature, Criticism and Theory*. London: Pearson Education.

Berindeanu, Florin. (1992). J. Hillis Miller: Deconstructia Inseamna Interpretare Adecvata. *Viata Romaneasca* LXXXVII, (10–11), 39–45.

Berindeanu, Florin. (1997). J. Hillis Miller, Topographies. *The Comparatist*, (21), 163–166.

Berman, Art. (1988). Deconstruction in America. *From the New Criticism to Deconstruction*. Urbana and Chicago: University of Illinois Press.

Bernheimer, Charles (Ed.). (1995). *Comparative Literature in the Age of Multiculturalism*. Baltimore & London: Johns Hopkins University Press.

Booth, Wayne C. (1977). "Preserving the Exemplar": Or, How Not to Dig Our Own Graves. *Critical Inquiry*, *3*(3), 407–423.

Booth, Wayne C. (1988). *The Company We Keep: An Ethics of Fiction*. Berkeley:

University of California Press.

Brower, Reuben A. (Ed.). (1959/1966). *On Translation*. New York: Oxford University Press.

Butler, Judith. (1990). *Gender Trouble: Feminism and the Subversion of Identity*. New York: Routledge.

Butler, Judith. (1993). *Bodies That Matter: On the Discursive Limits of Sex*. New York: Routledge.

Butler, Judith. (1997). *Excitable Speech: A Politics of the Performative*. New York: Routledge.

Cain, William E. (1979). Deconstruction in America: The Recent Literary Criticism of J. Hillis Miller. *College English*, *41*(4), 367–382.

Cain, William E. (1984). *The Crisis in Criticism: Theory, Literature, and Reform in English Studies*. Baltimore: Johns Hopkins University Press.

Cohen, Barbara & Dragon Kujundzic (Eds.). (2005). *Provocations to Reading: J. Hillis Miller and the Democracy to Come*, New York: Fordham University Press.

Cole, Peter & Jerry. Morgan (Eds.). (1975). *Syntax and Semantics*. New York: Academic Press.

Critchley, Simon. (1992). *The Ethics of Deconstruction: Derrida and Levinas*. Oxford & Cambridge: Blackwell.

Culler, Jonathan. (1982). *On Deconstruction: Theory and Criticism After Structuralism*. Ithaca: Cornell University Press.

Culler, Jonathan. (1997). *Literary Theory: A Very Short Introduction*. Oxford: Oxford University Press.

Davis, Kathleen. (2001). *Deconstruction and Translation*. Manchester: St. Jerome Publishing.

De Man, Paul. (1979). *Allegories of Reading: Figural Language in Rousseau Nietzsche, Rikle, and Proust*. New Haven: Yale University Press.

De Man, Paul. (1985). Conclusions: Walter Benjamin's "The Task of the Translator". *Yale French Studies*, (69), 25–46.

De Man, Paul. (1986). *The Resistance to Theory*. Minneapolis: Minnesota University Press.

De Man, Paul. (1996). *Aesthetic Ideology*. Minneapolis: Minnesota University Press.

Derrida, Jacques. (1967/1974). *Of Grammatology*. Gayatri Chakravotrty Spivak (Trans.). Baltimore & London: Johns Hopkins University Press.

Derrida, Jacques. (1981). *Dissemination*. Chicago: University of Chicago Press.

Derrida, Jacques. (1971/1981). *Positions*. Alan Bass (Trans.). Chicago: University of Chicago Press.

Derrida, Jacques. (1985). Des Tours de Babel. In *Difference in Translation*. Joseph F. Graham (Ed.), (pp. 165–248). Ithaca: Cornell University Press.

Derrida, Jacques. (1982/1985). *The Ear of the Other*. Peggy Kamuf. (Trans.). Lincoln & London: University of Nebraska Press.

Derrida, Jacques. (1987a). *Psyché: Invention de l'autre*. Paris: Galileé.

Derrida, Jacques. (1987b). *The Post Card: From Socrates to Freud and Beyond*. Alan Bass (Trans.). Chicago & London: University of Chicago Press.

Derrida, Jacques. (1988). *Limited, Inc.*. Evanston: Northwestern University Press.

Derrida, Jacques. (1993). *Aporias*. Thomas Dutroit (Trans.). Stanford: Stanford University Press.

Derrida, Jacques. (2005). Justice. *Critical Inquiry*, (31), 689–721.

Dunne, Éamonn. (2010). *J. Hillis Miller and the Possibilities of Reading: Literature After Deconstruction*. New York: The Continuum International Publishing Group.

Eagleton, Terry. (1996). *Literary Theory: An Introduction*. 2nd ed. London: Blackwell Publishing.

Eagleton, Terry. (2003). *After Theory*. New York: Basic Books.

Eaglestone, Robert. (1998). *Ethical Criticism: Reading After Levinas*. Edinburgh: Edinburgh University Press.

Eskin, Michael. (2004). Introduction: The Double "Turn" to Ethics and Literature. *Poetics Today*, (4), 557–572.

Esterhammer, Angela. (2000). *The Romantic Performative: Language and Action in British and German Romanticism*. Stanford: Stanford University Press.

Ferenc, Zsélyi. (1987). "J. Hillis Miller tanulmányárol". *Filozófiai Figyelö*, IX (3–4), 99–100.

Fest, Bradley J. (2014, Fall). Isn't It a Beautiful Day?: An Interview with J. Hillis Miller. *Boundary 2*, 123–158.

Fischer, Michael. (1985). *Does Deconstruction Make Any Difference?* Bloomington: Indiana University Press.

Ford, George H. (1955). *Dickens and His Readers*. Princeton: Princeton University Press.

Forum on J. Hillis Miller. (2003). *Comparative Literature Studies*, *50* (3), 342–363.

Fosso, Kurt & Jerry Harp. (2012). J. Hillis Miller's Virtual Reality of Reading. *College*

English, *75* (1): 79–93.

Ghosh, Ranjan & J. Hillis Miller. (2016). *Thinking Literature Across Continents*. Durham and London: Duke University Press.

Göbel, Walter. (1995). Modelling J. Hillis Miller: Slippage of Identity or Continuity in Flux? *Anglistik*, (6), 103–114.

Graham, Joseph F. (Ed. & Trans.). (1985). *Difference in Translation*. Ithaca & London: Cornell University Press.

Gunn, Giles. (1966). Review: Poets of Reality: Six Twentieth-Century Writers, by J. Hillis Miller. *The Journal of Religion*, *46* (2), 323–325.

Gurerin, Wilfred, L. et al. (1996). *A Handbook of Critical Approaches to Literature*. 4th ed. Oxford: Oxford University Press.

Hirsch, Eric. D. (1975). What's the Use of Speech-Act Theory? *Centrum*, (2), 121–146.

Holmes, James S. (1988). The Name and Nature of Translation Studies. In *Translated! Papers on Literary Translation and Translation Studies*(pp. 67–80). Amsterdam: Rodopi.

House, Humphry. (1941). *The Dickens World*. London: Oxford University Press.

Husserl, Edmund. (1965). *Phenomenology and the Crisis of Philosophy*. New York, Evanston and London: Harper & Raw.

Intervista a Joseph Hillis Miller, (agosto-settembre, 1988). *2000 Incontri*, II, 14–15.

JanMohamed, Abdul R. & David Lloyd (Eds.). (1991). *The Nature and Context of Minority Discourse*. New York: Oxford University Press.

Johnson, Barbara. (1980). *The Critical Difference: Essays in the Contemporary Rhetoric of Reading*. Baltimore: Johns Hopkins University Press.

Johnson, Barbara. (1981). Translator's Introduction. In Jacques Derrida, *Dissemination* (pp. vii–xxxiii). Chicago: University of Chicago Press.

Kramsch, Claire & Sally McConnell-Ginet (Eds.). (1992). *Text and Context: Cross-Disciplinary Perspectives on Language Study*. Lexington & Toronto: D. C. Heath and Company.

Krieger, Murray. (1983). In the Wake of Morality: The Thematic Underside of Recent Theory. *New Literary History*, (15), 119–136.

Lakoff, George & Mark Johnson. (1980). *Metaphors We Live By*. Chicago: University of Chicago Press.

Lakoff, George. (1987). *Women, Fire, and Dangerous Things*. Chicago & London: University of Chicago Press.

Lefevere, André. (1977). *Literary Knowledge*. Assen: Van Gorcum.

Lefevere, André. (1992). *Translating Literature: Practice and Theory in a Comparative Literature Context*. New York: Modern Language Association of America.

Leitch, Vincent B. (1980a). The Lateral Dance: The Deconstructive Criticism of J. Hillis Miller. *Critical Inquiry*, *6* (4), 593–608.

Leitch, Vincent B. (1980b). The Lateral Dance: The Deconstructive Criticism of J. Hillis Miller. *Critical Inquiry*, *6* (4), 593–607.

Lentrichia, Frank. (1980). *After the New Criticism*. London: Metheun & Co.

Leonard, George. (1987). Hillis Miller Interview. *Magazine*, (III), 46–47.

Loesberg, Jonathan. (1993). From Victorian Conscious to an Ethics of Reading: The Criticism of J. Hillis Miller. *Victorian Studies*, *37*(1), 99–121.

Mazzeno, Laurence W. (2009). *The Dickens Industry: Critical Perspectives 1836-2006*. New York: Camden House.

McLuhan, Marshall. (1964). *Understanding Media: The Extensions of Man*. New York: McGraw Hill.

Miller, J. Hillis. (1952). Dicken's Symbolic Imagery: A Study of Six Novels. A PhD thesis presented at Harvard University on March 31.

Miller, J. Hillis. (1955). The Creation of the Self in General Manly Hopkins. *ELH*, (XXII), 5.

Miller, J. Hillis. (1958). *Charles Dickens: The World of His Novels*. Cambridge, Mass.: Harvard University Press.

Miller, J. Hillis, George Ford, Edgar Johnson, Sylvere Monod & Noel Peyrouton. (1962). *Dickens Criticism: Past, Present, and Future Directions*. Cambridge, Mass.: The Charles Dickens Research Center.

Miller, J. Hillis (Ed.). (1962). *Charles Dickens, Oliver Twist, with an "Introduction"*. New York: Holt, Rinehart, and Winston.

Miller, J. Hillis. (1963a). *The Disappearance of God: Five Nineteenth-Century Writers*. Cambridge, Mass.: Harvard University Press.

Miller, J. Hillis. (1963b). The Literary Criticism of Georges Poulet. *Modern Language Notes*, (December), 471–488.

Miller, J. Hillis (Ed.). (1964). *Charles Dickens, Our Mutual Friend, with an "Afterword"*. New York: New American Library.

Miller, J. Hillis & Roy Harvey Pearce (Ed.). (1965). *The Act of the Mind: Essays on the Poetry of Wallace Stevens*. Baltimore: Johns Hopkins University Press.

Miller, J. Hillis. (1965). *Poets of Reality: Six Twentieth-Century Writers*. Cambridge, Mass.: Harvard University Press.

Miller, J. Hillis(Ed.). (1966a). *William Carlos Williams: A Collection of Critical Essays, with an "Introduction"*. Twentieth Century Views Series. Eaglewood Cliffs, NJ.: Prentice Hall.

Miller, J. Hillis. (1966b). The Geneva School: The Criticism of Marcel Raymond, Albert Beguin, Georges Poulet, Jean Rousset, Jean-Pierre Richard, and Jean Starobinski. *The Critical Quarterly*, *8* (4), 302–321.

Miller, J. Hillis. (1968/1979). *The Form of Victorian Fiction, The Ward-Phillips Lectures for 1967*. Notre Dame, Indiana: University of Notre Dame Press; Cleverland: Arete Press.

Miller, J. Hillis. (1970a). Geneva or Paris? The Recent Work of Georges Poulet. *University of Toronto Quarterly*, (39), 212–228.

Miller, J. Hillis. (1970b). *Thomas Hardy: Distance and Desire. Cambridge*, Mass.: Harvard University Press.

Miller, J. Hillis(Ed.). (1971a). *Charles Dickens, Bleak House, Ed. Norman Page, with an "Introduction"*. New York: Penguin Books.

Miller, J. Hillis(Ed.). (1971b). *Aspects of Narrative, Selected Papers from the English Institute with a Foreword*. New York: Columbia University Press.

Miller, J. Hillis. (1972). Tradition and Difference. *Diacritics*, *2*(4), 6–13.

Miller, J. Hillis& Edward Mendelson (Eds.). (1975). *Thomas Hardy, The Well-Beloved, The New Wessex Edition*. London: Macmillan.

Miller, J. Hillis. (1976a). "Stevens' Rock and Criticism as Cure". *Georgia Review*, (30). 5–31.

Miller, J. Hillis. (1976b). Ariadne's Thread: Repetition and the Narrative Line. *Critical Inquiry*, *3* (1), 57–77.

Miller, J. Hillis. (1977). The Critic as Host, *Critical Inquiry*. *3* (3), 439–447.

Miller, J. Hillis. (1981). The Ethics of Reading: Vast Gaps and Parting Hours. In Ira Konigsberg (Ed.), *American Criticism in the Postructuralist Age* (pp. 19–41). Ann Arbor: University of Michigan Press.

Miller, J. Hillis. (1982). *Fiction and Repetition: Seven English Novels*. Cambridge, Mass.: Harvard University Press.

Miller, J. Hillis. (1985a). *The Lesson of Paul de Man*. New Haven: Yale University Press.

Miller, J. Hillis. (1985b).*The Linguistic Moment: From Wordsworth to Stevens*. Princeton: Princeton University Press.

Miller, J. Hillis. (1987a). *The Ethics of Reading: Kant, de Mann, Trollope, James, and*

Benjamin. New York: Columbia University Press.

Miller, J. Hillis. (1987b). The Triumph of Theory, the Resisitance to Reading, and the Question of the Material Base. *PMLA*, *102* (3), 281–291.

Miller, J. Hillis. (1988a). In Gregory Jay. (Ed.), *Dictionary of Literary Biography, Modern American Critics Since 1955* (pp. 221–231). Detroit: Bruccoli Clark Layman.

Miller, J. Hillis. (1988b). Reply to Eugene Goodheart. *PMLA*, CIII (5), 820–821.

Miller, J. Hillis. (1989). "The Function of Literary Theory at the Present Time". Ralph Cohen(Ed.), *The Future of Literary Theory* (pp. 102–111). New York & London: Routledge.

Miller, J. Hillis. (1990a). Narrative. *Critical Term for Literary Study*. Frank Lentricchia and Thomas McLaughlin (Eds.) (pp. 66–79). Chicago: University of Chicago Press.

Miller, J. Hillis. (1990b). *Defending Deconstruction*. Wilson Quarterly, 142–143.

Miller, J. Hillis. (1990c). *Versions of Pygmalion*. Cambridge, Mass.: Harvard University Press.

Miller, J. Hillis. (1990d). *Victorian Subjects*. Hertfordshire: Harvester Wheatsheaf.

Miller, J. Hillis. (1990e). *Tropes, Parables, Performatives*. Hertfordshire: Harvester Wheatsheaf.

Miller, J. Hillis. (1990f). Translating the untranslatable. In Thomas Saine (Ed.), *Goethe Yearbook* (Vol. 5) (pp. 269–278). Columbia, S. C.: Camden House.

Miller, J. Hillis. (1991a). *Theory Now and Then*. Hertfordshire: Harvester Wheatsheaf.

Miller, J. Hillis. (1991b). *Hawthorne and History: Defacing It*. Oxford: Basil Blackwell.

Miller, J. Hillis. (1991c). Deconstruction and Cultural Criticism. *Cardozo Law Review*, *13*(4), 1255–1261.

Miller, J. Hillis. (1991d). Cultural Criticism in the Age of Digital Reproduction. *Genre*, *24*(4), 435–459.

Miller, J. Hillis. (1992a). *Ariadne's Thread*. New Haven: Yale University Press.

Miller, J. Hillis. (1992b). *Illustration*. London: Reaktion Books; New Haven: Harvard University Press.

Miller, J. Hillis. (1992c). Translation as the Double Production of Texts. *Text and Context: Cross Disciplinary Perspectives on Language Study*. Claire Kramsch and Sally McConnell-Ginet (Ed.) (pp. 124–134). Lexington, Mass.: D. C. Heath and Compay.

Miller, J. Hillis. (1992d). Theory and Translation in Comparative Literature. In Vita Fortunati. Bologna *(Ed.), Bologna: La Cultura Italiana e Le Lettreature Straniere Modeme*. (Vol. II, pp. 31–41). Italy: Longo Editore Ravenna.

Miller, J. Hillis. (1993a). A Response to Jonathan Loesberg. *Victorian Studies, 37* (1), 123–128.

Miller, J. Hillis. (1993b). Border Crossing: Translating Theory. *Haritham, I* (2), 105–125.

Miller, J. Hillis. (1993c). *New Starts: Performative Topographies in Literature and Criticism*. Taipei: The Institute of European and American Studies, Academia Sinica.

Miller, J. Hillis. (1994). *Topographies*. Stanford: Stanford University Press.

Miller, J. Hillis& Manuel Asensi. (1996). *Black Holes: J. Hillis Miller, or Boustrophedonic Reading*. Stanford University Press.

Miller, J. Hillis. (1998). *Reading Narrative*. Norman: University of Oklahoma Press.

Miller, J. Hillis. (1999). *Black Holes: Miller, J. Hillis Or, Boustrophedonic Reading*. Stanford: Stanford University Press.

Miller, J. Hillis. (2000a). Will Comparative Literature Survive the Globalization of the University and the New Regime of Telecommunication? *Tamkang Review, 31* (1), 1–21.

Miller, J. Hillis. (2000b). "World Literature" in the Age of Telecommunications. *World Literature Today, 74* (3), 559–561.

Miller, J. Hillis. (2000c). Deconstruction and a Poem. In Nicholas Royle. Houndmills (Ed.), *Deconstructions: A User's Guide* (pp. 171–186). Basingstoke, Hampshire: Palgrave.

Miller, J. Hillis. (2001a). *Speech Acts in Literature*. Stanford: Stanford University Press.

Miller, J. Hillis. (2001b). *Others*. Princeton & Oxford: Princeton University Press.

Miller, J. Hillis. (2002). *On Literature*. New York & London: Routledge.

Miller, J. Hillis. (2003). *Zero plus One*. València: Universtat de Valēncia.

Miller, J. Hillis. (2005a). *Literature as Conduct: Speech Acts in Henry James*. New York: Fordham University Press.

Miller, J. Hillis. (2005b). *The J. Hillis Miller Reader*. Julian Wolfreys (Ed.), Stanford: Stanford University Press.

Miller, J. Hillis. (2005c). The Ghost Effect: Intertextuality in Realist Fiction. In *Symbolism: An International Annual of Critical Aesthetics* (Vol. 5, pp. 125–149). New York: AMS Press.

Miller, J. Hillis. (2007a). Derrida Enisled. *The Late Derrida*. W. J. T. Mitchell &

Arnold I. Davidson(Eds.), special issue of *Critical Inquiry*, Winter, *33* (2), 248–276.

Miller, J. Hillis. (2007b). A Defense of Literature and Literary Study in a Time of Globalization and the New Tele-Technologies. *Neohelicon*, *34* (2), 13–22.

Miller, J. Hillis. (2008). Reading (about) Modern Chinese Literature in a Time of Globalization. *China in the Twentieth Century*, Wang Ning (Ed.), a special issue of *Modern Language Quarterly*. *69* (1), 187–194.

Miller, J. Hillis. (2009a). *The Medium Is the Maker: Browning, Freud, Derrida, and the New Telepathic Ecotechnolies*. Pertland: Sessex Academic Press.

Miller, J. Hillis. (2009b). *For Derrida*. New York: Fordham University Press.

Miller, J. Hillis. (2009c). *The Medium is the Maker: Browning, Freud, Derrida and the New Telepathic Ecotechnologies*. Brighton [England]; Portland: Sussex Academic Press.

Miller, J. Hillis. (2009d). Derrida's Ethics of Irresponsiblization; or, How to Get Irresponsible, in Two Easy Lessons. In D. Hernigan, N. Murphy, B. Quigley, & T. Wagner. Amherst (Eds.), *Literature and Ethics: Questions of Responsibility in Literary Studies* (pp. 15–35). Cambria Press.

Miller, J. Hillis. (2010). Challenges to World Literature. 中国比较文学（4），1–9.

Miller, J. Hillis. (2011). *The Conflagration of Communities: Fiction Before and After Auschwitz*. Chicago: The University of Chicago Press.

Miller, J. Hillis. (2012). *Reading for Our Time:* Adam Bede *and* Middlemarch Revisited. Edinburgh: Edinburgh University Press.

Miller, J. Hillis. (2014). *Communities in Fiction*. New York: Fordham University Press.

Miller, J. Hillis. (2015). *An Innocent Abroad: Lectures in China*. Evanston, Illinois: Northwestern University Press.

Miller, J. Hillis. (1995). In *Merriam-Webster's Encyclopedia of Literature* (p. 762). Springfield, Mass: Merriam-Webster.

Mitchell, Willian. J. T. (1994). *Picture Theory: Essays on Verbal and Visual Representation*. Chicago & London: The University of Chicago Press.

MLA Conference, radio interview, WBEZ-FM Chicago, 12/30/95, 2:00 p.m, interviewed by Mark Aurigemma.

Moynihan, Robert. (1986). J. Hillis Miller. In *A Recent Imagining* (pp. 97–131). Hamden: The Shoe string Press.

Moynihan, Robert (Ed.). (1986). *A Recent Imagining: Interviews with Harold Bloom,*

Geoffrey Hartman, J. Hillis Miller, Paul de Man. Hamden: Archon Book.

Newton, Adam Z. (1995). *Narrative Ethics. Cambridge*, MA.: Harvard University Press.

Nussbaum, Martha. (1990). *Love's Knowledge: Essays on Philosophy and Literature*. New York: Oxford University Press.

Oldfield, Sybil. (1964). Review: The Disappearance of God: Five Nineteenth-Century Writers, by Hillis Miller. *Victorian Studies*, *8* (2), 195–196.

Olson, Gary A. (1994). "J. Hillis Miller". In *Philosophy, Rhetoric, Literary Criticism: (Inter)views* (pp. 113–158). Carbondale and Edwardsville: Southern Illinois University Press.

Osowski, Judy. (1972). The Structuralist Concept of Form: Roland Barthes, George Poulet, and J. Hillis Miller. *Modern Schoolman*, *49* (4), 349–355.

Parker, David. (1994). *Ethics, Theory and the Novel*. Cambridge: Cambridge University Press.

Pease, Donal. (1983). J. Hillis Miller, the Other Victorian at Yale. In Jonathan Arac, Wlad Godzich & Wallace Martin (Eds.), *The Yale Critics: Deconstruction in America* (pp. 66–89). Minneapolis: University of Minnesota Press.

Peckham, Morse. (1965). "Review: The Disappearance of God: Five Nineteenth-Century Writers, by J. Hillis Miller". *Victorian Poetry*, *3* (3), 202–205.

Pecora, Vincent P. (1991). Ethics, Politics, and the Middle Voice. *Yale French Studies*, (79), 203–230.

Petrey, Sandy. (1990). *Speech Acts and Literary Theory*. London and New York: Routledge.

Phelan, James & Peter J. Rabinowitz (Eds.). (2005). *A Companion to Narrative Theory*. Oxford: Blackwell Publishing.

Quine, Willard. V. (1960). *Word and Object*. Cambridge, Massachusetts: MIT Press.

Robert, McHenry (Ed. In-co-Chief). (1984). *The New Encyclopedia Britannica*. Vol.5. Chicago: Encyclopedia Britannica.

Rabinowita, Peter (1995). Speech-Act Theory and Literary Studies. In Raman Selden (Ed.), *The Cambridge History of Literary Criticism, Vol.8, From Formalism to Poststructualism* (pp. 347–374). Cambridge: Cambridge University Press.

Rimmon-Kenan, Schlomith. (1980). Deconstructive and Reflections on Deconstruction: In Reply to J. Hillis Miller. *Poetics Today*, (2), 185–188.

Roberts, Patrick. (1967). Review: Poets of Reality: Six Twentieth-Century Writers. *The Review of English Studies*, *18* (12), 488–490.

Robinson, Douglas. (1997). *Western Translation Theory from Heroddotus to Nietzche*. Manchester: St. Jerome Publishing.

Rorty, Richard. (1991). *Consequences of Pragmatism (Essays: 1972—1980)*. New Edition, Hempel Hempstead: Harvester Wheatsheaf.

Said, Edward. (1983). Travelling Theory. In *The World, the Text, and the Critic*. Boston: Harvard University Press.

Said, Edward. (1994). Travelling Theory. In Robert M. Polhemus & B. Goger Henkle (Eds.), *Critical Reconstructions: The Relationship of Fiction and Life*. Stanford, California: Stanford University Press.

Salusinszky, Imre. (1987). J. Hillis Miller. In *Criticism in Society* (pp. 208–240). New York: Methuen.

Scholes, Robert. (1989). The Pathos of Deconstruction: Review of *The Ethics of Reading* by J. Hillis Miller. *Novel, 22* (2), 223–227.

Schwartz, Daniel R. (1986). *The Humanistic Heritage: Critical Theories of the English Novel from James to Hillis Miller*. Hundmills, Basingstoke, Hampshire: The Macmillan Press.

Searle, John R. (1969). *Speech Acts: An Essay in the Philosophy of Language*. Cambridge: Cambridge University Press.

Searle, John R. (1979). *Expression and Meaning: Studies in the Theory of Speech Acts*. Cambridge: Cambridge University Press.

Selden, Raman (Ed.). (1995). *The Cambridge History of Literary Criticism: From Formalism to Poststructuralism*. Cambridge & New York: Cambridge University Press.

Shan, Te-Hsing. (1990). An Interview with J. Hillis Miller. *Tamkang Review, XXI*(2), 203–222.

Shan, Te-Hsing. (1993). Illustrating Illustration: An Interview with J. Hillis Miller. *Contemporary*, (December), 49–71.

Shan, Te-Hsing. (1993). On J. Hillis Miller's Concept of Cultural Criticism. *Chung Wai Literary Monthly, 22* (3), 5–26.

Siebers, Tobin. (1988). *The Ethics of Criticism*. Ithaca: Cornell University Press.

Steiner, George. (1975). *After Babel: Aspects of Language and Translation*. London: Oxford University Press.

Sussman, Henry. (2006). Review: Literature as Conduct: Speech Acts in Henry James by J. Hillis Miller. *Atlantis, 28* (2), 135–139.

Tang Weisheng. (2007). The Ethical Turn and Rhetorical Narrative Ethics: An

Interview with Professor James Phelan. 外国文学研究，(3)，10–18.

Túry, Gyŏrgy. (2003). An Ethics Founded on Textuality: J. Hillis Miller's Ethical Criticism. *European Journal of English Studies*, *7* (2), 205–214.

Venuti, Lawrence (Ed.). (2000). *The Translation Studies Reader.* London & New York: Routledge.

Von Humboldt, Wilhelm. (1988). *On Language: The Diversity of Human Language-Structure and Its Influence on the Mental Development of Mankind.* Peter Heath(Trans.). Cambridge & New York: Cambridge University Press.

Wang Ning (Ed.). (2008). *Translating Global Cultures: Toward Interdisciplinary (Re) Constructions*. Beijing: Foreign Language Teaching and Research Press.

Weatherhead, Kingsley. (1968). Review: Poets of Reality: Six Twentieth-Century Writers, by Hillis Miller. *Comparative Literature*, *20* (4), 375–376.

Wellek, René & Austin Warren. (1956). *Theory of Literature*. London: Penguin Books.

Wellek, René. (1963). *Concepts of Criticism*. New Haven: Yale University Press.

Welsh, Alexander. (1967). Waverley, Pickwick, and Don Quixote. *Nineteenth-Century Fiction*, *22* (1), 19–31.

Wihl, Gary. (1988). J. Hillis Miller, The Ethics of Reading. *Textual Practice. II* (2), 295–306.

Willey, Basil. (1964). Review: The Disappearance of God: Five Nineteenth-Century Writers, by J. Hillis Miller. *The Modern Language Review*, *59* (3),467–468.

Williams, Jeffrey J. (2009). Bellwether: An Interview with J. Hillis Miller. *Minnesota Review*. (71/72), 25–46.

Wright, Arthur F. (Ed.). (1953). *Studies in Chinese Thought*. Chicago: Chicago University Press.

Zavarzadeh, Mas'ud. (1993, Fall /1994, Spring). J. Hillis Miller, Materialism, and the Joys of Reading, *The Minnesota Review*, 182–194.

后　记

本书系福建省社会基金规划项目“多维视野下希利斯·米勒文论研究”阶段成果，同时得到广西一流学科建设项目和广西民族大学外国语言文学一级学科博士点支持计划的大力支持，在此谨表感谢。

这本书篇幅不长，其成书过程却历经艰辛和曲折，前后耗时近二十年。1995 年，业师罗选民教授赴美国耶鲁大学访学一年，归来后带回一批最新的文献资料，其中就有希利斯·米勒的 *The Ethics of Reading*（《阅读的伦理》）一书。当时，老师建议我和张跃军、曾竹青等几位在长沙铁道学院的同事共同申报一个课题——“耶鲁解构文论批评”。后来该课题得到湖南省社科基金立项，其中我承担的便是希利斯·米勒文论研究部分。这对于英美文学方面造诣颇深的跃军等人是不在话下，可是对于原非外国文学科班出身的我，则是一个很大的挑战。好在我在读研期间就跟导师出席过几次比较文学的学术会议，对国内外比较文学的前沿理论还是有大致的了解，于是我硬着头皮接下了这一艰巨的任务。

米勒从事文学批评、研究前后六十余年，出版著作三十余部，论文数百篇，而且他强调批评理论的实用性，他的批评多是将自己的观点融入具体的作品阅读进行，纯理论性探讨的著作不多。他引用的著作数量众多，且又如数家珍，这就要求我对他的著作和所涉及的作品进行细致入微地阅读，其难度可想而知。当然，要研究米勒，首先需要克服的难关是获取相关的一手文献，因为前期的文献准备是任何研究中最基础性的工作。于是，在接下来的岁月里，我利用海内外各种渠道，广泛地收集有关米勒的材料，大量地阅读西方诗性哲学尤其是自新批评以后的美国文艺思潮；同时，我利用在中南大学给学生开设英美文学作品选读和当代西方文论等课程的机会加深了对这些理论的理解。2002年，我来到香港理工大学从事研究，期间又接触到大量的原版文献；2003年，我到香港浸会大学攻读翻译学博士学位，课余间开始较系统地阅读和消化米勒的文艺理论著述，并做了大量的读书笔记；2005年8月，我在深圳参加第八届中国比较文学学会年会暨国际学术研讨会，会上我首次得见米勒本人，并聆听了他的主旨演讲——“论比较文学中理论的地位”，充分感受了批评家思想之深邃。于是，我决心就米勒的文论思想展开系统、深入的研究。接着，我先后结合米勒的文学伦理、意识批评、翻译理论、比较文学思想以及全球化时代文学新观念等问题撰写了一系列论文，分别发表在《西南交通大学学报》《当代外国文学》《中国比较文学》《外语与翻译》《文化与诗学》和《翻译研究论集》（台湾）等刊物，其中两篇还被《中国人民大学报刊复印资料》全文转载。因本书写作时间跨度较长，最近我又阅读了大量海内外最新的相关文献，觉得自己早前的论述欠周全和成熟，故此次编入是书，所有文章按书的体例均做了修订和拓展乃至重写，部分章节则系最近撰写。同时还增加了不少的注释，尤其增加了一些与中国相关的元素，以便于读者阅读和接受。正如历史哲学家柯林武德所言："一切历史都是思想史，是史学家心灵中重演过去的思想。"而作为一位阅读者，我在对米勒的人生轨迹和学术思想追踪的同时，带着自己的"有色眼镜"去观照大师的心灵之深处，充分体验了一回文本阅读的快乐。期望本书能对当下中国文论话语体系的重建提供借鉴。

在本书的写作过程中，我要特别感谢的是台湾中研院欧美所特聘研究员单德兴先生。2004 年，我参加清华大学举办的第四届亚洲翻译家论坛，期间结识了单先生。最先我了解到他曾任台湾比较文学学会理事长，时任台湾英美文学学会理事长，并师从米勒做过博士后研究，后又研读了他编译米勒的《跨越边界：翻译·文学·批评》。会议期间，我和他有了较深入的交流，并向他请教了许多问题。他返台后给我寄来大量的资料，并时常通过电子邮件向我提供海外研究信息。后来，尽管我的撰写工作时断时续，但我对米勒的研究和追踪从未中断过。2016 年 5 月，我在清华大学举办的第三届全国宗教典籍翻译研讨会上再度见到单先生，彼此感叹之余，我向他汇报了我的米勒研究书稿撰写进程；同时，我提请他为是书作序，他欣然应允。

2015 年，我在主掌福建工程学院人文学院之际聘请了清华大学王宁教授为我院客座教授。王宁教授为长江学者特聘教授、欧洲科学院院士、拉丁美洲科学院院士、中国比较文学学会会长。2016 年初，他来我院讲学时给我带来几本他主编的《文学理论前沿》集刊，其中收有数篇米勒论文之中译文。此前，我就知道王教授与米勒本人有较多的接触，曾组织专人对他的作品进行过专门的推介。此次，他得知我正在从事米勒文论研究，立即将手头拥有的一本米勒最新作 *An Innocent Abroad*（《米勒中国演讲集》）的英文本寄我参考。同时，他还提供了米勒近期研究的最新信息，并允诺为拙书作序。2018 年 11 月，我们在广西民族大学举办了“机遇与挑战——外国语言文学学科建设新方向高层论坛”，我们又邀请王宁教授做主旨发言。期间，我重提请他写序，他又爽快地答应。没想到他在 2019 年的大年初二就将一篇份量很重的大序发来，并对拙书稿提出了宝贵的修改意见，令人十分感动。

本书在写作过程中，我还得到了海内外一些学者、师长和学友的建议和帮助。他们分别是业师香港浸会大学张佩瑶教授、黎翠珍教授、谭载喜教授，香港理工大学朱志瑜教授、李德超教授，香港岭南大学陈德鸿教授，澳门大学孙艺风教授，西南交通大学傅勇林教授，业师清华大学罗选民教授，北京外国语大学王克非教授，北京师范大学陈太胜教授、章燕教授，上海外国语大学查明建教授、张曼教授，南京大学杨金才教授，华中师范大学罗良功教授，中山大学王东风教授，湖南大学谭琼琳教授，中南大学孟泽教授，湘潭大学何云波教授、胡强教授，扬州大学秦旭教授，广西民族大学覃修桂教授、张跃军教授、杨令飞教授、李学宁教授、刘雪芹教授、吴力菡博士、何云燕博士，福建工程学院前任校长蒋新华教授、吴仁华书记、戴光荣教授，等等。正是有了他们的勉励和支持，本书才得以不断地完善，在此谨表谢意。

张旭
己亥春于邕城相思湖畔

作者简介

张旭，香港浸会大学哲学博士，香港浸会大学翻译学研究中心荣誉研究员，中国英汉语比较研究会副秘书长。现为广西民族大学外国语学院院长、二级教授、博士生导师，享受国务院政府特殊津贴。主要研究方向为翻译研究，兴趣兼及哲学、历史学、语言学、比较文学、英美文学与跨学科研究、中国现当代文学等。先后主持国家社会基金项目 2 项、国家出版基金项目 1 项，省部级项目 8 项。国际合作丛书《通天塔丛书》主编。个人学术专著有《心田的音乐——翻译家黎翠珍的英译世界》(2019)、《近代湖南翻译史论》(2014)、《中国英诗汉译史论》(2011)、《湘籍近现代文化名人·翻译家卷》(2011)、《跨越边界：从比较文学到翻译研究》(2010)、《视界的融合：朱湘译诗新探》(2008；2017)等；合著有《越界与融通——跨文化视野中的文学跨学科研究》(2012)、《外国文学翻译在中国》(2003)等；编著有《陈宝琛年谱》(2017)、《林纾年谱长编》(2014)、《风筝不断线——张佩瑶教授译学研究纪念集》(2014)等；译著有《一门学科之死》(2014)、《崛起的印度的世纪》(2011)、《翻译学导论》(合译，2009)等。另有学术论文 90 余篇散见在海内外学术期刊上。2007 年获“香港翻译学会狮球教育基金会翻译研究奖学金”；2013、2016 年分获福建省社科优秀成果二、三等奖；2018 年获广西社科优秀成果三等奖；2015 年获第七届高等学校科学研究优秀成果奖（人文社会科学）三等奖。